汲古選書 82

婦を悼む

明清哀傷文学の女性像

野村鮎子 著

目　次

婦《つま》を悼む——明清哀傷文学の女性像

序章

本書の目的は、明清における婦《つま》を悼む哀傷文学がどのように展開したかを考察し、その底流にある明清文人の女性像を示すことにある。なお、ここでいう「婦」とは、既婚女性を指すことばであり、妻のほかに妾、ときには侍婢も含む。

一般に、明清時代の女性は、封建的な家制度と一夫多婦制のもとで抑圧され、専ら男性に従属する奴隷的存在だったというのが、五四以来の女性解放思想の見方である。しかし、近年の研究は、これまで埋もれていた資料を発掘し、あるいはこれまでとは異なる視点から読み解くことにより、こうしたステレオタイプの明清女性像を脱しつつある。

前近代中国の士大夫の文学は「詩は志を言う」、「文は天下国家を論ずる」という使命を負っていた。さらに儒教には「内言は閫を出でず（女部屋のことは外に持ち出さない）」（『礼記』曲礼上）という規範があり、家の中の出来事や女性の言動を文筆に載せるのは、たとえそれが正式な妻であっても憚られた。しかし、「内言は閫を出でず」という儒教規範が、どの時代にも常に文学の規範として機能しつづけたのかといえば、そうではない。伉儷の情（夫婦の情愛）は、儒教の倫理が最も重んじるところでもあり、亡妻への哀悼の念を詠んだと思しき詩歌はすでに『詩経』にもある。西晋の時代には潘岳によって悼亡詩という詩のジャンルが確立した。文でも魏晋南北朝の時代から夫によって亡妻墓誌銘が制作されており、唐では伝世の文献中に見られるものは少ないものの、近年出土した墓誌銘も含めると、多くの士大夫が亡妻のために自ら墓誌銘を執筆していることがわかっている。明清に至ると、悼亡詩や亡妻墓誌銘に加えて、亡妻行状、亡妻像賛、祭亡妻文などが盛んに制作されるようになり、妻を喪った士大夫で亡妻哀傷の作品を全く創作していない者を探すのが難しいぐらいである。明清の士大夫の文学的関心は、すでに日常生活のディティールの描写に移っていた。その情景の中には必ず婦がいた。

ただ、詩文の中の女性像を探ろうという時、留意しなければならないのは、描写の対象となるのは「亡き婦」だということである。士大夫の文集には、杜甫の「月夜」や「江村」のような一部の例外を除いて、健在である妻の姿を詠じたり描写したりした作は極めて少ない。韻文でも散文でもそれは同じである。前近代の中国文学では、妻妾は亡くなって始めて士大夫の筆に載せられるのだ。明清士大夫は、このことを逆手にとり、亡婦をテーマとする哀傷文学の形式や文体を拡大し、その内容を多様化させた。彼らは、前代と比べて女性への哀傷文学のありようをどのように変えたのか。これが本書の問題とするところである。

第一章「亡妻哀傷文学の系譜」では、明清の亡妻哀傷文学を代表する三つの形式、すなわち韻文である悼亡詩、散文である亡妻墓誌銘と亡妻行状、随筆である憶語体について、その生成とおおまかな歴史的変遷について概観する。

第二章「明清における亡妻哀悼文の展開――亡妻墓誌銘から亡妻行状へ」では、明における亡妻墓誌銘の流行、清における亡妻行状の隆盛について論じる。

夫婦は人倫の基本とはいえ、士大夫が自ら亡妻のために筆を執り、妻在りし日の家の中の些細な日常を描くのは、儒家的な倫理観からいって、逸脱といえなくもない。この逸脱は明の中晩期以降に常態化し、清の士大夫の間では夫婦の情愛や亡妻への悼念を散文の形で公開することは普遍的なものになった。そのことは哀悼文の形式が、字数や体例に制約の多い墓誌銘という文体から、制約が少なく、より自由度の高い行状という文体へ転換するという現象を生み出した。伝世の文集に残る明清の亡妻哀悼文の形式は、明代では圧倒的に亡妻墓誌銘の方が多いが、明の中期から亡妻行状が徐々に増える傾向にあり、そして清代ではこれが逆転し、行状や伝の方が墓誌銘よりも多くなる。士大夫は生活のディティールを描く亡妻行状という文体を獲得したことによって、平凡ではあるが、夫にとって、子にとって、その家にとって、大切な女性との生活や感情をありのまま描くことが可能になったといえる。

第三章「明清における亡妾哀悼文」では、妾婢に対する哀悼文について論じる。妾婢は、これまで勧善懲悪・因果応報の物語の中で、しばしば放埒で淫靡なイメージを背負わされてきた。しかし、明清士大夫の哀悼文の中には亡妾や亡婢のために書かれた哀悼文が少なからず存在する。もしも士大夫が妾婢を単に子を得るための道具、もしくは色欲を満たすための奴隷とみなしていたのだとすれば、儒教規範を逸脱して卑賤な身分の女性への哀悼の念を吐露するような文学は生まれなかったはずである。納妾・蓄婢制度が女性を抑圧するシステムであったことは否定すべくもないが、そのことと個々の士大夫の妾婢への情は切り離して考えるべきである。抑圧者／被抑圧者というステレオタイプの区分では、彼らの関係性は見えてこない。亡妾哀悼文からは、家の中で副次的な立場にあった妾や卑賤な身分であった侍婢たちの、小説のイメージとは異なる日常の暮らしを窺うことができる。これまでのフェミニズムやジェンダー研究において、女性抑圧の象徴、または放埒で淫靡というステレオタイプで語られてきた妾婢のイメージは再考されねばならない。

第四章「明中期における亡妻哀悼の心性――李開先『悼亡同情集』を中心に」では、明中期の嘉靖年間の文人である李開先が編纂した『悼亡同情集』を手掛かりに、そこに収録された同時代人の亡妻哀悼の心性を探る。李開先に関するこれまでの研究は、戯曲家としての側面に注目したものが大半であり、彼が亡妻を哀悼した作品を多く創作していることはあまり知られていない。韻文では、悼亡詩に加えて、曲子という当時の俗謡の形式で悼念を詠じている。散文では、亡妻墓誌銘に加えて散伝も執筆しており、さらに李夢陽、李舜臣、王慎中、唐順之、羅洪先の亡妻哀悼文を輯めたアンソロジー『悼亡同情集』を編輯している。同時代人の知友の哀悼文をこのような形で編纂した例は他にない。収録された哀悼文は、夫の官途の浮沈にしたがって喜楽を味わい、辛酸を嘗めた妻を、中年で喪った悲傷を描いたものである。それは李開先の自画像でもあった。明人は書簡の中でもたびたび亡妻への悼念を友人に吐露する。同時代人の亡妻哀悼散文を集めたアンソロジーが成立したのは、当時の文人たちが、他者の亡妻を想う情に共感する精神を有していたことを示している。

第五章「明の遺民と悼亡詩――艱難の中の夫と妻」では、明清鼎革の後、明の遺民として生きることになった王夫之、屈大均、呉嘉紀の悼亡詩について考察する。

明清鼎革という大きな歴史のうねりは、国家はもとより、個人の平穏な家庭生活をも破壊した。明末清初の士大夫は、混乱の中で生死の境をさまよい、運よく生き残ったとしても新しい勢力に服従するか抵抗するか、仕官するか隠遁するかという厳しい選択を迫られた。この時期の悼亡詩で詠われるのは、妻在り日の平穏でささやかな暮らしを破壊した戦乱と、それにともない流浪や窮乏を余儀なくされた夫と妻の艱難の歴史である。忠誠を尽すべき国を突如失い流離する遺民詩人にとって、妻は王夫之のいうように「家」であり、呉嘉紀のいうように「杖」であった。王夫之、屈大均、呉嘉紀、三者の遺民としてのありようは全く異なるものの、妻を喪い彷徨する詩人の姿は、己の生き方に惑い、彷徨する遺民の姿そのものである。明清の悼亡詩は前代に及ばないというのが、半ば通説のように言われてきたが、明清鼎革という激動の時期、自らの家庭生活の艱難の歴史を叙した遺民の悼亡詩は、詩史としての価値をも有している。

第六章「清における聘妻への哀悼——舒夢蘭『花仙小志』を例に」では、清の詞人舒夢蘭『天香全集』十二種の一つである『花仙小志』をとりあげ、清の士大夫たちによる友人の聘妻（婚約はしているが未だ嫁いでいない状態の女性）への哀悼をテーマとする文学営為について論じる。

乾隆期に成った『花仙小志』には、舒夢蘭自身の悼亡の作のほか、王府の文学サロンの文人たちが彼の悼亡の作に唱和した詩詞や彼を慰撫した書簡、さらに二人の婚約から死別に至る経緯を記した伝奇小説「花仙伝」を収載している。文人達が自らの妻でもない女性、しかも友人のまだ正式に嫁いでいない聘妻の哀悼に参加した背景には、清代における亡妻哀傷文学の隆盛がある。一般に、乾隆や嘉慶は礼学研究が盛んな時代と言われているが、一方で、文学、特に亡妻哀傷文学は「内言は閫を出でず」という礼の規範の枠外に在ったといえる。こうして士大夫の間で共有された亡妻への悼亡の心性は、本来個人的なものであったはずの悼亡のテーマを公的な場での詩文の唱酬へと押し上げ、その対象は亡妻や亡妾のみにとどまらず、いまだ嫁がずして亡くなった聘妻にも及んだのである。

第七章「明清における出嫁の亡女への哀悼――非業の死をめぐって」では、出嫁の女の非業の死をテーマとした哀悼の作品を中心に検討し、ややもすれば家門の恥とみなされる出嫁の女の虐待死に対して、あえて筆を執った父の思いに焦点を当てて論じる。

中国文学には、娘の夭折を哀悼する詩文は少なからずあるが、成人して他家に嫁した娘について、父が詠じたり論じたりすることはない。娘は一旦出嫁したら他家の婦になるので、父には婚家への憚りもあったろう。例外は、娘が婚家で非業の死を遂げた場合であり、往々にしてそこには女性への暴力や虐待が確認できる。儒教の訓えを体現すべき士大夫の家は実際には「父子・兄弟・夫婦相い和順す」といった理想からはほど遠かったが、これまでは虐待や暴力は庶民あるいは小説の世界のことと見なされ、士大夫の家での女性への暴力が明るみに出ることはほとんどなかった。巧妙に隠蔽されてきたともいえる。父親はこれを哀悼という形式を借りて告発する。そこには、時に儒教規範を体現すべき士大夫として、時に一人の父親として、その狭間で苦悩する詩人の実像がある。そしてそれは士大夫の家の深奥に潜む女性虐待の闇を覗くことでもある。

附論「前近代中国における女性同性愛／女性情誼」は、第三章のテーマから派生した研究である。これまでセクシャリティ研究の中でも周縁化されていた前近代中国の女性同士の情愛に関するエクリチュールについて初歩的な考察を行ったものである。

近年、中国学の分野でもセクシャリティの側面から文学作品を考察する研究が増え、それは前近代の同性愛文学にも向かった。しかし、取り上げられるのはほとんど男性同性愛をテーマとする作品研究である。前近代の中国では、男性主体の情慾の下で、男色が故事来歴のある文雅な別称をもったのに対し、女性同性愛／女性情誼は卑俗な隠語しかもたず、しばしば欲求不満の女による代償として、「淫」と結びつけられて描かれてきた。しかし、清になると『憐香伴』の崔箋雲と曹語花、『聊斎志異』の封三娘と范十一娘、『続金瓶梅』の黎金桂と孔梅玉のように、同じ階層に属する女性が出会い、親密な仲になるといった話が出てくる。物語とはいえ女性同士の情欲がありうることだとの認識がすでに存在していたのだろう。ところが清末には女性同性愛／女性情誼は非婚と結びつけて語られ、嫌悪や攻撃の対象となっていった。

本書は、科研費研究基盤研究（C）18K00353「明清の散文における亡妻哀悼文学の展開」および基盤研究（C）23K00336「明清における悼亡詩の展開」の成果をまとめたものである。

第一章　亡妻哀傷文学の系譜

はじめに
一、悼亡詩
（一）明以前の悼亡詩
（二）明清の悼亡詩とその特徴
二、亡妻哀悼散文
（一）明以前の亡妻哀悼文
（二）明清の亡妻哀悼文
三、憶語体
（一）清の憶語
（二）民国の憶語ブーム
おわりに

はじめに

近現代の中国文学には亡妻を哀悼する文学の系譜とでもいうものが存在する。清末民初の政治家であり教育家である蔡元培（一八六八～一九四〇）には、元配を哀悼した「悼夫人王昭文」（一九〇〇年）があり、さらにヨーロッパ視察中に亡くなった継妻を哀悼した「祭亡妻黄仲玉」（一九二一年）がある。(1)近現代の文学者では、「背影」で著名な民国の朱自清（一八九八～一九四八）に「給亡妻」（一九三二年）、巴金（一九〇四～二〇〇五）の「懐念蕭珊」（一九八二年）や孫犂（一九一三～二〇〇二）の「亡人逸事」（一九八二年）などが挙げられよう。

朱自清の「給亡妻」は、亡妻宛ての手紙という形式を借りて、一個の、平凡ではあるが妻として母としてその家庭にとってかけがえのない存在だった女性の死を哀悼する。

巴金「懐念蕭珊」は文化大革命中、癌で亡くなった妻蕭珊への思いを綴った哀悼文で、文革後の一九七八年に書かれた。文革中、「牛棚」に入れられて辛酸を嘗めつくした巴金が、一家にふりかかった災厄とその犠牲となった妻の死を回顧したもので、政治に翻弄された家庭の悲劇と互いを想う夫婦の情愛に涙せぬ者はいまい。孫犂の「亡人逸事」は、仲人がたまたま彼女の家で雨宿りをしたことで自らに嫁ぐことになった農村の少女がいかに新妻となり、母となり、夫の不在中でどのように暮らしたかを、妻の死から十二年後に書したものである。政治的なことは一切書かれてはいないものの、その抑制された筆致の中には夫婦の間の静かな情愛が横溢している。(2)

私は、こうした近代中国の亡妻への哀悼を主題とする文学は、そのルーツを前近代の文学の中に求めることができると考えている。「給亡妻」や「懐念蕭珊」のような白話体の亡妻哀傷文学が近代に生まれ、文学作品として受容された背景には、亡妻への哀悼がそれ以前の段階から中国文学の普遍的なテーマとなっていたこと、夫婦の情愛に共感する心性が文人の間で醸成されていたことがあろう。

「内言は閫を出でず」を倫理規範とする前近代の中国社会では、夫婦の情の表出は妻が亡くなった後の哀傷文学という形をとらざるを得ないが、その文学思潮はどのように形成されてきたのだろう。

本書は近代に近い明清時期の亡妻哀傷文学を考察の対象にするが、まずは本章で、悼亡詩、亡妻墓誌銘、亡妻行状、憶語体の歴史的変遷を振り返っておく。(3)

一、悼亡詩

（一）明以前の悼亡詩

亡妻を哀悼する伝統的文学形式として第一に挙げられるのは悼亡詩である。ただし、「悼亡」という言葉は亡者を哀悼することであり、本来は亡婦（亡妻・亡妾）を悼むことのみを指すのではない。子を悼み、女《むすめ》を悼み、師を悼み、友人を悼み、女性が夫を悼むのも悼亡である。

しかし、悼亡詩が、専ら夫が妻を悼む詩であるかのように解釈されるようになったのは、『文選』に西晋の潘岳（二四七～三〇〇）が亡妻を哀悼した作が「悼亡三首」として収録され、人口に膾炙したことにある。(4)第一首で亡妻の旧物をみて愁いを募らせることを描き、第二首で秋冷の季節をむかえたかの人のいない空間を描き、第三首で墓を徘徊して悲嘆にくれる自らを描いており、後世の悼亡詩の祖型となった。以来、悼亡詩とは文人が亡妻への悼念を詠じた詩歌という意味で用いられるようになった。本書の指すところの悼亡もこれである。(5)

もちろんそれ以前にも亡くなった愛しき者への悼念を詠ったものとしては、『詩経』邶《はい》風の「緑衣」や唐風の「葛生」があり、さらに『漢書』外戚伝上には漢武帝の「李夫人歌」の一部が引用されている。しかし、潘岳「悼亡三首」のような妻を喪った悼念をテーマとする文学作品が出現したのが、五言詩という自己の悲哀を表出する詩形が確立した魏晋南北朝であったことは偶然ではない。魏晋南北朝期の作としては、潘岳以外にも孫楚（?～二九三）「除婦服詩」、沈約（四四一～五一三）「悼亡詩」、江淹（四四四～五〇五）「悼室人十首」、庾信（五一三～五八一）「傷往詩二首」が伝わっている。

『儀礼』喪服篇の経は、夫が妻のためにする服を「斉衰《しさい》杖期」としている。斉衰とは麻製の裳を縫いあわせた喪服。杖期とは哀しみを示す杖をもつことで、期（一年）の喪である。「斉衰杖期」とは古礼においては、父が存命中に、子が母のためにする服喪と同じである。(6) そのことを伝は「妻の為《ため》にするは何をもって期なるや。妻は至親なればなり」と説明している。

『世説新語』文学篇には、孫楚が妻の喪が明けた後に詩を作り、王武子（王済）にそれを見せ、王武子が、「未だ文の情より生ずるか、情の文より生ずるかを知らず。之を覧るに悽然、伉儷の重きを増せり（未知文生於情、情生於文。覧之悽然、増伉儷之重）」と嘆じた話が伝わる。このことから悼亡詩はもともと一年間の服喪が終わった後に詠まれたものであったことがわかる。おそらく服喪の間は、故人を詠じることで過度に情を傷めてはならないという儒教の礼教が影響していたのだろう。銭鍾書『管錐編』第一一九節は、清の何焯《かしゃく》の『文選』評点が、潘岳の悼亡詩を釈服後の作としていることを以て、礼教上、亡妻の死の直後に悼亡詩を制作することはなかったとする。

一方、この時期の皇帝が自ら后妃を哀悼したことで、礼教が緩み、悼亡をテーマとする文学が開拓されるに至ったという見方もある(7)。南朝の正史には皇帝が自ら寵妃への悼亡の念を詩文によって表した話が残っている。たとえば、『宋書』文元袁皇后伝によれば、宋の文帝は袁皇后の危篤の際、手をとってその死を見届けたうえで、顔延之（三八四～四五六）に命じて哀策（「宋文皇帝元皇后哀策文」）を作らせた。顔延之の文の見事さに感動した文帝は自ら「撫存悼亡、感今懐昔」の字を付け加えたという(8)。また、『南史』巻四十七崔祖思伝には、斉の武帝が何美人の墓で悼亡詩を作り、その時従駕していた崔元祖に唱和させたという話が見える。皇帝自身が悼亡詩を詠じるほど、亡婦への哀悼の念は、礼教の枠を超えて、詩のテーマとして普遍的なものになっていたのだ。

唐の伝存している悼亡詩はほとんどが中唐以降の作である。よく知られているのは、韋応物（七三六～七九一）の「傷逝」をはじめとする十九首におよぶ悼亡詩(9)や、元稹（七七九～八三一）の「三遣悲懐」(10)などである。

韋応物は、同徳精舎の旧居にて元配元蘋を傷懐し、「傷逝」からはじまる十九首におよぶ連作の悼亡詩を詠じた(11)。「傷逝」が有名であるが、ここでは「出還」をみておこう。

昔出喜還家　　昔 出づれば喜びて家に還り
今還獨傷意　　今 還れば独り意を傷ましむ
入室掩無光　　室に入れば掩われて光無く
銜哀寫虚位　　哀しみを銜《ふく》みて虚位に写《そそ》ぐ

凄凄動幽幔　　凄凄として 幽幔動き
寂寂驚寒吹　　寂寂として 寒吹に驚く
幼女復何知　　幼女復た何をか知らん
時來庭下戲　　時に来たりて庭下に戯る
咨嗟日復老　　咨嗟す 日び復た老ゆるを
錯莫身如寄　　錯莫として身寄するが如し
家人勸我餐　　家人 我に餐を勧むるも
對案空垂淚　　案に対して空しく垂涙す

「昔は外出すれば家に帰るのがうれしかったが、今は家に帰ってもただ胸が痛むだけだ。部屋に入っても覆い隠されて光がなく、悲しみを抱いて妻のいない空席に涙する。寂しげに暗いとばりが動くも、冷たい風にはっとする。幼い娘は何も知らないで、時に庭で遊んでいる。日々老いていくことを嘆き、ぼんやりと落ち着かず寄る辺のない身のようだ。家族は私に食事をとるようにすすめるが、膳を前に空しく涙がこぼれる。」

韋応物は、「幼女復た何をか知らん、時に来たりて庭下に戯る（幼女復何知、時來庭下戲）」のように、母の死を知らずに無邪気に遊ぶ幼子の様子を描くことで、妻がいなくなり火が消えたようになった我が家に帰らねばならぬ侘しさを詠じた。

元稹の「三遣悲懐」は元配韋叢への悼亡詩であり、潘岳詩に倣い三首構成の古詩としつつも、悼亡詩史上、内容や表現面での大きな革新をもたらし、後の悼亡詩の傾向を決定づけたともいえる作である。ここでは悼亡詩において「貧賤の夫妻」という新しい夫婦像を呈示した其の一と其の二を引用しておく。

謝公最小偏憐女　謝公が最も小にして　偏憐の女《むすめ》
自嫁黔婁百事乖　黔婁《けんろう》に嫁ぎてより　百事乖《もと》る　＊黔婁は貧士の代名詞。
顧我無衣搜藎篋　我に衣無きを顧《み》て　藎篋を捜し
泥他沽酒拔金釵　他を泥《わずら》わして酒を沽《か》うに　金釵を抜く
野蔬充膳甘長藿　野蔬　膳に充てて　長藿に甘んじ　＊藿は豆の葉、粗食。
落葉添薪仰古槐　落葉　薪に添えんと　古槐を仰ぐ
今日俸錢過十萬　今日の俸銭　十万を過ぐ
與君營奠復營齋　君が与《ため》に奠を営み　復た斎を営む　（其一）

「謝安の末娘のように一番愛でられていた娘は、貧乏な黔婁へ嫁いでからもろもろが不自由になった。私に衣が無いことをみては己の衣装箱を探し、酒を買うのに彼女にねだると金のかんざしを抜いてくれた。野草を摘んで膳にあてて粗食に甘んじ、落ち葉を薪に添えようと古い槐の木を仰いだ。今、わたしの俸給は十万を超えたのに、それで君のために祭りをし、お斎《とき》をしようとは。」

昔日戲言身後意　昔日　戯れに言う　身後の意
今朝皆到眼前來　今朝　皆な眼前に到って来《きた》る
衣裳已施行看盡　衣裳　已に施し　行くゆく尽くるを看
針綫猶存未忍開　針線　猶ほ存し　未だ開くに忍びず

尚　想　舊　情　憐　婢　僕
也　曾　因　夢　送　錢　財
誠　知　此　恨　人　人　有
貧　賤　夫　妻　百　事　哀

尚お旧情を想い　婢僕を憐み
也《ま》た曽つて夢むに因りて　銭財を送る
誠に知る　此の恨み　人人有るも
貧賤の夫妻　百事哀《かな》し　（其二）

「むかし死んだ後のことをたわむれに語ったものだが、今朝すべてが目の前にやってきた。君の衣は施しにしてすでに無くなろうとしているが、君の針箱はそのままでまだ開けることができない。生前の君の思いを汲んで君の婢僕を慈しみ、君の夢を見ては紙銭を焚いてあの世に送る。この別離の恨みは誰でもあるものだが、貧乏な夫婦にとっては一事が万事悲しいことだ。」

元稹詩は、もともと裕福な家で育ったにもかかわらず、結婚後の貧しい暮らしの中で夫の酒代のために装身具を手放し、野草を食膳にあて、落ち葉を薪にするといった家計のやりくりをするという士人たちにとって身近な妻をスケッチしてみせた。潘岳と元稹の悼亡詩を比較すると、潘岳詩が詠じる亡妻は抽象的かつ包括的であり、誤解を恐れずにいえば、前者の亡妻とはあくまで詩人の悲傷を呼び起こす記号に過ぎなかったのに対し、元稹詩の亡妻はいくぶんの誇張はあるにせよ、具象的で、個としての輪郭をもつ。元稹詩は生前の妻の苦労を描いてみせることで、在りし日の妻との生活が砕け散る哀しみを詠じ、悼亡詩の伝統の中にこれまでとは異なる新しい夫婦像を確立したのである。

これ以外にも中唐では孟郊（七五一～八一四）「悼亡」、趙嘏（生卒不詳）「悼亡二首」がある。中原健二は、中唐にこのような悼亡詩の名篇が生まれた背景には、中唐ごろの士大夫の妻への意識の変化があり、夫婦の情愛が密になったことを指摘する。[12] 晩唐では李商隠（八一二～八五八）の悼亡詩と思しき「房中曲」があり、韋荘（八三六～九一〇）には亡姫を詠じた「悼亡姫」や「独吟」などがある。その詩形も五言古詩のみならず、五七言の近体詩が加わり多様化する。

これらはいずれも伝世の文献に見られる唐の悼亡詩だが、この背後には亡佚して今に伝わらない悼亡詩があったことは、想像に難くない。そのことを裏付けるのが、近年発見された唐の韓益（生卒未詳）の「悼亡詩」八首である。陳尚君の研究によれば、近年発見された唐の李季推の墓誌に、夫である韓益による「悼亡詩」八首（七律四首、七絶一首、五律一首、五古二首）が附刻されていたという。[13] 墓誌の撰者は韓益の兄韓復であるが、墓誌に夫が詠じた悼亡詩が墓誌に附刻された例はほかになく、しかも時代は元稹の「三遣悲懐」（元和四年、八〇九）にわずかに遅れること十四年、長慶元年（八二一）の作で、その詩句には元稹の「三遣悲懐」の影響が見られるという。このことからわかるのは、現在、文集等に収録されて伝存している唐人の悼亡詩はそのほんの一部に過ぎず、亡佚したものも多いということである。

続く宋代、悼亡詩の表現はいっそう多彩なものになる。[14] 宋を代表する詩人欧陽脩（一〇〇七～一〇七二）には「緑竹堂独飲」という悼亡詩があり、[15] また日常に材を採る詩で宋詩の特徴的詩風を確立した梅尭臣（一〇〇二～一〇六〇）は、悼亡詩を多作した詩人でもあり、彼には総計四十五首にものぼる悼亡の作があるという。[16] 平淡の語を作詩のモットーとする梅尭臣の悼亡詩には、平凡な下級官吏の暮らしの中で伴侶を失った悲しみを率直に表現した作が多い。ここでは「悼亡三首」のうちの第三首のみを引用する。

従 來 有 脩 短　　従来　修短有り

豈敢問蒼天　豈に敢えて蒼天に問わんや
見盡人間婦　人間《じんかん》の婦《つま》を見尽くしたれど
無如美且賢　如《か》くも美しく且つ賢なるは無し
譬令愚者壽　譬令《もし》　愚者は寿なりとせば
何不假其年　何ぞ其の年を仮《か》さざる
忍此連城寶　此の連城の宝の
沈埋向九泉　沈み埋もれて九泉に向かうに忍びんや　（其三）

「長生きの人と短命の人があるのは昔からのこと、そのことをどうして天に問おうか。世の人妻を見尽くしたとしても、彼女ほど美しく聡明な者はいない。もし愚か者が長生きをするというのなら、どうしてその寿命を貸してくれなかったのか。この連城の宝が、黄泉の国に沈みうずもれいくのを、じっと耐えている。」

彼は、亡妻を「人間の婦を見尽くしたれど、如くも美しく且つ賢なるは無し」と誰はばかることなく哭する。いささかオーバーな表現ではあるが、ここには妻の死によって精神的に大きな衝撃を受けたことが率直に表現されている。

また、総計四十五首にものぼる梅尭臣の悼亡詩の中には、再婚後の作もある。「戊子正月二十六日夜夢」の戊子は慶暦八年（一〇四八）、梅尭臣は元配謝氏を亡くし、刁《ちょう》氏を娶って約二年の時の作である。

自我再婚來　我　再婚して自《よ》り来《このかた》
二年不入夢　二年　夢に入らず

昨宵見顔色　　作宵 顔色を見たり
中夕生悲痛　　中夕 悲痛を生ず
暗燈露微明　　暗灯 微明を露わし
寂寂照梁棟　　寂寂として梁棟を照らす
無端打窗雪　　端無《はし》くも 窓を打つ雪の
更被狂風送　　更に狂風に送らる

「再婚してから、二年の間夢に出てくることはなかったのに、昨晩その面影を見て真夜中に悲痛が込み上げてきた。ほの暗い灯火が寂しげに梁を照らしている。おりしもなぜか雪がひときわ狂おしい風に吹きつけられて窓を打つのだ。」

　さて、宋代には蘇軾（一〇三六～一一〇一）のように詞の形式で妻への悼念を歌ういわゆる悼亡詞も生まれた。潘岳以来、妻を哀悼する韻文は詩の形式で詠じるのが伝統である。晩唐の韋荘に「謁金門」二首や「荷葉杯」二首などの悼亡詞はあるが、それらは妓女の楊氏を悼んだものとされている。次の蘇軾の「江城子 乙卯正月二十日夜記夢」は亡妻への哀悼を詞で詠じた嚆矢とされ、それは悼亡をテーマとする韻文としては一つの革新だった[17]。

十年生死兩茫茫　　十年 生死 両《ふた》つながら茫茫たり
不思量　　思量せざるも
自難忘　　自ら忘れ難し

千里孤墳　　千里の孤墳
無處話凄涼　　凄涼を語るに処無し
縦使相逢應不識　　縦使《たとい》 相い逢うも 応《まさ》に識《し》るべからず
塵滿面　　塵は面に満ち
鬢如霜　　鬢は霜の如《ごと》からん

「死が二人を別ちて十年、遠く離れ離れになってしまった。思いかえそうとしないのに、忘れることはできない。千里のかなたの独りぼっちの塚。このやるせなさを語ろうにも術がない。たとえ出会ったとしても、きっと私だとは判らないにちがいない。顔は浮世の塵にまみれ、髪は霜を置いたように真っ白なのだから。」

夜來幽夢忽還鄉　　夜来の幽夢 忽ち郷に還る
小軒窗　　小軒の窓
正梳妝　　正に梳《くしけず》り妝《よそお》う
相顧無言　　相い顧《み》て言無く
惟有涙千行　　惟だ涙の千行有るのみ
料得年年腸斷處　　料《はか》り得たり 年年 腸断の処
明月夜　　明月の夜
短松岡　　短松の岡

「昨夜、ぼんやりした夢の中でなんと故郷に帰った。君はあの部屋の窓辺で髪を梳き化粧していた。振り向いたが何もいわず、ただ涙をとめどなく流すばかりだった。おそらくこれからも毎年はらわたのちぎれる思いをするのだろう。明月の夜、まだ伸びていない短い松の君の墳丘を思って。」

これは煕寧八年（一〇七五）、蘇軾四十歳が元配王弗《おうふつ》を思っての作であるが、蘇軾はすでに王氏の従妹の閏之を継妻として娶っていた。「夜記夢」という副題は、おそらく梅尭臣が元配を思って詠じた上掲の「夜夢」詩を意識したものであろう。悼亡詩はもともと一年の服除の前後に制作されることが多い。しかし、宋代にはすでに妻の死から数年後を経てからも詠じられるようになっており、これは後の明清にも受け継がれていく。

蘇軾以降、宋を代表する詞人が悼亡詞を詠じるようになる。北宋の賀鑄（一〇五二～一一二五）の「鷓鴣天半死桐」、南宋の劉克荘（一一八七～一二六九）の「風入松」などはいずれも悼亡詞である。(18)

なお、明清にも悼亡詞は多く制作されたが、なんといってもその白眉は納蘭性徳（一六五五～一六八五）、字は容若である。(19) 清室の姻戚にあたる名門の出身で、康煕十五年（一六七八）の進士。康煕帝に侍衛として仕えた。経学に明るく、宋元の経学の諸説を集大成した『通志堂経解』で知られる。詞を愛好し、哀切で清新な北宋風の詞の作者としても知られているが三十一歳の若さで没した。元配盧氏は康煕十三年（一六七四）、納蘭性徳が二十歳の時、十八歳で来帰。長男を産むが、難産のため没す。わずか三年の結婚生活であった。ここでは「金縷曲　亡婦忌日有感」の其の一を紹介しておこう。

此恨何時已　　此の恨み何れの時にか已《や》まん
滴空階　　空階に滴る

寒更雨歇
葬花天氣
三載悠悠魂夢杳
是夢早應醒矣
料也覺
人間無味
不及夜臺塵土隔
冷清清
一片埋愁地
釵鈿約
竟抛棄

寒更の雨歇《や》む
葬花の天気
三載　悠悠として魂夢の杳
是れ夢なれば早に応に醒むべし
料《はか》るに也《ま》た覚ゆるか
人間は無味にして
夜台の塵土に隔てらるるに及ばざらんと
冷たきこと清清たり
一片の愁いを埋めし地
釵鈿の約
竟《つい》に抛棄せらる

「いったい何時になったらこの別離の恨みが消えよう。夜雨が止み、誰もいないきざはしに残雨が滴る。あの花が散った時季が巡ってきた。あれから三年長い夢を見ているようで、夢ならばとっくに覚めてもいいはずなのに。ひょっとしたらこの世はつまらなく浮世の塵芥から隔てられている墓穴のほうがましだと思ったのかい。しんしんと冷たき我が愁いをうずめし壙丘。誓いのあの釵鈿は投げすてられたまま。」

　彼は生涯にわたって悼亡詞を制作しつづけ、その作は四十首に及ぶといわれる。右の悼亡詞は詞中の言葉から忌日の五月三十日に制作されたことがわかる。このように、明清の悼亡詞は亡妻の節目の忌日に詠まれたものが多い。つまり、悼亡は、長期にわたって詩人たちの韻文のテーマであり続けたのである。

（二）　明清の悼亡詩とその特徴

悼亡詩は明清時期も創作され続けた。[20] しかも前代に比べると圧倒的ともいえるほど作品が多い。これは悼亡詩を詠ずる詩人が増えたことと、一人の詩人が詠ずる作品量が増えたという二つの理由によるものである。もちろん明清は前代に比べて伝世の文献が多い点は考慮すべきだが、管見の及ぶところ明清では妻を喪った士大夫は哀悼散文または悼亡詩のいずれかを制作しているという印象がある。

通行本の別集中には収録されていない悼亡詩が、未刻鈔本の中から偶然見つかったケースもある。明を代表する古文作家の帰有光は元配の魏氏と継室の王氏を喪っているが、明の版本で唯一詩を収録する崑山本『震川文集』[21]にも清の康熙年間に曽孫の帰荘が刻行した『帰震川先生文集』のいずれにも彼女たちを詠じた悼亡詩は収録されていない。そのため帰有光には亡妻を追憶した文はあるが、悼亡詩はないと考えられていた。ところが、近年、上海図書館蔵『震川先生未刻稿本』に継妻王氏を哀悼した「悼亡詩」が収められていることが発見された。[22] 崑山本『震川文集』を編纂刻行したのは継妻王氏の子たちであり、なぜ彼らが自身の亡母のために制作された「悼亡詩」を文集に収録しなかったのか理由は不明だが、帰有光は、詩はさほど得手でなく、彼の「悼亡詩」の文学的価値はさほど高くないと判断されたのかもしれない。このように通行本に未収録のため、帰有光の悼亡詩篇はほとんど知られていないのだが、このことは、明の文人にとって、巧拙はともかく、妻が没して悼亡詩を詠じるのが特別なことではなく、自然なことであったことを意味しよう。ましてや一級の詩人であればなおさらである。

組詩もしくは連作の多さと詩形の豊富さも明清の悼亡詩の特徴である。潘岳以来、悼亡詩は三首一組が通例であるが、明清では十首以上の組詩も珍しくない。

たとえば明の唐寅（一四七〇〜一五二三）の「綺疏遺恨」は十首一組で、刀、尺、針、銹床、砧杵、機杼、灯檠、彩線といった故人の閨房の遺物を題に詠じたものである。宋懋澄（一五六九〜一六二〇）は万暦十八年（一五九〇）、北京で三年前に結婚したばかりの妻楊氏の訃報を聞いてすぐに「燕邸感夢七首悼亡婦」を詠み、さらに翌年帰郷して「悼亡新婦」を制作している。明を通じてとりわけ悼亡詩の篇数が多いのは王彦泓（一五九三〜一六四二）である。胡旭によれば、「悲遣十三章」をはじめとして、はっきりわかるものだけでも七十篇にも及ぶという[23]。王彦泓はこれとは別に妻が病の床にあるときからその苦しむ様子を詩に詠じており、胡旭は王彦泓という詩人は半ば忘れられた詩人であるが、彼の悼亡詩は明で傑出していると論じている。

明清の悼亡詩の長篇組詩で有名なものとしては、明末清初の屈大均が継妻王華姜のために詠じた「哭華姜一百首」がある（第五章で詳述）。また、清の王士禛（一六三四〜一七一一）の「悼亡詩三十五首[24]」、尤侗（一六一八〜一七〇四）の「哭亡婦曹孺人詩六十首[25]」などもすべて組詩である。また詩体では、悼亡詩の伝統である五言古詩を基本としつつも、明清では七言の絶句もしばしば見られる。上掲の三者の組詩はいずれも七言絶句である。

また、第四章で詳述するように、戯曲家として知られる明の李開先（一五〇二〜一五六八）は、妻の張氏のために「雉朝飛」や「亡妻忌辰」を詠じたほか、春・夏・秋・冬の南曲、北曲十詠など計四十八の曲子を制作し、それを『四時悼内』として小集に編んでいる。散曲（曲子）という浅近な通俗歌謡で亡妻への悼亡の念を表出したことは、他に類をみない。

このように、明清に至って妻を喪った文人は必ずといっていいほど悼亡詩もしくは悼亡詞を制作し、詩人は長篇の悼亡組詩を制作した。その結果、明清の悼亡詩篇は繁多である。しかし、作品量が多いわりに明清の悼亡詩の文学史的評価はさほど高いとはいえない。崔剣煒「中国古代悼亡詩初探」[26]は、元明清を悼亡詩の衰落期とし、一部の名家の詩や女性が夫を悼亡した作に見るべきものはあるものの、清の納蘭性徳の悼亡詞をピークとして、それを超えるものはなく、明清の悼亡詩の全体としての芸術的価値は高くないとする。蔣寅「悼亡詩写作範式的演進」[27]もまた、唐の元稹「三遣悲懐」こそが悼亡詩の芸術表現上の最終完成型であり、それ以後の悼亡詩は表現上、開拓の余地はほとんどないという。悼亡詩は詩人自身の切実な悲傷を詠じるものだが、伉儷の情に関する故事や典故はもともと限られている上に、潘岳「悼亡三首」以来の長い伝統の中で、繰り返し使用されてきたそれらの詩語は手垢がつき、後代の悼亡詩がいささか新味の乏しいものに感じられるのは否めない事実である。

一般的に、悼亡詩はまず潘岳のように妻を喪った自らの悲哀を詠ずるものから、韋応物のように在りし日の亡妻の才徳を讃え、遺された子女の不憫さを描くといった亡妻を主体とする表現へと変化し、さらに元稹に至って貧賤の夫婦の生活を平易な言葉で細やかに描くという新しい表現を獲得したとされる。しかし、後世の悼亡詩が前代に比べて新奇さが足りないという見方は、清代にすでに存在した。

清の孫洙（蘅塘退士）は『唐詩三百首』に元稹「三遣悲懐」を収録し、その評に「古今の悼亡詩の作は汗牛充棟であるが、結局この域を出る作はない。浅近の作としてこれを軽視することはできない（古今悼亡詩充棟、終無能出此範圍者、以淺近忽忽之）」と述べている。後世の汗牛充棟の悼亡詩は元稹詩のレベルを超えられないというのである。また、清の詩人喬億（一七〇二～一七八八）は古今の悼亡詩について論評し、「有明の諸名家に詩無し（有明諸名家無詩）」（『剣谿詩説』又編）と断じ、清から民国にかけての学者である陳衍もまた、『石遺室詩話』巻十で「喜楽を詩にするのは難しく、悲愁は詩にしやすいと言われる。ただし、悼亡詩については上手いものはとても少ない。（語云歡娯難工、愁苦易好。而悼亡詩工者甚尠。）」と述べている。(28) これら学者の論評では明清に悼亡詩なしということになる。

しかし、それはあくまで個々の詩の表現や技巧上に限定した評価にすぎないのではないか。明清に大量に創作された悼亡詩には本当に何の意義も見いだせないのだろうか。そもそもこの時期、前代にも増して悼亡詩が盛んに制作された要因は一体どこにあるのだろうか。

明清は「情」、とりわけが伉儷の情が重んじられた時代である。筆者は、明清における悼亡詩の盛行は、文人による伉儷の情の重視と、文人間での悼亡の念の共有という側面から考える必要があると考えている。

伉儷の情の重視は、悼亡詩の制作時期の多様化をもたらした。唐宋までは悼亡詩の制作時期は妻の没後一～二年に集中する傾向にあるが、明清の場合、没後十数年を経てからの作もかなりある。長期にわたって悼亡詩もしくは悼亡詞が詠まれ続けるのである。つまり、前代の悼亡詩は亡妻の服喪明けに制作されることが多かったが、明清になると、殯葬、墓葬、忌日、清明節といった節目はもちろんのこと、それ以外にも、四時折に触れて詠じられる詩題となっていく。一般に悼亡詩とは専ら個人の悲傷を抒情的に詠じたものと思われがちであるが、誤解を恐れずにいうならば、明清の悼亡詩は悼亡という形を借りて夫婦の家庭生活の歴史を叙したものが多い。

また、文人間での悼亡の念の共有、これが拡大したのも明清悼亡詩の特徴である。それは友人による悼亡詩の代作もしくは唱和として現れた。もちろん先述したように皇帝の命によって悼亡詩に唱和した劉宋の崔祖思の例以外にも、唐の白居易（七七二～八四六）には元稹の悼亡詩に唱和した詩があり(29)、温庭筠（八一七～八六六）にも「和友人悼亡（一作喪歌姫）」がある。魚玄機（八四四？～八七一？）の「代人悼亡」、劉商（大暦詩人）の「代人村中悼亡二首」などは詩題からしても、悼亡詩の代作である。唐の歌姫への悼亡はおそらく文学サークルの間で創作され回覧されたものであろう。明清ではこうした友人による悼亡詩の代作や唱和が一般化するのである。たとえば、明の王穉登（一五三五～一六一二）の「壬戌初度日悼亡妻三首」に対して、謝肇淛が「代王百穀悼亡三首」（『小草斎集』巻四）を、梅鼎祚が「支機篇為王百穀悼亡」（『鹿裘石室集』巻五）を、徐熥は「為王百穀悼亡」、徐𤊹は「為王百穀悼亡」を唱和している(30)。また清初の尤侗には、先に挙げた王士禛の「悼亡詩三十五首」に唱和した「題王阮亭侍読悼亡詩後三首」がある。

これらは詩人たちが悼亡の念を代作や唱和という形で共有していたことを意味する。そのことを如実に物語るのが、明末清初に登場した悼亡唱和集である。明末清初の冒襄編『同人集』巻六「影梅庵悼亡題詠」には友人たちが冒襄の亡妾董小宛のために捧げた詩文がまとめられており、また屈大均の『悼儷集』（第五章で詳述）や尤侗の『哀絃集』(31)に至っては独立した小集である。これは自作の悼亡詩に対して友人たちから寄せられた詩や文を、一冊の小集に編纂にしたものである。こうした亡妻のための悼亡文集は、清の乾隆年間になると、舒夢蘭の『花仙小志』（第六章で詳述）のように、未だ嫁がずして亡くなった友人の聘妻（婚約者）にまでその対象が拡大することになる。

二、亡妻哀悼文

（一）明以前の亡妻哀悼文

さて、亡妻哀傷文学の研究は、これまで韻文すなわち悼亡詩を中心に展開してきたが、悼亡詩とは別に、文の形で亡妻への悼念を示す流れが存在する。古くは『漢書』外戚伝上に引用されている漢武帝の「李夫人賦」の抄節、『芸文類聚』巻三十四の西晋潘岳の「悼亡賦」[32]が、『文選』巻五十七の潘岳の「哀永逝文」があるが、本書で特に注目するのは墓誌銘・祭文・行状という形式で亡妻を叙した哀悼散文である。これらを亡妻墓誌銘、祭亡妻文、亡妻行状と呼ぶことにする。亡妻哀悼の文は唐代に亡妻墓誌銘や祭亡妻文として徐々に執筆されるようになり[33]、宋元を経て、明清時代には普遍化し、第二章で論じるように、その文体も墓誌銘や祭文にとどまらず、これに亡妻行状、亡妻伝などが加わり、その文体も内容も多様化する。

亡妻墓誌銘は、早くは魏晋南北朝に出土例があり、近年発掘された唐代の女性墓誌にも夫が執筆した墓誌銘が多数確認できるが、それが個人の文集に入って文学作品として後世に伝わったのは唐の柳宗元（七七三〜八一九）の「弘農楊氏墓誌」が最初であろう[34]。これはさらに宋の『文苑英華』巻九百六十八に収載されたこともあり、宋代には亡妻墓誌銘の制作が拡大し、それを文集中に録入するようになる。

たとえば欧陽脩の「胥氏夫人墓誌銘」「楊氏夫人墓誌銘」、曽鞏（一〇一九～一〇八三）の「亡妻宜興県君文柔晁氏墓誌銘」や「祭亡妻晁氏文」、蘇洵（一〇〇九～一〇六六）の「祭亡妻文」、蘇軾「亡妻王氏墓誌銘」や「祭亡妻同安郡君文」など、古文作家を中心に多くの例が見られるのは注目に値する。宋の文学者にとって妻の死は散文の重要なテーマとなり、このほか北宋では、蘇舜欽（一〇〇八～一〇四八）・李覯《りこう》（一〇〇九～一〇五九）・司馬光（一〇一九～一〇八六）・黄庭堅（一〇四五～一一〇五）、南宋では周必大（一一二六～一二〇四）・陸游（一一二五～一二〇九）・劉克荘（一一八七～一二六九）といった錚々たる文学者の集中に亡妻墓誌銘・祭亡妻文が見られる。

亡妻墓誌銘・祭亡妻文の特徴は、被葬者つまり妻についての描写が具体的かつ率直で、墓文特有の阿諛や千篇一律の美辞麗句とは無縁だということである。たとえば、唐の柳宗元「亡妻弘農楊氏誌」では、妻の死因が包み隠さず述べられている。

（妻は）元来足疾のために歩行が不自由だった。嫁いで三年もたたぬうちに身ごもったが流産し、病が悪化した。（以素被足疾、不能良行。未三歳、孕而不、厥疾增甚。）

女性の身体的な障碍は、夫以外の男性では語り得ないものである。遺族から依頼されて書いたような墓誌銘では、それらの事実は秘されるのが常である。

士大夫本人が書いた亡妻墓誌銘や祭文では、妻との関係も率直に描かれる。たとえば、元稹の「祭亡妻韋氏文」では、実家と婚家の間の経済的格差が述べられている。

私に嫁いで始めて貧賤を知り、暖衣飽食がかなわなくなった。しかし、それに不満の色を出さず、恨み言も言わなかった。（逮歸于我、始知賤貧、食亦不飽、衣亦不溫。然而不悔于色、不戚於言。）

さらに、若くて無軌道だったころの夫婦の関係も描かれる。

他人が私のことを気の利かぬ奴だと貶めても、妻は私を大切に敬ってくれ、一向に芽が出なくとも、妻は道にかなった生き方だと見なしてくれた。昼夜かまわず友人と飲んだくれても、賢者とのおつきあいだと言ってくれた。（他人以我爲拙、夫人以我爲尊、置生涯於濩落、夫人以我爲適道。捐晝夜於朋宴、夫人以我爲狎賢。）

また、蘇洵「祭亡妻文」は夫を叱咤激励する妻を描く。宋の蘇洵が若いころ遊俠の徒と交わり、学問に身を入れず、のちに妻程氏の援助で学問を始めたという話は有名である。蘇洵はいう。

私は若い頃、放蕩して学問をしなかった。お前は何も言いはしなかったが、いい顔はしなかった。お前はこのままだと私が世に埋もれてしまうと心配し、それを知った私は感ずるところがあって心を入れ替えて勉強し、今日に至ったのだ。（昔予少年、遊蕩不學。子雖不言、耿耿不樂。我知子心、憂我泯沒。感嘆折節、以至今日。）

夫による亡妻の哀悼文が読者の胸を打つのは、士大夫と妻の関係が率直に語られているからである。悼亡詩は傷逝の悲嘆の表出に力点が置かれるが、亡妻哀悼文には妻の生卒、死因に加えて経済状態など多くの情報が含まれており、そこから我々は士大夫やその妻たちの日常生活、夫婦の関係性といった詳細を知ることができるのだ。

ていく。[35]

（二）　明清の亡妻哀悼文

明清では妻を喪った士大夫はほとんど墓誌銘もしくは祭文を書しており、もはや特別なことではなくなっていく。[35]

もちろん、悼亡詩も亡妻哀悼文も、妻の死という不幸に遭うことが前提の文学であることは言を俟たない。明の李開先にはそのことを率直に述べた文がある。「悼内同情集序」である。同情とは情を同じくするという意であり、『悼内同情集』とは、自ら張氏のために筆を執った墓誌銘と、五人の知友すなわち李夢陽、李舜臣、羅洪先、唐順之、王慎中の亡妻墓誌銘や哀悼文を集めたものである。これについては第四章で詳述するが、ここでは、李開先が妻張氏の死をきっかけとして、世の中の亡妻墓誌銘に対する見方が変わったことを述べた部分を引用する。

かつて人の亡妻墓誌銘を読み、どれほど哀切であっても、この私の心が動かされることはなかったが、それはその苦しみを味わったことがなかったからだ。わが妻張宜人が亡くなってから、それを読んでみると、涙がこぼれて止まらなくなった。同じ隣家の笛の音でも、郷里を懐う心にはとりわけ身に沁み、〔晋の向秀《しょうしゅう》が山陽の旧廬で聞いた隣人の笛の音色に亡友の嵆康や呂安を懐い、「思旧賦」をつくった故事〕同じ秋雨でも、愁人の耳にはいっそう物悲しく聞こえるということだ。（往讀喪內誌文、雖其甚痛切者、此心亦不爲動、以未嘗歷其苦也。及予妻張宜人亡後、復讀其文、則垂涕不能已。均一鄰笛也、惟懷鄉之心獨感焉、均一秋雨也、惟愁人之耳偏入焉。[36]）

『悼内同情集』に収録された哀悼文は、前七子の領袖である李夢陽（一四七二～一五三〇）の「封宜人亡妻左氏墓誌銘」、李開先の同郷の友人李舜臣（一四九九～一五五九）の「亡妻封宜人朱氏墓誌銘」、同年の進士である羅洪先（一五〇四～一五六四）の「亡妻曽氏墓誌銘」や唐順之（一五〇七～一五六〇）の「封孺人荘氏墓誌銘」、さらに王慎中（一五〇九～一五五九）の「存悼篇」である。妻に先立たれるという体験を経て、李開先は世の亡妻墓誌銘を読み返したことであろう。『悼内同情集』はこうした士大夫の亡妻哀悼文が、文学として同時代に共有されていたことがわかる資料である。

ところで、この『悼内同情集』には、ひとつだけ亡妻墓誌銘ではない文が含まれる。それは王慎中の「存悼篇」である。王慎中は「存悼篇」を執筆した理由を冒頭で次のように説明している。

亡室の恭人淑敬陳氏を葬るにあたり、自ら墓誌銘を執筆しようと思ったが、悼亡の念甚だしく文を綴ることができなかった。恭人は生前、とりわけわが弟の道原が賢なることを尊敬しており、家の中のことを恭人がどのように取り仕切っていたかについてはわが弟以上に詳しい者はいない。私はふだん官としてあちこちに赴任していて、海内には友も少なからずいるが、家族の安否をたずねたり、贈り物をやりとりするのは数名にすぎず、その数人の中で最も親しいのは毘陵唐荊川太史である。そのため道原に亡妻の行状を作成させ、彼に墓誌銘を乞おうとした。しかし、日が差し迫っていて、わが弟は文を仕上げることができず、ただ恭人の出自や生卒年、享年、二人の婚姻の経緯や墳墓の向き、墓地の名、もうけた子の現況などを書し、石に刻んで墓穴に納めただけで、情思については十分に述べることはできなかった。（亡室恭人淑敬陳氏將葬、欲自爲志、悼甚不能撰次也。念恭人平生最敬吾弟道原君之賢、而知恭人之修於內者

莫若吾弟詳。吾平生宦游、取友於海內爲不少、然彼此室人牖脩之問相及者亦不數人。數人之中、吾所最敬惟毘陵唐荊州太史。故屬道原爲狀、將以乞太史銘。而日月有期、吾弟之文未可卒致、第書恭人所出世系、生卒歳月、受恩命數、男女嫁聘之實、與壙兆負向、阡原名號、授兒同康、刻石納壙中、情事忽忽如有所忘。）

王慎中はこの最後に再びいう。

心が千々に乱れ、墓誌でもなく誄でもない。この篇を「存悼」としたのは、子や女に示そうとしたからだ。（瞶亂無次、非志非誄、名其篇曰「存悼」、以示兒女子云爾矣。）

王慎中は、弟王惟中に亡妻陳氏の行状を執筆させて、唐順之に墓誌銘を依頼しようとしたのだが、うまくいかなかったらしい。唐順之の文集には王慎中の妻の墓誌銘はなく、また王惟中の文集は伝わらないので、陳氏行状を確認することはできない。

この行状とは、行略、行実、事略、事状、あるいは単に状、述ということもあるが、本来は官僚の死後、謚号を検討する際の参考資料であり、将来の史書編纂に備えて故人の生前の政治的業績を記載して史館に報告するためのものであった。後世、遺族や故人に近い者が墓誌銘の執筆を依頼する際にこれを添えるようになったことから行状の性格は大きく変化した。

女性行状は、士大夫が自らの亡母について書した宋代の先妣行状に始まる。ただし、女性は公の仕事に従事しているわけではないため、女性のことを書すために行状という文体を用いることに対して批判の目を向ける者もあった。これについて筆者はかつて「明代における非古の文体と女性」(37)で論じたことがあるので、ここでは繰り返さないが、南宋の兪文豹は『吹剣録外集』の中で、母を語るのに行状という文体を用いることを批判しており、また、南宋の儒者王柏（一一九七～一二七四）は、恩師劉炎（撝堂）の子劉朔（復之）にあてた書簡「答劉復之求行状」で、劉復之の母の行状の執筆依頼を受けたものの、これは「非古」の文体だとして執筆を断っている。

こうした意見もあって、宋代の文集に女性の行状が収録されることは極めて稀なことであった。しかし、明代になると、女性行状の執筆は恥ずべきことではないと考えられるようになり、特に万暦年間には、主に亡母を追悼し、亡母の女徳を顕彰する文体、つまり先妣行状が士大夫の間で大いに盛行する。行状はもはや男性のためだけの文体ではなくなるのである。

そして、第二章で詳しく論じるが、明の晩期には先妣行状に少し後れる形で、徐々に亡妻行状の執筆例が増えていく。王慎中や李開先の時代、つまり明の嘉靖年間までは亡妻行状が文集に収録されることはさほど多くはなく、どちらかというと亡妻墓誌銘の方が一般的であったが、万暦以降は、亡妻行状が増えていく。そして清ではついに亡妻行状の篇数が亡妻墓誌銘を圧倒していく。さらに、第三章で論じるように、これに加えて、妾（側室）のための亡妾墓誌銘や亡妾行状も書されるようになるのである。

明清時代に亡妻や亡妾の墓誌銘、行状や伝が流行した理由の一つとして考えられるのが、士大夫層における宗族意識の浸透とそれにともなう家譜・家牒の整備である。清人の文集では「家乗」や「家譜」の巻に亡妻や亡妾の墓誌銘、行状もしくは伝が収録されていることが多い。家譜・家牒を通じて嫁いできた後世の婦に対してあるべき女徳を訓戒するという大義名分は、士大夫たちが本来は私領域に属する妻妾のこまごまとした事績を自ら書き記すことのハードルを下げたともいえる。

三、憶語体

（一）　清の憶語

もう一つ、本書では考察の対象に含めなかったが、清代には後世、憶語体と称される哀傷文学が登場している。憶語とは過ぎ去った日々の生活を追憶の形で綴った随筆である。一種の自叙伝であるが、過ぎ去った生活のディティールを情緒的に語ることから写情小説、あるいは家庭内の出来事を書すことから家庭小説と呼ばれることもある。

憶語体の嚆矢は、明末清初の文人冒襄（一六一一～一六九三）の『影梅庵憶語』三十九則とされている。冒襄は、明末の復社四公子の一人だったが、明清鼎革後は、郷里の如皐で広大な水絵園を営み、友人たちを招いて南京の繁華を彷彿とさせるような風流な文人的生活を体現していた。その傍らには愛妾董小宛が寄り添っていた。『影梅庵憶語』は、元秦淮の名妓で彼の側室となった董小宛との日々を追憶したものである。

その後、乾隆嘉慶年間には『影梅庵憶語』の影響を受けた沈復（一七六三～一八三二?）が愛妻陳芸《ちんうん》への思いや生前の暮らしを追憶した『浮生六記』を著し、道光年間には陳裴之（一七九四～一八二六）が愛妾王子蘭の死を悼んで『香畹楼憶語』を、咸豊年間には蔣坦（一八一八～一八六三）が愛妻関瑛（一作関鍈）（秋芙）との結婚や日常生活を追憶した『秋灯瑣語』を著した。これらはみな亡妻もしくは亡妾の死を悼んだ文人たちが、『影梅庵憶語』に倣って執筆したものである。

（二）　民国の憶語ブーム

こうした清代に登場した憶語体の文学が広く世に知られるようになったのは、実は民国に入ってからである。民国十三年（一九二四）、兪平伯（一九〇〇～一九九〇）はかつて清末の光緒年間に公刊されていた二種類の『浮生六記』の版本を校勘し標点を施し、附録「浮生六記年表」とともに樸社出版部より公刊した。すると、これが人気を博し、何度も版を重ね、民国期、複数の出版社から刊行されるに至った。時は五四新文化運動の真っ只中であり、大家族の家を出て夫婦二人だけの愛情に満ちた生活を情感たっぷりに描く『浮生六記』は、当時の文学青年を引きつけたのである。

民国二十四年（一九三五）には、林語堂（一八九五～一九七六）が『浮生六記』を英文に翻訳して『天下月刊』と『西風月刊』に連載し、のちには西風社から漢英対訳本を出版した。さらに同じ年、朱剣芒（一八九〇～一九七〇）国学整理社が『陶庵夢憶』『影梅庵憶語』『浮生六記』『香畹楼憶語』『秋灯瑣憶』『小螺庵病榻憶語』など十種類の作品を集めて『美化文学名著叢刊』として出版するに至って、これらの憶語体の散文はさらに広範な読者を獲得した。

憶語体が五四文学に及ぼした影響について、李国『晩清至五四祭悼文学及其文化転型研究』(38)は次のように述べている。

近代化を追求する過程で、著名な文化人が昔の文人の作品から新しい思想を発見していたことは興味深いことだ。五四文化のパターンから見れば、古い伝統というのは往々にして批判され唾棄される対象であり、なかでも家族倫理の観念は「人を喰う礼教」として熱血的な青年たちの手によって抉り取られていたはずだった。「家族制度の革命」というスローガンは、個人主義に基づく恋愛の自由と結婚の自主権を求める努力をともなうもので、新聞、雑誌、翻訳本などの近代的メディアもそれを煽ったことから、当時の最も重要な革命的試みの一つともなっていた。しかし、いささか特異な現象なのだが、新思潮の青年たちは西洋の翻訳書のみを奉じていただけではない。清初以降に登場した多くの憶語体の文学作品も熱心に読んでいたのである。『影梅庵憶語』や『秋灯瑣憶』『香畹楼憶語』から『浮生六記』に至るまで、こうした作品は当時大量に出版されていた。その物語は若い学生たちの間でホットな話題になっていて、文壇で活躍する多くの学者や文学者も次々とそれに言及する評論や書評を書いていた。たとえば陳寅恪、兪平伯、潘光旦、林語堂などは、『浮世六記』の文学的価値や歴史的価値、文学史的地位を高く評価していた。五四新文化運動の申し子であった進歩的知識人は、封建的な家制度に反発し、自由恋愛と自由結婚によって結ばれた男女一対を基礎とする小家庭こそが近代的で理想的な家とみなしたのである。

憶語体は文語による随筆であり、当時、民国期の文学青年が追求した白話文とは文体を異にするが、イギリス留学経験のある進歩的知識人である前掲の朱自清もまた、実際の散文創作においては清代の憶語体散文からインスピレーションを受けていたと考えられよう。朱自清の「給亡婦」は五四時期のこうした思潮の影響が濃厚である。のちに一九七四年に事故死した老妻を哀悼し、『槐園夢憶』を書くことになる梁実秋（一九〇三～一九八七）もまた朱自清と同じく五四新文化運動の洗礼を受けた世代である。五四文学の亡妻哀傷文学の背後には、憶語という伝統文学が鎮座していたのだ。

ただし、憶語自体は哀傷文学ではあるが、専ら亡妻あるいは亡妾を哀悼する文体というわけではないことは指摘しておかねばならない。たとえば、前掲の『美化文学名著叢刊』に載録されている清の孫道乾『小螺庵病榻憶語』は亡女を、民国の姚后超『昭明憶語』は亡児を追憶したものである。『中国近現代稀見史料叢刊（第五輯）』（鳳凰出版社、二〇一八年）は、『近現代〝憶語〟彙編』と銘打ち、清の咸豊年間から民国期の「憶語」と題する散文五十三篇を収録するが、そのうち亡妻を追憶したものは八篇に過ぎない。『影梅庵憶語』や『浮生六記』の印象が強いため誤解されがちだが、憶語体イコール亡妻哀悼の文体ではないことには注意が必要である。

ただし、憶語体が生まれた背景には、明から清にかけての社会で「内言は閫を出でず」という礼の規範が揺らいでいたこと、中国社会が情欲を肯定し、夫婦の情を常情とみなすような変化があったことが指摘されよう。

おわりに

ややもすれば明清時代の女性は、封建的な家制度と一夫多婦制のもとで抑圧され、専ら男性に従属する奴隷的存在だったと見なされがちである。清末に勃興した女性解放思想以来、こうした観念は強固である。しかし、近年の研究は、これまで埋もれていた資料を発掘し、あるいはこれまでとは異なる視点から読み解くことにより、こうしたステレオタイプの明清女性像を脱しつつある。悼亡詩、亡妻墓誌銘、亡妻行状、憶語体といった明清の文学研究ではこれまでほとんど顧みられなかった資料から見えてくる女性像は、決して男性に従属する奴隷的存在などではなく、時に夫の「伴侶」として、「友」として、「同志」として、ともに日常を生きる「生活者」である。婦を喪うことは、その日常が消えることであり、自らの肢体がもがれるに等しいことだった。

明清における悼亡詩や亡妻墓誌銘、亡妻行状、憶語といった哀傷文学の盛行は、婦の死という私領域に属する事柄が、公領域の場で文学のテーマとして認知され、発展していった過程でもある。さらに、そのことは明清の女性詩人をも刺激し、彼女たちを文学の客体から主体へと転化させた。それまで悼亡される側だった女性が、自ら筆を執って夫を悼亡する作品を制作し始めたのである。女性詩人の悼夫文学については本書とは別に、稿を改めて論じたい。

注

（1）蔡元培「悼夫人王昭文」、「祭亡妻黄仲玉」（高平叔『蔡元培全集』巻四、北京：中華書局、一九八四）。王昭は蔡元培が二十三歳の時に、「父母の命」の旧式結婚によって娶った元配であり、黄仲玉は王昭の死から二年後の一九〇二年、西暦の元旦に迎えた継妻である。

（2）朱自清「給亡妻」と巴金「懐念蕭珊」を比較研究した論考として、周星平「悼亡散文的傑作——朱自清「給亡妻」与巴金「懐念蕭珊」」（『昆明師範学報（社会科学版）』第二十巻第一期、一九九八）、関艶傑「「給亡妻」与「懐

念蕭珊」比較研究」（『瀋陽工程学院学報（社会科学版）』第一巻第二期、二〇〇五）、孫犂の「亡人逸事」に関する論考としては、楊利「「亡人逸事」対悼亡文学的突破」（『南京広播電視大学学報』二〇一五年第三期）がある。

（3）これに関する先行研究として、王立『永恒的眷恋：悼祭文学的主題史研究』（学林出版社、一九九九）や胡旭『悼亡詩史』（東方出版中心、二〇一〇）がある。

（4）潘岳「悼亡三首」に関する研究は、日本の主なものでも高橋和巳「潘岳論」（『高橋和巳全集』第十五巻、河出書房新社、一九七八に所収。初出は『中国文学報』七、一九五七）のほか、松本幸男「潘岳の「悼亡詩」について」（『学林』第三号、一九八四）、齋藤希史「潘岳「悼亡詩」論」（『中国文学報』第三十九集、一九八八）、黒田真美子「江淹の悼亡詩について」（『日本文学誌要』五十八号、一九九八）、小嶋明紀子「潘岳の「悼亡詩」「悼亡賦」「哀永逝文」をめぐって――潘岳におけるジャンルごとの書き分けについて」（『二松学舎大学人文論叢』六十八輯、二〇〇二）、加藤文彬「潘岳悼亡考――〈非在〉の美」（『中国文化――研究と教育』七十六号、二〇一八）など多い。

（5）「悼亡」という言葉については、妻を悼むことから他へと対象が拡大したとみる見方もあるが、石暁玲の「〝悼亡〟及〝悼亡詩〟涵義考弁」（『辞書研究』二〇一四年第二期）は、多くの例を引いてそれが誤りであることを示している。

（6）『唐開元礼』では父の生没に関係なく、母のためにする服喪は「斉衰三年」に改定されている。

（7）『永恒的眷恋：悼祭文学的主題史研究』（学林出版社、一九九九）一六五～一六六頁参照。

（8）『文選』巻五十八の顔延之「宋文皇帝元皇后哀策文」には、「撫存悼亡、感今懐昔」の八字が最後の句「嗚呼哀哉」の直前に置かれている。

（9）黒田真美子に一連の論考があり、それらは『韋応物詩論――「悼亡詩」を中心として』汲古書院、二〇一七）としてまとめられている。なお、より古い先行研究として深沢一幸「韋応物の悼亡詩」（『飈風』第五号、一九七三）もある。

(10) 山本和義「元稹の艶詩及び悼亡詩について」（『中国文学報』第九冊、一九六二）のほか、入谷仙介「悼亡詩について——潘岳から元稹まで——」（『入矢教授小川教授退休記念中国文学語学論集』、一九七四）や陳翀「友の亡妻に代わって詩を賦す白居易——元稹の妻韋叢の死とその悼亡唱和詩」（『日本中国学会報』第五十九集、二〇〇七）がある。

(11) 二〇〇七年に西安市長安区にて韋応物およびその妻子の墓誌銘が発見されたが、妻元蘋の墓誌銘には「故夫人河南元氏墓誌銘　朝請郎前京兆府功曹參軍韋應物撰竝書」とあり、このことから韋応物が執筆し、書したことがわかる。

(12) 中原健二「詩人と妻——中唐士大夫意識の一断面」（『中国文学報』四十七冊、一九九三）参照。

(13) 陳尚君「新見唐韓益「悼亡詩八首発微」」（『文史知識』二〇一二年第一一輯）。

(14) 代表的な研究に、中原健二「夫と妻のあいだ——宋代文人の場合」（『中華文人の生活』、平凡社、一九九四）がある。

(15) 森山秀二「欧陽脩の悼亡詩——悼亡を巡る問題」（『立正大学教養部紀要』二十四号、一九九〇）参照。

(16) 森山秀二「梅堯臣の悼亡詩」（『漢学研究』復刊二十六号、一九八八）参照。なお、佐藤保「宋詩における女性像および女性観——愛する女性へのうた」（『中国文学の女性像』、汲古書院、一九八六）は、宋代は悼亡の主題を詩から詞に追いやってしまったが、梅堯臣の悼亡詩はその例外だとする。

(17) 蘇軾はそのときの感情を最もよく表現してくれる形式として、伝統的な詩ではなく詞をえらんだのだとされている。村上哲見「詩と詞のあいだ——蘇東坡の場合」（『東方学』第三十五輯、一九六八、のちに『宋詞研究・唐五代北宋篇』に収録）参照。蘇軾の悼亡詞については、野口一雄「東坡詞題注小考」（『中哲文学会報』第三号、一九七八）、中原健二「蘇東坡の悼亡詞について」（仏教大学『人文学論集』二十四号、一九九〇）参照。

(18) 林雪云・陳美平「従悼亡詩文看劉克荘的婚姻情感生活」（大阪府立大学『人文学論集』三十四号、二〇一六）

(19) 日本の研究としては、塚本嘉寿「納蘭性徳の詞について」（『埼玉大学紀要（教養学部）』第五十五巻第二号、二〇二〇）がある。

(20) 明清の悼亡詩の総論としては、胡旭『悼亡詩史』（東方出版中心、二〇一〇）のほか、林彬暉「試論明清悼亡詩詞的芸術特色」（『中国文学研究』一九九五年第一期）がある。明清鼎革期については、第四章で紹介する。

(21) 帰有光の文集の明版本には帰有光の子帰子祜・子寧が崑山で刻した三十二巻本（崑山本）のほか、帰有光の族弟帰道伝が常熟で刻した二十巻本（常熟本）があるが、常熟本は文のみで詩を収録していない。

(22) 楊峰「略談抄本『震川先生未刻稿本』的価値」（『文献』二〇〇七年十月第四期）。詳細は野村鮎子「寒花葬志の謎」（『帰有光文学の位相』、汲古書院、二〇〇九）を参照。

(23) 王彦泓の悼亡詩については、復旦大学に二〇〇五年に提出された耿伝友の博士論文『一個被文学史遺忘的作家――王次回及其詩歌研究』に詳しい論考があるようだが、未見である。

(24) 王士禛の悼亡詩に関する主な研究には、三枝茂人「王漁洋の〈悼亡三十五首〉について」（『名古屋外国語大学紀要』第四号、一九九二）、王利民『王士禛詩歌研究』（中華書局、二〇〇七）第四章第一節「王士禛的悼亡弔挽詩」、荒井礼「王漁洋の「悼亡三十五首」について」（『国士舘大学漢学紀要』第十号、二〇〇七）、胡旭『悼亡詩史』（東方出版中心、二〇一〇）第八章第四節「王士禎：断腸方羨雉朝飛」、蔣寅「論王漁洋悼亡詩」（『蘇州大学報（哲学社会科学版）』二〇一〇年第四期）がある。

(25) 王雅芬「明末清初的夫婦関係書写：以尤侗為考察中心」（台湾大学、碩士論文、二〇一八）に詳しい考察がある。

(26) 崔剣煒「中国古代悼亡詩初探」(『西蔵民族学院学報(社会科学版)』一九九九年第一期)は、「悼亡詩的萌芽時期——先秦・両漢」「悼亡詩的興起時期——魏・晋・南北朝」「悼亡詩的繁茂時期——隋・唐・五代・宋」「悼亡詩的衰落——元・明・清時期」の四つの時期にわけて、悼亡詩の歴史を簡述している。

(27) 蔣寅「悼亡詩写作範式的演進」(『安徽大学学報(哲学社会科学版)』二〇一一年第三期)。

(28) 「歡娯難工、愁苦易好」の出典は韓愈「荊潭唱和詩序」。

(29) 陳翀「友の亡妻に代わって詩を賦す白居易——元稹の妻韋叢の死とその悼亡唱和詩」(『日本中国学会報』第五十九集、二〇〇七)参照。

(30) 胡旭『悼亡詩史』(東方出版中心、二〇一〇)二三五頁。

(31) 康熙十七年六月、尤侗は博学鴻儒に推挙されて北京の試験に赴き、十月に妻曹氏の逝去の訃報に接する。休暇を得られず、彼は息子を郷里に派遣して葬った。尤侗は北京で彼女のために祭文や悼亡詩を創作。彼の友人も多くの祭文や哀悼詩を寄せたので、それをまとめて『哀弦集』とした。

(32) 後藤秋正『中国中世の哀傷文学』(研文出版、一九九八)に専論がある。

(33) 『全唐文』に収録されているものに限っていえば、亡妻墓誌銘では柳宗元「亡妻弘農楊氏誌」、符載「亡妻李氏墓誌銘並序」、孫珝「唐故清河郡張氏墓誌銘」があり、祭亡妻文では独孤及「祭亡妻博陵郡君文」、符載「祭妻李氏文」、沈亜之「祭故室姚氏文」、元稹「祭亡妻韋氏文」がある。

(34) これ以外に、近年発掘された唐代の女性墓誌にも夫が執筆した墓誌銘が多数確認できる。

(35) 必ずしも亡妻墓誌銘に限定したものではないが、近年、広く明清の女性墓誌銘から当時の女性像を探ろうとする研究が出始めている。たとえば、孫小力「銭謙益女性墓志銘的特点及其文化意義」(『南京師範大学文学院学報』二〇〇七年第三期)、柯麗徳(Katherine Carlitz)「情婦・長舌婦・妖婦与良婦:明中期墓誌銘及小中争競的女性形

象」（『重読生命故事』台北：五南図書出版公司、二〇一一）、金蕙涵「情与徳：論明代江南地区的側室合葬墓」（『国立政治大学歴史学報』第三十七期、二〇一二・五）、陳超『明代女性碑伝文与品官命婦研究：以〝四庫〟明人文集為中心的考察』（光明日報出版社、二〇一三）、Katherine Carlitz, "Mourning, Personality, Display: Ming Literati Commemorate Their Mothers, Sisters, and Daughters" *Nan Nü*, 15 (2013)、衣若蘭「明清夫婦合葬墓誌銘義例探研」（『台湾師大歴史学報』第五十八期、二〇一七年一二月）などである。

（36）以下、李開先の文は『李開先全集（修訂本）』（上海古籍出版社、二〇一四）による。

（37）松村昂編『明人とその文学』（汲古書院、二〇〇九）所収。

（38）李国『晩清至五四祭悼文学及其文化転型研究』（人民出版社、二〇一八）一五四～一五五頁。

第二章　明清における亡妻哀悼文の展開——亡妻墓誌銘から亡妻行状へ

はじめに

第一章で述べたように、中国の伝統的な文学観からいえば、亡妻への哀悼は、本来、詩歌つまり悼亡詩の形式で表出されるべきものである。悼亡詩は西晋の潘岳の「悼亡詩」三首を濫觴として、斉梁の江淹「悼室人」十首、唐には元稹「三遣悲懐」、韋応物「傷逝」などの名篇がある。宋には悼亡詩に加えて悼亡詞も創作されるようになり、蘇軾「江城子　乙卯正月二十日夜記夢」などの名篇が誕生する。(1) 明清においても悼亡詩や悼亡詞は不断に創作され、すでに詩歌の重要なテーマとして確立していた。

ただし、作例が増えると、同時に陳腐化が避けられないのも必然である。清の詩人喬億（一七〇二～一七八八）は、『剣谿詩説』又編で古今の悼亡詩について論評し、「有明の諸名家に詩無し（有明諸名家無詩）」と断じている。現代中国における清詩の代表的研究者である蔣寅もまた「唐の元微之「三遣悲懐」こそが悼亡詩の芸術表現上の最終完成型であり、それ以後の悼亡詩は表現上、開拓の余地はほとんどない」と断じている。(2) ただし、これが表現のみに限定した見方であるのは、すでに第一章で述べたとおりである。

一方で、亡妻を哀悼するための散文は明清に至って隆盛し、形式面でも内容面でも充実したものになる。本章では、その歴史をたどり、亡妻哀悼散文がこの時代に流行したことの背景を探る。

一、唐宋元における亡妻哀悼散文

亡妻への哀悼をテーマとする散文は、最初は亡妻墓誌銘あるいは祭亡妻文、つまり士大夫が自ら亡妻のために執筆した墓誌銘や祭文という形で発展してきた。夫が亡妻のために墓誌銘の筆を執るというのは、すでに南北朝時代に先例があるものの、それを文学の域に高めたのは、中唐の古文家たちである。墓誌銘や祭文は、故人を顕彰し、家門の誉となるように、伝手を頼って高位高官または名文家に委嘱するのが常であるが、自らこれを執筆する士大夫が現れたのである。

伝世の文献に収録されているものに限っていえば、唐代の亡妻墓誌銘では柳宗元「亡妻弘農楊氏誌」、亡妾墓誌銘では元稹「葬安氏誌」、沈亜之「盧金蘭墓誌銘」しかないが、これ以外に考古資料の墓誌にも夫が執筆した亡妻墓誌銘や亡妾墓誌銘が多数確認されている。陳尚君「唐代的亡妻与亡妾墓誌」は、土中より発掘されたものを含めると亡妻墓誌銘は八十七篇、さらに亡妾墓誌銘も約二十篇あるとする。(3) その大部分は中唐、晩唐の作品である。

宋代になると、欧陽脩の「胥氏夫人墓誌銘」「楊氏夫人墓誌銘」、曽鞏の「亡妻宜興県君文柔晁氏墓誌銘」「祭亡妻晁氏文」、蘇洵の「祭亡妻程氏文」、蘇軾の「亡妻王氏墓誌銘」「祭亡妻同安郡君文」など、古文作家を中心に多くの作品が登場する。宋の文学者にとって妻の死は文学の重要なテーマであったようで、このほか蘇舜欽・李覯・黄庭堅・周必大・呂祖謙・陸游・劉克荘といった錚々たる文学者の集中に、亡妻を哀悼する散文が確認される。

さらに、司馬光「叙清河郡君」や胡寅「悼亡別記」、陳著「内子趙友直字説」のように、記叙説の文体で亡妻を哀悼したもの、蘇軾「阿弥陀仏賛」や李新「亡室王夫人真賛」のように画賛の形をとるもの、蘇軾の「書金光明経後」、趙汝騰「孫安人誌銘跋」のように跋文の形をとるものも存在する。

自ら亡妻について語る哀悼散文では、亡妻の在りし日の日常が具体的に描かれること、しかもしばしば内容が家の中の些事に及ぶことに特徴がある。士大夫が亡妻のために墓誌銘等を執筆することは、感傷を詠じる悼亡詩とは異なり、自らの家の中の些事を公にすることにつながる。本来「内言は閫を出でず」（『礼記』曲礼上）の儒教倫理に抵触する営みといえる。士大夫の立場では、墓誌銘という公的性格をもつ記録に自ら筆を執って亡妻への悼念を表出すること、またはその墓誌銘を詩文集に載録し、公開することについては、当初、ある程度の心理的障壁もあったであろう。しかし、中唐の韓愈以降の古文復興の機運の中で、墓誌銘そのものが単に被葬者の家世や官歴を美辞麗句で飾るだけの平板なものから、一、二のエピソードを効果的に挟むことで故人の人となりを表現する伝記文学へと変貌を遂げつつあった。

士大夫自身の手になる亡妻墓誌銘を文学の水準に高めるきっかけとなったのは、先に挙げた柳宗元の「亡妻弘農楊氏誌」（『柳河東集』巻十三）であった。若くして亡くなった楊氏についてその持病の足疾を直叙するなど、夫にしか書くことができない内容を含んだこの作品は、北宋に『文苑英華』巻九百六十八に載録されて以後、多くの古文選集に載録され、古文家が亡妻を叙す際の手本となった。

筆者の調査によれば、伝世の文献に現存する宋から元にかけての亡妻墓誌銘は五十篇（うち亡妾が三篇）、祭亡妻文は三十四篇ある。明代に至ると、妻に先立たれた文学者は、古文辞派であれ唐宋派であれ公安派であれ、文学思想の違いを超えてほとんどが亡妻墓誌銘や祭亡妻文を書くようになる。管見の及ぶところ、伝世の文献中に現存する明代の亡妻墓誌銘は百五十五篇（うち亡妾が十八篇）、祭亡妻文は百五十五篇（亡妾は四篇）である。近年発掘された亡妻（妾）墓誌銘はここに含まれていない。(4)

明は宋元に比して伝世の文集が多いため、単純な比較はできないものの、文人が亡妻のために墓誌銘や祭文を執筆することは、もはや特段珍しいことではなくなっていたといえよう。

墓誌銘は石に刻され墓中に埋められることが前提で執筆されるものである。墓誌銘を刻む石版はほぼ正方形で、これに文字が刻されて、そのうえに石蓋がかぶせられ、棺とともに墓穴に下ろされる。出土した墓誌銘の現物や拓本を見るに、唐代にはすでに墓文を刻む石の大きさは身分や財力によってある程度決まっていたようで、小さいもので四十センチ四方、中程度のもので六十センチ四方、大きいものでも八十センチ四方である。一メートル四方に及ぶ大型のものは被葬者がよほどの身分の者で、さほど多くない。墓誌銘の文字数はこうした石の大小に規定される。

さらに墓誌銘には金石学の体例上の制約もある。体裁としては前段の墓誌と呼ばれる散文と文末の銘と呼ばれる韻文とに分かれており、墓誌の部分には被葬者の姓名、家世、生日、卒日、寿年、子孫、葬地、爵位といった基本情報と生前の事績が記され、銘は被葬者の生涯と遺された者の悼念が四字句などの韻文で締めくくられる。墓誌に上記のような被葬者の基本情報を書すと、そのほかの生前のエピソードを紹介したり悼念を示したりするための篇幅の余裕はほとんどなくなる。墓誌銘はいささか窮屈な文体である。

しかも女性を賛美する文辞は、『女戒』や『列女伝』『詩経』などを典故とする句にほぼ限られている。墓誌銘という形式は伝記文学としても哀悼文学のスタイルとしても決して自由度の高い文体とはいえなかった。そこで次に新形式として発展してきたのが行状という散文の文体である。

二、亡妻行状の誕生

行状は、行略、行実、事略、事状または述ともいい、主に故人の親族や門生によって作成されてきた。(5) その本来の機能は大きく分けて三つある。一つ目は諡号を検討する際の参考資料として太常寺に提出するためのもの、二つ目は将来の史書編纂に備えて故人の生前の業績を史館に報告するためのもの、三つ目が墓誌銘や伝記の執筆を著名人に依頼する際の資料である。

一つ目の諡号は、職事官三品以上の官僚に与えられるもので、女性は対象外である。二つ目の将来の史書編纂に備えるというのは、女性では烈女節婦として列女伝に編録される場合が想定されるが、通常、よほどの事蹟がない限りその機会はない。そのため、女性行状の目的はもっぱら墓誌銘の執筆を著名人に依頼する際の提供資料ということにあった。行状には墓誌銘に必要な基本情報は不可欠だが、とりたてて字数の制限もなく、内容の自由度が高い。

被葬者が女性の場合、墓誌銘を委嘱するのは親族、つまりその子もしくは夫であるが、墓誌銘を委嘱された側が他人の母や妻の出自や享年、家族関係などを知る由もなく、遺族から提供される資料つまり行状がなければ、執筆は不可能である。そのため、女性の墓誌銘には、遺族から提供された行状をそっくりそのまま引用するか、もしくはそれを節略する形で記載し、ただ銘文のみを新たに添えただけというものが往々にしてある。

たとえば、宋の司馬光「程夫人墓誌銘」（『伝家集』巻七十八）は、蘇軾と蘇轍兄弟の母程氏のための墓誌銘であるが、最初、司馬光は執筆を固辞し、兄弟から懇願されてようやく墓誌銘の制作に同意した。司馬光は「二孤 其の事状を奉じて、拝して以て光に授く。光 拝受し、退きて之を次して曰く、……」と断ったうえで、ほぼ全編、蘇の兄弟から提供された亡母程氏事状を引用する形で墓誌銘を仕上げている。また欧陽脩は梅尭臣から妻の墓誌銘を幾度も頼まれて「南陽県君謝氏墓誌銘」（『居士集』巻三十六）を執筆しているが、その際、梅尭臣が書き送った事行状の内容を節略して引用している。

初期の段階では、女性の行状の役割はあくまで墓誌銘作成の際の資料という位置づけであり、墓誌銘が成れば用済みになり、士大夫の文集に亡母や亡妻の行状が載録されることは稀であった。たとえば梅尭臣の文集には悼亡詩は収録されているが、欧陽脩に提供されたとされる謝氏行状なるものは見当たらないし、蘇軾の文集に母程氏の行状は収録されていない。女性の行状や亡妻の行状は、文学としてまだ認知されていなかったものと思われる。そのためであろうか、宋代では伝世の文献の中に士大夫が自らの亡妻のために執筆した行状は二篇、元代では一篇あるのみである。(6)

士大夫が自らの家の中のことについて語ることは、伝統的にタブーとされてきた。そのため、南宋の時点でも兪文豹や王柏のように、たとえ亡母のためであったとしても、生前の事績を史官に報告することを第一義とする行状という文体を、公的な事蹟がない女性に用いることに反対する意見も存在した。[7]

一方、行状という文体は用いないまでも、母親の功績を記念し、子や孫に伝えるための伝記は昔から存在した。いわゆる母伝あるいは家伝と呼ばれるものである。[8]家庭内で果たした役割や子女への教育内容を語るもので、士大夫層の家庭内の状況を垣間見ることができる。ただし、これらはあくまで先妣（亡母）の顕彰を通じて孝を実践するという大義名分があってこそであって、亡妻の場合、士大夫が自ら亡妻の伝記を執筆することは礼の規範を逸脱するものと考えられていた。

たとえば、司馬光の「叙清河郡君」（『伝家集』巻七十八）は、亡妻のことを記すのに、行状や伝という文体によらず、叙という文体を採用しているが、その理由は次のように述べられている。

　私が思うに、婦人に外での活動がない。善行があってもそれは女部屋の外には出ない。ゆえにその事績を叙したものを家に保存し、願わくは後世、吾が家の婦《つま》となる者のための手本としてとどめておくのだ。

　（余以爲婦人無外事、有善不出閨門、故止敍其事存於家、庶使後世爲婦者有所矜式耳。）

宋元までの文人にはやはり行状や伝という文体で亡妻を語るのには憚りがあったと考えられる。士大夫が本格的に家庭内の女性のために行状を執筆するようになったのは、明の中期以降である。行状はまず、先妣（亡母）の行状から始まり、それに後れる形で亡妻行状へと拡がっていった。[9]

次章では、明清時代にどのように亡妻行状が普遍化していったかについて論じる。

三、明清における亡妻行状の隆盛

（一）　亡妻墓誌銘と亡妻行状

先述したように、伝世の明人の文集に残る亡妻墓誌銘は一百五十五篇（うち亡妾が十八篇）、亡妻行状は六十二篇（うち亡妾行状は三篇）、祭亡妻文が一百五十五篇（うち祭亡妾文が四篇）である。圧倒的に亡妻墓誌銘の方が多いが、明の中期から亡妻行状が徐々に増える傾向にあることを指摘しておきたい。そして清代では、これが逆転し、行状や伝の方が墓誌銘より多くなる。筆者の今日までの調査では、亡妻墓誌銘一百七十五篇（うち亡妾墓誌銘は三十六篇）、亡妻行状は一百九十四篇（伝を含む、うち亡妾行状は十二篇）、祭亡妻文一百四十五篇（うち祭亡妾文は十四篇）を確認している(10)。

明の尹伸（?～一六四四）は、「淑人陳氏墓誌銘」（『自偏堂文集』巻三）で、自ら亡妻墓誌銘を執筆した理由を次のように述べている。

二つで一つというもので夫婦以上のものはない。……淑人が私を棄てて逝ってから六年になる。私はたまたま世のしがらみで、自分でそのつもりはなくとも、淑人に申し訳なかったことがたくさんある。今、淑人の墓が完成し、二人の息子が墓誌銘を誰に委嘱するかを相談してきた。ああ、淑人は墓誌銘が私の手にかかるのを嫌がるかもしれないが、私は他人が執筆するのは耐えられない。そのためおこがましくも墓誌を作り銘することにした。（夫物之相待而成者莫夫婦若也。……淑人棄我六年矣。而余適牽於世網、雖不

自任、其負淑人也實多。今淑人兆宅成矣。兩兒謀所以名之者。嗟乎、淑人不欲余之落於名也、余其忍以他人之名之哉。故謬爲誌而銘之。）

ここからは墓誌銘を他人にゆだねることを肯ぜず、自らの手で執筆することを望む士大夫の思いが伝わってくる。

明の中期以降、亡妻行状が増えるのはなぜか。そのターニングポイントの一つとして挙げられるのが、古文辞後七子の領袖、李攀龍（一五一四～一五七〇）が糟糠の妻徐氏のために書した「亡妻徐恭人状」（『滄溟先生集』巻二十三）である。この作品は、ちょうど柳宗元「亡妻弘農楊氏誌」が亡妻墓誌銘の歴史の中で一つのエポックとなったように、亡妻行状という新しい散文スタイルの途を拓いたといえる。李攀龍は、亡妻徐氏の墓誌銘については別途友人の殷士儋に依頼しているため、この行状は苦難をともにした糟糠の妻の生涯をもっぱら記録として残したいという強い意思で執筆されたものといえる。

李攀龍の「亡妻徐恭人状」の詳しい内容は、すでに論じたことがあるため[11]、ここでは、清人の例として査慎行（一六五〇～一七二七）の亡妻行状を紹介しておこう。

康熙三十八年（一六九九）、五十歳のときに長年連れ添った妻に先立たれた査慎行は、自ら「先室陸孺人行略」（『敬業堂文集』巻四）を執筆し、苦労が絶えなかった彼女の生涯と、彼女を喪い棺にとりすがって泣き崩れる自らの悲嘆を率直に語る。

彼女の生前を考えるに、九歳で母なき女《むすめ》となり、二十二で姑なき嫁となり、黔婁《けんろう》のごとき貧士の妻となって三十三年、一日たりとも安楽なときはなかった。その間、身内二人の葬儀を営み、二人の嫁を迎え、家門を支え、田畑や屋敷を管理し、その心を消耗しそして亡くなってしまった。これこそがこの五十の老いた鰥《やもお》が棺に取りすがって悲嘆に暮れる理由であり、さまざまな思いが交錯し、知らず知らずのうちに涙がしとど流れるのだ。（計其生平、九齡爲無母之女、二十二爲無姑之婦、爲黔婁妻三十有三年、曾未獲享一日之安。中間營兩喪、娶兩媳、支持門戶、整理田廬、畢耗其心神而繼之以死。此五十老鰥所爲憑棺摧痛、百端交集、不知涕泗之橫流也。）

さらに査慎行は、自ら亡妻行状の筆を執った理由を文末で次のように述べている。

子どもたちは昏迷して筆を執ることなどできないし、私も心神喪失の状態である。そのため聊か亡妻の事行のあらましを述べておく。世の仁人君子から墓誌銘や哀誄を賜り、それを石に刻することができれば、家中の死せる者も生くる者も、未来永劫感謝するだろう。（兒輩既昏迷不能執筆、余亦心神瞀亂、聊述梗概、仰祈仁人君子錫之銘誄、用勒貞珉、擧家存歿、感均不朽。）

査慎行は、本来行状を準備すべき子どもたちが混乱しているため自分が執筆したのだと言い訳するが、彼がこれを書いた本当の目的は、おそらく他人が執筆する数語の墓誌銘では伝わらない亡妻への悼念を自ら表出することにあったろう。

さて、行状本来の役割から言えば、夫が自ら亡妻行状を執筆するのならば、墓誌銘は他者が執筆することになる。夫が亡妻墓誌銘を書くのであれば、理屈の上では行状は不要となる。実際、多くの文人は亡妻墓誌銘か亡妻行状のどちらかの文体を選択して執筆している。両方の作例がある場合でも、それは被葬者が異なっており、たとえば、元配のためには亡妻墓誌銘、継妻のためには亡妻行状といったパターンである。これに祭亡妻文が加わる場合もある。

しかしながら、明の中期以降、さほど数は多くないものの、一人の亡妻のために行状（もしくは伝）と墓誌銘の両方を執筆する文人たちが現れた。

たとえば、第四章で取り上げる明の李開先（一五〇二～一五六八）は、亡妻張氏のために「誥封宜人亡妻張氏墓志銘」（『李中麓閑居集』巻八）や「祭亡妻張宜人文」（『同』巻十二）を執筆し、さらに「亡妻張宜人散伝」（『同』巻九）も制作している。彼は伝を制作した理由について「宜人には詳述すべき立派な行いが多いが、長い時間が経ってそれが忘れられてしまうのではないかと思い、更に散伝を作った。言葉は乱れて、記述に統一性もなく、心の随うまま筆にまかせ、漫然としてこれを書すが、後々の参考になればと思う。（宜人懿行可述者多。恐其久而逸也、更爲散傳。言無倫次、事無統紀、隨心信筆、漫然書之、以備參考云。）」と説明している。王時済（生卒未詳、一五八三進士及第）は、継妻梁氏のための「亡妻孺人梁氏壙記」（『龍塢集』文巻十二）と「継室梁氏上考功状」（『同』文巻十五）を執筆しているほか、複数の祭文を執筆している。

清になるとこうした例が増え、たとえば張縉彦（一六〇〇～一六七二）が、「亡妻王安人墓誌銘」（『依水園文集』前集巻二）に加えて「亡室王孺人行状」（『同』後集巻二）を、張貞（一六三七～一七一二）が「亡妻李孺人壙誌」（『杞田集』巻八）に加えて「亡室李孺人行略」（『同』巻十二）を、田雯（一六三五～一七〇四）が「誥封夫人先室馬氏墓銘」（『古歓堂集』銘表巻二）に加えて「先室馬夫人行略」（『同』雑文巻二）を、査礼（一七一五～一七八三）が「亡妻李安人遷厝小志」（『銅鼓書堂遺稿』巻三十一）に加えて「亡妻李安人行略」（『同』巻三十一）を、胡兆春（一八〇一～一八八一）が「誥封恭人元配朱氏墓誌銘」（『尊聞堂文集』巻九）に加えて「誥封恭人元配朱氏行述」(『同』巻九)を、朱之榛(一八四〇～一九〇九)が「干夫人権厝誌」(『常慊慊斎文集』巻下)に加えて「干夫人行略」(『同』巻下)を執筆している。

このように一人の文人の文集の中に亡妻墓誌銘と亡妻行状の両方が併存している事実は、亡妻行状がすでに墓誌銘執筆の資料としてではなく、独立した亡妻追悼の文体として文人たちに認識されていたことの反映だといえる。

亡妻行状は一般的に墓誌銘に比べてボリュームがあるが、清になるとこれに拍車がかかって、いっそう長文化する傾向が見られる。翁姑への孝養、子女の教育、妾や奴婢への接し方といった日常における妻の言動はもちろんのこと、二人の婚約結婚の経緯や姻戚との関係、家の経済状況なども行状の中で細かく述べられるようになり、その描写は妻の病状や最期の様子にまで及んでいる。亡妻行状は亡妻への追悼という形をとりつつも、実際は士大夫の日常生活と夫婦の感情の機微を描く家庭小説的な色彩を帯びるようになるのだ。

(二)　亡妾哀悼散文への拡がり

明清の文人たちは亡妻のみならず亡妾のために墓誌銘や行状の筆を執ることもあった。伝世の文献中に確認できる明の亡妾墓誌銘は十八篇、亡妾行状はわずか三篇であるが、清では亡妾墓誌銘は三十六篇、亡妾行状も十二篇ある。宋から元にかけての伝世の文献に現存する亡妾墓誌銘がわずか三篇、亡妾行状が皆無であったことを思えば、明清の士大夫は亡妾のための墓誌銘や行状を自ら執筆することをある程度許容していたといえる。

たとえば、第四章で取り上げる屈大均（一六三〇～一六九六）であるが、継室の王華姜を康熙九年（一六七〇）に喪った後、「哭内子王華姜十三首」と「哭華姜百首」を詠じ、文では「華姜衣笄冢誌銘」（『翁山文外』巻八）、「継室王氏孺人行略」（『同』巻三）、および「葬華姜文」「辛亥人日祭亡室王氏華姜文」（『同』巻十三）を執筆しているが、その六年後、王華姜の媵《よう》でのちに自らの側室となった陳氏を喪うと「亡媵陳氏墓誌銘」（『翁山文外』巻八）を、さらに別の側室の梁文姑のために「亡妾梁氏墓誌銘」（『翁山文鈔』巻五）を執筆している。[12]

王昶（一七二五～一八〇六）は、元配鄒氏のために「亡妻鄒氏志略」を書いているが、このほか側室の墓誌も書いている。「芸書《うんしょ》志略」は、母が奴婢として買い求めてのちに側室とした女性のための墓誌である。「許孺人志略」（以上すべて『春融堂集』巻五十九）はもう一人の側室許氏の墓誌である。

亡妾のための哀悼文については第三章で詳しく論じることにして、ここでは簡単に触れておく。妾は側室、副室、次妻、小妻、姫人などともいい、身分上、正妻とは大きな隔たりがあり、家の中では正妻に従うものとされる。士大夫層ではしかるべき家門から迎えた正妻は確固とした地位にあり、子を産まなかったとしても離婚はない。子がない場合、妻が妾を選んで家に納れるのが妻の務めと考えられており、正妻は妾が産んだ子に対して嫡母としての母権を有した。子の官階に応じて恭人や宜人、安人といった封号を受けるのも嫡母が優先である。正妻が亡くなった場合でも、新しい妻（継妻あるいは再配とも呼ばれる）は家柄の釣り合う家から迎えられる。[13]妾は死後も、正妻を差し置いて夫と合葬されることはないし、死後の祀りも息子による一代限りである。

そのため唐宋の士大夫の墓誌銘や行状、伝の類では正妻の名が書されることはあっても、妾の名は書されないのがふつうである。子の名は書されても、その生母の氏が書かれていることは極めて稀であり、ほとんどの場合、子の生母はわからないのが常である。ところが、明清になると、子女について「〇氏の出」と書され、正妻が産んだのか側室が産んだのかが明示されるようになる。

墓誌銘や行状、祭文によって追悼される妾は、もともとその家で子を産んだ女性であることが多いが、明清ではそうでなくとも士大夫が自ら墓誌銘を準備し、家族の一員として手厚く葬送していたことが確認できる。明の喪礼は、前代と異なり、嫡子であっても衆子（庶子）であっても庶母（父の妾）のためには「斉衰《しさい》杖期」つまり一年の服喪が規定されていた。父の側室もまた母に準ずる者と見なされたのである。

ただ、亡妾への哀悼散文が亡妻のそれと大きく異なるのは、出自についての記載が簡略で、また翁姑への孝養とともに、必ずといっていいほど正妻に対して従順であったことが称揚される点にある。逆に、亡妻墓誌銘や亡妻行状では亡妻が側室に対して愛情をもって接していたことが称美の対象となる。

（二）　女性行状に反対する者たち

さて、亡妻行状は、明末に増加の一途をたどり、清初には士大夫の間に普及したと考えられるが、かつて南宋の兪文豹や王柏が反対したように、清初にあってもなお、女性行状という文体を認めようとしない者も存在した。

清初の三大古文家の一人である汪琬（一六二四～一六九一）は、「与人論墓誌銘篆蓋書」（『堯峰文鈔』巻三十三）において、女性の行状は古法に反することだと主張する。

思うに女子は夫に従う存在であり、ゆえにその祭祀を祔食といい、葬を祔葬というのだ。……私はこれについて論じたことがあるのだが、古人で行状があるのは、墓誌銘の執筆材料を備えるというだけでなく、これを太史と太常寺とに上るためのものだ。史官に上るのは、史書での立伝を請うためである。太常寺に上るのは諡号を請うためだ。今はこうしたことはないとはいっても、やはり古人の遺意は大切に残しておくべきだ。女子には伝もなく諡もないのに、どうして行状が入用であろうか。夫と同じ墓穴に葬られない女子や、ずば抜けた節烈で称揚すべき女子、先に葬られて夫が存命の者、あるいは夫が亡くなり葬ってから時間がかなり経ち、夫の墓誌に彼女について言及がないのなら、別に墓誌銘を作ればよい。墓誌銘で言及できないのなら、墓碑を作ればいい。なのになぜこれに加えて行状もいるというのか。女子の事行の始末が夫の碑誌中に附されているものは、一見すればわかる。それなのに碑額や墓誌銘の蓋石に「曁び元配云云」と篆書でつけ加えて、男子と同じようにしようとする。これらはみな贅物であり、みな古人では許されないものだ。ゆえに私は女子の行状についてはことごとく拒否して作らないのだ。そして碑額や誌蓋についても少しく古法を留めたいと思うのだ。（蓋女子從夫、故祭曰祔食、葬曰祔葬。……愚嘗論之、古人之有行狀、非特備誌銘之采擇而已、將上諸太史與太常者也。上諸史官、所以請立傳也。上諸太常所以請立謚也。今雖不復行、猶當存古人遺意。彼女子無傳無謚、亦奚用行狀爲哉。其有不同穴者、與節烈卓卓可稱者、與先葬而夫猶存者、或夫歿且葬已久、其事行不及附見於夫誌者、別爲之誌銘可也。誌銘之不及、雖表之可也。顧欲益之以行狀、至於事行始末已附於夫之碑誌中矣、一覽便可得也。而篆蓋篆額又欲益之以曁元配云云、必使與男子無別。此皆贅也、皆古人所不許也。故愚於女子行狀悉拒不作、而於蓋額又欲稍存古法、殆可爲識者道爾。）

女子はあくまで従の存在であり、女子のために単独で行状を立てるべきではないというのが汪琬の主張である。また明清では、夫婦合葬の墓誌銘では墓誌の蓋石（篆書で刻される）に夫と並んで妻の氏を刻することが広まっていたが、汪琬はこれに対しても否定的である。狷介なことで知られた汪琬らしく、古法への強いこだわりがあったのだ。彼自身、正妻に先立たれているものの、彼が亡妻を哀悼するために用いた文体は、喪祭の時に捧げた四言句からなる祖奠文であり[14]、亡妻行状はもちろんのこと、亡妻墓誌銘も執筆していない。

さらに、世に流行する亡妻への哀悼文が、往々にして情に流されがちであることを難ずる者もいた。清の喬億は、『剣谿詩説』又編の中で亡妻を悼む散文と悼亡詩のそれぞれの役割の違いについて次のように論じている。

> 古人の、亡妻に対する哀誄の文は、妻としての勤めに辛酸もて服した大義が明白ならばそれを書し、舅や姑がそれを称賛したことをいうものはない。もし仁孝を実践した例があれば、ただ事の顛末を明記すれば、称賛の言葉がなくとも、その賢は自ずからから現れるものだ。柳宗元の亡妻墓誌は、溢美の語が多い。これは若い時の作であって、永州や柳州流謫後ならば、きっとこうはなるまい。蘇洵老泉の「亡妻を祭る文」は、ただ子に学問を教え、文を以て称せられるよう求め、夫の咎を戒め、夫が世に顕れないことを憂えていることを言うだけで、舅姑に事《つか》えるとか事えないとかは、一語も言わない。正に『春秋』の常事は書さないという義である。そもそも文は理を主とし、詩は情を主とするもので、もとより別物なのだ。（古人於妻喪哀誄之文、凡服勤茹苦明大義則書之、無道舅姑稱善者。或有仁孝實蹟、祇著明本事顛末、不贊一語而賢自見。柳子厚爲亡妻墓誌、語渉溢美、自是少年之作、永柳以後、必不然也。老泉「祭亡妻

文」、但言教子學問、要以文稱、及箴己過、憂己泯沒。其逮事舅姑、不逮事舅姑、終篇無一語及之、正『春秋』常事不書之義耳。夫文主理、詩主情、固自各別、而此則皆同。）

喬億は、亡妻墓誌銘においては、真に仁孝を示す亡妻のエピソードを書すべきであって、しばしば引用される翁姑からの亡妻への称賛の語は溢美にあたると批判する。彼によれば、その端緒を開いた柳宗元の「弘農楊氏墓誌銘」は若い時の作であって、もしも永州・柳州流謫後であれば彼も決してそのような言い方はしないし、そもそも蘇洵の「祭亡妻程氏文」のように、当たりまえのことを書さないのが、『春秋』以来の筆法であると主張する。詩人喬億にとって、情を主とするのはあくまで詩であった。

文は理を主とすべきだという喬億の主張は正論ではある。ただ、先に挙げたように彼と交友のあった査慎行や沈起元（一六八五～一七六三）は、亡妻行状で己が妻への思いを情感込めて縷々語っており、汪琬や喬億の主張は、当時にあってはやや旧弊で時流に合わない説になっていたと想像できる。

（四）抒情と亡妻哀悼

さて、清朝最大の文派である桐城派と亡妻哀悼散文の関係を少し見ておこう。

桐城派は、中国文学史上おそらく最大規模の文派である。清朝初期の康熙年間に始まり、五四新文化運動に至るまで、清の古文家と呼ばれる人はほとんどこの桐城派あるいはその分派である陽湖派や湘郷派から出ている。清の姚鼐《ようだい》が帰有光を高く評価し、『古文辞類纂』を編纂するに当って、明文ではひとり帰有光の文を収録して唐宋八大家に準ずる地位を与えたこと、また劉大櫆《りゅうたいかい》が実作で帰有光の抒情文を目指したことで、それが桐城派の散文の一スタイルとして定着した。

抒情的な文を評価する桐城派の文学観と亡妻を哀悼する散文は親和性が高い。もちろん文人がすべて妻に先立たれているわけではないので、亡妻哀悼散文の有無を基準に論じるのは避けねばならないが、妻を喪った主だった桐城派文人は、亡妻墓誌銘もしくは亡妻行状の筆を執っているのも事実である。銭澄之（一六一二～一六九三）「先妻方氏行略」（『田間文集』巻三十）、黄之雋（一六六八～一七四八）「勅封孺人亡室王氏行述」（『馬唐堂集』巻二十七）、姚鼐（一七三二～一八一五）「継室張宜人権厝銘並序」（『惜抱軒文集』巻十三）、左眉（一七四〇～一八一二）「方孺人権厝銘並序」（『静菴文集』巻二）、惲敬（一七五七～一八一七）「亡妻陳孺人権厝志」（『大雲山房文稿』初集巻四）、陳用光（一七六八～一八三五）「席姫墓誌銘」（『太乙舟文集』巻八）、方東樹（一七七二～一八五一）「妻孫氏生誌」「書妻孫氏生誌後」（『攷槃集文録』巻十一）、管同（一七八〇～一八三一）「悼亡図記」（『因寄軒文初集』巻七）、方宗誠（一八一八～一八八八）「元配甘氏権厝誌」（『柏堂集前編』巻十三）、蕭穆（一八三五～一九〇四）「亡妻左氏事略」（『敬孚類稿』巻十六）などである。

さらに興味深いのは、桐城派の文人だけではなく、乾隆嘉慶の金石の学問に通じた考証学者たちもこぞって自ら散文の形式で妻を哀悼するようになったことである。

乾隆嘉慶を代表する考証学者である銭大昕（一七二八～一八〇四）は二十年連れ添った妻王氏（王鳴盛の妹）を喪い、彼女のために「亡妻王恭人行述」（『潛研堂文集』巻五十）を著している[15]。

貧乏書生だった銭大昕は王氏の入り婿となり、乾隆帝の南巡の際に賦を献上したことがきっかけで召し出されて進士に及第し、翰林院庶吉士となる。以後、王氏は都に出て銭大昕とともに暮らした。明清の士大夫の家では、多くの場合正妻は夫の任地には赴かず、婚家にとどまって翁姑に仕えたが、王氏は銭大昕とともに都で暮らした。そのため、両者の伉儷の情もひとしおだったのであろう。「亡妻王恭人行述」は、夫の看病に心血を注いだ後、病に斃れた妻の病態を詳しく書す。

まもなくして王恭人はたちまち吐き下しの疾にかかったが、一日二日ですぐ止み、それから十日して再発し、さらに五日すると汗が大量に出て、四肢がみな冷たくなった。自分では、「汗が出たので、病はすっかり治った」と思い、身体を洗いたいので盥を何度も求めた。しばらくして突然自ら起きて座り、「もうお暇しなくては」と言った。付き添いが急いで抱きかかえたが、そのまま声もなく逝ってしまった。仏教でいう趺化という往生のようだった。ああ、悲しいことだ。（無幾何、恭人忽得嘔泄之疾、一兩日旋止。後十日復作、又五日大汗、四支皆冷。自謂汗出、病已全去矣。索盥洗者再三、頃之忽自起坐曰、「將去」。侍者亟扶之、寂然而逝若。釋氏所云趺化者。嗚呼、悲夫。）

最後に彼は倹約と自足に徹した亡妻との偕老が叶わなかった恨みを吐露する。

恭人が私に嫁いでから二十年近くになるが、離れて暮らしたことはない。このごろ私の俸給は多少余裕ができた。それで彼女はいつも「寒士がこれだけもらえたら、すでに十分ですよ」と。……彼女はいつもにこにこして、罵り合いなどしたことなく、君と添い遂げることができたら、吾が願いは満たされたというのに、ある日突然私を捨てて逝ってしまった。鰥魚《かんぎょ》の目「いつも目が明いたままのやもお」はいつになったら眠ることができようか。ここに謹んで彼女の行状のあらましを述べる。そして墓誌銘を当代の不朽の言を生み出す人に乞おうと思う。（恭人歸予、垂二十年。離別之日殊少。比者俸入粗有餘、輒謂寒士得此、

已爲過矣。……平居忻忻、無交謫聲、及爾偕老、吾願已足。一旦舍我而去。鰥魚之目、何時得眠也哉。謹述其大略、將乞銘于當代立言者。）

銭大昕はこれ以外にも「祭亡妻王恭人文」（『潛研堂文集』巻五十）を作り、さらに悼亡詩「遺懐雑題　悼亡妻王恭人」九首も詠じている。

考証学者の中には亡妾のために筆を執った者もいる。第三章で紹介するが、崔述（一七四〇～一八一六）は任地に伴った侍妾の周麗娥が帰郷の途上で亡くなったのを悼み、「侍妾麗娥伝」（『無聞集』巻四）を執筆している。崔述の正妻成氏が麗娥を貧家から買い取ったのは彼女が十六のときで、爾来、崔述と正妻に対して誠心誠意仕えたという。「侍妾麗娥伝」にはその感謝の念と彼女に対する悼念が横溢している。(16)

（五）　拡大する亡妻哀悼

清人の中には、妻の生誌（生前に作る墓誌銘）を作る者もあらわれた。

方東樹（一七七二～一八五二）「妻孫氏生誌」（『攷槃集文録』巻十一）は、生誌執筆の動機を次のように語る。妻孫氏は乾隆三十四年九月十三日に生まれ、二十五で私に嫁ぎ、今で三十九年になる。彼女が艱難の時代を経て、老い病みてまさに亡くなろうとしていることを憐み、そこであらかじめ生誌を制作することにした。その苦労を語りつつその事行を述べる。彼女がこれを見て、その心の慰めにならんことを。（妻孫氏生於乾隆己丑九月十三日、年二十五歸余、今三十九年矣。憐其備歴慼艱、老病且死、乃予爲之誌。道其苦、竝述其行、及其見之也、以慰其心。）

また、第六章で詳述するように、聘妻（婚約者）の死に際して哀悼文を書く文人もいた。清の楊名時（一六六一～一七三七）の「元聘夫人趙氏墓碣」や顧寿楨（一八三六～一八六四）「故聘室万氏哀誄」はその例である。聘妻は結納を交わしたとはいえ正式な婚儀を終えておらず、礼法上は婚家の婦とはみなされない。しかし、こうした聘妻に対してまで哀悼を示すのは、亡妻哀悼文が文学のテーマとなっていたことを示すものである。

四、なぜ亡妻哀悼散文が明清に拡まったのか

（一）　明清士大夫の夫婦感情と悼亡への共感

明清の士大夫にとって、妻は朋友ともいうべき存在であった。

明の李夢陽（一四七二～一五二九）は「封宜人亡妻左氏墓誌銘」（『空同子集』巻四十五）で、妻が不在の今、家にはあるべきものがなく、食事にも洗濯も、繕い物にも難儀する有様を述べ、「昔、私は古今の事について憤怒があり、友に対して言い難いことでも妻には言った。今は家に帰っても言う相手もいない。（往予有古今之慨、難友言而言之妻、今入而無與言者）」と、妻と自分は同士のような関係であったことを強調する。唐順之（一五〇七～一五六〇）もまた妻荘氏の死に当たって、「私はとりわけ偏屈者で気の合う者は少なかったが、家の門をくぐれば楽しい気分になり、朋友を得たようになった。（余最迂僻寡合、入門則歡然、若得朋）」（『重刊荊川先生文集』巻之十五「封孺人荘氏墓誌銘」）と、亡妻は己の朋友でもあったと嘆じる。前掲の尹伸「淑人陳氏墓誌銘」がいうところの「夫れ物の相い待して成る者は夫婦に若《し》くは莫し」とは、明清の士大夫の偽らざる心

情であったろう。第四章で詳述するが、明清の士大夫にとって、妻とは「良友」であった。これはすでに宋代の夫婦にも見える現象である。こうした夫婦の関係を伊沛霞（Patricia Buckley Ebrey）や高彦頤（Dorothy Y. Ko）らはcompanionate marriage（友愛婚姻、伴侶型婚姻、伙伴式婚姻）とする。[17]もちろん封建社会においては、婚約は家同士の契約であって、当事者に婚姻の選択権があったわけではないが、士大夫にとって妻が人生の重要なパートナーであるという考え方は広まっていた。

明清の士大夫が己の夫婦の関係性をこのようにとらえていたのならば、妻を喪った悲嘆を友人に打ち明け、その悼念をともに共有するのも自然なことである。

前掲の李夢陽の亡妻墓誌銘には、友人に対して「妻が亡くなってはじめて吾が妻の有難みを知った。（妻亡而予然後知吾妻也）」と、自らの悼念を吐露する言葉が引用されている。ここで指摘しておきたいのは、李夢陽が友人に対して自らの夫婦間の感情を包み隠さずに語り、亡妻の不在に苦しむ自らの感情を率直に吐露しているという事実である。これは「内言は閫を出でず」（『礼記』）という規範からの逸脱であると同時に、亡妻への悼念が士大夫の間ですでに共感可能なものとなっていたことを示していよう。

唐順之の「辞宜興諸友為亡妻挙奠」（『重刊荊川先生文集』巻七）は、唐順之の妻の逝去を知った宜興の友人たちが醵金して奠礼を行うことを申し出たのを辞退した文章である。彼は、「近年の喪葬は豪奢で華美、富貴の家では一日に数十家からの奠を供えられ、殯より埋葬に至るまでの数日間、牛や豚などをさばき、大変な散らかり様である。（近世喪葬日奢日靡、富貴人家、一日至享數十家之奠、自啟殯至葬數日閒、大牲小牲刳割、狼藉且百千計）」と当今の派手な葬儀を批判し、この申し出を拒む。ただし、最後に唐は「諸君がそれでは情を尽くせないというのなら、埋葬の際に臨席いただければ十分である。（諸友以爲情有未盡、但至日臨葬、此亦足矣）」ともいう。

ここからわかるのは、明清では友人の妻の死に際して、醵金して奠礼を行う俗習があったこと、また埋葬に立ち会う慣習もあったということである。唐宋の士大夫に親族以外の女性のために埋葬に立ち会ったり、奠礼に赴いたりする習慣があったかどうかは不明だが、少なくとも明清では友人の妻の葬送に参列するのはそう珍しいことではなかったのだろう。

清の金之俊（一五九三〜一六七〇）の「驚聞妻故疏」（『金文通公集』巻五）は、妻厳氏の訃報を聞いた彼が特別休暇を皇帝に願い出た上疏文である。

この年老いた夫婦が、今際のきわの別れもできず、その痛みは心髄に徹しております。臣は今朝廷の末席にて朝議にあずかる身であるがゆえに、にわかに退休を請うことはいたしません。皇上におかれましてはこれを憐み、臣に数か月の休暇をお許しいただきたく哀願いたします。妻の棺にとりすがって慟哭し、すぐに葬地を探して墓を造営します。埋葬を見届けようとぐずぐずと郷里に止まることはいたしません。期限までに馳せ還り、朝廷で罪が下るのを待つことが許されるのでしたら、死んでもご恩は忘れません。（惟是老年夫婦、未得一訣、痛徹心髓、臣不敢以席藁候議之身、遽請休致。哀懇皇上慈憫、准臣暫假數月、拊妻棺一慟、旋爲營置葬地。亦不敢視其入土、遷延里門、當依限馳還、待罪闕廷、則存歿銜恩。）[18]

金之俊はその前年、妻危篤の報を受けた際にも休暇を願い出て許されており、厳氏の病状が好転したため一旦、都に戻っていたところに届いた訃報であった。享年六十七。父母の病のため休暇を乞うのはよくあることだろうが、老妻の病や死を理由として休暇を願い出て、それが許可されるのというのは、彼が正一品の位にあったための特別待遇であったためであろうか、それとも半世紀連れ添った妻であったことを皇帝が憐れんだためであろうか、今詳らかにし得ないが、清の朝廷では夫婦の情を重んじ、妻の危篤や墓の造営を理由とする休暇を許可していたことがわかる。

明清の士大夫たちは悼亡詩を作ってそれを友人に見せて序文を乞うたり、あるいは悼亡に唱和する作品を作ったりもしている。本来は個人、もしくは家族の間のものであったはずの悼亡の心性が文学のテーマとして士大夫の間で共有されていたことの証左である。この問題は第四章で詳述する。

明清の社会は、戯曲や小説における情の発露にみられるように、前時代に増して情が重んじられた社会である。[19]それは、「内言は閫を出でず」や「内言は出でず」の規範を超えるほどの力をもったのである。

（二）　家庭内の些事を書くことへの肯定

女性には公事がないため、哀悼の文で語られるのは家庭内の些事である。この問題について史学者で金石学者でもあった黄宗羲（一六一〇〜一六九五）は「張節母葉孺人墓誌銘」（『南雷文案』巻三十三）で次のように述べている。

従来、碑文や墓誌では、おおむね一つ二つの大きな事績を記し、些事や通常のことは略して言及しないのがきまりである。しかし、婦女子の事績は、すべて些事であり、それを書かねば記すべきことがなくなってしまう。帰震川〔有光〕の婦女子のための文を読むと、情が一途に深まる心地がする。どれも一、二の細事を書すことでそれが表現されており、涙がこぼれそうになる。思うに、古今には大事小事に関わりなく、ただ歌うべく涙すべき精神のみが、長く天地の間に留まるのだ。（從來碑誌之法、類取一二大事書之、其瑣細尋常皆畧而不論、而女婦之事、未有不瑣細者、然則竟無可書者矣。予讀震川文之爲女婦者、一往深情、每以一二細事見之、使人欲涕、蓋古今來事無鉅細、唯此可歌可涕之精神、長留天壤。）

黄宗羲は、金石学の立場では、碑誌は日常の些細なことは書さないのがきまりであるが、女性のそれに関してはこの限りではないというのである。むしろ女性への哀悼散文の場合、その内容が翁姑に対する孝養、慈愛に満ちた子女に対する訓育、側室や奴婢への慰撫といった家庭内での細々とした出来事になるのは必然であり、情感のこもった描写は、人の涙を誘い、感動を与えるとする。

衣若蘭「明清夫婦合葬墓誌銘義例探研」(20)によれば、夫婦合葬の墓誌銘は明になると、上は諸侯から、下は武官や士大夫の墓に至るまですべてその例が見られるようになるという。また、そこでは、妻の事績は末尾の添えものとしてではなく、妻在りし日の、些末な日常を描くものが多いことも指摘している。清になると墓誌銘ではこの傾向はやや低調になるものの、筆者は亡妻墓誌銘に代わって亡妻行状という文体がこの役割を担うようになると考えている。

おわりに

一般に、明清時代には、儒教イデオロギーが社会の隅々にまで浸透し、封建的家制度の下で女性の地位は以前にもまして低下したと理解されている。これは一面の真実であり、筆者はこのこと自体を否定するつもりはない。しかし、四角四面のイデオロギーと規範意識が、士大夫の家庭生活や感情のすべてを支配していたというのはあまりにも偏った見方である。むしろ、マクロ面からみれば、各々の家庭内での肉親や夫婦の間に生まれる細やかな感情の機微は士大夫の情操に大きな影響を与えたし、日常の些事や感情のディテールこそが、彼らの現実生活であった。日常が母親や妻の死によって一旦崩れると、そこに生まれるのはたとえようもない喪失感である。そして、その感情は文学では母親や妻妾といった女性家族への哀悼や追憶という形で表出された。

ただし、士大夫にとって、先妣について書すことは母親の婦徳の顕彰を通じて儒教の徳目である孝を実践することにもつながるのに対し、夫婦は人倫の基本とはいえ、士大夫が自ら亡妻のために筆を執り、妻在りし日の家の中の些細な日常を描くのは、「男不言内」（『礼記』内則）の儒家的な倫理観からいって、ひとつの逸脱といえなくもない。しかし、この逸脱は明の中晩期以降に常態化し、清の士大夫の間では夫婦の情愛や亡妻への悼念を散文の形で公開することは普遍的なものになった。

本章では、明における亡妻墓誌銘の流行、清代における亡妻行状の隆盛をみてきたが、その背景には、士大夫の妻を想う情と、その情に共感する心性が文人の間で醸成されていたことが指摘できる。これまでの中国文学史的解釈、あるいは中国文化史の研究では、伝統的に中国の士大夫は、悼亡詩という韻文あるいは憶語という随筆小説の形で夫婦間の情愛を表現すると考えられてきた。しかし、憶語の出現の前には、亡妻墓誌銘や亡妻行状といった散文の隆盛があったのである。

明清時代、士大夫は生活のディティールを描く亡妻行状という文体を獲得したことによって、平平凡凡ではあるが、夫にとって、子にとって、その家にとって大切な女性との生活や感情をありのまま描くことが可能になった。そして、それは中国の散文史を多様なものにし、後の白話文による亡妻哀悼の文学の土壌を形成したといえるのだ。

注

（1）中原健二「詩人と妻――中唐士大夫意識の一断面」（『中国文学報』第四十七冊、一九九三）、同「夫と妻のあいだ――宋代文人の場合」（『中華文人の生活』、平凡社、一九九四）、同「蘇東坡の悼亡詞について」（仏教大学文学部学会『人文学論集』二四号、一九九〇）を参照。
（2）蔣寅「悼亡詩写作範式的演進」（『安徽大学学報』二〇一一年第三期）。
（3）陳尚君「唐代的亡妻与亡妾墓誌」（『中華文史論叢』、二〇〇六年第二期）。
（4）明の文献については、『京都大学人文科学研究所漢籍目録』（京都大学人文科学研究所、一九六三）に著録される全ての明の別集・総集のほか『景印文淵閣四庫全書』（台湾商務印書館、一九八六）、『四庫全書存目叢書』（斉魯書社、一九九五～一九九七）、『四庫全書存目叢書補編』（斉魯書社、二〇〇一）、『四庫禁燬書叢刊』（北京出版社、二〇〇〇）、『四庫禁燬書叢刊補編』（北京出版社、二〇〇五）、『続修四庫全書』（上海古籍出版社、一九九五）の集部・明別集・総集類のほか、《歴代詩文別集》漢代至明代篇（雕龍古籍全文検索叢書シリーズ、凱希メディアサービス）を調査した。
（5）行状の機能に関する研究としては、兪樟華・蓋翠杰「行状職能考弁」（『浙江師範大学学報（社会科学版）』二〇〇三年第二期）、および賈飛・葉舒憲「行状文体功能演変及其文学治療功能探究」（『南通大学報（社会科学版）』、第三四巻第四期、二〇一八）等がある。行状が墓誌文に与えた影響については、楊向奎「行状対墓誌文創作的影響」（『河南師範大学報（哲学社会科学版）』、第四四巻第五期、二〇一七）を参照。

（6）宋・韓琦「録夫人崔氏事迹与崔殿丞請為行状」（『安陽集』巻四十六）、宋・許景衡「陳孺人述」（『横塘集』巻二十）、袁桷「亡妻鄭氏事状」（『清容居士集』巻三十三）。

（7）南宋・兪文豹「古今志婦人者、止曰碑、曰誌、未嘗稱行狀。近有郷人志其母、曰行狀、不知何所據。」（『吹剣録外集』）、南宋・王柏「夫觀昌黎・廬陵・東坡之集、銘人之墓最多、而行狀共不過五篇、而婦人不爲也。又知婦人之不爲行狀之意亦明矣。」（『魯斎集』巻七「答劉復之求行狀」）など。この問題については野村鮎子「帰有光「先妣事略」の系譜――母を語る古文体の生成と発展」（『日本中国学会報』、第五十五集、二〇〇三）のち『帰有光文学の系譜』（汲古書院、二〇〇九に所収）を参照。

（8）早期の例としては、『三国志』魏書 鍾会伝に裴松之注が「會爲其母傳曰……」、「會時遭所生母喪。其母傳曰……」として引く所謂「鍾会母伝」や梁の蕭繹『金楼子』后妃篇にみられる「阮修容伝」などがある。

（9）野村鮎子「明代における非古の文体と女性」（松村昂編『明人とその文学』、汲古書院、二〇〇九、二五～五六頁）参照。

（10）清の文献の総量は計り知れず、現時点で調査を終えたのは、注（4）に挙げた四庫関連本および《歴代詩文別集》清代上篇・清代下至民国篇（雕龍古籍全文検索叢書シリーズ、凱希メディアサービス）、『清人詩文集彙編』全八百冊（上海古籍出版社、二〇一一）、『清文海』（北京図書館出版社、二〇一〇）、『北京図書館古籍珍本叢刊』集部・清別集類一一一冊～一一三冊（書目文献出版社、一九八七～）『南開大学図書館蔵稀見清人別集叢刊』（広西師範大学出版社、二〇一〇）、『北京師範大学図書館蔵稀見清人別集叢刊』（広西師範大学出版社、二〇〇七）、『天津図書館珍蔵清人別集善本叢刊』（天津古籍出版社、二〇〇九）に収められているものに限られる。なお、『清人詩文集彙編』の調査にあたっては、台湾中央研究院文史哲研究所図書館に閲覧の便宜をはかっていただいた。ここに特書して謝意を示す。

(11) 詳しい内容は、注（9）の拙論で紹介したのでここでは割愛する。

(12) 王華姜の墓誌銘は屈大均の友人陳恭尹（一六三一～一七〇〇）が執筆している。陳恭尹『独漉堂文集』巻十「華姜墓誌銘」。

(13) 清末になると、家の側室が正妻に据えなおされる場合もあり、それは扶正と呼ばれた。

(14) 『堯峰文鈔』巻四十「亡妻袁宜人祖奠文」。

(15) 本田済によるこの文の全訳と解説が本田済・都留春雄『近世散文集』（中国文明選第十巻、朝日新聞社、一九七一）に収められているので参照されたい。

(16) 本田済によるこの文の全訳と解説が本田済・都留春雄『近世散文集』（中国文明選第十巻、朝日新聞社、一九七一）に収められているので参照されたい。

(17) ただし、その中国語の訳語はさまざまである。劉詠聡『徳・才・色・権：論中国古代女性』（台北：麦田出版股份有限公司、一九九八）二九一頁は「友愛婚姻」、伊沛霞（Patricia Buckley Ebrey）著・胡志宏訳『内闈：宋代婦女的婚姻和生活』（江蘇人民出版社、二〇二二）三九頁は「伴侶型婚姻」、高彦頤（Dorothy Y. Ko）著、李志生訳『閨塾師：明末清初江南的才女文化』（江蘇人民出版社、二〇〇五）一九一頁は「伙伴式婚姻」という。訳語についての詳細は、呂凱鈴「李尚暲、銭韞素合集所見之夫婦情誼：清代友愛婚姻一例」（『香港中文大学中国文化研究所学報』第五十期、二〇一〇年一月）を参照されたい。

(18) 金之俊は「誥封正一品夫人厳氏行略」（『金文通公集』巻十七）で、この時の帰郷が十年ぶりであったことを述べている。

(19) 本田済「「主情の説」――清朝人の場合」(『東洋思想研究』創文社、一九八七)および合山究「「情」の思想――明清文人の世界観」(『明清時代の女性と文学』汲古書院、二〇〇六)参照。

(20) 『台湾師大歴史学報』第五十八期、二〇一七年十二月。

第三章　明清における亡妾哀悼文

はじめに

前近代中国の妾婢をめぐるフェミニズム／ジェンダーの言説には、おおまかに分けて二つの方向性がある。一つめは、妾婢とは一夫一妻多妾制という旧弊な婚姻家族制度の犠牲者であり、女性抑圧の最たるものという考え方である。これは清末から続く女権運動／女性解放思想の基本スタンスといえる。もう一つは、妾婢は自らの生存戦略のために己の身体やセクシュアリィを最大限に活用して男性家長の寵を得ようとしたというものである。抑圧された女性の中に女性自身の主体性や能動性をみようとする研究は、近年、『金瓶梅』や『紅楼夢』など小説中の女性形象の分析において主流となりつつある。とはいえ、妾婢は、勧善懲悪や因果応報の物語の中で、あまりにも長い間、放埒で淫靡なイメージを背負わされてきた。

第二章で述べたように、明清士大夫が女性家族を哀悼した散文すなわち墓誌銘や祭文、伝などの中には、亡母や亡妻を哀悼したもののほか、亡妾や亡婢のために書かれた哀悼文がある。もしも士大夫が妾婢を単に子を得るための道具、もしくは色欲を満たすための奴隷とみなしていたのだとすれば、儒教規範を逸脱して卑賤な身分の女性への哀悼の念を吐露するような文学は生まれなかったはずである。

中国の納妾・蓄婢制については、婚姻家族制度の面から納妾の習俗や妻妾の倫理秩序を論じたもの、奴婢制度史の面から考察したものなど、これまでにも多くの研究蓄積がある。(1) その扱う史料も法律の条文や檔案（官府の公文書）、地方志（州や県を単位とする歴史書で地理や風俗、人物の伝記を含む）、判牘（訴訟文書）といった公的な史料から、士大夫の家の族譜（家譜とも。一族の系図や伝記などから成る）や人身売買に関する契約書といった私的な記録文書、さらに妾婢が登場する白話小説や戯曲へと多様化しつつある。しかし、士大夫による亡妾哀悼文を扱った研究はほとんどない。(2)

本章では、亡妾哀悼文というこれまでほとんど用いられることのなかったノンフィクションの文学史料を用いて、「不正規な家族員」(3) として副次的な地位に置かれた妾婢の身体やセクシュアリティがどのように管理されていたか、士大夫にとって彼女たちはどのような存在であったのか、なぜ亡妾哀悼文のような文学が明清士大夫の間で広まったのか、妾婢の哀悼文を執筆するに至った彼らの心性について考察しようとするものである。

なお、妾には、側室、副室、篷《しゅう》室、次妻、小婦、姫人など多くの別称があり、家に妾を置くことを「納妾」「置妾」などという。これらは「買妾」と表現されることもあるように、女性の身体を金銭で贖って家に入れるものである。ただし、妾は他所から納れるもののほか、自らの家で使役する年若い婢（丫《あ》頭または丫環と称される）や後述するように媵《よう》を側室とする場合もある。もちろん、主家の男性家族の寵愛を受けた婢女がただちに妾として遇されるわけではなく、婢の身分のままで「蓄婢」する場合も相当数あったと推察される。

本章では、こうした妾として遇されてはいないが、その実態は妾であった婢を侍婢と呼び、考察の対象に含める。

一、納妾・蓄婢に対する妻と士大夫の意識

（一）正妻にとっての納妾・蓄婢

前近代の中国では家を継承するのは父系の血縁男子に限られていた。正妻は自らに男児が生まれない場合、妾を納れて継嗣を得ようとするが、それは宗祧《そうちょう》継承者の配偶者としての責務でもあった。宋の司馬光の妻張氏が子のないことを案じて、妾を納れ着飾らせて夫の書斎に送りこんだものの、司馬光が見向きもしなかった話や、王安石の妻呉氏が買った妾が夫の漕運の賠償のための身売りだったことを知った王安石が、夫婦を復縁させた話は、いずれも君子が色に動かされなかった佳話として伝えられている(4)。しかし、この話は正妻が夫の同意なく妾を納れることができたことを示してもいる。正妻は、夫のセクシュアリィと妾という同性の身体の両方を管理する権利を有していたのである。

「妾は夫人に事《つか》うること、舅姑に事うるが如し」（『白虎通義』引『礼記』内則）とあるように、妾婢は妻に従う存在である。正妻は妾婢にとって「女君」であり、妾婢は正妻を「主母」と呼ぶ。妾婢が産んだ子でも、嫡母としての権利は正妻にあった。

各種の女訓書や家訓書は、女性の「妬」を「忌（嫉妬や憎悪から虐待すること）」や「悍（狂暴で猛々しい言動）」

の元凶として固く戒め、「不妬」を女性の最高の美徳としてきた。(5) 妻妾同居（ただし、妻は正屋、妾は側室、大邸宅であれば別院に居住）の下で、妻や妾たちは互いを「姐」「妹」と呼び合うことで、序列を確認し家内の秩序を保った。

附論で詳述するが、こうした妻妾同居のシステムは時に女性同士の親密な関係にも発展しうることから、通俗文学で女性同士の欲望やセクシュアリティを描写する際の素地ともなった。明末清初の李漁（一六一一～一六八〇）の戯曲『憐香伴』は、ある美少女に一目ぼれした女性が己の欲望を遂げるため、夫に彼女を娶るように勧めることから物語が始まる。最後の大団円は、夫が二人の手をとって、ともに新婚の床入りをするところで終わっている。また、丁耀亢（一五九九～一六六九）による『続金瓶梅』は、『金瓶梅』の登場人物の生まれ変わりによる因果応報物語だが、その中で女性同性愛行為を行う黎金桂と孔梅玉は、『金瓶梅』の潘金蓮とその侍婢で西門慶のお手付きである龐春梅《ほうしゅんばい》の生まれ変わりとして設定されている。また、沈復（一七六三～？）の『浮生六記』には妻の陳芸《ちんうん》が一目ぼれした妓女と姉妹の契りを結び、夫の妾にしようとするが有力者に奪われ、それがもとで病気に罹ったことが描かれている。

女性が同性の身体やセクシュアリティを管理するという点でいえば、その最たるものが媵である。媵とは女性が嫁ぐ際に実家から伴ってくる婢である。媵は、上代では王室や士の婚姻で女性が嫁する際に伴った同姓の従妹などを指し、正室が亡くなった後に継室となる場合もあり、本来その地位は高かった。しかし、後世は異姓の婢になり、明清では富貴の家の女性が嫁する際に年端もいかぬ少女を購い、媵として伴う俗習が拡まっていた。

旧中国では女性は総じて早婚早生で、房事は若い時に限られる。そのため嫁して数年後に年頃を迎える媵婢は、妻公認の「妾」の候補となった。妻妾同居という緊張が強いられる場で、実家から伴った媵は妻にとってもっとも心安い存在であり、自らの媵を妾にすることには他の妾を牽制する意味もあったろう。ただ、媵婢は正式に妾として認知されて房（部屋）を与えられることは稀である。妾が家の婦として遇されるのに対し、媵婢はあくまで使用人であり、その所有権や管轄権は女主人の手にあった。

（二）　士大夫にとっての納妾・蓄婢

『大明律』は「その民の四十以上の子無き者については、妾を娶るを許す、違《たが》う者は笞四十（其民四十以上無子者、方聴取妾）」（戸律・婚姻「妻妾失序」）といい、民が妾を娶ることができるのは、四十歳以上で男子のいない場合に限っている。しかし、現実には納妾は夫の年齢や身分に関係なく行われており、明の中期には、条文の解釈変更で官員をこの制限の例外扱としている。(6)さらに『大清律』では現実に沿う形で、上掲の条文自体が削除されるに至っている。

『大明律』はまた「庶民の家、奴婢を存養する者は杖一百、即ちに放ちて良に従わしむ」（戸律・戸役「立嫡子違法」）と、功臣の家に賜与される以外、庶民による奴婢所有を禁止する。明律がいう奴婢とは賤民としての奴婢であって、本章で論じる士大夫の侍婢は、身分法上は良民ではあるが、身売り証文によって売られた家に隷属し無期的労働に服すという意味では、賤民の奴婢と実態はなんら変わるところはない。明律の奴婢保有禁止もまた形骸化しており、結局、奴婢保有は、清の雍正五年（一七二七）の条例で公認されるに至る。(7)

ただ、国法上の身分がどうであれ、服役的な仕事を行う婢女は「賤」であるという感覚は人々の間にあったし[8]、妾が非正規とはいえ家族の一員として遇され、「主僕の分」でいえば「主」であるのに対し、婢は主家の男性に幸されたとしても「僕」にすぎない。明末の思想家である管志道（一五三六～一六〇八）『従先維俗議』巻五「父為子侍諸母地」が、

四十過ぎて妻を喪い、家に長男の嫁がいるときは、妾を納れるのにとどめ、妻を迎えてはならない。妻が長男の嫁より後に家に入ると、子の嫁との孝順が逆になってしまい、仲良くできないからだ。六十過ぎて妻を喪い、侍妾がいないときは、婢を納れるのにとどめ、妾を納れてはいけない。年若い妾が家に入ると、貞や烈でない性質を教育するのは難しいからだ。嫡子は庶母に対して一年の喪に服すべきで、父に妾が多いと服喪が多くなる。そのため側室の中で家にとどめ置いている年の若い者は、父が健在の間、実態は妾であっても名は妾としないのがよい。（従四十外喪偶、而家有冢婦、但納妾、勿納妻。蓋妻後冢婦而進、非極孝順之子婦、難諧也。従六十外喪偶、而傍無侍妾、但納婢、勿納妾。蓋妾以少艾而入、非極貞極烈之天性、難馴也。）

と、納妾と蓄婢の使い分けを熱心に説くのはこのためである。

明の趙民献『萃古名言』巻一もまた

不幸にして妻を喪い、壮年になっても子が無い者は、当然継室を娶るべきだ。いやしくも年四十を過ぎ、子息もいるのなら、ただ一、二名の婢侍に世話をしてもらうようにすれば十分だ。断じて継妻を迎えるべきではない。（有不幸喪妻、壮年無子者、自當續娶。苟年踰四十、又有子息、第令一二婢侍巾櫛足矣。斷不可再娶

也。）

と、子がいる場合は、正室ではなく婢侍を置いて身の回りの世話をさせることを勧めている。続いて趙は四十過ぎての再婚を勧めない理由として、相手との年の差を問題にする。

再婚を繰り返すと、相手は若くなり、年齢差が大きいのが一つめの不都合。夫が先に死に、若くして未亡人になるのが二つ目の不都合。もし子がなければ相手は再嫁することになるだろうし、もし子があれば先に生まれている子を妬むのが、三つめの不都合。子は彼女に母として事えることになるが、立場があるので、少しでも気に入らないことがあれば不孝だとか、言うに堪えないことで侮辱し、羞恥心もなんのその、ややもすれば裁判沙汰になる。これらはみな私が目撃してきたことで、家も名誉も地に落ち、後のまつりになる。（蓋幾再娶、必少艾、年齒不齊、一不便也。夫卒於前、少年寡居、二不便也。彼若無子、必當改圖。彼若有子、必妬前子、三不便也。前子事之如母、名分已定、稍不愜意、必以不孝、或以不忍言者汚之、羞恥不顧。動經官府、此俱吾所目擊者、敗名敗家、覆轍相尋、奈何弗畏。）

今日の感覚でいえば、納妾や蓄婢は個人のセクシュアリティに関わるもので、秘すべきことがらのように思われるが、明清士大夫の書簡には納妾に言及したものがしばしば見られる。明の袁中道（一五七〇～一六二三）は友人銭謙益にあてて文集の序文を委嘱する書簡で、

私は近頃、自愛の道を知りましたが、妻が家の中が寂しいことを気の毒がり、特別に私がふだんから目をかけていた婢を遣わしてきたので、やや慰めになっています。（弟、近知閟嗇之道、而弟婦憐邸中寂寥、特遣人送第素所刮目之一婢來、差足慰懷。）『珂雪斎集』巻二十五「答銭受之」(9)

と述べている。

また雷思霈《らいしはい》あて書簡では先方の納妾に触れ、

私はすでに酒をやめ、地黄五加皮酒を飲み始めました。このまま永遠に禁酒しようと思います。聞くところによると、仁兄はまた新しい姫人を納れたとか、まことに元気で活力がありますね、羨やましい羨やましい。（弟已戒酒矣、稍飲地黄五加皮酒。至于慾將永戒之。聞仁兄又納新姫、眞有力健兒、羨羨。）『同』巻二十三「与雷何思」

と書き送っている。

明末清初の顧炎武（一六一三〜一六八二）は康熙の初め、陝西を旅した際に、当地を代表する学者の王弘撰と交友を結ぶが、のち彼が年をかえりみず妾を納れようとしているのを知り、書簡で自らの失敗談を語って思いとどまらせようとする。

わたくし炎武は、齢五十九にして後嗣がいなかったので、太原で傅青主（山）に会った際に、脈診してもらったところ、まだ子ができるといわれ、妾を置くのを勧められました。そこで静楽（山西省）で妾を買い入れたのですが、一、二年しないうちにあちこち病気がでて、ようやく董仲舒の言葉[10]を思い出し、はっと気づき後悔しました。おいを継嗣に定めて、すぐに妾を他家に遣りました。……［楊彝、字は子常――引用者補］は定夫（楊彝の子の字《あざな》）が亡くなった後、齢六十を超え、もともとそこひの眼疾もあったにもかかわらず、妾を二人買い、三、五年のうちに眼が見えなくなりました。息子が一人生まれましたが、少年のうちに夭折してしまい、結局、鄭伯道（晋の鄭攸のこと）と同じく、子のない憂いを味わうことになりました。このことは子のいない者は戒めとすべきです。ましてやすでに子がおり孫がいて、曽孫まで いる者ならばなおさらのことです。（炎武年五十九、未有繼嗣、在太原遇傅青主、浼之診脈、云尚可得子、勸令置妾、遂於靜樂買之。不一二年而眾疾交侵、始思董子之言而瞿然自悔。立侄議定、即出而嫁之。……（楊子常）自定夫亡後、子常年逾六十、素有目眚、買妾二人、三五年間目遂不能見物。得一子已成童而夭亡、究同於伯道。此在無子之人猶當以爲戒、而況有子有孫、又有曾孫者乎。）『亭林文集』巻六「規友人納妾書」

袁中道は明末公安派の文人、一方の顧炎武は清朝考証学の祖であり、いずれも当時の士大夫文化を体現する人物である。彼らの雅馴とはいいがたい書簡から我々がイメージする士大夫にとっての妾婢とは、子をあげる道具または慰安の玩物というものである。しかしながら、袁中道はその一方で、納れてから一年足らず、十七歳で逝った亡妾周氏のために「祭亡妾周氏文」（『珂雪斎集』巻十九）を執筆し、その若すぎる死を深く悼んでいる。

納妾や蓄婢が娶妻ほどの重みをもたなかったことは事実である。しかし、日常の起居をともにした妾婢個人への感情は、相手の身分が低いからという理由で無化できるものではなかろう。明清の文人たちはその情を亡妾哀悼文という形で表出するのである。

二、亡妾哀悼文の特徴と歴史的変遷

（一）　亡妾哀悼文の文体

前近代中国において亡妾を哀悼する文学としてポピュラーなのは、悼亡詩もしくは悼亡詞などの詩歌である。しかし、これとは別に、士大夫が亡妾の生前の行跡を記した墓誌銘や、祭祀の際に亡妾に捧げる祭文を自ら執筆する場合がある。さらに明清になると、より長文の伝記である行状（事略または行略とも）や伝といった文体も用いられるようになる。

管見の及ぶところ、伝世の文献中に見られる唐の亡妾墓誌銘は、元稹「葬安氏誌」と沈亜之「盧金蘭墓誌銘」の二篇である[11]。宋では蘇軾「朝雲墓誌銘」と周必大「芸香誌」の二篇、元では戴良「亡妾李氏墓誌銘」と陸文圭「妾陳氏墓誌銘」の二篇である。明になると十八篇、清では三十六篇確認される。また祭亡妾文は、元以前では一篇のみだが、明では七篇、清では十四篇になる。亡妾行状または亡妾伝は、明では四篇、清では十二篇を確認している[12]。

時代によって伝世の文献量に差があり、単純比較は慎むべきだが、時代を追うごとに亡妾哀悼文が増え、明清ではさほど珍しいものではなくなったことがわかる。

哀悼文の標題もそれを裏づける。「亡妻」という言葉は早くに定着していたが、一方、「亡妾」は宋を含めてそれ以前に用例が見当たらず、哀悼文では「〇氏墓誌銘」のように直接姓のみを書すのが通例だった。標題に「亡妾○氏」と書すようになるのは元以降である。「亡妾」は「亡妻」から派生した言葉であり、妻／妾の身分を画するメルクマールとして機能したが、別の側面から見るならば、哀悼文の標題に冠される「亡妾」の二字は、士大夫が儒教規範を逸脱して卑賤な身分の女性への哀悼の念を吐露する際の免罪符的役割を果たしたともいえよう。

（二）　明清の亡妾哀悼文の特徴

夫と合葬されるのは正妻であって、妾婢は正妻を差し置いて夫と合葬されることはなく、死後の祀りも息子による一代限りである。ただし、男子を産んだ妾婢は厚遇され、死後に墓誌銘や祭文が用意されることが多い。特に元までの墓誌銘や祭文のある妾はほとんどが男子を産んだ女性である。

しかし、明清になると男子の有無にかからわず、士大夫は亡妾のために自ら墓誌銘や祭文を執筆し、純粋にその死を悼むようになる。子のためという口実を必要としなくなるのである。

亡妾哀悼文は亡妻哀悼文にやや遅れる形で明の中期以降に拡がる。亡妾哀悼文の内容が亡妻と大きく異なるのは、正妻に対して従順なことが称賛される点である。亡妻への哀悼文が妻党を意識して、亡妻の出自や亡妻が姑や夫にどのように仕えたかという婦徳の顕彰に重きを置くのに対して、亡妾のための哀悼文で熱心に語られるのは、妾婢となった経緯や正妻やほかの妾婢との関係性、および彼女の薄幸の人生である。

明清の亡妾哀悼文のもう一つの特徴として挙げられるのが、美貌や容姿に関する描写が少ないことである。近年発掘された唐の亡妾墓誌銘では「天生麗容」「絶代之姿」「明眸巧笑」「色艶体閑」といった亡妾のコケティッシュな魅力を語るものが多いのに対して、明清のそれではこうした身体描写は極めて少ない。また、明清の通俗小説がしばしば妾婢の容色や纏足美をセクシュアリティと結びつけて詳述するのに対して、墓誌銘や祭文、伝といった哀悼文では容姿への言及はほとんどない。儒教イデオロギーの下、家制度が確立した明清社会では、妾もまた妻と同じく貞節が要求される女性家族の一員とみなされた。そうした女性家族の容姿を詳述することは憚られたのであろう。

三、亡妾哀悼文が描く妾婢

（一）　納妾の経緯

明清の亡妾哀悼文に描かれる納妾の経緯にはいくつかのパターンがある。跡継ぎがいないことを案じた妻や父母が主導するもの、任官等で郷里を離れる夫のために正妻が遣わしたもの、夫が赴任地や旅寓先で自ら納れるもの、友人からの贈呈などである。

このうち、正妻が夫のために納れた妾は、女君公認の妾としての地位を有し、哀悼文でもそのことが強調される。たとえば徐秉義（一六三三～一七一一）「側室陸氏事略」（『培林堂文集』巻十一）の陸氏は、四十歳を過ぎて後嗣がいない夫のために正妻馬氏が選んだ妾である。徐は「皇清勅封安人先室馬氏行略」（同上）で、馬氏が妾を置き、一日や十五日、祭礼の日に焚香して子を授かるよう天に祈ったことを賛美する。崔述（一七四〇～一八一六）「侍妾麗娥伝」（『無聞集』巻四）の周麗娥も、妻が夫の留守中に納れた妾である。妻が自ら裁縫や炊事を一から教えたという。方濬頤（一八一五～一八八九）「亡姫謝淑人事略」（『二知軒文存』巻三十）の謝氏も正妻が選んだ妾である。方は「亡室周夫人事略」（『同上』同巻）で、「予の為に簉室を置いた」正妻を賛美する。こういった例は枚挙に暇がない。

史鑑（一四三四～一四九六）「亡妾叔蕭氏墓誌銘」[13]（『西村集』巻六）の蕭氏、謝済世（一六八九～一七五六）「側室曽氏墓碣」（『謝梅荘先生遺集』巻四）の曽氏、曹銜達（一八三三進士）「張姫哀辞」（『聴鐘山房文集』不分巻）の張氏は、跡継ぎがいないことを案じた父の命で納れた妾である。ただし、実際には夫が旅寓先で自ら物色する妾が多数を占めたことは想像に難くない。方応祥（一五六一～一六二八）「書亡妾汪氏墓碑陰」（『青来閣初集』巻九）の汪氏は、郷試受験のために南京に赴いた際に連れ帰った妾である。

妾婢の身体は時に「贈答品」ともなった。冒襄（一六一一～一六九三）『影梅庵憶語』[14]のヒロインとして有名な董小宛は、両人の意を汲んだ銭謙益が南京秦淮の妓女だったのを落籍させて冒襄に贈った女性である。また、毛奇齢（一六二三～一七一六？）の愛妾として名高い張曼殊は、もとは北京豊台の花売り翁の娘で、毛奇齢の師の馮公（馮溥）が北京に来たばかりの毛奇齢に子がいないことを案じて選んだ妾である（「曼殊葬銘」『西河合集』墓誌銘六）。このとき馮公は金絨児という婢女も曼殊の媵として一緒に贈っている。荘受祺（一八一〇～一八六七）「侍姫柳氏壙志」（『楓南山館遺集』巻七）によれば、柳氏は荘が友人から譲り受けた妾である。

妾婢の贈饋は旧中国の俗習であり、特段珍しいことではないが、哀悼文でそれを直叙するのは明中期以降の現象である。さらに清ではこうした女性の「鬻がれた」経緯が記されるようになる。

盧世漼（一五八九～一六五三）「亡妾桂枝墓磚記」（『尊水園集略』巻十一）は、亡妾桂枝が父母を喪った後に、実兄によって六、七歳で遊里に鬻がれたことを語る。陳万策（一六六七〜一七三四）「側室余氏墓誌銘」（『近道斎集』巻五）は広東の出であった余氏が家の負債のため北京に鬻がれたこと、陳用光（一七六八〜一八三五）「席姫墓誌銘」（『太乙舟文集』巻八）や黎庶昌（一八三七〜一八九七）「仲姫王氏墓誌銘」（『拙尊園叢稿』巻二）は、彼女たちが父母を亡くした後に鬻がれ、さらにその主家から転売されてきたことを直叙する。蔣琦齡（一八一六〜一八七六）「悼孔姫文」（『空青水碧斎文集』巻七）の孔氏は、蔣が南京の妓楼から贖った女性だが、その姓からして曲阜の孔子の子孫で、戦乱により流浪の身となったのだと説明される。

妾婢自身の声を記録した哀悼文もある。張慶成（一七七四〜一八三三）「哀謝姫文」（『秋樵文鈔』巻下）には、労咳を患った謝氏が死の床で自分を売った同病の父を気づかう場面がある。

私はかつて［謝氏に］戯れにこういったことがある。「お前の父親がお前を売ったのだ。なのになぜそれほど父のことを気にかけるのだ」と。そうすると「傷ましきものは貧乏です。産んでもらった恩をなぜ忘れられましょう」と答えるのであった。（余嘗戯汝曰、「汝父賣汝、汝何切切若是」、則對曰「傷哉貧也、生身之恩、何敢忘」。）

張慶成は亡妾への供養として、跡継ぎのいない謝氏の実父を埋葬してやることを誓う。

実家が没落したため人の妾とならざるを得なかった者もいる。趙吉士（一六二八〜一七〇六）「側室劉氏壙記」（『万青閣自訂文集』巻二）の劉氏は、前朝の挙人で兗州府同知の官にあった人の孫女である。謝済世「側室曽氏墓碣」（『謝梅荘先生遺集』巻四）の曽氏は、もとは士大夫の家の娘であったが、実母の再婚で連れ子として曽の家に入り、曽氏として人の妾となった。梁濬（一七〇三〜一七四二）「亡側室王氏行実」（『剣虹斎集』

巻九）の王氏はもと正藍旗人だが、十七歳で某官の妾となり、その家の正妻にいびられ、跡継ぎを欲していた梁が納れることになった。清初、旗人は支配層として農地を支給されるなど優遇されていたが、旗人人口の増大とともに没落する家も出てきていた。王昶（一七二五～一八〇六）「許孺人志略」（『春融堂集』巻五十九）の許氏は、許文穆公国の末裔だが、父が訴訟に敗れて破産し、母親とともに尼僧のところに身を寄せていたのを王昶の母が買い取ったのだという。侯楨（一八一六～一八六三）「陶姫葬誌」（『古杼秋館遺稿』文巻一）の陶氏は商家の出であったが、実家が没落したのだという。

凶荒や戦乱は婦女子が鬻がれる大きな要因である。崔述（一七四〇～一八一六）「侍妾麗娥伝」（『無聞集』巻四）の周麗娥の父はもと馬医で、田を買って自給を謀ったものの、麗娥が十六の時に凶作に遭い、崔述の妻に贖われて妾となった。しかし「父母の己を鬻ぐを怨むの意無く」、ただ貧しさゆえに祖母を祖父と合葬してやれないことを嘆いていたことから、崔はその金を用立ててやっている。

鄭由熙（一八二七～？）「側室夏氏墓碣銘」（『晩学斎文集』巻二）の夏氏は、もとはある県の訓導だった人の娘である。両親の没後、母方の叔父に引き取られたが、白蓮教徒の乱で流離して官軍の捕虜となり、十歳に満たない時に某家に婢として売られたという。「幼くして流離し、長じて婢妾」となり、一度も子を孕むことなく、喀血の末に亡くなったこの夏氏の生涯について、鄭は「区区たる児女、歓は曽て一も畀《さず》からず、傷心の人に非ずと謂わんや」と嘆息するのである。

出自どころか姓さえわからぬ場合もある。何元普（一八二九～一九〇四）「亡姫翠鳳記」（『崎存外集』巻一）の翠鳳は十五歳で侍姫となったものの、本姓すらわからぬ身の上だという。

明までの亡妾哀悼文では妾婢の来歴はほとんど書されない。しかし、清になると上述のように羇がれた経緯が細かく記されるようになる。総じて、清の亡妾哀悼文は薄幸の女性の生い立ちを描くことに熱心である。これについては第四節第二項でも触れる。

（二） 納妾をめぐる女たちの本音

妾として嫁ぐ女性の悲哀を代弁するような哀悼文もある。白不淄《はくふし》（一六八九～？）「祭妾蘇氏文」（『偶園文集』不分巻）の蘇氏は、十八歳で寡婦となっていたのを仲人を通じて交渉して迎えた妾である。蘇氏は最初、妻や妾がいる家に第三夫人として嫁ぐのを嫌がったという。「父母貧しければ則ち売られて妾と為り、父母富まば則ち嫁ぎて人の妻と為る」（清・兪蛟『夢厂雑著』郷曲雑辞下「孟徳隣伝」）という言葉があるように、娘を妾にしたくないのは親としての人情である。

宋犖（一六三四～一七一三）「亡妾薛氏墓誌」（『西陂類稿』巻三十一）の薛氏は揚州に流寓していた人の娘であるが、この墓誌には十四歳で娘を妾として嫁がせる際の母親の言葉が引用されている。

康熙五年、私は黄州の副官となった。妻の葉安人は私に付き従うことができず、妾を置くように勧めたので、薛氏を納れることになった。その時、彼女は十四歳で、家を出るにあたって母親は泣きながら、「世の主母というのは、妾媵に対しておおむね恩愛が少ないものです。私は今、お前を見送るのに心がゆれ、心配でなりません」と言った。［薛］氏は「難しいことではありません。主母とは母であり、妾とは娘のようなものです。ただ娘が母に仕えるにあたって当を得ないのを恐れるだけです。母が理由もなく娘を罰するとは聞いたことがありません」と答えた。さらに父に向って、「人の妾となれば、父や母と頻繁に往来するのは非礼になります。どうかそれはもうおやめください」というのだった。我が家に来ると、これでもかというほどへりくだり、何事につけても礼にのっとって、裁縫や炊事に意を注ぎ、派手なことは好まなかった。葉安人は彼女を見て喜び、亡母の趙宜人はとりわけ彼女を可愛がり、いつも手づから髪を洗ってやった。私を見かけると、片方の手で髪を握り、もう片方の手で私を招き、「この子は賢女だよ、わたしのような老人でもめったにお目にかかれないよ。お前はこの子を大事にしてあげなさい」とおっしゃっていた。（康熙五年、余佐郡黄州、内子葉安人不及從、勸余置妾、遂納焉。時年十四、瀕行、其母泣語曰、「人家主母遇妾媵、率寡恩。吾今送汝、心搖搖、爲汝愳也」、氏曰、「是無難。主母母也。妾猶女、第恐女事母、不得當耳。未聞母無故罪女者」。復語其父曰、「爲人妾而父母數相往來、非禮也。願父母勿復然」。至則欲然自下、凡事一秉於禮、加意女工酒食、無紛華之好。葉安人見而喜、先母趙宜人尤篤愛、常親爲沐髮、望見余、一手握其髮、一手招余至。告之曰、「此賢女也。吾老人所僅見。汝其善遇之」。）

妾を納れる際は正妻の同意が必要であり、納妾に寛容であることは妻の美徳とされたが、実際の妻の心情は複雑であった。妻の本音を記した文もある。陳梓（一六八三～一七五九）「内子雅君伝」（『刪後文集』巻十）は、継室金氏のための生伝（生存中に書かれた伝記）である。陳梓は二人の男子を天然痘で亡くした後、妻の金氏に納妾の話をもちかける。

私は内妾を置こうとしたのだが、［金］雅君は、「天の意を占うに、孝羔（陳梓の男児）が育たなかったということは、我々には跡継ぎが生まれないということでしょう。世の中の桃葉（東晋の王献之の妾、ここでは愛妾を指す）は皆な凡庸で、婢は多産ですが不肖の子になります。あなたはすでに年を取られています。遺児を託することのできる孔明（劉備が諸葛孔明に子の行く末を託した故事）もいません、宗族の中から誰かを養子にもらえばいいではありませんか」というのだった。（余欲內妾、雅君曰、「以天意卜之、孝羔不育。我兩人必無後。世閒桃葉皆庸、婢生子多、不肖。夫子老矣、無托孤孔明、得繼大宗一豚足矣」。）

妻の言葉に対して陳梓は「人事を尽くしてみなければ」といい、友人が贈ってくれた妾を二人納れるのだが、結局二人とも手放すことになり、六十七歳の時に兄の子を後嗣とした。

高齢での納妾はたとえ子を得られても、その子が成人となるまで自ら養育できるかという問題があった。そのため夫が高齢の場合、妻が納妾に賛同しない場合もあった。

明清の亡妾哀悼散文を見るに、妾として嫁いだ、もしくは媵から妾になった時の女性の年齢は、再婚を除いておおむね十五歳から十八歳である。族譜を用いた劉翠溶の研究によれば、明清の夫と妾の年齢差の平均は十八・八一、つまり二十歳近くに及ぶという。(15) しかも、清の王蘇「老少年」に「翁年六十にして姫は十六、……姫年十七にして翁は七十」（張慶昌編『清詩鐸』巻二十二遠色）と謡われるように、祖父と曽孫ほど年の差があるのも珍しくなかった。

（三）　媵婢と女主人

明の士大夫の墓誌銘は子の生母が妾であった場合、「某は妾○氏の出」と、その姓を書すことが多い。しかし生母が媵婢の場合は、たとえ書されたとしても、「某は媵の出」のように姓が書されないのがふつうである。[16] 媵婢は男子を産んでいても、すでに家に継嗣がいた、あるいは夫が亡くなったなどの主家の事情で転売させられることもあった。明の文人徐渭（一五二一～一五九三）の父は赴任先の雲南で苗氏を娶ったが、徐渭を生んだのは苗氏の媵婢である。生母は彼が十歳の時に家を出されており、姓すらわからない。[17]

　媵婢への哀悼文は明では帰有光（一五〇七～一五七一）「寒花葬志」（『震川集』巻二十二）の一例があるにすぎない。[18] しかも、この文は明の版本には未収載であり、清の版本に始めて登場する。媵婢への哀悼文が文人の文集に収載されるようになるのは入清後のことである。屈大均（一六三〇～一六九六）「亡媵陳氏墓誌銘」（『翁山文外』巻八）の陳氏は、もとは継妻の王華姜の媵である。沈起元（一六八五～一七六三）「亡妾王氏述略」（『敬亭文稿』巻三）ももとは正妻王氏の媵、王友亮（一七四二～一七九七）「妾羅氏墓銘」（『双佩斎文集』巻三）の羅氏も媵であった。王昶（一七二五～一八〇六）「芸書《うんしょ》志略」（『春融堂集』巻五十九）の芸書はもと母の奴婢である。九歳の時に家に来て、王昶の母が病気の際には二十日間帯を解かずに献身的に看病し、それに感激した母が私に侍るように命じたという。

　家という閉ざされた空間の中、媵と女主人はもっとも親密な間柄であり、精神的な結びつきも強固だった。上掲の毛奇齢「曼殊葬銘」によれば、張曼殊にはもともと馮公から贈られた金絨児と光禄王君から贈られた来子という二人の媵がいたが、食が乏しくなったため来子を売って金絨児を手元にとどめた。毛奇齢は曼殊の意図を「金絨児年十七、曼殊の称する所の此の子の長ずるを俟《ま》つ者は是れなり」と説明する。つまり、金絨児は毛の寝所に侍らせる予定の媵だったのだ。金絨児は曼殊が亡くなる一カ月前、医者が月経痛の処方を誤ったことで病の床に在ったが、女君の逝去を知ると七日間泣き続け、口から血を流して後を追うように亡くなった。毛は彼女を憐み、曼殊の墓の傍らに葬った（「金絨児葬銘」『西河合集』墓誌銘六）。

張士珩（一八五七～一九一七）「侍姫董瑞芳墓碣」（『弢楼遺集』巻下）の董氏は正妻劉氏の媵で、劉氏が娘のようにかわいがり、自らが亡くなる前の年に、夫の寝室に行くように命じた。遺言でも再び命じたという。張は、仕えて六年、労咳のため二十歳で亡くなった彼女について、「終に未だ夕に当らず」すなわち性的関係はなかったというが、[19]正妻によって寝所に遣わされたことを記すことで、董氏を単なる家の使用人ではなく、自らの侍婢として追悼するのである。

媵から主家の男性の妾になることは一種の出世であったろう。[20]ただ、妾に直されたからといって他所から嫁いできた妾と同等の扱いを受けるわけではなく、しばしば使用人同然の扱いを受けた。『金瓶梅』の西門慶の四番目の妾の孫雪娥が側室となった後も、厨房の仕事を命じられていたのがその好例である。

沈起元（一六八五～一七六三）「亡妾王氏述略」には、もとは媵として沈の家に入り、のちに側室となった王氏が、どのように女君の王恭人に仕えたか、その詳細が記録されている。

亡妾王氏は王恭人の媵である。やや色黒で痩せていた。大きくなってからは物腰も端正で、みだりに笑い声をたてなかった。屋敷の傍らに花園があり、花の時には家の者はみな先を争って外に出たものだが、彼女は一人麻を紡ぎ、動かなかった。私はこれを良しとし、側室にした。王恭人に幼名を阿補という子ができたが、彼女も阿同という子を産んだ。子が生まれた後はますます仕事に励み、王恭人を助けて炊飯から食事の準備全般をつかさどり、婢僕に先んじて働いた。毎朝、必ず家人より前に起き出し、少しでも暇があれば、綿をつむぎ苧麻を裂き、得た収入はすべて主家に渡し、夜は三鼓になってようやく床について。私の家は辺鄙でごたごたしたところにあり、泥棒がしょっちゅう出た。門や垣根で音がすると、それを耳にした王氏が雨でも風でも寒い日でもすぐに起きて梃をもって外に飛び出し、家人を呼んで賊を追い払った。王恭人はその謹厳ぶりに感心し、事あるごとに必ず呼んで相談し、彼女が一言進言するといつも感嘆してその案に同意し、まるで左右の手のように頼った。（亡妾王氏、恭人媵也。少黧瘠、稍長、舉止端嚴、不妄笑語。宅旁有花圃、常花時、家人競出、氏獨積庥不動。余器之、畜爲側室。既而恭人舉子乳名阿補、氏亦舉子名阿同。氏生子後、益日勵勤苦、以佐恭人、自薪米出入、中饋蔬果、皆操作主持、爲婢僕先。每晨必先家人起、稍暇則紡棉辟苧所入悉以歸主、夜率三鼓就枕。余所居隘而僻、偷兒不時、至每門戸墻壁間剌然有聲、氏聞、雖風雨寒恆立起、操挺獨出、呼家人逐賊。賊爲之跳。恭人感其勤愼、有事必呼與商氏。進一言、恭人常歎許焉、倚之若左右手。）

ただし、やはり正妻との関係では苦しんだ。

しかし、恭人はせっかちな性格で、少しでも気に入らないと怒り出し、止まらなかった。王氏は仕事中いつもびくびくし、当を失していないかと心配していた。（然恭人性卞急、少失意、卽一發不可止。氏於勞苦中、時切悚息、懼不當也。）

妾婢への哀悼文では、女主人が病んだとき熱心に看病したことがしばしば語られる。

今年三月、家中がはやり病に罹り、王恭人の病がとりわけ重かったのだが、王氏は泣き続け、何度も神に向って大声で、「主母にもし厄があるのなら、どうか私を身代わりに」と叫んでいた。……王氏は一家の出納を何年も預かっていたが、没後、その長持ちを開けたところ、中にはわずかな衣があるばかりで、それらはすべて王恭人が与えたもので、こっそり私有していたものはなかった。これを見た者はみんな嘆息した。長男と長女は先妻の方恭人が産んだ子である。王恭人はこれを己の子のように育てたが、王氏はその間をうまく仲立ちした。子どもたちに過ちがあれば、これを庇い、王恭人が立腹すると、必ずとりなした。もし婢僕に咎があれば、きちんと叱り、軽々しく王恭人に告げ口したりしなかった。亡くなった日、私の子どもや婢女たちはみな声が枯れるまで泣いた。そもそも士大夫の姬妾というのは、ほぼ色でもって接するものだが、王氏は決してそんな部類の者ではなかった。しかし、小家の子でありながら大局をとらえ、礼法を守るというのは難しいことだ。それでついに夭折してしまったのも、薄命だったということだ。ああ、傷ましいことだ。（今歲二月、一家染疫、恭人病尤甚。氏淚不乾睫、頻呼籲神曰、「主若當有厄者、願以身代」。及恭人病少瘥、而疾作矣。死時年二十九、恭人悲之甚曰、「吾更善撫其子所以報也」。氏預出納者數年、歿後啓篋、尺布絲縷、皆恭人所予、無私置者。見者無太息。余長子長女、前方恭人出也。王恭人字之若己出、而氏於其間周旋尤密。子女有過、毎爲掩覆、即恭人有所慍怒、必爲婉解、即婢僕有過、氏正言訶責、不輕告恭人。死之日、余子女及婢女輩皆哭失聲。夫士大夫之蓄姬妾者、類以色進。氏固非其倫。然以小家子而識大體、執禮法難、已而竟夭其年以死、亦命之薄也。噫嘻、可傷矣。）

この哀悼文には、媵から妾となった女性が家の中でどのように生き抜いたか、その生存の実態が活写されている。

（四）暴力と虐待

明清の小説にはしばしば女性への暴力や虐待が描かれるが、本書第七章で詳述するように、暴力は決して小説の世界に限ったことではなかった。唐甄《とうけん》（一六三〇～一七〇四）は「今人多く其の妻を暴す。外に屈して内に威《いば》り、僕たるを忍びて内に逞《たくま》しうし、妻を以て怒りを遷《うつ》すの地と為す」（『潜書』内倫）と証言する。外での鬱屈を士大夫が家の女性にぶつけることも多かったらしい。

孫承恩（一四八一～一五六一）は「亡妾謝氏壙誌」（『文簡集』巻五十八）で、妾への暴力を告白している。

謝氏は……十七歳で嫁いできて、従順で慎み深く、私と亡妻の呉淑人に謹厳に仕えた。私はせっかちな性格で、少しでも気に入らないことがあると、すぐに彼女をぶったが、うなだれてそれを怨むでもなく、私から怒りをぶつけられるたびに「私は賢くなく、責められても仕方ありません。ただ、どうか怒りすぎて精神を疲弊させないで」というのだった。呉淑人は非常に厳しい人で、少しも容赦しなかった。［謝氏は］ますます恭順な態度で仕え、大暑のときには厠で扇で彼女に風を送ってやった。［正妻の］呉淑人は感心し、以後、やや優しくなった。（謝氏……娶時年十七、柔順敦恪、事予并亡妻呉淑人甚謹。予性躁急少稱意、即掊之。俛然不敢怨、毎見予怒曰、「妾不慧、責何辭、但願公毋過恚損神也」。呉淑人頗嚴、不甚假借、事之愈恭。雖大暑據厠或與揮扇、淑人感其意、自後頗善視之。）

『大明律』は夫による妻への暴力の罰については、骨折などの傷を負わせない限りは罪を問わず、傷を負わせた場合でもほかの者より罪を二等減じている。また、妾への暴力では、傷を負わせた場合でも、妻を傷つけた罪からさらに二等減じている。なお、妻による妾への暴力の刑罰は夫によるものと同じである（刑律・闘殴「妻妾殴夫」）。妾は暴力にさらされ易い構造の中に在ったといえる。妻の墓誌銘には「妾媵を御するに恩愛有り」「妾媵に笞を加えず」「婢媵を慰撫す」などと、妾婢に体罰を加えなかったことを称賛する文言がしばしば見られる。これは裏を返せば、妻による妾婢への暴力が広く存在したことを意味していよう。

ただし、すべての妾婢が夫や正妻からの虐待を甘受していたわけではない。楊峴《ようけん》（一八一九～一八九六）の「趙姫伝」（『遅鴻軒集』文稾巻二）によれば、彼が五十三歳の時に納れた十九歳の趙氏は、正妻も夫も手を焼くほど反抗的な妾だったらしい。

姫は趙氏、名は宝。私は宝卿と名づけた。揚州に本籍があり、蘇州に寄寓していた。壬申の歳（一八七二）、私の侍妾として来た。愚かでよく笑った。妻の張夫人は戯れにお馬鹿さんが馬鹿をするといい、彼女を懲らしめた。しかし、趙姫は強情で反抗し、人とうまく付き合うということを知らない。張夫人に対してもうまく接することができず、張夫人もこれを忌み嫌った。私が趙姫を責めると、不平たらたらで、ますます怒りにまかせて人を罵るので、上下左右の者はみな彼女を憎んだ。私にもかまびすしく盾突くので、彼女を遠ざけ、そばに寄せ付けなかった。その後、彼女は生気を失い、肝に鬱屈がたまって腹が太鼓のように膨れた。彼女は隠して何もいわなかった。私はひそかに耳にしていたが、すぐに治ると思い、また驕慢を助長することを怖れ、何も尋ねなかった。（姫趙氏名寶。余命曰寶卿。籍揚州、寄寓蘇州。歳壬申來侍余。性憨多笑。妻張夫人戲嘑曰癡則亦癡、嚽之。然剛而愎、不知世有周旋事。不善接張夫人、張夫人忮焉。余責姫、姫不平、益使氣謾罵、上下左右皆憎姫。聒於余、余怒屛弗近。自是姫無生人趣、肝鬱復隆隆如鼓、匿不告。

余微聞之、謂易療、又懼長其驕、輒不問。）

楊が描く趙氏は、かんしゃくもちで、女訓書がいうところの「悍婦」であった。しかし、彼は「趙姫伝」の末尾で、趙氏が実は天涯孤独の身で、薄幸の人だったことを明かす。

趙姫は父母兄弟がなく、ひとりぼっちで私しか頼るものがいないのに、私は図に乗るからと彼女を顧みず、みんなに憎まれながら死んだ。私は彼女に悪いことをした。彼女は強情で反抗的、しばしば私に逆らったが、実のところ私を守っていたのだ。今後は誰が私を守ってくれるのか。彼女の部屋に入れば、カーテンや鏡などその一つ一つが私の悲しみを募らせる。この年になってどうして耐えられよう。死なない人間はいないが、私は老いても死なず、彼女が先に逝くとは。人の命を司る者が順序を顚倒させてしまったのではないか。それとも私の運命が彼女よりも悪くて、老いの伴侶を得られなかったとのだろうか。（姫無父母兄弟、孑身託於余。余懼長其驕輒不問、抑於衆憎而死。余負姫矣。姫故剛直而愎、屢迕余、而實愛護余。今而後誰愛護余者。入姫室、一幃一鏡、皆觸余悲。衰年寧堪爾耶。夫人誰無死、獨恨余老不死而姫前余死、豈司枋司者顚到耶、抑命苦過於姫、不應有伴老者耶。）

楊は「趙姫伝」の最後に趙が三十一歳という若さで亡くなったことを歎く。

他方、彼は四十年間連れ添い、六十五歳で亡くなった正妻楊氏の墓誌銘「亡室張夫人葬志」（『同上』巻同）も執筆しており、そこでは舅姑につかえ、子女を慈しみ、家中を治め、賢婦、孝女と称えられた楊氏の女徳を称賛している。ある意味、型に則った亡妻墓誌銘といえる。

楊峴の二篇の哀悼文は伝と墓誌銘という文体の違いはあるものの、「亡室張夫人葬志」が型どおりに賛辞を並べているのに対し、「趙姫伝」には欠点を含めてその人となりが生き生きと描かれており、日常の暮らしが眼前に浮かぶかのようである。

（五）妾婢の葬地

正妻は亡くなれば必ず夫の郷里の先祖代々の一族の墓地に帰葬される。一方、仮寓先で納れた妾が亡くなった場合は、当地に埋葬しても礼法上問題視されることはなかった。しかし、人情という点ではそう割り切れるものではない。明清の亡妾哀悼文からは妾婢の葬祭をめぐる士大夫の心性を窺うことができる。

前掲の謝済世の妾の曽氏は彼が北京の翰林院に出仕していたときに納れた女性である。一男一女を産んだあと、女児を喪い、二十一歳の若さで没した。「側室曽氏墓碣」（『謝梅荘先生遺集』巻四）は、その葬地について次のようにいう。

この時、私は官位も低く、燕（北京）は粤（彼の郷里の広西）から遠く離れているため、［彼女を］近郊に埋葬しようとしていたのだが、叔父の中丞公が「妾とはいえ子もいるのだから、郷里に帰葬させるべきだ」というので、付き添いをつけて棺を広東に帰した。（當是時、余薄官、燕粤迢遞、將瘞於近郊。叔父中丞公曰、「雖妾、也有子矣。宜歸瘞」。爲余遣人扶櫬回粤。）

宋犖の妾薛氏は彼が任地に帯同した女性で、男児二人を産んだが二人とも夭折した。彼の手になる墓誌（「亡妾薛氏墓誌」『西陂類稿』巻三十一）は、おいを付添人として彼女の棺を郷里の河南に帰す際に執筆されたものである。陶澍は、二十二歳で幼子を遺して死んだ張氏の棺を金陵（南京）から郷里の湖南安化に帰し、その際に「側室張氏墓碣」（『陶文毅公全集』巻四十六）を執筆している。このように妾の帰葬に当たっては男子の母であることが重視されたのである。

ただし、一族の墓に帰葬させる妾がすべて男子を産んだ女性だったわけではない。たとえば、毛奇齢「曼殊葬銘」（『西河合集』墓誌銘六）の張曼殊は、十八歳で嫁いできて二十四歳で没した妾である。張氏には子がないことから、毛は当初、彼女の実家の墓所に葬るつもりだったのだが、友人から次のように忠告される。

初め私は曼殊を豊台の張氏の墓所に葬ろうとしたのだが、黄門の任君が私に向って「生前、離れがたかったのに、死んでこれを棄てるとは」と言った。私はその通りだとし、かくて棺を郷里蕭山に帰し、私が死後に入る予定の地に附葬させることにした。（初予將瘞曼殊于豐臺張氏之阡、黄門任君謂予曰、「生不忍相離、而死棄之」。予曰、「然」。遂攜櫝歸蕭山、將附于藏予之地。）

いわゆる偕老同穴は夫と妻を想定した言葉である。明清においても、妾が妻を差しおいて夫と合葬されることはないが、その墓を夫の墓あるいは夫妻の合葬墓のすぐ横に作ることは広く行われた(21)。

（六）　隠遁生活と妾婢

明清の士大夫が隠遁後の生活の同伴者として若い妾を納れることは、珍しいことではなかった。各地を遊歴し、風物を詠ずる詩人として名を馳せた陶元藻（一七一六～一八〇一）が、滞在先の呉から十六歳の李姫を連れ帰ったのは、六十四歳の時である。正妻孫氏は五年前に没し、すでに子も成人していた（「先室孫孺人伝」『泊鷗山房集』巻七）。陶は杭州の西湖に泊鷗山房を構えて李姫とともに西湖の美を愛でつつ、李姫に字や唐詩を教え、著述に専念する穏やかな生活を楽しむ。彼女に桂芬と名づけ、愛泉と字《あざな》したのは、もともと桂（金木犀）が好きで、窓の前に桂の老木があり、秋に美しく咲くのを彼女が楽しんだこと、西南の隅の泉が髪の毛が映るほど清らかでいつも眺めていたことに因んだものである。次の「李姫生壙誌」（『同』巻八）は、彼が妾李氏のために執筆した生前墓誌である。

私は今年八十四歳になった。七十五、六歳の頃から気力が萎え始め、日々衰えて、枯れ木や骸骨のように痩せ、さまざまなことが手につかなくなった。食欲の有無や寒暖についてもよく分からなくなり、立ったり座ったりも難しく、喜怒哀楽の感情があってもそれを表に出すことができなくなった。李姫はそのすべてについて先に私の微妙なニュアンスを汲みとることができた。私の糟糠の妻の孫氏が健在だったとしても、これを超えるものではなかったろう。私の余命はわずかだが、李姫は幸いにも幼いときから刺繡が得意で、私に嫁いでからは養蚕を覚え、紡績もできる。暇があれば本を読み、とりわけ昔の人物に関する話が好きで、いつも郡や県の地方史や家伝を見ていた。枕元の『二十一史弾詞註』（説唱文学の書名）を何度も見返し、すべてを理解したわけではないにせよ、一つ二つはほぼ暗唱していた。私はもともと忘れっぽく、老いてからはそれがはなはだしくなった。李姫はよく記憶していて、あの言葉、あの事はどこそこで見聞きしましたと、たとえそれが十数年前のことでも、混乱なくはっきり示すことができた。（余今年八十有四矣。憶自七十五六以來、氣血凋耗、日就衰頽、枯木形骸、百事俱廢。凡饑飽溫涼之辨、行立坐臥之艱、悲愁喜怒之感、方動於中、未形於外。姬悉能先意承旨、曲體其微。雖余糟糠婦恩愛如孫孺人在、亦無踰於此。殘喘之留、惟姬賴自幼工刺繡、既歸余、知養蠶、能勤紡績。暇則窺書、最喜攷古來人物典故、每覽郡縣志及家

傳等。案頭有廿一史彈詞註、繙閲良久、雖未盡曉、亦畧能言一二。余性健忘、老尤甚、姫善記憶、如某言某事、見聞於某處、卽相隔十餘年、能歴歴指陳、井然不紊。）

老境にある彼の最大の気がかりは、妾婢の行く末である。

占い師がいうには、私の運勢は酉に逢うと不吉で、己未の年に死ぬとか。今がその年なので、私は李姫の納棺には立ち会えないだろう。李姫には息子も娘もおらず、お金もなく、病気がひどくなっても相談相手もいない。私は死ぬ日が来たら死ぬだけだが、李姫は生きていても死んだようなものだ。悲しいことだ。私が死んだらいったい誰が、李姫が真心こめてすべてが行き届くように私に仕えてくれたことを知ろうか。（日者謂余運逢酉不吉、至己未當死。今屆此太歳、余不能覩姫之殮矣。姫既無子女、又乏錢刀、疾病凄、其與誰告語。是余於死之日爲死者、姫於生之日皆死也。悲夫、余死、孰知其事余眞摯周詳如此者、卽生平行事、尙無戾於時、故爲此誌、俾納於壙中以慰之。）

陶元藻はまたこの生壙誌で李氏の死後は彼女を妻の墓穴の右に葬るようにと指示している。[22]

文人の生活というと、山水の美への耽溺や詩酒の会での交遊に目が行きがちだが、その日常には身の周りの世話をし、起居をともにする妾婢がおり、それに対する情愛もまた士大夫の精神世界の一部を構成していたのである。

四、明清士大夫の心性と妾婢

（一）明清における士大夫階層の妾の社会的地位

明清時期、官僚の妻には夫の品階に応じて、淑人・恭人・宜人・安人などの命婦の封号が与えられた[23]。妾はこの恩恵に浴さないが、子が官僚となった場合は、嫡母だけでなく妾の身分の生母にも太淑人・太恭人・太宜人・太安人などの封贈が許可された。

服喪はというと、『儀礼』喪服の緦麻三月章に「士爲庶母」とあるものの、『礼記』喪服小記には「士妾有子而爲之緦、無子則已」とあり、夫による妾に対する服喪はあくまで男子のいる妾であることが大前提である。ただし、男子のいない妾に対して、他の婦が生んだ男子を立てて服喪させることは珍しいことではなかった。たとえば洪武帝は、貴妃張氏が男子を生まず亡くなり、時の呉王朱橚に命じて服喪させるため、古礼に従えば無服だと主張する礼部の反対を押し切って、洪武七年に『明令』（洪武元年）を改定し、『孝慈録』を発布した。ここで、子による父の妾のための服喪について大きな変更が加えられた。つまり、子による父母のための服喪のみならず、庶子による生母のための服喪、子が慈母（生母の死後に子を養育した父の妾）のための服喪を、すべて最高レベルの「斬衰三年」に引き上げたのである。さらに、嫡子であっても衆子（庶子）であっても庶母（父の妾）のためには「斉衰杖期」すなわち一年の服喪とした。つまり、明では嫡母や生母でなくとも、子の世代は服喪が必要であった。これは古礼が父の妾に対しては無服であったことと大きく

異なる。(24)

ただし、その後、『孝慈録』の服喪制度は「官府は其の法を守ると雖も、街市の間、閭閻の下、郷俗相い伝うるに、多く其の制度を失う」（丘濬『大学衍義補』巻五十一「家郷之礼上之下」）という状態になっていたらしい。(25) たとえば、先にあげた明末清初の王弘撰は生後すぐに再叔父の後嗣となったが、彼が四歳のとき養父母は没し、残された妾の張氏が二十五年間養父の母に仕えた。王は張氏が没した後、その守節に報いたいと考え、養父の妾である張氏に服喪することの可否と、服喪するならばその等級はどうすべきかを友人に諮った。その際、王建常の答えは古礼（『儀礼』喪服）や現行の礼（明清の服制）にのっとって子のない妾には無服であるべきだというものであった。顧炎武はこれを「尋常之見」としつつも、王弘撰の情に寄り添い、五服よりさらに等級の低い祖免（霊堂や殯葬の時だけ麻を着ること）を提案している。(26) このことからわかるのは、明清時期、妾に対する服喪では、必ずしも古礼の原則や現行の制度が遵守されていたのではなく、服喪する者との関係性、つまり情が重視されたということである。その家に貢献した女性であれば、身分は妾であっても丁重な扱いを受けた。

さらに明清には正妻に代わって家政を取り仕切る妾も顕在化する。唐宋時代、士大夫はいったん仕官すると郷里を出て、最終的に退官の地で定住することも多く、必ずしも本籍地に帰らなかった。しかし、明清では科挙の籍が本籍地に固定されたことから、子孫のため退官後は必ず郷里に戻る必要がある。一方で任官の際には、郷党との癒着を防ぐため本籍地とそれに隣接する地域を避けるいわゆる回避の法の厳格化により、南の出身者は北方、北の出身者は南方へと赴任させられた。そのため服喪や一時帰休を除いて長期間郷里を離れる夫の代わりに、本宅で父母に仕えるのは嫡妻のつとめとなった。このように赴任先に妻が同行できない以上、本宅を維持するのは妻、夫の身の回りの世話をするのは妾婢ということになり、かくて明清では妻妾同居といいながらも、実際には夫は任地で別の家をもつといった妻妾別居が常態化したのである。別宅では夫の身近にいて、一番年長の妾が、「主母」の役割を代行した。

清になると、「主母」的な役割にあった妾が「扶正」によって正妻となる例も出てくる。「扶正」とは正妻の没後に妾が継妻として直されることである。いったん妾として嫁いだ女性は通常生涯を通じて妾だが、清初あたりから、正妻が没した後に一番年長の妾で子を産んでいる妾を継妻とする、いわゆる「扶正」の例が見られるようになる。「扶正」には一族の承認が必要で、ハードルは高いが、査継佐（一六〇一～一六七六）は元配孫氏が亡くなった後に妾の蔣氏を継室にしており、施閏章（一六一九～一六八三）は妻梅氏を喪った後、一番年長で長子を産んでいる李氏を継室にし、張集馨（一八〇〇～一八七八）も元配黄氏と継室邵氏の没後、妾王氏を正室にしている。また、清末、駐日公使を務めた黎庶昌（一八三七～一八九七）は妾趙氏を日本に帯同しており、趙氏は大使夫人として日本の皇后にも謁見したという。正妻は存命であり「扶正」とはいえないものの、黎の手になる墓誌銘では妾氏を孺人と称するなど、正妻とみまがう扱いをしている（「長姫趙孺人墓誌銘」（『拙尊園叢稿』巻二））。

明清時代、儒教イデオロギーの下で、子無きは最大の不孝という観念が庶民層にまで広がると、士大夫階級の妾は妻には劣るにせよ夫の配偶者として、子の母として一定の社会的地位を得るようになる。このことは士大夫の妾に対する心性にも影響を及ぼしたであろう。

（二）　亡妾哀悼文執筆の士大夫の心性

亡妾哀悼文執筆の士大夫の心性を文学史の面から論じるならば、まずはこの時期の士大夫による「情」への肯定を指摘しておかねばならない。明中期以降の経済的な豊かさと陽明学左派に象徴される思想面での解放は、伝統的な文学の価値観をも揺るがした。[27] 湯顕祖の戯曲『牡丹亭還魂記』に代表されるように男女の情を肯定的に描く文学が士大夫層にも広く受け入れられたのである。男女の情、夫婦の情、親子の情が文学の主要なテーマになったことで、妾婢という身分の低い女性に対する「情」を叙すことへの障壁は低くなった。その流れは明清鼎革を経ても途切れることなく続き、冒襄の『影梅庵憶語』、陳裴之（一七九四～一八二六）『香畹楼憶語』のように、在りし日の愛妾との暮らしを哀惜込めて描いた長編随筆まで登場する。一般には清の乾隆・嘉慶年間の礼学に代表される道徳上の厳格主義によって、情は駆逐されたかのように思われがちだが、亡妾哀悼文はむしろ前朝にも増して普遍化した。

合山究は、かつて明末以降の士大夫たちが女子題壁詩（寺院の墻壁に書きつけられた詩）と総称される無名女性の詩とそれにまつわる不幸の物語を熱心に収集したことを例に、この時期の薄命の佳人の物語への関心の高まりについて指摘した。[28] 父母の没後に妾として売られた話や若くして夭折したという女子題壁詩が伝える無名詩人の伝記は、不思議なほど亡妾哀悼文の妾婢像と似通っている。

同時期盛んに制作された烈女伝や節婦伝——命がけで貞操を守った女性や、夫の死後再婚を拒絶して死を選ぶ寡婦の物語は、女性に対する道徳の厳格化という文脈で論じられることが多い。筆者はそれを否定するわけではないが、文学創作者としての士大夫たちを虜にしたのは女性の薄幸や悲劇的な死の物語だったと考えるのは、あまりにも穿ちすぎであろうか。

おわりに

近年、ジェンダー史研究の進展にともない、明清時代の中下層の女性についての研究が盛んになりつつある。それを可能にしたのは歴史学者による新たな史料の「発掘」である。新史料は女性の生存の実態を次々と明らかにしてきた[29]。本章で紹介した妾婢が中下層女性の全体のありようを代表しているとは言いがたいものの、その一部であることは言を俟たない。

本章で紹介した士大夫が自らの妾婢を哀悼した文は、これまでジェンダー研究の史料としてほとんど用いられてこなかった。近年、大型の叢書や影印本の出版などによって、史料収集の環境は改善されたものの、地方の図書館に深蔵され、筆者がいまだ目睹しえない明清の文集も多くあり、筆者の調査にも遺漏があるのは免れない。

本章で引用した亡妾哀悼文はその一部に過ぎないが、そこからは家の中で副次的な立場にあった妾や卑賤な身分であった侍婢たちの、小説のイメージとは異なる日常の暮らしを窺うことができる。士大夫にとって自らの妾婢は単に子を得るための道具でも色欲を満たすための奴隷でもなく、起居をともにし、心を許すことのできるもっとも身近で親密な女性であった。彼女たちの不幸な生い立ちや来歴、妾婢としての辛酸や早すぎる死は、士大夫の感情を突き動かし、哀悼文への執筆に向かわせたのである。納妾・蓄婢制度が女性を抑圧するシステムであったことは否定すべくもないが、そのことと個々の士大夫の妾婢への情は切り離して考えるべきである。抑圧者／被抑圧者というステレオタイプの区分では、彼らの関係性は見えてこない。亡妾哀悼文は、これまでのフェミニズムやジェンダー研究において女性抑圧の象徴、または放埒で淫靡というステレオタイプで語られてきた妾婢のイメージを一新させよう。

注

（1）明清の妾婢の研究は大まかに分けて、婚姻家族制度の一部として納妾制度を論じるものと、奴婢制度の一部として侍妾を論じるものとがある。ここでは一九九〇年代以降の代表的な研究をあげておく。前者にはBao-HuaHsieh, The Acquisition of Concubines in China, 14-17th Centuries（『近代中国女性史研究』第一期、一九九三・六）、郭松義「清代的納妾制度」（『近代中国婦女史研究』第四期、一九九六・八）、王紹璽『小妾史』（上海文芸出版社、一九九五）、程郁『清至民国蓄妾習俗之変遷』（上海古籍出版社、二〇〇六）、陳宝良「正側之別：明代家庭生活倫理中之妻妾関係」（『中国史研究』二〇〇八年第三期、二〇〇八・八）、程郁『蓄妾習俗及法規律之変遷』（上海人民出版社、二〇一三）などがあり、後者には褚贛生『奴婢史』（上海文芸出版社、一九九四）、王雪萍『明代婢女群体研究』（人民出版社、二〇一九）などがある。さらに、金蕙涵「情与徳：論明代江南地区的側室合葬墓」（『国立政治大学歴史学報』第三十七期、二〇一二・五）のように、妻・夫・妾の関係を見直す研究もある。

（2）亡妾への哀悼文を扱った研究としては、石暁玲「従姫妾憶伝文看明清士人心態」（『河北師範大学学報（哲学社会科学版）』二〇二〇年第一期、二〇二〇・一）があるにすぎない。

（3）滋賀秀三『中国家族法の原理』（創文社、一九六七）第六章第一節「妾」参照。
（4）宋・劉斧『青瑣高議』後集巻二（上海古籍出版社、一九八三）一二二～一二三頁。
（5）林香奈「「妬婦」考」（金沢大学外国語研究センター『言語文化論叢』第五号、二〇〇一・三）、同「賢ならざる婦とは――女訓書に見る家と女――」（関西中国女性史研究会編『ジェンダーからみた中国の家と女』東方書店、二〇〇四）参照。
（6）万暦三十八年（一六一一）重刊『大明律集解附例』巻六 戸律・婚姻「妻妾失序」の纂注に「妾を娶るに直だ民を曰うは、官員は当に此の限りに在らざるべし」とある。
（7）高橋芳郎『宋―清身分法の研究』（北海道大学図書刊行会、二〇〇一）参照。
（8）岸本美緒は「「賤」観念の核心は、「服役」ということにあるといえる」と指摘する。「明清時代の身分感覚」（『明清時代史の基本問題』、汲古書院、一九九七）四一八頁。
（9）袁中道の文は、銭伯城点校『珂雪斎集』（上海古籍出版社、一九八九）による。
（10）董仲舒『春秋繁露』循天之道篇は年齢による房事の制限を説く。青年は十日に一度、中年は二十日に一度、衰え始めの者は四十日に一度、衰えた者は八十日に一度、かなり衰えた者は十カ月に一度がよいとする。
（11）陳尚君「唐代的亡妻与亡妾墓誌」（『中華文史論叢』二〇〇六年第二期、二〇〇六・六）によれば、唐の亡妾墓誌銘は土中より発掘されたものを含めると十九篇ある。
（12）これまでに調査済の文集については、本書第二章の注（4）と（10）を参照。
（13）史鑑は正妻の李氏を伯、妾の蕭氏を叔と称している。
（14）大木康『冒襄と『影梅庵憶語』の研究』（汲古書院、二〇一〇）を参照。
（15）劉翠溶『明清時期家族人口与社会経済変遷』（台湾中央研究院経済研究叢書、一九九二）五三頁。

(16) 例外もある。明の顧清「故涇府右長史致仕任先生（諱順）墓誌銘」（『東江家蔵集』巻三十二）に「側室は王氏、韓氏。韓は本〔朱〕夫人の媵なり。……韓氏は子二人有り」、孫承恩「明故武略将軍錦衣衛千戸奚君（諱耘）墓誌銘」（『文簡集』巻五十二）に「女三あり、……一は媵張氏の出なり」、王世貞「中憲大夫雲南提刑按察副使沙渓曹公（諱逵）暨配顧恭人合葬誌銘」（『弇州四部稿』巻八十七）に「長女は則ち媵陸氏の出」、王世貞「登仕佐郎鴻臚序班小東顧公（諱可立）暨配劉孺人合葬誌銘」（『弇州四部稿』巻八十九）に「君の媵の陳、子有り曰く阿蛇……」など。

(17) 徐渭『徐文長三集』巻二十六「嫡母苗宜人墓誌銘」および『畸譜』。

(18) 寒花は帰有光の元配魏氏の媵で、魏氏の没後、帰有光の侍婢として娘二人を産んだ。野村鮎子「「寒花葬志」の謎」（『帰有光文学の位相』所収、汲古書院、二〇〇九）参照。

(19) 夫人屬纊前一年、已命抱衾裯、宿予房闥。遺言又命、侍予六年、病瘵卒。奉匜匜、執巾櫛、拂衽席、視寢興、無間昕宵。然終未當夕也。

(20) 周安邦「由媵妾心態試析《王西廂》中之紅娘」（『中正中文学術年刊』第二期、一九九九．三）は、王実甫『西廂記』のヒロイン崔鶯鶯の婢女で、張珙との仲をとりもつ紅娘の科白や態度を分析し、鶯鶯の結婚によって婢から妾への転身を願う深層心理を指摘する。

(21) 金蕙涵「情与徳：論明代江南地区的側室合葬墓」（『国立政治大学歴史学報』第三十七期、二〇一二．五）によれば、実際に中国南方で近年発見された明代の墓から妾が夫や正妻と一緒に埋葬された例が複数見つかっているという。

(22) 癸丑、葬孫孺人於山陰謝墅、其右虚一壙爲姫所藏身之處。姫生於乾隆三十二年二月初七日、媄〔衣十〕有期、從而祔葬焉。

（23）明清では夫が一品であれば、妻は一品夫人、二品では夫人、三品では淑人、四品では恭人、五品は宜人、六品は安人、七品以下は孺人に封ぜられた。

（24）これについての詳細は、井上徹「明朝による服制の改訂――『孝慈録』の編纂」（『東洋学報』第八十一巻、一九九九）を参照。該論文はのち『中国の宗族と国家の礼制――宗法主義の視点からの分析』（研文出版、二〇〇〇）の付篇として収載。

（25）注（24）論文参照。

（26）新田元規「清初期士大夫の礼実践における「相互規制」の様相：汪琬の立継と王弘撰の服喪を事例として」（『徳島大学総合科学部人間社会文化研究』第二十四巻、二〇一六）参照。

（27）この問題については、呉存存著・鈴木博訳『中国近世の性愛――耽美と悦楽の王国――』（青土社、二〇〇五）第三章「明代末期の情欲主義」、合山究『明清時代の女性と文学』（汲古書院、二〇〇六）第一篇「「情」と明清文化」に詳しい。ただし、合山は陽明学を情と結びつけることについては懐疑的である。

（28）合山究は、不遇な才子である男性詩人が自らと相似た不幸な人生を送っている薄命の佳人のいたましい境遇に共感を覚え、憐憫の情を催したのだろうという。前注合山著書第三篇「薄命の佳人論」と第五章「女子題壁詩考」参照。

（29）五味知子「明清中国女性史研究の動向――二〇〇五年から二〇〇九年を中心に」（『近きに在りて』五十八号、二〇一〇・一一）、および同「明清時代の女性とジェンダー（gender）――「女性の声」を求めて――」（『中国史学』第二十二号、二〇一二）を参照。

第四章　明中期における亡妻哀悼の心性
――李開先『悼亡同情集』を中心に

はじめに

第二章において、明清における亡妻哀悼文の展開を概観し、その背景には士大夫の妻を想う情と、文人の間でその情に共感する心性があったことを指摘した。

本章では、明中期、嘉靖年間の文人である李開先（一五〇二〜一五六八）の亡妻哀傷の文学作品および彼が編纂した『悼亡同情集』を手掛かりに、そこに収録された同時代人の亡妻哀悼の心性を具体的にみていきたい。

李開先に関するこれまでの研究は、戯曲家としての側面に注目したものが大半であり、彼が亡妻を哀悼した作品を多く創作していることはあまり知られていない。しかも、哀悼の対象は、亡妻のみならず亡妾にも及んでおり、韻文では悼亡詩のみならず悼亡曲子、文では墓誌銘や散伝のみならず誄もあり、また、自ら亡妻墓誌銘を執筆するだけでなく、先にあげたように知友の亡妻哀悼文を輯めたアンソロジー『悼亡同情集』を作るなど、作品のジャンルは多岐にわたる。彼の亡妻哀傷文学はまさに明中期の文人の亡妻哀悼の心性を象徴するものといえる。

一、李開先と悼亡

（一）　李開先と悼亡作品

李開先は、山東章丘の人で、字を伯華といい、中麓子、中麓山人、中麓放客などと自称した。一般には戯曲家として知られ、代表作には『水滸伝』の林冲故事で、京劇では「林冲夜奔」のもとになった『宝剣記』[1]や、神田喜一郎博士が孤本を蔵していたことで知られている『断髪記』[2]があるほか、さらに戯曲の評論書『詞謔』の作者としても有名である。彼はまた一時期は『金瓶梅』の作者と目されてもいた[3]。嘉靖八年（一五二九）に進士の第に登り、戸部雲南司主事に始まり、吏部の考功司主事、稽勛司署員外郎、験封司署員外郎、稽勛司郎中、文選司郎中などを歴任し、提督四夷館・太常寺少卿（正四品）に至った。

順調な官途が暗転することになったのは、嘉靖二十年（一五四一）四月に、北京の太廟に落雷があり、九廟のうち八廟が焼失したことを契機とする。太廟は嘉靖帝が五年の歳月をかけて完成にこぎつけたものであったことから皇帝の落胆は大きく、各衙門の四品以上の官僚に対して自陳書を提出するように求めた。この時、四品以上の官僚が提出した乞休書（自らを弾劾する文書）が対立する一派や気に入らない者を排除するための具に使われ、混乱の中で十二名が官を罷めるという事態に至った。李開先によれば、この背後には敵対する内閣首輔の夏言がいたという。この時、李開先は四十歳。官を罷めた後は、郷里章丘にて詞曲の研究と創作に没頭し、再び出仕することはなかった。自ら家班を抱えて[4]上演させるなど戯曲の愛好家だった彼は、一時期廃れていた南北戯曲を復興させ、万暦以降の戯曲隆盛の道を拓いた人物とされる。[5] 彼の詩文集『中麓閑居集』は、退居以降の詩文を収めたものである。[6]

『中麓閑居集』中には、亡妻のために自ら筆を執った「誥封宜人亡妻張氏墓志銘」（巻八）、「亡妻張宜人散伝」（巻九）、「祭亡妻張宜人文」（巻十二）のほか、悼亡詩である「雉朝飛」（巻一）、「傷祭墓者」（巻二）、「丁未除夕」「亡妻忌辰」（以上巻三）が、さらに亡妾のためには「侍姫張二誄」（巻一）、「憶張二」（巻二）、「過張二墓」（巻三）が収められている。また李開先は『中麓閑居集』以外に、『四時悼内』と題する一連の悼亡曲子（春一套・夏二套・秋一套・冬一套の南曲二十八支曲、北曲十支曲）を制作しており、さらに李夢陽・李舜臣・羅洪先・唐順之の亡妻墓誌銘や王慎中の「存悼篇」に、李開先自身の亡妻墓誌銘を附したアンソロジー『悼亡同情集』（以下『同情集』）も編纂している。

（二）　李開先の喪偶

李開先が元配張氏を喪ったのは、山東章丘に退居してから六年後の嘉靖二十六年八月十九日のことである。同年十一月には侍妾張氏をも喪った。わずか三カ月の間に妻と愛姫を喪った李開先の嘆きは相当なもので、それは次節に述べる悼亡詩および一連の悼亡曲子の詠作につながった。

張氏の死の直前に『宝剣記』を完成させていた李開先は、[7] 家の門客で書家でもあった雪蓑（本名蘇洲）に依頼し、その序文を書かせている。序文の日付は嘉靖丁未二十六年八月二十五日、つまり亡妻の死から数日後である。「頭七」すなわち初七日の祭りも終えぬ時ゆえ、雪蓑に代筆を乞うたのであろう。[8] 現存する序文のどこからどこまでが雪蓑の作なのか、どの部分が李開先の加筆なのか、あるいはすべてが李開先の作なのかは不明であるが、少なくとも、次のくだりが李開先の筆になることは間違いない。

最近、賢妻を喪い、時が飛ぶが如く去るのを嘆き、人生の寄するが如きを悟り、心を煩わせる事柄は一切やめてしまった。小令すら見るのが難しく、まして文や経書および数万言の『宝剣記』などはいうまでもない。こころみに数名の友人を招待して、この劇を上演したところ、客人はみな涙し襟を濡らさないものはいなかった。私の悟道の妨げになるのを恐れてか、酒半ばにして逃げ帰ってしまった。（近因賢内之喪、嘆流影之似飛、悟生人之如寄、一切勞心事罷棄不爲、小令且難見之矣、况乎文與經解、及如『寳劍記』數萬言耶。嘗拉數友款予、搬演此戯、坐客無不泣下沾襟。恐其累吾道心、酒半而先逃。）

「宝剣記序」は、高明『琵琶記』と『宝剣記』の優劣をのべ、『宝剣記』に込めた士の悲憤慷慨、懊悩抑圧の思いをいうが、そこに右文のように唐突といっていいほど妻亡き後の自らの感情を訴えるくだりが登場する。もちろん、序文全体が言いたいのは、『宝剣記』の芝居を観た坐客がみな涙したということだろうが、涙したのは果たして高俅の姦計にはまった林冲の不運に、権貴によって朝廷から遂われた士人の悲運を重ね合わせただけだろうか。酒も早々に坐客が帰ってしまったのは、『宝剣記』のもう一つのクライマックスともいえる林冲と妻張貞娘の困境と別れの苦衷の場面が、亡妻張氏への彼の悼念を刺激することを、周囲の者が恐れたからだとは考えられないだろうか。(9)

彼が執筆した「誥封宜人亡妻張氏墓志銘」によれば、張氏は李開先が九歳の時に父の李淳が決めた婚約者であった。張氏は同郷の豪商で、蘇州、杭州、河西にも手広く商売をしていた張錡の三女であった。張氏の没後も李の家と張の家は親密なつきあいがあったようで、李開先の継妻王氏に子が出来たときも、張錡は自身の孫が誕生したかのように喜んだ(10)。李開先はこの子の誕生が張錡九十の時であったことを記念して、幼名を九十としている。張錡はのちに長寿を得て九十二まで生き、李開先が伝を書いている。

張氏が李家に嫁いできたのは嘉靖二年（一五二三）、張氏十九、李開先二十二の時である。その三年前には李開先の父が亡くなっており、当時の李家は決して豊かとはいえない状態であった。李開先はこのころのことを次のように回顧している。

時にわたしの父上の喪が明けたばかりで、家計は心もとなかったが、張宜人は粗末な食事に甘んじ、家計の不足を乗り切った。私は生来遊びが好きで、一日中、碁を打ったり編曲したりするのに忙しく、家に帰れば夜に勉強して、昼間の分を補うようにしていた。宜人はいつもこのことを戒めて、「人がよくいう、昼間に村の各家で茶を飲み、夜にわざわざ灯りの下で麻を紡ぐというのは、あなたのことですね。人の命の気血には限りがあり、昼も夜もそれを使役すれば、やがて気も血も病むことになりましょう」というのだった。私はその言葉に感じるところがあって、彼女の助言に従った。（時先大夫殁纔禫除、生計索莫、宜人躬苦茹淡、以濟不足。余性好遊、敲棊編曲竟日無休、歸則讀書夜分、務補晝功。宜人毎戒之曰、「人言白日沿村啜茶、夜晩點燈緝麻、子之謂夫。且人生氣血有限、晝夜兼勞、久之氣血兼病矣」。余感其言、從之。）

嘉靖八年（一五二九）に李開先が二十八歳で進士に合格すると、二人はともに北京に移った。二人が別々に暮らしたのは、嘉靖九年に彼が戸部主事見習いとして上谷に餉軍（兵糧の補給）に行くのに張氏が一旦章丘に戻ったときと、嘉靖十年に西夏（寧夏）に餉軍し、張氏が北京で彼の帰りを待ったとき、嘉靖十八年に嘉靖帝が二カ月間承天府（嘉靖帝の藩王時代の郷里）への巡幸に随行したときの三回のみである。嘉靖十年の出張では李開先は途中、王九思や康海のもとを訪れて親交を深めたものの、帰途の河南で病気になり、それを知った張氏は郷里に駆けつけた。

使いの仕事が終わると、私は病気になって郷里に帰った。宜人はそれを聞いて、すぐに章丘に駆けつけた。私は虚煩の症状が出て眠ることができず、宜人は薬の服用を注視し、それで一年以上十分な睡眠を取れなかった。私はそれが可哀そうで、「若い時は夜半に灯火の下での勉強に付き合い、今は毎日湯薬の世話でそばにいる。病気が治ったら、白首まで離れないようにしたいものだ」といったのだ。そうして戸部主事として太倉の管轄となると、そこに一緒に住み、徐州への派遣、吏部への転任の際も、いつも彼女を帯同した。（事竣、余抱病東歸、宜人聞之、亦卽奔馳而東。余以虚煩不寐、宜人視藥調飲、從而少寐者年餘、余憐而慰之曰、「幼年夜伴燈火、今又日侍湯藥、疾已、願期白首不相離」。既乃主事戸曹、同居太倉、出使徐州、改官吏部、無不同者。）

第三章で述べたように、明清では科挙の籍が本籍地に固定されたことから、子孫のため退官後は必ず郷里に戻る必要があり、また任官の際には、郷党との癒着を防ぐため、本籍地とそれに隣接する地域を避けるいわゆる回避の法が厳格化される。そのため明清の嫡妻は服喪や一時帰休を除いて、長期間郷里を離れる夫の代わりに本宅で父母に仕え、夫の身の回りをするのは妾婢という場合が多かった。しかし、李開先の場合、官歴のほとんどを朝官として北京で過ごしており、そのため張氏との同居も可能であったと思われる。

嘉靖二十年、先に述べたように、李開先が官を辞めて郷里に帰ることになると、張氏は落胆するどころかそれを喜んだ。

辛丑の年〔嘉靖二十年〕、九廟が焼け、私は劾を投じて免官となったが、宜人は喜び顔で、旅暮らしの官僚生活もこれで身の保全が得られたと思っていた。家に帰ると、母に拝謁し、遍く姉妹のもとを訪れ、これまでの苦労を払拭するような食事や快適な生活を楽しんだ。すでに我が家は秀才の時の貧しさもなければ、また官に在った時の危うさとも無縁である。ゆったりと景色を楽しむことのできる庭園や田圃、亭や台閣もある。それなのに流産のため病気になり、四十日間食することなく亡くなった。死もゆっくりで一言も話せないままだった。時は八月十九日のことだった。私が作った彼女の祭文には、「家が団円を得ようというときにわが妻は斃れてしまった、その咎は一体誰にあるのか。諭祭〔皇帝が勅使を派遣して弔問させること〕が常例ではあるが、今はその時でもないので、あえてお上に乞わないことにする」とある。聞く者は哀れんでそのとおりだとした。（辛丑、九廟災、余乃投劾罷免。宜人喜動顔色、以爲風塵宦遊、由此可得保全矣。至家、拜謁慈幃、遍探女奢、飲食慰勞、起居歡適、既非秀才時窘逼、又非居官時危疑。園圃亭臺、可以棲身縱目、乃以半產致疾、四十日不食死、死且安舒無一言。時八月十九日也。余乃爲文祭之曰、「家垂成而吾內不起兮、咎將誰執。雖諭祭有典兮、又以忤時而不敢乞」。聞者哀而是之。）

「亡妻張宜人散伝」によれば、張氏が亡くなったのは、ちょうど夏言に対抗して李開先を弁護した翟鑾《たくらん》（石門）の訃報が届いた日であった。日ごろから翟鑾に恩義を感じていた張氏に報せようと、李開先が寝所に急ぎ赴くとすでに息を引き取っていたという。

この時の李開先の張氏に対する服喪の礼は弔問客を驚かせるようなものだったらしい。正妻に対する夫の服喪は、古来、斉衰《しさい》不杖期すなわち裁ち口を縫った喪服で哀杖をもたずに一年というのが常例であった。しかし、李開先の場合、葬儀の際に哀杖をもち、侍妾たちには最大級の服喪をさせるという徹底ぶりであった。弔問客がこれを訝ったことから、彼は「居喪雑儀」でこれを論じている。

中麓子は妻を喪って三日後、斉衰削杖〔裁ち口を縫った喪服で哀杖をもつこと〕で、正堂にて弔問客に拝礼した。その哭は「若往而反〔息を出し入れして往復させる哭法〕」とした。群妾たちには斬衰《ざんさい》〔粗い麻布の裁ち口を縫わない喪服〕の喪服で、室内に居り、哭法を「若往而不反〔あらんかぎりの声で泣く哭法〕」とした。ある人が、「これは礼といえるか。また服喪はいつ終えるのか」と問うた。わたしはこれに答えた。「礼に適っている。一年で除服する。礼では恩に報いることを重んじ、夫が死ぬと、妻は斬衰三年の服になる。妻が死んで、不杖期〔喪杖をもたない〕でこれに報いるのは、人情に違うものだ。礼というものは、人情によって定めたものである。夫は尊きこと天の如く、妻は卑しきこと地の如し、物〔地〕に神〔天〕を超えるという理はない。故に天地は相い対し、夫婦は一体である。しかし地の道にはそれ自体が功をもとめることはなく、〔天に〕代わって物に有終の美をもたらすのだ。故に天は尊であり地は卑であり、婦には三従があって、専主の義はないのだ。ただ〔夫と〕斉しい存在だから杖つくのであり、卑なのだから期〔一年間〕なのだ」と。私に問うた者は揖礼して退き、まさに門を出ようとするところで執事に言った、「斉とは、緝〔縁縫い〕である。衰とは、枲麻〔粗末な麻〕の裳である。杖は竹を削り、期は一年のことである。夫による妻のための服喪は、礼を折衷したものだ」と。〔中麓子有妻之喪、越三日、乃齊衰削杖、居於堂隍、拝答吊客、哭也若往而反。羣妾斬衰、居於室內、哭也若往而不反者。或問之曰、「玆禮乎。且服以何

時除也」。余曰、「禮也、期年除服矣。禮重施報。夫死、妻爲之斬衰三年。妻死、夫不杖期以報之、非人情也。禮也者、因人情而制之者也。夫尊如天、妻卑如地、物無踰神之理。故天地相對、而夫婦齊體。然地道無成而代有終、故天尊地卑、而婦有三從、無專主之義也。惟其齊也故杖、卑也故期」。問者揖而退、將及門、告之執事者曰、「齊者、緝也。衰者、枲麻裳也。杖以削竹、期以周年、夫爲妻喪、此其禮之酌中者」。）

ところが、このとき弔問客を驚かせる哭礼をした侍姫張二は、十一月四日に彼女の後を追うように亡くなってしまう。この張二の「二」は妻妾間の排行で、正妻張氏の次位という意である[11]。李開先はもとは妓女であった彼女のために誄を執筆し、南園に葬った。

誄に曰う、見目好く言葉遣いは温和で、性情は堅固で誠実だった。その身は烟花の巷に堕すとも、心はその風に染まらなかった。妻を助けて家を管理し、評判も高かった。年若くして亡くなったが、その理由はわからない。お前の福が薄いのか、それとも蒼天が不仁なのか。いにしえでいえば、張真奴のような人で、呂祖〔全真教の教祖とされる呂洞賓〕に出逢わなかったことが惜しまれる。（誄曰、貌美言溫、性堅情眞。身雖墮落烟花、心則迥出風塵。贊理內政、蔚有令聞。年青而折、莫究厥因。豈爾家之薄福、抑蒼蒼之不仁。求之於古、蓋張眞奴其人、惜乎不逢呂祖云。）

張真奴は張珍奴の誤りであろう。北宋時代、呉興の官妓であった張珍奴は呂洞賓に逢った後、内丹修煉の術を得て、得度したという民間伝承がある[12]。侍妾への哀悼文は、明末から清初にかけて増えるのだが、男子を生んでいるのであればともかく、文人が男子のない侍姫を追悼した志誄は、嘉靖期では帰有光「寒花葬志」[13]と李開先のこの「侍姫張二誄」ぐらいしか例を知らない。

二、李開先の悼亡詩と悼亡曲子

（一）　李開先の悼亡詩

四十六歳で二人の張氏を立て続けに喪った彼は、この年の除夜の作「丁未除夕」（『同』巻三）でその心情を次のように詠じた。

四十七年明日是　　四十七年　明日は是れなり
百年將半此閒身　　百年　将に半ばならんとして此れ閑身なり
不因閏月今新正　　閏月に因らざれば今は新正〔正月〕にして　自注：是年閏九月
況在窮冬已立春　　況や窮冬に在りて已に立春なるをや　自注：是月十七日立春
流影有如駒過隙　　流影　駒の隙《げき》を過ぐるが如く〔季節はあっという間に過ぎ〕
哀聲不啻鴈離群　　哀声は不啻《あたかも》雁の群を離るるがごとし
向時守歳燈前侶　　向時の守歳　灯前の侶
收淚迴看少二人　　涙を収めて廻り看るに　二人少《か》けたり

一般に悼亡詩では正妻を、悼亡詞では侍妾を悼亡するというのが定石ではあるが、この李開先の悼亡詩は、正妻と侍姫の二人を悼亡した作となっているのが特徴である。韻字は「身」「春」「群」「人」のはずだが、第二、第四、第八句が平声「真」の韻なのに対して、第六句の「群」のみは上平「文」の韻である。李開先はこの句の自注で、「群の字は韻から外れるが、悲しみのあまり十分に吟味ができず、あとからも改訂しなかった。私の気持ちがわかろう。（群字出韻、因悲惋不及致詳、亦不復改正、以見吾情悰。）」と述べている。心ならずも四十で官を去り、六年郷里に逼塞し、明日正月は四十七になろうという彼にとって、二人の張氏の死は打撃であった。韻字を外しているが、あえて改作せず自注を加えることで率直な心情を伝えることを選んだのは、いかにも彼らしい。なお、詩の自注も含めて、李開先の詩文にはその時の背景を微に入り細を穿って説明しようとする傾向があり、それは戯曲のト書きにも似ている。

彼が専ら亡妻のために詠じた悼亡詩としては、翌春に詠じた「雉朝飛」と、六年目の命日に詠じた「亡妻忌辰」がある。「雉朝飛」はもと琴曲の名で、崔豹『古今注』によれば、この曲は、斉の宣王の時の処士牧犢子の作で、五十にして妻がなく、郊外に薪を採りに出た際、雄の雉が雌とともに飛んでいるのを見て、吾が身を嘆いて作った作だという。後世、やも男の嘆きを詠じる詩題となった。

雉朝飛　　雉　朝に飛び
寧啄我之粱、勿集我之桑　　寧《むし》ろ我の粱を啄むも、我の桑に集まる勿れ
去年桑葉緑、黄蛹釜中翻　　去年　桑葉　緑にして、黄蛹　釜中に翻る
今年桑葉緑、乾殺箔上蠶　　今年　桑葉　緑なるも、乾殺す　箔〔蚕を飼う籠〕上の蚕
弔客遠方來、因之對客説　　弔客　遠方より来たり、之に因りて客に対して説う
自從吾妻亡、使吾紈素缺　　我が妻　亡くなりて自り、我をして紈素〔白絹〕を欠かしむ
五語一長吁、十語一嗚咽　　五語に一長吁、十語に一嗚咽

弔客咸吾勸、勸吾切勿悲　　弔客 咸な吾に勧む、吾に勧めて切に悲しむ勿れと
人生固有命、不見雉朝飛　　人生 固より命有るも、雉の朝に飛ぶを見ざらんことを

第一句は『詩経』小雅「黄鳥」の第二章「黄鳥黄鳥、無集于桑、無啄我粱」に基づく語。昨春には青々と茂った桑の葉を食べた繭を煮て糸を取り出していたが、今年は蚕の世話をする妻もなく、桑の葉は茂ったものの、蚕箔の上の蚕は飢えて死んでしまった。遠方からの弔問客を前にして、もはや清潔な着物を用意してくれるかの人がいないことを嘆き、五言いえばそれは嘆息になり、十言いえば嗚咽がこみあげる。弔問客は悲嘆しすぎないようにと勧める。人にはさだめがあるものの、まさかこの年で雉が朝飛ぶのを見ようとは（やも男になろうとは）。

なお、張氏は享年四十三、二子一女を身ごもったが、いずれも早産している。ついに子をもつことができなかった張氏を、李開先はとりわけ不憫に思っていたようで、詩文でもこのことにたびたび言及している。墓誌銘には、

> わたしはかつて当地の長官の李君から、人相見の術を授けられ、人の運命をうまく言い当てることができ、張氏には福相があると喜んでいたが、寿命がたったこれだけで、しかも子女がいないまま逝ってしまうとは。私は他人を相ることができただけなのか、それとも情愛ゆえに目が曇って真実を見誤ったのだろうか。（余嘗受相術於李州守、論人多有奇中、毎喜宜人有福相、豈意其年止於斯、而且子女無遺也。豈余止長於料人、抑亦奪於情愛、遂失眞耶。）

と述べている。李開先が翌年に執筆した「亡妻張宜人散伝」では、彼女が子のない夫のために、たびたび弟

を派遣して夫の寵を得られるような見目好い妾を買おうとしていたこと、それが功を奏して張氏の死の翌年、侍妾に子の蘇郭が生まれたことを特記している。

しかし、蘇郭も夭折し、さらにその後、継妻王氏が生んだ子の九十も早くに亡くなった。張氏の死から六年後の命日に作られた詩「亡妻忌辰」には、張氏にもし子があったらと嘆く詩である。

傷心復是妻亡日　　傷心 復た是れ妻の亡日
倏忽經今已六霜　　倏忽《しゅっこつ》として今に經《いた》りて 已に六霜
若得生前存子女　　若《も》し生前 子女の存するを得れば
猶于身後慰衷腸　　猶お身後に于いて衷腸を慰めん
驅魂難借金篦力　　駆魂 借り難し 金篦《こんぺい》〔法具の一種とっこ〕の力
照面仍餘寶鏡香　　面を照らして仍お余す 宝鏡の香
感舊憐新渾不語　　旧に感じ新を憐れむは 渾《すべ》て語《い》わざるも
愁多但覺鬢蒼蒼　　愁い多く 但だ覚ゆ 鬢の蒼蒼なるを

第七句の「旧に感じ新を憐れむ（感舊憐新）」の「旧」とは、亡妻張氏、「新」とは継妻王氏を指す。この句は「旧を棄て新を憐れむ（棄舊憐新）」ことはできないことをいうのであろう。筆者は第一章で、悼亡詩はもともと一年の服除の前後に制作されることが多いが、宋代には梅尭臣や蘇軾のように妻の死から数年後を経て、つまり再婚後も元配を悼亡する詩詞が制作されるようになることを指摘した。文人にとって最初に結髪した元配は特別な女性である。右の「亡妻忌辰」はまさしくすでに再婚した身であっても先髪を想い続けている気持ちを詠じたものである。

（二）　李開先の悼亡曲子

李開先『四時悼内』は、南曲二十八支曲（春一套・夏二套・秋一套・冬一套）と北曲十支曲、および子の死を悼んだ曲子を収録した散曲小集である[14]。南曲も北曲も当時の俗謡、つまりはやり歌である。特に中心となる南曲は張氏死後の哀傷を一年の四季の移り変わりに沿って詠じた歌謡である。その構成と曲題・曲牌は次の通りである。


南曲　全二十八支曲。

春一套……無題。曲牌：〈黄鶯学画眉〉四支曲＋尾声。

夏二套……第一套：無題。曲牌：〈啄木児〉〈又〉〈三段子〉〈帰朝歓〉〈錦庭楽〉〈又〉〈象牙牀〉の七支曲。

第二套：題「重五感旧」。曲牌：〈楚江秋〉の四支曲。

秋一套……題「古雨」。曲牌：本序二＋〈古輪台〉〈又〉＋余文の五支曲。

冬一套……題「夜長不寐」。曲牌：〈臨鏡序〉〈又〉〈賺〉〈掉角序〉〈又〉の五支曲＋尾声。

北曲　全十支曲。

題「触事詠懐兼憶内」。曲牌：〈那吒令〉十支曲。


李開先「四時悼内序」は、山川の遊覧を好む自分が、興が趣けば身軽に馬を駆って遠出できたのは、妻が家に居て内顧の憂いがなかったからであり、妻がいない今は近場すら出かけられない状態であること、いらいらしがちな自分の相談相手となってくれた妻がいないため、今は人との応接もままならないことを述べた後に、この集を編纂した目的を次のように語っている。

宜人が私を置いて逝ってしまい、愛姫もまた続いて亡くなった。一年の間、悶々とした懊悩や、折々の景色をみて湧き上がる衷情を、季節ごとに数曲の歌にし、それを輯めて小集を作り、『四時悼内』と名づけた。愁いのあまりはらわたが千切れるようで、涙も枯れんばかりである。これらの歌を童輩たちに付し、長声で歌わせることで哭礼とする。決して自らの放恣佚楽のための詩篇ではない。これを観る者の中には必ず私の苦衷をわかってくれる者がいよう。嘉靖二十七年七月甲申［十一］日、中麓病夫李開先撰す。（宜人既已棄我、有一愛姫又相次即世。周歳之間、懊惱萬狀、撫景激衷、四時各有數曲、彙成小集、名之曰『四時悼內』云。愁腸欲斷、涙眼將枯、以此付之童輩、長歌當哭、非以恣泆樂而喜篇什也。觀者必有知吾苦心者。嘉靖戊申庚申月甲申日、中麓病夫李開先撰。）

右にいう童輩とは、李開先の私設劇団である家班の歌童たちを指す。つまり、李開先の悼亡曲子は彼らに演奏歌唱させることを目的として創作されたものである。そのためこれらの曲では、合唱部分にはその旨注記がある。

李開先の詩文はことさらに典雅を追求せず、用いる典故も非常に少ないのが特徴であるが、『四時悼内』は曲子ということもあり、詞語は極めて平易である。ここでは南曲の「重五感旧　楚江秋」の其一、其二、其四を紹介しておこう。

（其一）　独り寝の夜は長く、かれを思う昼はいっそう長く、昼も夜も悲しみつのる。去年の今日の端午の節句、うす絹の団扇にかおり袋、突然の狂風に花は無残に散った。王氏が一人残ったものの、二張なしでどうして愁眉が開こうか。（孤眠夜未央、想思晝更長、不分晝夜添悲愴。去年今日慶端陽、羅扇香囊、風狂怎得花無恙。雖然有一王、只爭少二張、較來難把愁眉放。）

（其二）　座敷にならんだ歌童たち、歌声は梁を繞り、聴けども心は晴れず。去年の今日の端午の節句、門に挿した魔除けの菖蒲のよい香、今年は空しく眺めるばかり。人生は悲傷ばかりで、浮世は慌ただしく、むかしから情が深ければ嘆きも深いとか。（歌童滿畫堂、歌聲繞畫梁、聽來總是無情況。去年今日慶端陽、蒲艾淸香、今年今日空凝望。人生最可傷、浮生枉自忙、多情自古多惆悵。）

（其四）　山にかかる暮雨の影、雲は暁の太陽を遮り、景色をみても悲しみ込み上げ、魂はゆらりゆらり。去年の今日の端午の節句、楽しく盃が飛び交ったのに、今は家を任せる人もいない。愁いの山に立ち向かう術はなく、愁いの城を降《くだ》すこともできず、この愁いは人を弱らせる一方だ。（山横暮雨蒼、雲遮曉日黃、傷心對景魂飄蕩。去年今日慶端陽、走斝飛觴、家緣今把誰憑仗。愁山不可當、愁城不可降、愁多不許愁人強。）

この曲は「去年今日慶端陽」が主題としてリフレーンされており、今年も巡ってきた端午の節句、亡妻張氏と亡妾張氏がいない今年は、お抱えの歌童に歌わせてみても、気は晴れず、どんな美景を見ても気が滅入るばかりという心情を歌ったものである。

戯曲の中では登場人物が死者への悼念を朗々と歌いあげることはある。芝居の中の散曲の歌詞に作者が己の体験を反映させることもあったかもしれないが、それらはあくまで虚構文学としての曲詞であった。個人の亡妻への哀傷は、先に述べたように悼亡詩もしくは悼亡詞の形式を用いるのがこれまでの文学通念であった。文人が自らの悼念を曲子の形で詠じ、さらにそれを歌童に歌わせたという点で、『四時悼内』は、亡妻哀傷文学の伝統に革新をもたらしたといえよう(15)。

李開先がはやり歌に詩詞の真の価値を見出していたことは、彼が『市井艶詞』(佚)を編纂していたことからもわかる。その序文にはこうある。

憂いがあれば詞が哀切になり、喜楽は詞が猥褻になるというのは、今も昔も同じである。正徳の初めには「山坡羊」が流行り、嘉靖の初めには「鎖南枝」が流行った。一つは商調で、もう一つは越調である。商は傷であり、越は悦である。これは考えればわかることだ。二つの時詞は市井でよく歌われ、女こどもの言葉を覚えたての者でも、よく歌えた。しかし、淫艶褻狎さときたら、聴くに堪えないもので、節廻しもそうだったのだが、その語意は肺腑から直接出たもので、飾り気ないものだ。どちらも男女の交情を歌ったものだが、君臣や朋友のことでも、これに託したものが多いのは、その情がとりわけ人の心をゆさぶるからである。ゆえに風〔くにぶり〕は人の歌謡から出るのであり、真詩はただ民間にこそあるのだ。(憂而詞哀、樂而詞褻、此今古同情也。正德初尚「山坡羊」、嘉靖初尚「鎖南枝」、一則商調、一則越調。商、傷也。越、悅也。時可考見矣。二詞譁於市井、雖兒女子初學言者、亦知歌之。但淫艷褻狎、不堪入耳、其聲則然矣。語意則直出肺肝、不加雕刻、俱男女相與之情、雖君臣友朋、亦多有託此者、以其情尤足感人也。故風出謠口、眞詩只在民間。)

ここでいう「真詩は民間に在り」とは、もとは李夢陽の『空同集』の自序に王叔武の言として引用されている言葉である。また、李開先の『詞謔』時調には、かつて李夢陽に詩文を学んでいた人が汴(開封)に行くことになった時、李夢陽が、そこで流行っている「鎖南枝」の歌のように詩を作れるようになったら、もう何も付け足すことはないと言った話と、さらにのちに何景明が汴に行き、その歌は時調の状元であり、どんなに文人墨客が苦吟してもかなわないのは、それが「真」だからだといったという記述が見えている。このことで想起されるのは、何景明の「明月篇並序」（『何大復集』巻十四）である。[16]何景明は初唐四傑の七言歌行体に倣って「明月篇」を詠じ、その序文で次のように論じた。

そもそも詩は性情にもとづいて発するものである。その切実でそれが現れやすいのは夫婦間の情である。それで詩百篇も雎鳩〔関雎〕が冒頭にあり、詩の六義も風〔国風〕から始まるのだ。そして漢魏の詩人は、義の君臣朋友に関わるものでは、文辞を夫婦のことに託して、鬱屈を述べ情思を届けたのだ（夫詩本性情之發者也。其切而易見者、莫如夫婦之間。是以三百篇首乎雎鳩、六義首乎風、而漢魏作者、義關君臣朋友、辭必托諸夫婦、以宣鬱而達情焉。）

何景明は李夢陽いうところの「男女の情」の最たるものは、「夫婦の情」に見られるのだと言明する。李開先は一般に唐宋派に近く、前七子の復古主義からは遠いと思われがちであるが、若い時から一つ上の世代の李夢陽や何景明を敬慕し、彼らの詩文集もよく読んでいた。時代を異にするため、直接の交遊はなかったが、李夢陽の墓に詣で、彼のために「李崆峒伝」を、何景明のために「何大復伝」を執筆してもいる。李開先の「真詩」観が李・何の影響を受けたものであったことは疑いない。これは明末の公安派を中心とする民謡真詩論の底流ともいえる。男女間のことを謡うはやり歌にこそ「真詩」があると感じていた李開先にとって、夫婦の情や亡妻への悼念をはやり歌の形で詠じることは、必然的選択だったといえる。

三、李開先編『悼亡同情集』にみる亡妻哀悼の心性

（一）『悼亡同情集』の収録作品と作者

ここまで李開先自身の亡妻哀傷の作品を見てきたが、本節では彼が編纂した『悼亡同情集』（以下『同情集』）の検討を通じて、明中期の文人たちの亡妻哀悼の心性を探りたい。

明末清初になると、茅元儀の『西玄洞志』（佚）や冒襄『同人集』巻六の「影梅庵悼亡題詠」、屈大均の『悼儷集』（佚）、尤侗の『哀絃集』のように、悼亡をテーマとした唱和詩文集が登場するが、それらは自らの妻妾の死去にあたり、それを哀悼した詩やその友人たちによる唱和の作品を集めた記念集のようなものであった。一方、ここで取り上げる『同情集』は、同時代人の亡妻哀悼文を輯めたアンソロジーである。李夢陽・李舜臣・羅洪先・唐順之の亡妻墓誌銘や王慎中の存悼篇に加えて、李開先自身の亡妻墓誌銘を附しており、計六篇を収める。明の中期にこのような文集が編纂されていたことは、後にも前にも例がなく、刮目に値する。

『中麓閑居集』中には「悼亡同情集序」と「悼亡同情集後序」が収録されているものの、『同情集』の原本は長らく所在不明であった。二十一世紀になって、その残闕本が北京図書館蔵清鈔本『四時悼内』の附録として伝存していることを卜鍵氏が発見し、これを復元したものが『李開先全集』（二〇〇四年、修訂本は二〇一四年）に収録されている。なお、刻本が伝存していないため、これが実際に梓に付されていたか否かを確定す

る術はないものの、後掲する李開先の自序と後序の口吻から、彼に刻行の意図があったことは確かである。

さて、北京図書館清鈔本『四時悼内』に附されている『悼亡同情集』の構成は次のとおりである。

李開先「悼亡同情集序」……『中麓閑居集』巻六に同じ。

李夢陽「封宜人亡妻左氏墓志銘」……原欠一葉、『李空同集』によって補充可能。

李舜臣「亡妻封宜人朱氏墓誌銘」……原欠三葉、李舜臣の『愚谷集』には収録なく補充不可能。

羅洪先「亡妻曽氏墓誌銘」……嘉靖四十二年胡松刊『念庵羅先生文集』とは若干文字の異同有り。

唐順之「封孺人荘氏墓志銘」……『重刊校正唐荊川先生文集』とは若干文字の異同有り。

王慎中「存悼篇」……原欠三葉、『遵岩先生文集』によって補充可能。

李開先「誥封宜人亡妻張氏墓志銘」……『中麓閑居集』に収録。

李開先「悼亡同情集後序」……『中麓閑居集』巻六に同じ。

洪朝選「跋」

「悼亡同情集後序」は次のようにいう。

かつて人の亡妻墓誌銘を読み、どれほど哀切であっても、この私の心が動かされることはなかったが、それはその苦しみを味わったことがなかったからだ。わが妻張宜人が亡くなってから、それを読んでみると、涙がこぼれて止まらなくなった。同じ隣家の笛の音でも、郷里を懐う心はとりわけ身に沁み〔三国魏の嵆康と呂安が司馬昭に殺された後、向秀《しょうしゅう》が嵆康の旧居を通りかかり隣人の笛の音に亡友を思い「思旧賦」を作った故事〕、同じ秋雨でも、愁人の耳にはいっそう物悲しく聞こえるということだ。亡妻墓誌銘でわが意にかなうものが五篇ある。作者は李崆峒〔李夢陽〕・李愚谷〔李舜臣〕・羅念菴〔羅洪先〕・唐荊川〔唐順之〕・王遵巖〔王慎中〕である。唐荊川はかつて私に書簡を寄こしたが、その冒頭には「妻を喪う哀しみを、我々三人は同じく味わった」とあった。思うに二年の間、唐荊川・王遵巖および私はともに妻を喪っていたのである。それでこの集を『悼内同情』と名づけ、拙作もその後ろに附した。（往讀喪內誌文、雖其甚痛切者、此心亦不爲動、以未嘗歷其苦也。及予妻張宜人亡後、復讀其文、則垂涕不能已。均一隣笛也、惟懷鄉之心獨感焉。均一秋雨也、惟愁人之耳偏入焉。誌文有合鄙意者凡五篇、作者乃李崆峒・李愚谷・羅念菴・唐荊川・王遵巖。荊川嘗致書與余、首言「喪內之情、吾三人同之。」蓋兩年之間、荊川・遵巖・及予俱喪內也。因名其集曰『悼內同情』、而拙作亦附焉。）

この文によれば、「同情集」と題したのは、唐順之からの書簡に「喪内之情、吾三人同之」という言葉があったことに基づくという。

唐順之からの書簡とは「与李少卿中麓」[17]を指す。

過日、兄からの手紙で、ご内儀が亡くなられ悲しんでおられることを知りました。私と兄と南江〔王慎中〕も同じ境遇で、打ちひしがれています。なお、兄はすでに男児を挙げられたとのこと、さらに後添えの方も妊娠されているとか、とても喜ばしく思っています。（昨得兄書、知喪內之戚、吾與兄與南江同之、悵然悵然。又聞兄已得子、及後娶復有孕、極爲兄喜。）

李開先が張氏を喪ったのは嘉靖二十六年の八月で、王慎中の妻陳氏が没したのは嘉靖二十七年一月八日、唐順之の妻荘氏が没したのは嘉靖二十七年十一月二日である。右の文面からこの書簡が発せられたのは、李開先に蘇郭が生まれ、継妻王氏の子九十がまだ誕生していない時、おそらく嘉靖二十八年頃と推定される。

また、自序は、自ら墓誌銘を執筆するに至った理由と、五子の作を選んだ基準について次のようにいう。妻を喪ったばかりの時は、哀しみのあまり文を綴ることができず、蘇雪蓑を留めて墓誌銘を制作させようとしたが、雪蓑は固辞して去ることを求め、壁に文字を数語書き残した。そこには「李道人がそれをする（墓誌銘を書く）には、これまでおもてに取り繕っていた鉄面を下ろさねばなりません」とあった。そこで後を追わせて彼を連れ戻した。急いで作った文なので、上手いはずもない。五子の作は情文兼至（情思も文辞も優れていること）である。私の作を見る者は、どうかその情のみを汲み、文については責めずにいてくれれば、幸甚である。四十五年六月章丘中麓李開先序。（當其時初喪、哀不能措辭、留蘇雪蓑書石、而雪蓑堅欲求去、留數字於壁上云、「道人事業、須放下生來鐵面皮。」遂追而還之。急促爲文、如何得工。五子者情文兼至。覽余作者、惟望亮其情、不復責備其文、則萬幸耳。嘉靖丙寅季夏章丘中麓李開先序。）

「鉄面」皮とはおそらく冷淡な表向きの顔をいうのであろう。蘇雪蓑が李開先に「鉄面」皮を下ろすように助言したのは、先に挙げたように、李開先が張氏を喪う以前は他人の亡妻墓誌銘に何も心を動かされなかったと告白しているのと符合する。妻を喪ってはじめて「鉄面」皮を下ろし、亡妻哀傷文学のもつ「情」に開眼した彼は、墓誌銘を執筆し、さらに「情文兼至（情思も文辞も優れていること）」の哀悼文を輯めた『同情集』を編んだ。

しかし、なぜ李東陽、李舜臣、羅洪先、唐順之、王慎中の五子だったのであろうか。

（二）『悼亡同情集』の編纂意図

『同情集』の編纂意図を探るにあたって、まず、文の配列順に作者と李開先の関係を整理しておこう。

李夢陽（一四七二～一五二九）は字を献吉、号を空同といい、甘粛慶陽の人。古文辞前七子の領袖であり、漢の文と盛唐の詩を模範とすべきだという復古主義を唱え、後世の文人に大きな影響を与えた。著作に「空同集」がある。李開先は世には嘉靖八才子の一人で、唐順之や王慎中ら唐宋派に近い人物と見なされているが、嘉靖十年に餉軍のため寧夏に赴いた際、帰途に陝西乾州に退居していた康海のもとを訪れ、華池駅にて李夢陽の墓参りを行っている。李開先はのちに李夢陽のために「李崆峒伝」を執筆し、諸生だった頃、その名を慕い、進士に及第した後、その時の主考であった王教（一四七九～一五四一、字庸之、号中川）に書簡を託そうとしたが、李夢陽が病床にあったため果たせなかったという。李開先はそのほかにも前七子のメンバーである何景明のために「何大復伝」、康海のために「対山康修撰伝」、王九思のために「渼陂王検討伝」（ともに『閑居集』巻十）を執筆している。

李舜臣（一四九九～一五五九）は字を懋欽または夢虞、号は愚谷といい、山東の楽安県の人。嘉靖二年（一五二三）の進士である。李開先とは同郷ということもあり、とりわけ親しく交わった。官は太僕寺卿に至ったが、李開先が失脚したのと同じ嘉靖二十年に、任官の沙汰がなかったため引退して郷里に帰っている。その理由の一つには、前年、妻朱氏を亡くしたことがあったのかもしれない。彼は李開先のために「中麓堂記」を記している。李開先は彼の死去に際し、「大中大夫太僕寺卿愚谷李公合葬墓誌銘」（『閑居集』巻八）を執筆し、さらに輓詩二首と祭文、墓誌銘、伝をまとめた『賢賢小集』（『閑居集』巻五に序あり）を編纂している。

羅洪先（一五〇四～一五六四）は字を達夫、号は念庵、諡は文恭といい、吉安府吉水の人。陽明学者で、李開先が及第した嘉靖八年の状元。官は左春坊賛善に至ったが、嘉靖十九年、嘉靖帝が臨朝しないことから唐順之や趙時春とともに翌年元旦の朝賀は東宮が受けるように請うたことで帝の不興を買い、三人ともども官籍を剝奪された。郷里に退居した後、生涯再び出仕することはなかった。後掲の**表一**のように、羅洪先の妻が亡くなったのは、五子のうちでは最も遅い方だが、李開先にとって羅洪先は同年の友であり、また自らと前後して朝廷を去り、二度と出仕しないまま妻に死なれたことに、自らの境遇を重ね合わせたのかもしれない。

唐順之（一五〇七～一五六〇）は字を応徳または義修、号は荊川といい、常州府武進の人。李開先と同じく嘉靖八年の進士。官は右僉都御史に至った。右春坊右司諫だった際に、羅洪先や趙時春とともに東宮が朝賀を受けることを請うて、嘉靖帝の不興を買い、三十五歳のとき官籍を剝奪されて帰郷。その後、嘉靖三十七年に老病をおして倭寇の討伐に起つまで、陽羨山で講学した。王慎中とともに唐宋派の代表的文人とされる。李開先の「荊川唐都御史伝」（『閑居集』巻十）によれば、初期には李夢陽の詩文を愛し、それを模倣していたが、王慎中に出会って以後、つまり嘉靖十二年以後は作風を一変させたという。また李開先の「康王王唐四子伝」（『閑居集』巻十）は、康海・王九思・王慎中・唐順之の合伝であるが、主に唐順之の倭寇討伐についての補伝である。

王慎中（一五〇九～一五五九）は字を道思、初めの号は南江、のちに遵岩といい、泉州晋江の人。嘉靖五年、十八歳で進士に及第し、官は河南左参政に至ったが、嘉靖二十年の大計（勤務評定）の際に、「不謹（職務怠慢）」とされ、三十三歳で免官となり帰郷した。李開先の「遵岩王参政伝」は、官を辞めた理由を、内閣首輔の夏言に憎まれたためだとする。唐順之とともに唐宋派の代表的文人で、李開先は「伝」で、初期には漢以降の著作には学ぶものがないとしていたが、宋儒の書を読むようになってから考えを改め、曽鞏、王安石、欧陽脩の文を好むようになり、さらに唐順之という同志を得て、文風を一変させたという。

このように『同情集』の諸子は、李夢陽以外はすべて李開先と親交の深かった人物である。特に唐順之と王慎中については、李開先は自ら伝を執筆するなど、生涯敬愛の念を抱いていた。

李開先が自らを含む知友を、「嘉靖八才子」と称したことはよく知られている。「八才子」とは李開先『閑居集』巻五「呂江峰集序」および巻十「遵岩王参加伝」に見えている次の八名である。なお（　）内は進士及第の年である。[18]

八才子……任瀚（嘉靖八年）、熊過（八年）、唐順之（八年）、陳束（八年）、王慎中（五年）、趙時春（五年）、呂高（八年）、李開先（八年）

しかし、一方で李開先は「九子」という言い方もしており、九名の友人を詠じた「九子詩」という詩を読んでいる。その嘉靖三十五年六月六日に書かれた「九子詩序」はいう。

李崆峒（李夢陽）に「九子詩」があり、それはおおむね詩文の友である。私にも友が九人いて、詩文にも経世済民にも優れた者である。経世済民はもちろんのこと、その詩文は、今のことを気にかけないのに、実は今から外れておらず、古にこだわらないのに、実は古から遠いわけではない。前の九子を超えるものなのだ。ともに出仕し、相い継いでつまずき、つまずいた後は二度と出仕しなかった〔唐順之が倭寇討伐のために再出仕するのは嘉靖三十七年である――筆者注〕、ただ趙時春だけは再び出仕してまたつまずいた。生まれた土地がばらばらで、再会もかなわず、最近別れた者でももう十年あまりがたつ。（李崆峒有「九子詩」、率多詩文之友。予亦有友九人焉、詩文而兼經濟者也。勿論經濟、其詩文不屑乎今、而實不外乎今、不蹈乎古、而實不遠乎古。有可掩蔽前九子者焉。同履仕途、相繼一蹶弗起、惟趙濬谷起而復蹶。產各殊方、無緣再會、別近者亦且十年餘矣。）

これによれば、李開先のいう「九子」とは、詩文にも経世済民にも優れ、官途の浮沈をともにした、次の九名の友人である。（　）内は進士及第の年である。

九子……李舜臣（嘉靖二年）、劉絵（十四年）、羅洪先（八年）、呂高（八年）、熊過（八年）、唐順之（八年）、趙時春（五年）、王慎中（五年）、潘高（十一年）

先に挙げた「八才子」とこの「九子」では共通する顔ぶれもあるが、すべてが重なっているわけではない。「八才子」は李開先が朝に在った時、ほぼ同年代の若手官僚として活躍していた者をいうのに対し、「九子」とはともに同時期に官界を追われ、退居後も互いに書簡を通じて交友のあった者を指している。そして『同情集』に収録された亡妻墓誌銘の作者は、李夢陽を除いて、みな嘉靖二十年の前後に諫言ゆえに朝廷を追われて、あるいは夏言らの対抗勢力に阻まれて、野に下った者たちであった。

次に挙げる**表一**は、李開先と『同情集』に収録された李開先および四子の悼亡関連の事項と作品を年譜の形で整理したものである。(19)

表一　五子の悼亡文学関連年譜

年	李開先の年齢	李開先	李舜臣・羅洪先・唐順之・王慎中
嘉靖十九年	39		李舜臣妻朱氏没 十二月二十五日　羅洪先・唐順之が東宮が朝賀に臨むよう上疏
嘉靖二十年	40	四月　太廟火災 夏　山東章丘に退居	李舜臣・羅洪先・唐順之・王慎中郷里に退居
嘉靖二十六年	46	八月十九日　元配張氏没 八月二十五日　『宝剣記』序 九月　『宝剣記』後序 初稿「誥封宜人亡妻張氏墓誌銘」――注(27)参照 十一月四日　侍妾張二没 十二月除夜　「丁未除夕」	
嘉靖二十七年	47	七月十一日『四時悼内』成る 秋　継妻王氏を娶る 十一月八日　妾、蘇郭を生む 冬　「亡妻張宜人散伝」	一月八日　王慎中妻陳氏没 十一月二日　唐順之妻荘氏没
嘉靖二十八年	48		
嘉靖二十九年	49	六月二十八日　蘇郭夭折 十二月「悼殤詞」	
嘉靖三十年	50	二月十二日　継妻王氏子乳名九十を産む	

嘉靖三十一年	51	六月六日　母王氏没	
嘉靖三十二年	52	六月　九十夭折 八月「中秋対月憶子警悟詞序」	
嘉靖三十三年	53	八月十九日「亡妻忌辰」	
嘉靖三十四年	54		八月二十二日　羅洪先妻曽氏没
嘉靖三十五年	55	六月六日「九子詩並序」	
嘉靖三十六年	56		
嘉靖三十七年	57		
嘉靖三十八年	58		七月十七日　王慎中没
嘉靖三十九年	59	三月四日　母王氏と亡妻張氏を葬る 「誥封宜人亡妻張氏墓誌銘」（完成稿） 「祭亡妻張宜人文」 「愚谷李公合葬墓誌銘」を執筆	一月八日　李舜臣没 三月四日　李舜臣埋葬 四月一日　唐順之没
嘉靖四十年	60		
嘉靖四十一年	61		
嘉靖四十二年	62	李舜臣追悼文集『賢賢続集』成る	
嘉靖四十三年	63		八月十五日　羅洪先没
嘉靖四十四年	64		
嘉靖四十五年	65	季夏　『悼内同情集』序 七月立秋　『悼内同情集』後序	

『同情集』の自序の日付は、嘉靖四十五年（一五六六）六月である。表にあるごとく王慎中はすでに嘉靖三十八年七月に没し、翌嘉靖三十九年一月には李舜臣が、四月には唐順之が没し、さらに嘉靖四十三年八月には羅洪先も没している。つまり、『同情集』を編纂した時点で、関係者はすべて鬼籍の人になっていた。『同情集』の編纂には、ともに官途で挫折を味わい、ともに中年で妻を亡くした彼らと、その妻を悼む意図もあったろう。

（三）『悼亡同情集』の亡妻哀悼文

次に『同情集』に収録された亡妻哀悼文を具体的にみていきたい。なお、引用は北京図書館蔵清鈔本の『同情集』収載文に拠ることとし、作者の別集と異同がある場合は、〔　〕で示した。李集とは『李空同集』、羅集は嘉靖四十二年胡松刊『念庵羅先生文集』、唐集とは『重刊校正唐荊川先生文集』、王集とは『遵岩先生文集』を指す。

1.「妻 亡くなりて 予 然る後に吾が妻を知るなり」……李夢陽・李舜臣の亡妻墓誌銘

これは李夢陽の「封宜人亡妻左氏墓志銘」に見える言葉で、今風にいえば「妻が死んではじめて妻の有難みが分った」という意味である。

李子は亡妻を哭して人に対して次のようにいった。「妻 亡くなりて 予 然る後に吾が妻を知るなり」。人が「何ぞや」と問うので、李子は次のように言った。「かつて学び舎にいた時や官に在った時、私は家のことを問うたことはなかったが、今は問わなければうまくいかない。かつては道具が置きっぱなしになっているのを見かけたことはなかったが、今は、道具はほったらかしで仕舞われず、さらにすぐに壊れてしまう。かつてはひしおや醤油や塩や味噌を切らすということはなかったのだが、今は補充されない。鶏や鴨や羊や豚を食することもあったのだが、今はめったになく、痩せてしまった。妻がいた時は、家には浮わついたはしゃぎ声がないので、門は私が出かけても夜閉めなくともよかった。今は門を閉じても、家の中のはしゃぎ声が漏れてくる。私はかつて衣の垢を気にせずともよかったが、今は命じないと洗われない。裁縫や刺繡では、妻は人の手を借りずともことさらに巧みさを追求しなくとも、みな師範のレベルであったが、今は師範のレベルの者はおらず、さらに人の手を借りる始末だ。かつて私には古今の事に対する憤怒の気持ちがあり、友に対して言い難いことも妻に言ったものだが、今は家に帰っても言う相手もいない。ゆえに「妻 亡くなりて予 然る後に吾が妻を知るなり」というのだ」。（李子哭語人曰、「妻亡而予然後知吾妻也」。人曰「何也」。李子曰「往予學若官、不問家事、今事不問不舉矣。往予不見器處用之具、今器棄擲弗收矣、然又善碎損。往醯醤鹽豉弗乏也、今不繼舊矣。雞鴨羊豕時食、今食弗時、瘦矣。妻在、內無嘻嘻、門予出卽夜弗扃也。門今扃、內嘻嘻矣。予往不識衣垢、今不命之澣不澣矣。縫剪描刺、妻不假手不襲巧、咸足師、今無足師者矣。然又假手人。往予有古今之慨、難友言而言之妻、今入而無與言者。故曰「妻亡而予然後知吾妻也」」。）

李夢陽は一世を風靡した前七子の領袖だったこともあり、当時の人々の間ではこの亡妻墓誌銘はよく知られていたらしい。たとえば、李開先が李舜臣のために筆を執った「大中大夫太僕寺卿愚谷李公合葬墓誌銘」

には、熊過が「（李舜臣の）朱夫人の墓誌銘は李夢陽の左夫人の墓誌銘に倣ったもので、しかも出藍の出来だ（朱誌出自崆峒左夫人、然可謂青於藍矣）」と評したことが記されている。このことから、明の文人の間では李夢陽の亡妻墓誌銘がかくあるべき手本のような文であったことがわかる。後の時代になるが、明末崇禎年間に刻された何喬遠編『明文徵』は巻七十四に、劉士鏻評選『明文霱《みんぶんいつ》』は巻十四に、「封宜人亡妻左氏墓志銘」を収録している。

また、「妻亡くなりて而る後に……」の言葉は明人にはなじみのある言いまわしであったらしく、王世貞「従兄詹事府主簿振菴府君（諱世徳）暨配虞孺人合葬誌銘」（『弇州続稿』巻一百三）には、妻を亡くした従兄の「妻亡くなりて而る後に妻有るを知るなり。（妻亡而後知有妻也。）」という言葉が引用されている。

熊過が出藍の出来だと讃えた李舜臣の「亡妻封宜人朱氏墓誌銘」は、彼の詩文集『愚谷集』には見えない作品である。しかも『同情集』収載の文には欠葉が多く、完善な誌文は望むべくもないが、李舜臣の亡妻墓誌銘には、李夢陽の叙述を彷彿させる表現がある。

私はかつてしばらくの間ある代行の官をしていたことがあるが、印授の出し入れで気を使ったことはなかった。ああそれなのに、今は印の在りかを確かめ、朝晩に自ら戸を開閉する。わが賢良は奪われてしまった。かつて私の居る所には塵一つ無く、椅子は整然とし、書物に染みはなく、硯に墨がそのままということはなかったのに、居所は塵を被り硯は汚れたまま、今は自分で書物の整理をしている。どうして、宜人のことを思わないでいられようか。（吾往數旬攝印、印出入内無關係情、嗟嗟、今吾閲厝印、而昏旦自啓閉戶。奪吾賢良、吾往坐無塵、席牀無殺、帙几無漬、硯手無殘毫、席塵硯漬今手次帙、安能不宜人思乎。）

金石の文字にこうした率直な感情を吐露し、整然と管理が行き届いていたかつての家の中と、妻亡き後の乱雑なありさまを対比的に描写するのは、明の亡妻墓誌銘によく見られる修辞であるが、それは李夢陽に端を発するものである。

2.「有官の累」……羅洪先・唐順之の亡妻墓誌銘

明代、官員の妻は階級によって封号を受けることができた。夫が一品ならば一品夫人、二品は夫人、三品は淑人、四品は恭人、五品は宜人、六品は安人、七品以下は孺人の封号を授かる。[20]これを後宮の内命婦制に対して、外命婦制という。封号にともない礼服にも等級があり、等級ごとに冠や釵、衣や肩掛けなどの素材や色に決まりがあった。明の亡妻墓誌銘は、誌題にこの封号を冠し、誌文中の呼称にもこの封号を用いるのが一般的である。たとえば、誌題では李夢陽の「封宜人亡妻左氏」、李舜臣「亡妻封宜人朱氏」、唐順之「封孺人荘氏」、李開先「誥封宜人亡妻張氏」などである。しかし、羅洪先「亡妻曽氏墓誌銘」のみは、この封号が冠されておない。それはなぜか。羅洪先は亡妻墓誌銘でこの事情を次のように説明する。

私は嘉靖八年に及第し、翰林院修撰となった。翌年、孺人は母上に服侍して合流するためやってきていたが、私が休暇を取ったので、滄州から引き返した。嘉靖十一年、休暇を終えて朝廷に戻った際、孺人は家に留まった。十二年に父が亡くなり服喪して、さらに七年が過ぎた。十八年になって皇太子の冊立があり、百官への推恩があり、私は皇太子付きの官僚となったことからはじめて家人を伴って赴任した。そこで孺人は安人に封ぜられるべきであったのだが、私は型通りに、「史官であったころ、十余年間何の建白もしていませんので、俄かに個人的なことをお願いするわけにはいきません」と申し出た。私はひそかに孺人に聞いてみたのだが、孺人は、「あなた様のお気持ちはいいと思います。冠や刺繍入りの羽織りものがあるから貴人の妻というわけではありませんでしょう」と答えた。嘉靖十九年十二月、私は東宮が朝賀を受けるように請う疏を奏上したことから、議論が沸騰し、その降禍は予測しがたいことになった。孺人は死ぬほど怖れ、同僚の奥さんたちがなぜ止めなかったのかと責めると、孺人は、「彼は自分の職務を果たしただけで、私はその婦なのですから、どうしていいも悪いも言えましょう」といった。私が官籍除名処分となると、笑顔で私を慰め、少しも不満は洩らさなかった。郷里に退居してからは、夫を推薦しようとする者がいることを耳にすると、そのたびに眉をひそめ、「官は気楽なことではありません、どうかもう脅かさないで」というのだった。こういうわけで進士に及第してから二十七年経つが、孺人はついに封号を得られず、またそのことをとやかく言わなかったのだ。（余以己丑及第、官翰林。明年、孺人扶侍來會、在告、返滄州。壬辰、假滿入謁、孺人留家。癸巳遇喪、又七年。己亥而皇太子立、推恩百官、余亦赴召宮寮、始以家隨。於是孺人當封安人、例得自言、因竊念待罪太史、十餘年罔所建白、遽及其私、不可。微嘗以意探試孺人〔「嘗以意探試」羅集作「以嘗孺人」〕、孺人曰、「君意甚善、豈必冠帔始稱貴人妻哉」。庚子季冬、疏請東宮禮儀、外議洶洶、禍在叵測。孺人怖欲死、諸寮內子怪不爲止、孺人曰、「彼擧職事、我婦人也、安敢可否。」比得除名、解顏慰藉、無幾微不滿。歸田、聞有薦者、輒頻顣曰、「官不易做、勿又恐嚇人也」。以是及第二十有七年、而孺人終不得封、亦終不以爲言。）

右の記述からは、官僚の妻や家族の運命が、男たちの政事によって翻弄されること、それを妻たちもよく理解していたということである。そして夫は官僚の妻ゆえに累が及んだことを自責の念を込めて嘆くのである。

曽氏が亡くなったのは嘉靖三十四年八月二十二日であるが、このとき羅洪先はいわゆる楚山静坐とよばれる修養に出かけており、彼の帰宅は十二日後になった。羅洪先はそのことを深く悔い、亡妻墓誌銘のほか、「奠亡室曽孺人」、「除夕奠亡室」で懺悔し、「悼亡」詩四首を詠じた。たとえば「奠亡室曽孺人」では「私は引退してから、十五年間、講学やら友人の集まりでの外出は一年のうちどれだけだったかわからない。……この二、三年、君は病気がちなのに私は外出し、君の病のことを一日だって気にかけたことがなかった。君の寿命を占術師に問えばみな長生きするというので、私は後事を託そうとしたのに、私より先に逝くとは思いもよらなかった。ああ、ああ、今年は一体どうしたことか、私は遠出をしたわけでなく、別れも半年に満たなかったのに、君は病に勝てなかった。どうして君は（結婚以来）三十五年待ってくれたのに、この十日ほどが待てなかったのか。（吾歸田以來、十有五年、吾以講學聚友外出者、歳不知其幾矣。雖遠在數百里外未嘗以取與酬應之事一日戚吾之心者以子能知吾之心敬承不違雖其身甚弱然不易病卽病亦不踰日速愈誠足恃也　二三年間、子雖易病、吾亦外出、未嘗以子之病一日戚吾之心者。以子命數問之術者、咸謂必壽、吾方以後事委之、固不意在吾前也。嗚呼、嗚呼、今歳何歳、出不及千里、別不踰半朞、而子不勝病。何爲子之身可恃於三十五年之間、而不少待於旬日。）」と、臨終のときに側にいなかったことを悔いている(21)。

唐順之も羅洪先と同じく、嘉靖十九年十二月に東宮が元旦に百官の朝賀を受けるように乞う疏を奏上し、翌年一月、官籍除名処分となった。荘氏は十七で嫁いできて二十六の時に夫が編修になったため孺人に封ぜられたが、夫の除名処分と退居のため、それ以上の封号を授与される機会を失った。

唐順之の「封孺人荘氏墓志銘」は、この時の除名処分が妻の寿命を縮めたのだという。嘉靖十九年の冬、私は大罪を犯し、処分が下るのを二十数日待っていた。孺人はもしも夫が不測の事態に陥ることになれば、生きていけないと心配で夜も眠れなかった。そして皇恩によって除名されて帰郷することになったのだが、孺人は驚愕の念が冷めやらぬまま旅途につき、家に着くと高熱を出した。こうして数年、熱はようやく下がったがやせ細ってしまったのだ。……彼女は夫が官僚であるがゆえの良い暮らしを享受できず、夫が官僚であるがゆえに巻き添えになったのだ。（庚子冬、余以狂謬俟罪者二十餘〔唐集作二十七〕日、孺人寤寢惕惕、若其夫蹈不測、而已不能以生然者。既蒙恩免歸、孺人抱餘驚就途、抵家熱蒸骨。如是者數年、熱漸解而瘠則不復肉矣。……未嘗過享其夫有官之奉、而歷〔唐集作厭足〕、于其夫有官之累。）

唐順之や羅洪先による上疏は嘉靖十九年十二月壬午すなわち二十五日であり、処分が決まるまで二十数日（唐集によれば二十七日）とあることから、除名処分が下ったのはおそらく年が明けて嘉靖二十年の一月下旬であろう。李開先や李舜臣が辞職に追い込まれたのは、同年四月の大廟の火災がきっかけであった。さらに王慎中もまた敵対する一派からこの年の大計（勤務評定）を名目にした排撃によって失職した。『同情集』収録の亡妻墓誌銘は申し合わせたように、この時の妻たちが置かれた困境を記すのである。

3.「志に非ず、誄に非ず」……王慎中の「存悼篇」

『同情集』のうち王慎中の亡妻哀悼文のみは墓誌銘ではなく、「存悼篇」と題されている。明代、亡妻を哀悼するための散文の文体として最も多いのが亡妻墓誌銘であることは、すでに本書の第二章で述べたとおりである。亡妻行状や伝が流行し始めるのは、もう少し後の明末清初からであり、明中期の嘉靖年間の段階では、亡妻哀悼文といえば亡妻墓誌銘の文体が一般的であった。時代をさかのぼれば宋の司馬光「叙清河郡君」（『伝家集』巻七十八）のように、亡妻のことを記すのに、墓誌銘という文体によらなかった例はある。司馬光はその理由を、「私が思うに婦人には外での役割はない。善行があってもそれは女部屋から出ることはない。そのためその事跡を書して我が家に存し、後世、人の婦《つま》となる者の手本とさせようというのだ。（余以爲婦人無外事、有善不出閨門、故止敍其事存於家、庶使後世爲婦者有所矜式耳。）」と説明している。つまり、司馬光の場合は、細々した妻の日常のエピソードを金石の文字としてのこすことをあえて避けたのであり、それは儒学者として礼すなわち規範を重んじた結果であった。ところが、明の王慎中が哀悼文を「存悼篇」として執筆したのは、別の理由によるものである。

亡室恭人淑致陳氏を葬るにあたり、自ら墓誌銘を執筆しようとしたが、悼亡の念が甚だしく、文を綴ることができなかった。恭人は生前、とりわけわが弟の道原が賢なることを尊敬しており、家の中のことを恭人がどのように取り仕切っていたかについてはわが弟以上に詳しい者はいない。私はふだん官としてあちこちに赴任していて、海内には友も少なからずいるが、家族の安否をたずねたり贈り物をやりとりしたりするのは数名にすぎず、その数人の中で最も親しいのは毘陵唐荊川太史である。そのため道原に亡妻の行状を作成させ、彼に墓誌銘を乞おうとした。しかし、日が差し迫っていて、わが弟は文を仕上げることができず、ただ恭人の出自や生卒年、享年、二人の婚姻の経緯や墳墓の向き、墓地の名、もうけた子の現況などを書し、石に刻んで墓穴に納めただけで、情思については十分に述べることはできなかった。連れ添って二十二年、その声や姿やその性情は、今でも眼前にあるように浮かび、あるかと思えばたちまち消えてしまう。心を落ち着かせて、わたしの哀悼の言葉を記したいと思う。この機会を逸したら、本当に忘れてしまうことになりそうだから。（亡室恭人淑敬陳氏將葬、欲自爲志、悼甚不能撰次也。念恭人平生最敬吾弟道原君之賢、而知恭人之修於內者莫若吾弟詳。吾平生宦游、取友於海內爲不少、然彼此室人棗脩之問相及者亦不數人、數〔王集「數」之前有「於」字〕人之中、吾所最敬惟毘陵唐荊川太史。故屬道原爲狀、將以乞太史銘。而日月有期、吾弟之文不可卒致、第書恭人所出系、世生卒歳月、受恩命數、男女嫁聘之實、與壙兆負向、阡原名號、授兒同康、刻石納壙中、情事怱怱如有所忘。相友二十二年之間、形音情性、忽若在前。方其若在、忽已相失。靜神寧思、欲寫一二悼、復奪之、眞如忘矣。）[22]

王愼中の妻陳氏が没したのは、彼が福建泉州に退居して七年目の嘉靖二十七年の正月七日である。右に拠れば、王愼中は当初、自ら墓誌銘を執筆しようとしていたが、悲しみのあまり筆をもつことができなかった。そこで、弟の王惟中（道原）に行状を準備させ、唐順之に墓文の執筆を依頼した。しかし、王惟中はこれより前、嘉靖二十年に進士に及第し、この時は北京で礼部儀制司員外郎の任に在り、一方の唐順之はすでに江蘇武進に退居していた。彼らが埋葬の日までに墓誌銘を準備するには、地理的にも時間的にも難しかったと思われる。王愼中の口吻では倉卒の間に成した墓銘は満足のいくものではなかったようであり、それは自らの情思を伝えきっていないという理由によるものであった。逆説的にいえば、明人にとっては、情を描いてこその亡妻墓誌銘だったのである。現在、伝えられている王愼中の文集『遵岩集』には、王愼中の亡妻墓誌銘はなく、この「存悼篇」が収録されている。

「存悼篇」で王慎中は、亡き恭人について「不可解だったこと（有不可曉者）」「残念に思うこと（可恨者）」「往時を思い嘆いていること（有可追嘆者）」「ずっと恥ずかしく思っていること（有終負愧者）」「悔やんでいること（有可悔者）」を数点ずつ、具体例を挙げながら叙すが、すべては生前、陳氏に対し無頓着無関心な態度をとったことを後悔する内容である。その一部のエピソードを挙げておく。

○ふだん閑な時間はたっぷりあったのだが、本を読んでいるときや詩の句を探しているときに、妻が話しかけても避けて答えなかった。自分のしていることを邪魔されたくなかったのだ。（平日嬉閑不少、而觀書覔句之頃、屢有相問便屛不答、恐落吾事。）

○他人とは長々と話すのに、ひとたび部屋に入ると、黙りこくって口をきかなかった。（不惜與人衍談謾語、而一入室中、悄然閉口。）

○自分で袋や簞笥を探らなくとも、いつでも必要な時には、妻がすぐに出してくれた。（不省手胠囊篋、而非時有索、須臾必得。）

○先祖の忌日や年長者の誕生日など、自分では覚えられず、もっぱら妻が報せてくれるのに頼っていたのに、いつも言うのが遅いと文句を言っていた。（先代諱辰、尊長誕日、自不能記、專倚內人相報、而常譙不蚤。）

○家の生計のことは我関せずだったのに、急に処理しないといけないことがあると、いつも事を急かした。（不問生事、而倉卒有營、常苛責辦。）

○客を招くのが好きなのに、先に約束しておかないので、いつも妻を慌てさせた。（好召客而不先戒期、往往匆迫。）

○外を遊び歩いても、つきあいのあるところへの書簡は絶やさなかったのに、一度も妻あての手紙を出さなかった。（俠游在外〔王集作「出使行部、曠歳閲月」〕、書問不絶於常所來往〔王集作「游處」〕、而未嘗一言寄內。）

○いつも客と一緒に食事をし、一年のうち向かい合って食べたのは幾日もない。（無時不與客食、而一歳之中對案執箸無幾日。）

○書物に没頭するとそわそわし、食事を前にしても妻のことを忘れ、私が食べなければ自分は食べようとせず、いつもひもじい思いをさせた。（喜近書册而居止不〔王集作靡〕恆、臨飡〔王集作食〕毎忘內人、非吾食己未敢食、常惄然忍飢。）

○人と話すのが好きで、話は夜に及ぶので、人の出入りが不規則で、妻は門を閉めることができず、疲れ果てて横になっていたのに、戸締りしないのは不用心で無責任だとみだりに妻をなじった。（好接人、及以夜聚談、出入來往無常〔王集無「常」字〕期、門不得閉、臧獲困踣僵卧、而妄誚扃鑰不謹、訶責不嚴。）

いささか冗長ともいえるその文の結びにはこうある。

ああ悲しいことだ。涙をぬぐって筆を置き、ここまでとする。言葉が尽きたのではなく、筆を持ち続けられないのだ。恭人への思いはとこしえで、私の追歎はとこしえの悔恨に及ぶはずもなく、呵責の念もいつまでも消えない。この文辞を墓に納め、わが友に永訣する〔王集では「刻石を墓穴に納め、わが友に別れる」〕。心は乱れ文も秩序だったものではなく、墓誌でもなく哀誄でもないので、この篇を「存悼」とし、子どもたちに示すものとする。（嗚呼悲夫、抆淚投筆、止於此矣。非言止此、筆不忍復泚矣。恭人之恨終長

矣、追歎何及與永悔矣、惟所負愧未有時弭矣。納詞〔王集作納石〕幽宮、永訣〔王集作遂別〕吾友矣。聵亂無次、非志非誄、名其篇曰「存悼」以示兒女子云爾矣。）

王慎中の文集では「存悼篇」は石に刻して墓に納められたことになっている。あるいは王慎中が後にそのようにしたのかもしれないが、少なくとも李開先がこの篇を入手した段階では書写した紙本を墓に納めていたものと思われる。

王慎中は中唐詩に倣って七言四句の楽府を百首作っているが、そのうち「折楊柳」は亡妻への悼念を詠じた作と思われる。

脉脉含情出洞房　脈脈として情を含みて　洞房を出づ
盈盈結腕約明璫　盈盈として腕を結び　明璫を約す
柔條冉冉難攀折　柔条は冉冉たりて　攀折し難く
弱指纖纖那忍忘　弱指の纖纖たりて　那《なん》ぞ忘るるに忍びんや

四、明における夫婦像

『同情集』の亡妻墓誌銘の中で、亡妻を称揚するのにたびたび登場する言葉が「賢」であり、夫との関係性を形容するのに用いられる言葉が「友」である。

「賢妻」もしくは「賢婦」という言葉がもつ意味は幅広く、時代によっても女訓書によってもあるいは家範によっても微妙に異なる。(23)しかし、おおむね宋の『司馬温公家範』がいうところの柔順（家人との融合）・清潔（貞節）・不妬（妻妾間の融和）・倹約・恭謹・勤労、つまり家の中の妻としてのかくあるべき理想を示す言葉である。明中期によく行われていた元の鄭太和の『鄭氏規範』（『旌義編』）(24)は「女訓に云う、家の和と不和は、皆な婦人の賢なるか否かに繫《かか》われり（女訓云、家之和不和皆繫婦人之賢否）」といい、明の呂坤の『閨範』嘉言も司馬光の『書儀』婚儀上の「婦者《は》、家の盛衰の由る所なり」を引いて、婦の家における重要性を強調する。

女訓書ならずとも、元曲にはすでに「家に賢妻有れば、丈夫横事に遭わず（家有賢妻、丈夫不遭横事）」（『盆児鬼』第一折など）という成語が多くみられ、「家有賢妻」だけで使用される場合もあるように、妻が家の切り盛りに重要な役割を果たすという意識は庶民にも広がっていた。また、元曲には自分の妻に対し「賢妻」とよびかけた例として、白樸『東墻記』第五折の「生上云、「賢妻、如今有聖旨、教郎便赴京上任、你心下如何？」」のような使用例もある。(25)

さすがに健在の自らの妻を他者に向かっておおっぴらに「賢」とは称さないだろうが、一旦、妻が亡くなると、亡妻を「賢内」「賢妻」と称するのは、明の文人にとって自然なことだったらしい。李舜臣の亡妻墓誌銘は妻の死を「我が賢良を奪い（奪吾賢良）」と表現する。李開先の『四時悼亡』は「春　黄鶯雪画眉」で「賢妻の殂喪自《よ》り、景を撫して神を傷ましむ（賢妻殂喪、撫景傷神）」と歌い、「夏　錦庭楽」で「只《た》だ争《た》だ賢妻の早に亡くなりてより来《このかた》、佳辰に遇い、名花に対するも、反って悲傷を助くのみ（争來賢妻早亡、遇佳辰、對名花、反助悲傷）」と歌う。また、「宝剣記序」でも「近ごろ賢内の喪に因りて（近因賢内之喪）」という。

次は李開先による「同情集後序」である。

妻が亡くなってそれを悼むのは、人の常情である。妻が賢であってそれを悼むのは、常情の上をいくものだ。亡妻を悼むことも賢妻を悼むことも情という点では同じだが、賢妻であればその情はとりわけ痛切なものになる。世間には生前反目し、病気になっても気にかけず、まだ妻が没して幾何も経っていないのに、旧愛を忘れて再婚を云々する者がいる。その薄情なること甚だしい。この集が、薄き人の情けを厚くする助けになればと思うのだが、さて、これをご覧になる人の情を動かすことができるかどうか。七月立秋日中麓再び書す。（内亡而悼之、乃人之常情。內賢而悼之、有出於常情之上者矣。悼亡・悼賢同一情也。而賢則其情尤切。世有生而反目、病不闞心、歿而肉未及寒輙已忘舊愛議新婚者、其薄情亦甚矣。斯集也、自謂有敦薄之助、未知覧者果動情乎不也。七月立秋日中麓再書。）

李開先のこの記述によれば、明中期には妻を亡くし、妻の喪が明けぬうちから再婚相手を物色する輩がいたらしい[26]。これが誰かを想定したものなのかは不明であるが、彼は、この『同情集』に収録した作品中の女性は、通常の悼亡ではなく、悼賢の対象すなわち賢妻であったのだというのである。

明代、夫が亡妻の美徳を讃える言葉として「賢妻」「賢内」がしばしば用いられることは先に確認したとおりであるが、明の亡妻哀傷文学のもう一つの特徴として挙げられるのが、夫と妻との関係性である。それはしばしば夫をして妻を「友」と言わしめるものであった。

李開先の「誥封宜人亡妻張氏墓志銘」には、妻を「良友」と称した箇所がある。

前の話だが、私が官に在ったとき、妻はおもて向きの事に関与していたわけではなかったが、相談することがあれば、必ず私に寛大であるように勧めたものだ。官途の浮き沈み、人情の敦薄については、彼女と話せば、そのあらましをすべて知っていた。昼に話すと夜になり、夜に談じると明け方になり、妻は書物の内容をほぼ理解しており、大いに私の意に適っていた。彼女は一良友と言ってもよい。いま良友を喪ったのだ。どうして悲しまずにいられよう。……ああ、宜人は貧のときは私の学問を助け、仕官してからは私の政事を助け、引退してからは私の閑適を助け、毎日盃酌を準備し、賓友と楽しむのを助けてくれた。この先の百年、たとえ一緒に死ねないとしても、白髪頭になっても一緒に暮らそうという約束は、今は幻と消えた。外出するにも不便で、家の中のことを取り仕切る人もなく、豪遊浩歌もむかしのように興趣を覚えず、右を見ても左を見ても、ただ愁いが募るばかりだ。中年に妻を喪うのを不幸というのなら、私のような者は不幸の最たる者だ。傷心は口にのぼせ難い。鏡を探して自ら照らせば、鏡にうつる面貌はむかしの私ではない。古に云う、「涙有らば 当に泉にも徹《とお》るべし、声有らば 当に天にも徹るべし」〔陳師道「妾薄命 為曽南豊作」〕と。こんなふうにわが宜人を哭することも過度な礼にはなるまいが、涙を揮って文を綴って、できるだけ早めに埋葬し、吾が家を顕彰し、わが宜人の魂を慰める方が、もっとも礼に適っていよう。[27]（先是居官、妻雖不與外政、時有商議、必勸余從寛。至於仕路陞沉、人情敦薄、與之言及、無不知其梗概。晝坐淹辰、夜談達旦、麤識書意、大得余心、雖謂之一良友可也。良友已矣。余惡得而不悲……嗚呼、宜人貧則助余學、仕則助余政、致政則助余以閒。日具盃酌、與賓友爲樂。卽余至百年、乃不能相同以死、白首不相離之約、今成幻夢。出門有礙、持內無人、豪遊浩歌、無復舊興、左瞻右盼、秖益新愁。中年喪妻、謂之不幸、若余則又不幸之尤者。傷心難騰之口也。索鏡自照、面貌大非故吾。古云、「有淚當徹泉、有聲當徹天。」以之哭吾

宜人、雖非過禮、孰若揮涙爲文、力疾襄事、以振吾家、以慰吾宜人、尤爲禮之得者乎。）

妻を「友」と称するのは、李舜臣や李開先の亡妻墓誌銘のみではない。先に挙げた唐順之の墓誌銘には「私はとりわけ偏屈者で気の合う者は少なかったが、家の門をくぐれば楽しい気分になり、朋を得たようだった。（余最迂僻寡合、入門則歡然若得朋、以孺人素能得余心事也。）」と述べる箇所がある。また王慎中「存悼篇」には「相い友とすること二十二年の間（相友二十二年之間）」「詞を幽宮に納め、吾が友に永訣す。（納詞幽宮、永訣吾友矣。）」とあり、いずれも亡妻を「友」もしくは「朋」と称している。

亡妻哀悼文の中で妻を「友」あるいは「朋」と呼んだ例として想起されるのが、宋の蘇洵「祭亡妻程氏文」である。蘇洵は若い頃、遊蕩の限りを尽くしていた自分を支え、時に諫めてくれた程氏の死に際して、「君が逝ってから、私は家の中で良朋を失ったようだ。過ちを犯しても一体誰が私を諫めてくれるのだ。（自子之逝、內失良朋、孤居終日、有過誰箴。）」と嘆いた。

李開先や唐順之、王慎中が、彼らが敬慕する宋文から修辞上「良朋」という言葉を借用したのだと解釈することも可能ではあろう。しかし、筆者は妻を「良友」「良朋」と呼ぶことは、単に宋人の言葉の借用援用だったとは考えない。むしろ、明人にとってはそれが実感ではなかったかと思うのである。

清末から続く女性解放思想とそれにつづく近代の五四新文化運動によって、封建社会は「男（夫）は主、女（妻）は従」、「男は外、女は内」という倫理観のもと、女性は一切の社会活動から排除され、従属的奴隷的な立場に置かれていたというイメージが定着した。(28) 纏足の風習もこのイメージを助長した。もちろん明代の士大夫の妻は外事には関わらないのが建前であったが、当時の士大夫の妻が全く夫の公事に無知で無関心であったわけではない。たとえば、李開先「亡妻張宜人散伝」によれば、張氏は夫の失脚の黒幕が誰だったか（あるいは夫が誰だと推定していたか）を、またその時誰が夫を擁護してくれたかを知悉していた。九廟が火災に見舞われ、乞休の疏を奉ったところ、夏丞相が皇帝の勅許があったように装ったため、私は疏のとおり罷めることになった。翟石門（翟鑾、当時夏言とともに内閣首輔）はこのとき抵抗し、私を山東の才子としてしまわず、錚錚たる朝官の列に留めておくべき人材だと言ってくれたのだが、力及ばず、涙ながらに従わざる得なかった。宜人は深く石門公を尊敬し、後に石門公が事を以て除名処分（嘉靖二十三年に厳嵩によって弾劾され官籍を削られたこと）となったときには、宜人は何度も慨嘆していた。それで石門公の訃報が山東に至ったとき、私はすぐさまそれを報告しようとして、彼女の寝所に行き、そこで始めて宜人が亡くなったことを知った。それで痛哭してから戻ったのである。（廟災、上疏乞休、夏相擬旨如疏。翟石門苦争、以爲不止東方才、宜留之壯觀班行、力不能奪、垂涕之從。宜人深德石門、後石門以事除名、宜人屢加嘆惜。既又石門訃音至東、吾乃倉忙走報、行至寢所、始悟宜人亡矣、因之痛哭而回。）

明人にとって、妻は官途での浮き沈みをともにする運命共同体であり、「難友言而言之妻（友人に言い難いことを妻言う）」（李夢陽）存在であり、外では漏らすことのできない本音を語ることのできる相手でもあった。「賢妻」＝夫の「良友」という考え方が明の文人の間で浸透していたことを如実に示すのが、北京図書館蔵清鈔本『同情集』巻末の洪朝選による跋文である。

洪朝選は字を舜臣、号を芳洲または静庵といい、福建同安人で、嘉靖二十年の進士。官は刑部侍郎に至ったが、のちに張居正に逆らい、逮捕されて獄中で亡くなった。陽明学を学び、王慎中や唐順之と親しく、洪朝選の子は王慎中の五女を娶り、『王遵岩家居集』を編纂し、「王遵岩先生文集序」を書いている。『同情集』の跋文の署名は「通議大夫都察院右副都御史巡撫山東地方兼理営田」、洪朝選は嘉靖四十六年五月に山東に赴任しており、翌年の隆慶元年八月に南京戸部右侍郎に転任している。跋文はおそらく『同情集』が完成してまもなく書かれたものであろう。(29)

むかし姻戚の遵岩子〔王慎中〕が弟にあてた書簡に、「哭内〔妻を亡くした〕」という言葉があったのを見た。おりしも李公が亡くなったという偽情報を耳にし、遵岩子が作った詩には「内外 時を並べて良友喪い、一双の涙眼 両般の啼〔内外竝時良友喪、一雙涙眼兩般啼〕」とあった。遵巖子は李公とは金石の交というべく、おそらく李公もきっとこのことを知っていただろう。李公の『悼内同情集』を見たついでに、これを記した次第である。〔舊見舍親遵巖子與弟書、有「哭内」。時聞公訛傳凶信、作詩云「内外竝時良友喪、一雙涙眼兩般啼」。遵巖子於公可謂金石交矣、料公必自知之。因見公有『悼内同情集』、聊一及之也。〕

洪朝選がいうところの王慎中が弟にあてた書簡とは「寄道原弟書」十七首之其七である。

李中麓が細君を亡くしたが、山東の両司〔承宣布政使司と提刑按察使司〕は彼が亡くなったという報せを伝えてきた。かねてより信じがたく、本当かどうか決めかねていたが、今 彼の消息を聞いてほっとした。この前、唐荊川が細君を亡くしたが、伝えてきた者は荊川に変事有りという。我は今妻を亡くして服喪中だが、世間には私が死んだことになっているかも知れない。死んでないのに死んだことにされるのはどうということはないが、ただ海内の一、二の知己をいたずらに憂えさせるのは怪しからぬことだ。さきごろ妻の死を哭していた時、柯双華〔柯喬。当時福建の布政司参議、按察使副使〕が中麓の凶信を知らせてきたので、そのため大哭し、詩を作った。その末句は「内外 時を並べて良友喪い、一双の眼涙 両般の啼」だった。今その報せが誤りと聞いたのだが、これを「一般の啼」とするのもおかしくはないか。（李中麓喪內、而山東兩司已傳其凶聞、向疑不信、亦不敢太自決。今得的息、乃快然矣。前日唐荊川弟喪婦、而傳者遂以爲荊川有故。我今有內憂、安知海內言者不以我爲死耶。傳死不眞、有何所害、但虛憂海內一二知己亦可恠也。頃哭內時、柯雙華以中麓凶信相告爲之大哭、曾作詩末句有「內外竝時良友喪、一雙眼淚兩般啼」。今聞其謬、此一般啼豈不可爲笑矣耶。）

王慎中が詠じたという「内外 時を並じく良友喪い、一双の眼涙 両般の啼」詩は、現在、彼の文集には見えないが、ここでいう「外の良友」とは李開先のことであり、「内の良友」が王慎中の妻を指すことは言うまでもない。

明末には、葉紹袁とその妻沈宜修のように、才子が妻の才を認め、その文学的営為を支援するといった新たな夫婦像も登場し、伊沛霞（Patricia Buckley Ebrey）や高彦頤（Dorothy Y. Ko）らはこうした婚姻生活を companionate marriage（伴侶型婚姻、伙伴式婚姻）といい、劉詠聴は友愛婚姻と呼んでいる。(30) もちろん封建社会においては、婚約は家同士の契約であって、当事者に婚姻の選択権があったわけではないが、士大夫にとってほぼ同等の階層や家柄から娶る嫡妻との婚姻は、価値観や倫理観を共有する相手と一緒に己の家を成す重要な第一歩であった。とりわけ元配は、士大夫が科挙に及第する前に嫁いで夫の及第を支え、夫が官に在る間は、夫とその家族の支柱となる、同志的存在であった。明に盛行する亡妻墓誌銘の背景として、こうした夫婦像があったことは重要である。(31)

五、亡妻への悼念の情の共有

しかも、明人は書簡の中でもたびたび亡妻への悼念を吐露している。たとえば、王慎中が弟惟中にあてた「寄道原弟書」其七は、妻を亡くして半年後の書簡であるが、妻を喪ったやり切れない思いを、包み隠さず語っている(32)。

お前の兄嫁が病に倒れ亡くなってから、今卒哭（最後の哭礼を終えること）まであっという間に六カ月が経ったが、学問が全く手につかなかった。わたしは平生妻に対して冷たかったことはお前も知るとおりだ。しかし気分の落ち込みは身を蝕み、しかもなぜそうなるのか自分でもわからないのだ。（自汝嫂病以至不幸、今卒哭忽忽六閲月、都讀不得書、吾平生於内愛頗淺、自汝所知。然情緒之悪有潛侵默損、而不覺其所然者。）

また、万表にあてた書簡「与万鹿園」(33)では、

僕は今年正月八日、病気療養中の妻を亡くしました。幼子や幼女は支えを失い、母は私を助けて事を取り仕切るには年をとりすぎています。月日は流れても、物や事に触れては、悲しみは増すばかりです。滅情の学とは、まことに空言で、結局はそんなものはないことを知りました。『荘子』を読んでいると、妻を亡くした荘子がその骸の横で盆を鼓すという記述があり、礼について放縦という嫌いはあるものの、これもまた達観なのだと思っていました。今にして思うと、荘子は気持ちのやり場がなかったのであり、放縦に託して自らを解き放とうとしただけなのです。その悲傷たるや、慟哭に勝るものではないでしょ

うか。業縁を断つことができず、貪愛の心に囚われ、家の事も難しいことがあり、そのため出かけることができません。（僕今歳正月八日、室人捐袵席而去、弱子幼女慘然失恃、而老母年力就高、無可佐執仰事之勞。日月雖已流易、而撫物觸事、尤增酸楚、滅情之學、眞是空說、到頭始知其不然。閒時讀莊子、見其所記妻死據牀鼓盆而歌、雖病其放於禮、而亦以爲達。以今思之、彼乃甚不能遣者、而姑託於放以自解耳。其爲悲傷、無乃過於慟哭者乎。業緣不斷、貪愛種種、家事猶有難處者、坐此不能出門。）

と、断ち切れない亡妻への悼念を書き送っている。『荘子』云々のくだりは、荘子の妻が亡くなった時、両足を投げだして盆を鼓して歌っていたのを、弔問に行った恵子が見とがめて詰ったところ、荘子は無から生まれて無に帰り、大いなる巨室に眠るのだから悲しむべきことではないと言ったという故事に基づく。至楽篇に見えるこの逸話は、荘子の達観を示すものとして悼亡詩にもたびたび引用されてきた典故であるが、この故事はかえって荘子の悲嘆の大きさを物語るものだという王慎中の解釈は、いかにも陽明学者らしい解釈である。

「与唐碇石」にも「私は戊申の年に妻を喪ってからというもの、家の中のことがうまく回らず、上は老母、下は幼子のめんどうを見て、精力をかなり費しています。（不肖自戊申喪內之後、室事未續、上奉老母、下撫弱子、頗費心力。）」とあり、また、熊過にあてた「与熊南沙」では、「父上がこの世を去ったことで、数カ月自らの養生もかなわず、つぶれてしまいそうなほど孤独でした。やっと父上の喪を終え、徐々に私の魂魄も落ちつき、生きる気力を取り戻しているところへ、室人が化去してしまいました。今、やせ衰えた病気の身で、上は老母につかえ、下は幼子の面倒をみていますが、家の中に助けてくれる者はおらず、疲れ切っています。

（先君不幸捐館舍、使不得數月爲養、煢煢幾殯。僅襄大事、稍復收魂魄、苟求存活、而室人化去。今以癯然疚疾之軀、上事老母、下撫弱子、室中無相、甚苦勞乏。）」と、妻の死の衝撃とその後の鬱屈が語られる。

羅洪先もまた「与劉仁山」で、「むかし妻が亡くなったとき、最期に遇うことができず、さらにいつも顔を合わせているのに彼女の話を聞かなかったのが悔やまれ、そのため激しく慟哭しました。五十でこれを経験したことで内臓を損い、鬚も白くなり歯も抜けたのもこのためです。（往遭妻喪、以未得面訣、又屢見尼不之聽、已而悔之、故哭之慟、五十之世、經此頗成内損、鬚白齒落之早、有以也。）」と己の意気消沈ぶりを語っている。

これらの書簡への返信は伝わらないものの、友人に対して妻を喪った己の悲しみを語る彼らは、己が執筆した亡妻墓誌銘を相手に送り、それを鑑賞しあったに違いない。

先に述べたように、『同情集』に収載された亡妻墓誌銘の文と作者の文集に収録された文では時折異同がある。このことは李開先が、李夢陽を除いて、直接、作者から書簡とともに写しを送付されていた可能性のあることを示唆していよう『同情集』という同時代人の亡妻哀悼散文を集めたアンソロジーが成立したのは、当時の文人たちが、他者の亡妻を想う情に共感する精神を有していたことの証左である。

おわりに

元配張氏と侍妾張氏に先立たれ、始めて亡妻哀傷文学のもつ抒情に開眼した李開先は、悼亡をテーマとする作品を次々に制作する。韻文では悼亡詩のほか悼亡曲子、文では墓誌銘や散伝、誄もあり、また、自らの亡妻墓誌銘のみならず知友の亡妻墓誌銘を編纂するなど、作品のジャンルは多岐にわたる。明人でこれほど多岐にわたって悼亡の作品を制作した文人はいない。明中期の中でも突出した存在といえる。

特に、『四時悼内』は、悼念をはやり歌のしらべにのせて歌ったものである。亡妻への悼念は、韻文であれば悼亡詩もしくは悼亡詞の形式を用いるのが伝統的な作法であり、これは一つの革新的な試みであったといえる。李開先がはやり歌に詩詞の真の価値を見出していたことは、「市井艶詞序」や『詞謔』からもわかるが、それはまた明という時代の文学気風でもあった。これは直接的には李夢陽が「真詩は只だ民間に在り」といい、何景明が「夫れ詩は性情に本づき之を発する者なり。其の切にして見《あら》われ易き者は、夫婦の間に如くは莫し」の影響を受けたものだった。

また本章では北京図書館蔵清鈔本『四時悼内』の附録として伝存している『悼亡同情集』にも着目した。これは李夢陽・李舜臣・羅洪先・唐順之・王慎中の亡妻墓誌銘／亡妻哀悼文に、李開先自身の亡妻墓誌銘を附したアンソロジーであるが、李夢陽以外はすべて李開先が免官となった嘉靖二十年に、同じく政争に敗れ下野した文人であった。『同情集』に収録された哀悼文は、夫の官途の浮沈にしたがって喜楽を味わい、辛酸を嘗めた妻を、中年で喪なった悲傷を描いたものである。それは李開先の自画像でもあった。

明人にとって「賢妻」を喪うことは、家をともに成してきた「良友」を喪うことを意味した。そのため、明人は亡妻への悼念を友人にも率直に語った。

『同情集』というアンソロジーが嘉靖期に成立した背景には、男女の情＝夫婦の情ととらえ、他者の亡妻への悼念にも共感した文人の心性があったことが指摘される。

注

（1）小松謙「『宝剣記』と『水滸伝』――林冲物語の成立について」（『京都府立大学学術報告　人文』六十二号、二〇一〇年、のち『中国白話文学研究――演劇と小説の関わりから』汲古書院、二〇一六に所収）参照。
（2）神田喜一郎監修『中国戯曲善本三種』（思文閣、一九八六）影印本。
（3）金瓶梅作者説の代表的なものには、徐朔方「『金瓶梅』写定者李開先」（『杭州大学学報』一九八〇年第一期）、卜鍵『《金瓶梅》作者李開先』（甘粛人民出版社、一九八五）、日下翠「金瓶梅作者考」（『中文研究集刊』創刊号、一九八八、のち『中国戯曲小説の研究』第八章「金瓶梅作者考」、研文出版、一九九五所収）などがある。これに対して、近年、小松謙が精緻な考証をもとに『金瓶梅』は王世貞による作であることを唱えている。小松謙「『金瓶梅』成立考」（『和漢語文研究』十七号、二〇一九、のち『水滸傳と金瓶梅の研究』第六章「『金瓶梅』成立考」汲古書院、二〇二〇に所収）参照。
（4）何良俊の『四友斎叢説』雑記によれば、山東から来た客の言として、李開先の家にはに三十人の役者、女妓が二人、男女の歌童が数名いたことを伝えている。
（5）戯曲家としての李開先に注目した日本の研究では、岩城秀夫「劇作家李開先」（『入矢教授小川教授退休記念中國文學語學論集』入矢教授小川教授退休記念会、一九七四）、阿部泰記「戯曲作家李開先の文学観――南曲「傍粧台」を中心に」（『中国文学論集』五号、一九七六）、福永美佳「李開先編『改定元賢傳奇』に関する考察」（『尚絅語文』七号、二〇一八）などがある。
（6）以下、特に断らない限り、李開先の作品は卜鍵箋校『李開先全集（修訂本）』（上海古籍出版社、二〇一四）に拠る。

（7）「宝剣記」が李開先による全くの創作でなく、それより以前、河南鄢陵の陳銓や山東寿光の鄧澄甫らがかかわっており、実際の成立時期は嘉靖二十六年よりも前であることについては、注（1）の小松の研究を参照されたい。
（8）『中麓閑居集』巻六の「宝剣記序」の題下には「改竄雪蓑之作」とある。
（9）「宝剣記」は最終的に団円となるのだが、林冲と妻張貞娘の別れなど、痛切な場面も多い。
（10）『中麓閑居集』巻五「賀寿官張岳丈九十二歳序」、巻九「張寿翁伝」、巻十二「祭岳丈張寿官文」。
（11）李開先の侍妾は他に張三、范四がいた。
（12）洪邁『夷堅志』丁巻第十八「張珍奴」参照。
（13）寒花は帰有光の元配魏氏の媵で、魏氏の没後、帰有光の侍婢としてむすめの如蘭を産んだ。野村鮎子「「寒花葬志」の謎」（『帰有光文学の位相』所収、汲古書院、二〇〇九）参照。
（14）『中麓閑居集』には『四時悼内』の序文が見えるが、作品の収載がないため全容を知ることが難しかった。しかし、近年、卜鍵氏が北京図書館蔵清鈔本『四時悼内』を整理収録し、注（6）の『李開先全集』に収録したことから、閲覧が簡便になった。
（15）胡旭『悼亡詩史』（二〇一〇）も李開先が悼亡を詠じるのに通俗的な歌曲を用いたことの意義を指摘するが、後に続く者がおらず、後世に大きな影響を及ぼさなかったという。
（16）この問題については、入矢義高『明代詩文』（筑摩書房、一九七八）「復古主義の陰翳」を参照されたい。
（17）以下、特に断らない限り、唐順之の詩文は、馬美信・黄毅点校『唐順之集』（浙江古籍出版社、二〇一四）に拠る。
（18）「嘉靖八才子」の称は銭謙益『列朝詩集小伝』が喧伝したことから、『明史』にも採用されているが、田口一郎は、李開先が自らを含めて称したものであり、当時広くそう呼ばれたのかはよくわからないこと、彼らは文学集団というよりほぼ同時期に進士となった若手官僚集団であると指摘している。野村鮎子編『『列朝詩集小伝』研究』（汲古書院、二〇一九）所収「二十一王慎中」参照。

(19) 李開先の年譜は、李永祥著『李開先年譜』（黄河出版社、二〇〇二）が詳しい。

(20) なお、孺人は受封がなくともひろく士人の妻への敬称として用いられた。そのため、正式な受封があった孺人については、それと区別して「封孺人」と称することがある。唐順之「封孺人荘氏」がその例である。

(21) 羅洪先の詩文は徐儒宗編校整理『羅洪先集』（陽明後學文獻叢書、鳳凰出版社、二〇〇七）に拠った。

(22) 以下、王集とは、『遵岩先生文集』を指す。

(23) 詳細は、林香奈「賢ならざる婦とは――女訓書に見る家と女」（関西中国女性史研究会編『ジェンダーからみた中国の家と女』東方書店、二〇〇四）を参照。

(24) 『鄭氏規範』が元末から明中期に行われていたことについては、檀上寛「『鄭氏規範』の世界――明朝権力と富民層」（小野和子編『明清時代の政治と社会』京都大学人文科学研究所、一九八六）を参照。

(25) これについては金文京先生よりご教示を賜った。

(26) 李開先自身は元配張氏の喪が明けた後、嘉靖二十七年に継妻王氏を迎えている。これには李開先に嗣子がいなかったという事情もある。なお、その後誕生した二子も夭折し、最終的に弟の子を養子にしている。

(27) なお、李開先が実際に張氏を母王氏とともに埋葬したのは、十三年後の嘉靖三十九年である。しかし、ここに「できるだけ早めに埋葬（力疾襄事）」とあることや、先に挙げた「悼亡同情集序」で、李開先が蘇雪蓑に依頼して断られて自ら書いた墓誌銘を「急いで作った文なので、上手いはずもない（急促爲文、如何得工）」と述べていることから、この亡妻墓誌銘の初稿は、嘉靖二十六年の妻の死からそれほど時間が経っていないころに執筆されたものと判断する。**表一**を参照されたい。

(28) 代表的なものとして、陳東原『中国婦女生活史』(一九二八)が「我が国の有史以来の女性は、ただ虐待される女性ばかりであり、我が国の婦女生活の歴史は、ただ虐待される女性の歴史にすぎない。(我們有史以來的女性、只是被摧殘的女性。我們婦女生活的歴史、只是一部被摧殘的女性底歴史。)」と述べたものがある。

(29) 『万暦野獲編』巻四「遼廃王」には嘉靖二十年の進士である洪朝選が山東巡撫だった時、章丘の蔵書家李少卿先芳《ママ》の蔵書を借りられなかったことを根に持ち、それでその家を滅ぼし、李は恨んで亡くなったという話が載っている。李開先の死後、養子にむかえた嗣子が「家難」に巻き込まれ没落したのは事実であるが、李開先が隆慶二年二月に没した時、洪はすでに山東巡撫を離任して半年が過ぎていること、また洪朝選の進士及第の年が誤っていることなどから、『万暦野獲編』の記事は疑わしい。

(30) その中国語の呼び名はさまざまである。劉詠聡『徳・才・色・権：論中国古代女性』(麦田出版股份有限公司、一九九八)二九一頁は「友愛婚姻」、伊沛霞(Patricia Buckley Ebrey)著・胡志宏訳『内闈：宋代婦女的婚姻和生活』(江蘇人民出版社、二〇二二)三九頁は、「伴侶型婚姻」、高彦頤(Dorothy Y. Ko)著、李志生訳『閨塾師：明末清初江南的才女文化』(江蘇人民出版社、二〇〇五)一九一頁は「伙伴式婚姻」という。訳語についての詳細は、呂凱鈴「李尚暲、銭韞素合集所見之夫婦情誼：清代友愛婚姻一例」(『香港中文大学中国文化研究所学報』第五十期、二〇一〇・一)を参照されたい。

(31) 衣若蘭「明清夫婦合葬墓誌銘義例探研」(『台湾師大歴史学報』第五十八期、二〇一七・十二)によれば、夫婦合葬の墓誌銘は明になると、上は諸侯から下は武官や士大夫の墓に至るまですべてその例が見られるようになり、そこに明人の意識の変化があるという。

(32) 以下、特に断らない限り、王慎中の詩文は林虹点校『王慎中集』(民族出版社、二〇一七)に拠る。

(33) 「答鄒一山書」には「当時、この書〔鄒一山が編纂した『全唐詩選』〕を得て、すぐに読み終わり、すぐに手紙で疑問点を質したいと思っていましたが、妻が病気になり、お手紙が書けませんでした。（當時得此書、即閲之盡、欲作一啓、請質所疑。値室人病、未得屬筆。）」とあり、妻は以前から病気療養中であったことがわかる。

第五章　明の遺民と悼亡詩——艱難の中の夫と妻

はじめに
一、王夫之の悼亡詩
（一）　遺民王夫之
（二）　元配陶氏への悼亡
（三）　継妻鄭氏への悼亡
二、屈大均の悼亡詩
（一）　遺民屈大均
（二）　王華姜との結婚
（三）　王華姜への悼亡
三、呉嘉紀の悼亡詩
（一）　遺民呉嘉紀
（二）　糟糠の妻王睿
（三）　王睿への悼亡
おわりに

はじめに

夫婦のささやかな家庭生活が、国家の滅亡という大きな歴史のうねりの中で、ずたずたに破壊された時代があった。その一つが明清鼎革期である。皮肉なことに、妻を悼む悼亡詩の名篇は、この時期に大量に出現した遺民によって生み出された。

突如国を亡った士大夫は、混乱の中で生死の境をさまよい、運よく生き残ったとしても新しい勢力に服従するか抵抗するか、新王朝に仕官するか隠遁するかという厳しい選択を迫られた。遺民とは、後者の険しい道を選んだ者を指す。「修身・斉家・治国・平天下」を理想とする彼らは、治国に関わる途が閉ざされたことで、物心両面で窮乏した。それだけではない。抵抗勢力への関与の有無を問わず、新王朝の招請に応じない遺民は、その存在自体が現王朝への批判であることはいうまでもない。彼らが紡ぐ文学は新勢力からたえず危険視された。

遺民は流離の中で妻を含む多くの家族を喪い、悼亡詩を詠じた。明の遺民の悼亡詩の特徴は、亡国とそれに続く艱難の体験が詩人個人の家庭生活に照射されていることである。(1)

本章では明清鼎革期、明の遺民として生きることになった三人の詩人の悼亡詩を取り上げる。三人の詩人とは、王夫之（一六一九〜一六九二）、屈大均（一六三〇〜一六九五）、呉嘉紀（一六一八〜一六八四）である。(2)ほぼ同年代で、同時代を生きた三人ではあるが、その遺民としての体験は全く異なる。歴史年表は、崇禎十七年

（一六四四）に李自成が北京に入り、崇禎帝が景山で自縊したことをもって明朝の終焉とみなし、続いて満洲族が入関して清朝が誕生したとするが、すぐに天下が新しい王朝に帰したわけではなく、南方では南明政権が復明を目指していた。南京には福王（弘光帝）、浙江には唐王（隆武帝）、福州には魯王が立ち、これらが敗れて長江流域と東南の沿岸地域が清の版図となっても、瞿式耜《くしきし》が広東で桂王（永暦帝）を擁立し、広西や雲南で勢力を保った。また湖南には何騰蛟、福建の沿岸には鄭成功もいた。しかし互いに横の連携はなく、政権では内紛が絶えず、いずれも弱体化して清の鉄騎軍に敗れた。遺民たちの復明の夢も、清の康熙二十二年（一六八三）に台湾の鄭氏政権が降伏したことでついに潰える。

さて、崇禎帝自縊の報を、王夫之は湖南の衡陽で、屈大均は広東の番禺で、呉嘉紀は揚州府の泰州で聞く。若くして出仕の夢が絶たれた三人のその後の動きは三者三様ではあるが、いずれもこの国難の時期に妻を含む家族を次々と喪っている。彼らの悼亡詩はある意味、明の遺民夫婦の家庭の歴史の典型例ともいえる。

一、王夫之の悼亡詩

（一）　遺民王夫之

王夫之（一六一九～一六九二）は字を而農といい、湖南の衡陽の人である。号は薑斎、一瓢道人など。長兄には王介之、仲兄には王参之がおり、王夫之は第三子である。晩年、衡陽の石船山に観生居を築き、ここで著述に専念したことから船山先生と呼ばれた。生涯、雉髪せず、遺民として六十七年の生涯を終え、亡くなる時、墓には「明遺民王夫之之墓」と題するように遺命した。著述には家学でもある春秋学に関するものとして『春秋家説』『春秋世論』『続春秋左氏伝博議』、そのほか『読四書大全説』『張子正蒙注』『周易外伝』『尚書引義』『宋論』『老子衍』『荘子通』などがあり、今日では顧炎武（一六一三～一六八二）、黄宗羲（一六一〇～一六九五）とともに明末清初の三大儒家とされる。ただし、その著作は清の乾隆年間に禁燬書となり、実際に彼の学問が世に知られるようになったのは、清朝末期、曽国藩・曽国荃兄弟が太平天国の乱を平定し、同治年間に大部な書である『船山遺書』を南京で再刊して以降のことである。清末には湖南を中心に排満革命論の理論的根拠として彼の思想が拡まったことはよく知られている。(3)

一般的には経学者というイメージの強い王夫之であるが、『古詩評選』『唐詩評選』『明詩評選』などの詩選や、『詩訳』『夕堂永日緒論』『南窓漫記』などの詩論もある。(4)詩集には『五十自定稿』『六十自定稿』『七十自定稿』などがあり、まとめて『薑斎詩集』という。(5)また、これに関する日本の先行研究として、高田淳『王船山詩文集――修羅の夢』（平凡社東洋文庫、一九八一初版）がある。彼の生涯を詩によって綴った研究書であり、論者も大いに啓発を受けた。

（二）　元配陶氏への悼亡

王夫之がその生涯で娶った妻は三人で、元配は陶氏、継妻は鄭氏、最後に張氏である。ただし、五十歳のときに迎えた張氏については、生卒も出自もわかっておらず、あるいは側室かとも思われる。(6)

時代は明清鼎革期に当たり、彼らの結婚生活は苦難の連続であった。王夫之は明朝を復興しようと奔走するものの夢破れ、幾度も生命の危機に瀕した。時に流賊から、時に清の捕縛者から逃げ、山に隠れてようやく命を長らえた。その間、彼は息子や元配、継妻を含む肉親を次々と喪っている。そのため、彼の悼亡詩は夫として亡妻を恋しく思う感情だけでなく、明の滅亡になすすべもない閉塞感と一人のこされたわが身の絶望が重ね合わされて詠われている。今、王之春の『年譜』(7)によって悼亡詩制作の背景を辿ってみよう。(8)

彼が最初の妻陶氏（一六二一～一六四六）を迎えたのは、明の崇禎十年（一六三七）十九歳のときである。劉明遇の「陶孺人墓誌銘」(9)によると、陶氏は衡陽の出で、家は裕福であったが、それを笠にきたふるまいは決してしなかったという。二人の間に長男勿薬が生まれたのは、王夫之が『春秋』第一という好成績で郷試に及第した崇禎十五年（一六四二）のことであった。その歳の十一月、同じく郷試に合格した長兄とともに北京での会試に赴く旅につくが、南昌まできたところで楚に賊軍が入り、また会試が明年八月に延期されたこともあり、そのまま北上するのを断念して帰郷した。延安出身で兵卒から身を起こした張献忠（一六〇五～一六四六）は崇禎十六年（一六四三）三月に黄州を、五月に武昌を、八月に岳州と長沙を陥落させ、十月には衡陽に入る。賊軍は王夫之兄弟を誘引しようと父を人質として連れ去り、身を挺してこれを救い出した王夫之は、命からがら衡山に逃げて、蓮花峰下の黒沙潭に隠れる。崇禎十七年三月には李自成の軍によって北京が陥落し、崇禎帝は景山で自縊する。衡山の続夢庵でその報を五月に聞いた王夫之は数日間食せず、「悲憤詩一百韻」（佚）を作ったという。次子攽が生まれたのは同年の八月であった。北京ではわずかな間に紫禁城の主が李自成から満洲族に交替し、一方、南では応天府南京に福王の政権が誕生する。しかし、翌年には清軍が南下、揚州での史可法の奮闘もむなしく、五月十五日に南京は清軍に占領され、逃げ出した福王も殺される。黄道周や鄭芝龍は唐王を福州で擁立する（隆武帝）が、順治三年（一六四六）八月には唐王も捕えられてしまう。十月、瞿式耜らが桂王（もと永明王）を監国として奉じ、十一月には桂王を広東肇慶にて即位させる（永暦帝）。

王夫之が元配陶氏を喪ったのは、この歳の十一月四日であった。享年二十五。十五歳で王夫之に嫁ぎ、幼い二子を遺しての死であった。劉明遇の「陶孺人墓誌銘」（王之春『年譜』引『家譜』）は、流賊が楚に攻め入って以後、避難の中で姑と離れ離れになり、父の死を体験し、弟が囚われの身になるなど、苦労が絶えず病気になったのだと説明する。

戦乱の中、家族とともに逃げまどった陶氏の死は、王夫之にとって大きな衝撃であった。彼は「悼亡四首」（『薑斎詩賸稿』）を詠じている。(10)

十年前此曉霜天　　十年　此れより前　暁の霜天
驚破晨鐘夢亦仙　　晨鐘に驚破し　夢亦た仙す
一斷藕絲無續處　　一たび藕糸を断てば続処無く
寒風落葉灑新阡　　寒風　落葉　新阡に灑《そそ》ぐ　（其一）

讀書帷底夜聞雞　　読書帷底　夜　鶏を聞く
茶竈松聲月影西　　茶竈　松声　月影西なり
閒福易銷成舊憾　　閑福は銷《き》え易く　旧憾を成す

單衾愁絶曉禽啼　　単衾 愁絶す 暁の禽啼　（其二）

生來傲骨不羞貧　　生来傲骨にして貧を羞じず
何用錢刀卓姓人　　何ぞ銭刀を用いん 卓姓の人
撤手危崖無著處　　手を危崖より撤《はな》せば 著処無く
紅鑪解脱是前因　　紅鑪 解脱せよ 是の前因　（其三）

記向寒門徹骨迂　　記《おぼ》ゆ 向《さき》より寒門にして徹骨の迂
收書不惜典金珠　　収書惜しまずして 金珠を典《しちいれ》す
殘帷斷帳空留得　　残帷 断帳 空しく留め得たり
四海無家一腐儒　　四海 家無し 一腐儒　（其四）

第一首は陶氏が亡くなったのは嫁いできて十年後の十一月の霜の降りた明け方だったことから始まる。陶氏の真新しい墓には木枯らしが吹き、木の葉を舞わせている光景を詠う。第二首の「夜 鶏を聞く」とはしばしば徹夜の読書となる王夫之のために、陶氏がそっと茶を淹れてくれたという思い出であろう。今は傍らにいない妻を思う。第三首は卓文君「白頭吟」の「男児 意気を重んじ、何ぞ銭刀を用いるを為さん」をふまえる。陶氏の実家に比べて王夫之の家は貧しいにも関わらず、卓文君の実家の援助を受けた司馬相如のように、陶氏の裕福な実家の援助を受けることを潔しとはしなかったことをいうのであろう。末句の「紅鑪」とは「紅鑪点雪」（燃え盛る火鉔の上であっという間に雪が融けるように悟ること）の略であり、解脱と同じ意味だろう。この婚姻で苦労をかけた妻の魂の解脱を願うという意味と解したい。第四首は我が家の経済状態も顧みずに本を買い漁る夫のため、自分の嫁入りの時の宝飾品を次々と手放した陶氏を詠う。今、王夫之は衡山に隠れ住み、迂遠な学問を続ける四海に家なき身である。

王夫之は陶氏を喪ったばかりではない。翌年八月に次兄が没し、十月に叔父が、十一月には父が他界、相次いで家族を亡くした。彼はのちに父母や兄や子を哀悼した「放杜少陵文文山作七歌（杜少陵・文文山に放《なら》いて七歌を作る）」（『憶得』(11)丁亥、一六四七）を作っているが、その第五歌はこの若くして逝った陶氏を詠じたものである。その冒頭には「妻有り妻有り　父を哭して死せり、(12)　怱怱に槀葬し　垤《つか》は蟻の如し、寒食　誰か澆《そそ》がん一碗の漿《さけ》、墓木　留め難し　片楓の紫（有妻有妻哭父死、怱怱槀葬垤如蟻、寒食誰澆一碗漿、墓木難留片楓紫）」とある(13)。

王夫之はこの後、衡山で兵を挙げるが敗れ、肇慶の桂王（永暦帝）のもとに身を投じ、復明をめざすことになる。

（三）　継妻鄭氏への悼亡

喪が明けた王夫之が二番目の妻鄭氏を迎えたのは、順治七年（一六五〇）の二月、桂林でのことである。すでに清軍の南下の勢いは止まらず、桂王は肇慶を去り西の梧州に逃げ、彼もまた鄭氏とともに梧州に赴く。しかし、桂王の幕は敵を前にしながら内部分裂し、王夫之の諫めも聴き入れられないどころか、かえって罪に問われ、結局王夫之は七月に行在所を離れ、瞿式耜のいた桂林に徙る。十一月、桂林は清軍の手に落ち、瞿式耜は殉死。行き場を失った王夫之は新婚の妻鄭氏を伴って永福の砦（桂林と柳州の中間）にこもる。このとき夫婦は前年に亡くなった次兄の長子枚《び》も連れていた。南方の比較的温暖な地とはいえ、季節は冬であり、雪も降り、六十日間雨が続いた（後述）。

翌年、ようやく衡陽に帰りついた夫妻を待っていたのは母譚太孺人の訃報であった。王夫之の第三子勿幕が生まれたのはこの年なので、鄭氏は身重の体で危所を旅していたことになる。故郷はすでに清軍によって陥落しており、彼は時に山の洞穴に隠れながら、時に猺族に変装して近隣の零陵や常寧の山奥を転々とする。彼が永福で守り抜いた次兄の長子である枚もこの間、流賊に捕らえられ殺害されてしまった。夫婦が常寧の西荘源で生まれた第四子の敔《ぎょ》を連れて郷里の衡岳蓮花峰下に戻ったのは、順治十四年（一六五七）の四月であった。以後、彼はここの続夢庵に暮らすのだが、順治十七年（一六六〇）には第三子勿幕が夭折し、さらに鄭氏の内弟で王夫之に従って学んでいた鄭忝生も夭折する（「哭内弟鄭忝生」『薑斎五十自定稿』）。その心労のためか翌年に鄭氏もまた二十九の若さで六歳の幼子敔を遺して逝く。このとき王夫之はすでに四十三となっていた。

王夫之の四男の王敔による「続哀雨詩」（後掲）の跋によれば、鄭氏はもと襄陽の人で、鄭儀珂の女、雲南の通判だった鄭続之の曽孫女にあたる。鄭氏一族がこの時期桂林にいたのは、明末の混乱期、曽祖父が郷里に帰るすべを失い、兵を避けてそのまま任地にとどまっていたためであろうか、あるいは王と同じく桂王の幕に投じたためであろうか、理由はわからない。鄭氏の弟は王夫之のもとで亡くなっているので、姉とともに王夫之に託されたのであろう。夫妻は衡陽に帰った後は、最初衡山の双髻峰に隠れ、その後湘西の金蘭郷高節里の茱萸塘に敗葉廬という小室を造り、そこに移った。

王夫之の継妻鄭氏への悼亡詩としては、「来時路 悼亡」三首、「岳峰悼亡四首」、「続哀雨詩」四首（ともに『薑斎五十自定稿』）がある。まず、辛丑（一六六一）の作である「来時路 悼亡」三首を挙げる。

來時苦大難　来時 大難に苦しみ
寒雨飛瀼瀼　寒雨 飛びて瀼瀼《じようじよう》たり
今者復何日　今者《いま》 復た何の日ぞ
秋原稲葉黄　秋原 稲葉 黄なり
遵路行以悲　路に遵《したが》い 行きて以て悲し
飄風吹我裳　飄風 我が裳を吹く
流目心自喩　流目して心自ら喩り
劇結車輪腸　劇《はげ》しく結ぶ 車輪の腸

人生苦經歷　人生 経歴に苦しみ
精爽定往還　精爽 往還を定む
踟蹰行俟之　踟蹰《ちちゆう》せば行きて之を俟《ま》つ
輕煙靄容顏　輕煙に容顔靄《あい》たり

飛鳥過我前　　飛鳥 我が前を過ぎり
流泉鳴其間　　流泉 其の間に鳴る
欲語不得接　　語らんと欲して接するを得ず
浮雲云何攀　　浮雲 云《ここ》に何をか攀《よじ》らん

迢迢荒原路　　迢迢たり 荒原の路
曲曲粤楚甸　　曲曲たり 粤楚《えつそ》の甸
匪羊亦匪牛　　羊に匪《あ》らず亦た牛に匪らざるに
窮日歴郊箐　　窮日 郊箐〔南方の竹林〕を歴す
蘖苦梅復酸　　蘖《ひこばえ》は苦く梅は復た酸なり
宛轉遂所綣　　宛転して綣《まと》う所を遂ぐ
凜矣秋霜心　　凜たり 秋霜の心
哀哉白日變　　哀しいかな 白日変ず

第一首は、ともに桂林から流浪し永福を脱して帰郷したときの危険な道と、今満腔の悲しみを抱えて彼女の棺を挽く道のつらさを詠う。桂林で婚した鄭氏にとって、この二人の流浪が王の家に始めて来帰する路となった。第二首は帰郷を決め、その道中、二人で励まし合った日々と、彼女に二度と会えない悲しみをいう。第三首は桂林から衡陽への険しい道のりと、食べ物がなく野山のひこばえや酸っぱい梅の実を口にしつつも、夫のそばを離れなかった妻のことを思い起こし、自らの太陽を失ったような哀しみを叫ぶ。
「岳峰悼亡四首」は鄭氏を葬った後、彼女と三年過ごした南岳の続夢庵を再訪した時の作である。

不愁雲歩滑　雲歩の滑るを愁えず
慊慊故慵來　慊慊として 故《もとよ》り来るに慵《ものう》し
多病霜風路　多病 霜風の路
餘生隔歲回　余生 歳を隔てて回《かえ》る
鳳綃殘染淚　鳳綃 残染の涙
蛛網誓封苔　蛛網 誓封の苔
舊是銷魂地　旧《もと》 是れ銷魂の地
重尋有刦灰　重ねて尋ぬれば刦灰有り　（其一）

右の第一首は南岳の峰の山肌を攀じりつつ、訪れるのがおそくなったのは、滑る山道の危険が怖いのではなく、妻との懐しい思い出が詰まった場所に再び立つのが怖かったからだと詠い出す。今は誰も住まなくなった庵には蜘蛛の巣が張っている。

到來猶自喜　到り来たれば猶お自ら喜ぶ
髩鬋近檐除　髩鬋たり 檐除に近づくに
小圃忙挑菜　小圃に菜を挑《と》るに忙し
閒牕笑讀書　閑牕に笑いて読書す

忽驚身尙在　忽ち驚く　身は尚お在りて
莫是客凌虛　是れ凌虚〔中空〕に客たる莫からんや
楚些吾能唱　楚些〔招魂歌〕吾れ能く唱う
魂兮其媵余　魂よ　其れ余に媵《したが》え　（其二）

第二首は到着した旧屋を前に、妻が菜園で菜を摘み、私が書斎で笑う、かつての平穏な暮らしが目に浮かぶ。私は一瞬錯覚する。ひょっとして妻はまだ生きていて、しばらく上空に出かけているだけではないかと。詩人は、魂よ私のところに帰り来たれと呼びかける。楚歌を能く歌うというのは、彼自身が楚人であるためである。

次の第四首では、生前には王夫之の母を拝することができなかった妻があの世で死者たちと会っていることを想像する。

岳阡初甃罷　岳阡　初めて甃《かわら》しき罷《お》え
君此拜姑嫜　君　此に姑嫜を拝さん
地下容能聚　地下　能く聚まる容《べ》きも
人間別已長　人間　別れて已に長し
蝶飛三月雨　蝶は飛ぶ　三月の雨
楓落一林霜　楓は落つ　一林の霜
他日還凄絕　他日　還た凄絶ならん

余魂半渺茫　　余の魂 半ば渺茫たり　（其四）

同じ年の九月一日、誕生日に作った七絶「初度口占六首」（『薑斎五十自定稿』）其五には、混乱した政情の中で、王夫之が次々と身内に死に別れてきた悲しみが詠じられている。

十載毎添新鬼哭　　十載毎に添う 新鬼の哭
涙如江水亦乾流　　涙は江水の如く亦た乾いて流る
青髭無伴難除雪　　青髭 伴無く 雪を除き難し
白髪多情苦戀頭　　白髪多情 苦恋の頭

鄭氏のことは秋雨が降るたびに永福での受難とともに思い起こされた。王夫之は「続哀雨詩」（『薑斎五十自定稿』）の自序で、夫婦で永福にいたときのことを詳しく語っている。

庚寅の年の冬、私は「桂山哀雨四首」を詠じた。それは永福の水砦に閉じこめられ、南に逃げることができず、横になったまま四日間食べるものがなかった時である。亡き妻は私と抜け道を通って楚に帰ろうと計画した。ただ桂林が陥落してから、六十日間の雨が降り続き、道を確保できなかったので、もう一緒に死ぬしかないと覚悟していた。それで故郷への懐いを詠じた詩を作って妻に聞かせると、涙をこぼしたので励ましたものだ。今、病中、昔の詩稿を捜し出して読み、また秋の終わりの冷たい雨に、妻への哀悼の念が募り、続作の四首を詠んだ。わたしの悼亡の作とは十中八九、こうしたものだ。孫楚や荀粲のような極端な悲傷は、私の柄ではないし、死者もそれを望まないだろう。（庚寅冬、余作桂山哀雨四詩。其時幽困永福水砦、不得南奔、臥而絶食者四日。亡室乃與予謀間道歸楚。顧自桂城潰陷、霪雨六十日、不能取

道、已旦夕作同死計矣。因苦吟以將南枝之戀、誦示亡室、破涕相勉。今茲病中、搜讀舊稾、又値秋杪寒雨無極、益增感悼、重賦四章、余之所爲悼亡者十九以此。子荊奉倩之悲、余不任爲、亡者亦不任受也。）

右の「子荊」は孫楚の話。孫楚が妻の喪が明けて作った詩を王済に見せたところ、王は「未だ文の情より生まるるか、情の文より生まるるかを知らず。之を覧るに悽然たりて、伉儷の重を増す」と絶賛したという（『世説新語』文学篇七十二）。「奉倩」は荀粲の故事で、病気の妻の熱を冷ますために自ら冬の庭に出て身体を冷やし、妻にあてたという。妻の没後は後を追うように亡くなったとされる（『世説新語』惑溺篇二）。王夫之はこうした感傷にまかせた悼亡は自分のがらではないという。

この自序からは「続哀雨詩」が、王夫之にとっての悼亡詩だったことがわかる。まず第一首では、降り続く雨の中で、桂林にて経験した辛酸を、抑制された筆致で回顧する。

寒煙撲地溼雲飛　　寒煙 地に撲《み》ち 溼雲飛ぶ
猶記餘生雪窖歸　　猶お記《おぼ》ゆ 生を余《あま》して雪窖より帰るを
泥濁水深天險道　　泥濁り 水深く 天は険道
北羅南鳥地危機　　北は南鳥を羅《あみ》して 地は危機あり
同心雙骨埋荒草　　同心双骨 荒草に埋まるも
有約三春就夕暉　　約有り 三春に夕暉に就《つ》かんと
簷溜漸疏鷄唱急　　簷溜 漸く疏にして 鶏唱急に
殘燈灶落損征衣　　残灯 灶落ちて征衣を損う　（其一）

詩の前半は永福からの逃避行が危険な道のりであったことを詠じる。単に地形が嶮しいだけではない。「北は南鳥を羅して地は危機あり」とは、清兵に捕らえられてしまう危険をいう。夫婦ともども行き斃れになってしまう可能性もあったが、たとえそうなろうとも二人の魂は故郷に帰り、そこで春を見ようと誓った。今、夜が明けようやく雨が上がったが、消えかかった灯火はくたびれた征衣を照らす。

左の第三首は、夢でしか逢えなくなった妻への思いを詠じたものだが、それを明朝への悼国の念とともに表出している。

羊腸虎穴屢經過　羊腸 虎穴 屢《しば》しば経過し
老向孤峯對夢婆　老いて孤峰に向かい 夢に婆《つま》に対す
他日憑收柴市骨　他日憑《よ》りて収めよ 柴市《さいし》の骨
此生已厭漆園歌　此の生 已に厭わん 漆園の歌
藤花夜落寒塘影　藤花 夜落つ 寒塘の影
雁字雲低野水波　雁字 雲低く 野水の波
樾館無人苔砌冷　樾《えつ》館人無く 苔砌冷たく
桂山相較未愁多　桂山相較ぶれば未だ愁い多からず　（其三）

「羊腸」はくねくねした険しい道。「柴市骨」は南宋のために戦い抜いた文天祥が元に捕らえられ、元への出仕を拒んだため柴市で処刑された故事。この故事に自らを重ねている。「漆園歌」は漆園の吏であった荘子が妻を亡くした際、両足を投げだして盆を鼓して歌い、無から生まれて無に帰るに過ぎないのだから悲しむ

王夫之と継妻鄭氏の墓

左から王夫之の息子敔の妻劉氏、王夫之、継妻鄭氏。
（湖南省衡陽市衡陽県曲蘭郷湘西村菜塘湾の大羅山の中腹にて、2024年８月9日撮影）

べきことではないと達観の言を吐いたことを指す。自らはいつか清に捕らえられ処刑されることになるかもしれないが、現在は一人生きながらえてしまい、妻に先立たれる身になってしまったことを歎く。「樾館」は木陰の館。この時期いた敗葉廬を指すのであろう。妻のいない家のわびしさは桂林でのあの苦しみにも勝ると歌うのである[14]。

　桂林からの逃避行と山中での隠者のごとき生活をともにした二番目の妻を喪ったことは、王夫之を老いさせ、敗葉廬や観生居での著述への没頭へと向かわせた。のちに彼は「自題墓石」（『薑斎文集』補遺）にて「其の左は、則ち其の継配襄陽の鄭孺人の祔す所なり（其左、則其繼配襄陽鄭孺人之所祔也）」と、彼女を側に葬るように遺命している。（写真参照）

　「男は主、女は従」とされた前近代中国の中でも、とりわけ明清の女性の地位は前代に比べて低下したと思われがちである。女訓書や家訓を通じた女性規範の徹底、纏足による自由な行動の制限など、外形的にみれば確かにそのような印象があろう。しかし、この時期の士大夫が家族を描いた文学をみると異なる側面が見えてくる。本書のここまでの章で論じたように、夫が哀悼散文に描き、悼亡詩に詠う妻や妾の姿は夫の従属物としてのそれではない。士大夫にとって彼女たちは日常をともに生きる自らの知己であり、朋友ともいうべき存在であった。王夫之の最初の妻陶氏は衡陽騒擾の犠牲者であり、二番目の妻鄭氏は抗清運動の苦難と挫折をともにして斃れた同志であった。王夫之の悼亡詩には遺民夫婦の家族の歴史の記憶が刻まれている。

二、屈大均の悼亡詩

（一）　遺民屈大均

旅の大半が逃避行であった王夫之と異なり、本節でとりあげる屈大均（一六三〇～一六九六）は、「広東の徐霞客」とも称されるように全国を旅して各地の遺民と唱和した詩人である。

屈大均は広東番禺の人で、字を翁山、介子、号を菜圃などという。明の遺民を代表する詩人であり、同世代の陳恭尹（一六三一～一七〇〇）、梁佩蘭（一六二九～一七〇五）とともに嶺南三大家と称される。その前半生を抗清運動に捧げ、康熙二十二年（一六八三）に鄭成功の孫の鄭克爽が清に降り、復明の望みが潰えた後は、広東にて著述に専念した。代表作『広東新語』は広東の百科事典ともいうべき書である。彼の詩には豪気と悲壮が横溢し、雄壮な歌辞には彼の華夷思想が現れている。そのため、彼の『翁山文外』『翁山詩外』『翁山文鈔』は雍正・乾隆年間に禁書となり、それは清末まで続いた(15)。

屈大均は最初の名を邵龍または邵隆という。父親が幼い頃南海県西場の邵の家で養われていたからである。隆武元年つまり順治二年（一六四五）、十六歳で南海県学生に補せられた時も邵龍の名であった。父親が彼を連れて番禺の沙亭に帰り、屈氏の姓に復したのは、このころである。翌年、南下してきた清軍によって広州が囲まれ、陳邦彦（一六〇三〜一六四七）の挙兵を知った彼は従兄とともに義軍に参加するが、陳邦彦は捕らえられて処刑されてしまう。このころ清側の武将だった李成棟（？〜一六四九）が清の朝廷への不満から順治五年（永暦二年、一六四八）四月に広州で兵変をおこし、南明の永暦政権に帰順する。翌年、屈大均は父の命により肇慶の桂王（永暦帝）のもとに身を投じるものの、年末には父が没し、順治七年、彼は二十一歳の若さで番禺の円岡郷の雷峰海雲寺にて出家する。清は攻略した地域で薙髪令を下し、それは「髪を留める者は頭を留めず」といわれる苛烈なものだった。清の追手を逃れ、辮髪の強制を拒むには「逃禅」しかなかったのであろう。ただし、一方で僧形であることは中国各地を旅して抗清活動をする隠れ蓑として役立った。しかし、時がたつにつれ各地の復明組織は敗色が濃くなる。彼が母への奉養を名目として還俗したのは康熙元年、三十三歳の時である(16)。母は還俗した彼のために広東仙嶺郷の劉氏を迎えるが、この女性については『屈氏族譜』にも記録がなく、詳細は分かっていない(17)。

（二）　王華姜との結婚

屈大均はわかっているだけでも生涯に三人の妻を娶っており、六人の側室がいた。妻は前掲の元配劉氏、継妻の王氏華姜、再継妻の黎氏緑眉、側妾には梁氏文姑、もと王華姜の媵《よう》であった陳氏西姨、さらに劉氏武姑、丘氏辟寒、陸氏墨西、石氏香東がおり、子女は夭折した者も含めると、十四人である。彼には遺民との唱和詩のほかにこうした家庭内の女性や子女を詠んだ詩も多くあり、夫人や夭折した子女を哀悼した文や悼亡詩の篇数の多さでは、おそらく清代随一である。(18)

本章でとりあげるのは、このうちの継妻王氏、字は華姜に対する悼亡詩である。(19)王華姜の父と兄は戦死という形で明に殉じた人物である。その忘れ形見である女性との結びつきこそが、彼を明の遺民たらしめたのであり、そのことは彼女への悼亡詩にも示されている。

さて、還俗後の屈大均は、康熙四年（一六六五）に嶺南を出て秦晋（陝西・山西）の地に赴いた。抗清の密謀のためであったとされるが、詳細は不明である。陝西では王弘撰や王弘嘉、李因篤らと交わり、かの地で奇険天下第一山と称される華山に遊び「華岳百韻」を詠じている。詩は華山への登攀に遺民の悼国の念を織り込んだもので、たとえばその中の句「遺璧　龍の死を伝え、蘋を搴きて国殤を弔う（遺璧傳龍死、搴蘋弔國殤）」は崇禎帝の死を、「旒を為して師は矗矗、帯の如く恨み湯湯たり（爲旒師矗矗、如帶恨湯湯）」は遺民の遺恨を、「寤寐宗周久しく、経営陝服長し（寤寐宗周久、經營陝服長）」(20)は秦の地の明王朝への忠義の気風を描いている。この詩が当地の詩人の間で評判となり、彼は広東からきた遺民として厚遇される。さらに山西の代州では陳上年のもとに滞在し、ここでかの地を訪れた顧炎武や朱彝尊と知りあっている。

李因篤の仲立ちで固原（今の寧夏）にいた侯家の養女であった王氏を妻に迎えることになったのも、「華岳百韻」がきっかけであった。王氏は園林駅で李自成の流賊と闘って戦死した楡林の王壮猷の遺児である。兄も十数歳でこの戦に殉じ、王壮猷の妻の任氏は生まれてわずか三日の娘を抱いて、夫の妹の嫁ぎ先であった侯の家を頼った。侯の継妻趙氏は年頃になった王氏のために代州参軍であった弟趙彝鼎に壻探しを依頼し、これに李因篤が屈大均を推薦したのである（屈大均「継室王氏孺人行略」『翁山文外』巻三）。屈大均は母の許しを得ていないことを理由に縁談を固辞するものの、二十一歳の王氏は彼の「華岳百韻」を見て自ら嫁ぐことを決めたという。王氏は固原から三千里の旅をして代州に滞在していた三十七歳の屈大均のもとに嫁いだ。劉威志「屈大均的華姜情縁与自我建構」(21)は、「華岳百韻」で西北の遺民たちの信頼を勝ち取った屈大均にとって、王氏を娶ることはこの地の遺民たちの間でアイデンティティーを確立することであったとし、また同時に、彼の人生に王氏が加わることで、彼の英雄的な壮大な旅に愛情と華やぎという彩りが加わったのだと述べている。

屈大均は、この新婚の妻に対して、秦滅亡後に華岳に隠棲した毛女玉姜に因んで王氏に華姜という字を贈り、自身の字を姜夫と改め、華岳での隠遁を提案した。しかし、番禺には年老いた母が健在で、王華姜の勧めもあって、康熙七年（一六六八）九月、二人は生まれて四十七日の娘の阿雁を連れ、帰郷の途につく。王華姜の立場からいえば、屈大均の母の許しもないままに嫁してきた女性が、屈の家の正妻であると承認されるためには、彼の故郷に帰り、姑嫁の礼を執る必要があったのであろう。しかし、広東への道のりは遠い。二人はまず北京郊外の昌平州に行き、明の陵墓に参ってから北京に入り、そこから船で河の氷を割りながら山東済寧に行き、大雪と泥濘の中を陸行して、年の暮れにようやく南京秦淮に到着しここで越年、番禺についたのは康熙八年の八月であった（以上「継室王氏孺人行略」『翁山文外』巻三による）。

（三）王華姜への悼亡

一年にも及んだ長旅で疲労困憊したためか、あるいは南方の溽暑に耐えられなかったのか、番禺から東莞に引っ越して十六日後の康熙九年（一六七〇）正月二十七日、王華姜は流産が原因の病で亡くなってしまう。正月の七日の人日に二十五歳の誕生日を迎えたばかりであった。さらに翌年の五月、王華姜の唯一の忘れ形見であった四歳の幼女阿雁が亡くなる（「哭稚女阿雁文」『翁山文外』巻十三）。

屈大均は生前にも王華姜に詩を贈っているが、死後も哀悼するための詩文を多く創作している。まず制作したのが、次の「哭内子王華姜十三首」である。其十三に「清明節已に届《いた》り、雨露 心をして悲ましむ」の句があるので、おそらくその年の四月、清明節までに詠じたものであろう。左に其一を挙げる。

嗚呼我昊天　　嗚呼　我が昊天
降禍一何酷　　降禍　一に何ぞ酷なる
我豈児女仁　　我　豈に児女の仁ならんや
所惜親煢獨　　惜しむ所は煢独《けいどく》〔身寄りなし〕に親しみ
我生苦伶仃　　我が生　伶仃〔ひとりぼっち〕に苦しむ

以婦爲骨肉
況是窈窕姿
恩情日以篤
三載客將軍
歡樂亦云足
朝進紫駝羹
暮聽秦箏曲
卿家歌舞多
富貴非所欲
攜手還丘園
殷勤耕且讀
老姑自汝來
歡喜加饘粥
笑與鄰姥言
新人顏似玉
定省幾晨昏
孝聲聞戚屬

婦《つま》を以て骨肉と為すに
況んや是れ窈窕《ようちょう》の姿なるをや
恩情　日び以て篤し
三載　将軍に客たりて〔代州で当地の副将の幕客だったことを指す〕
歓楽　亦た云うに足らんや
朝に進む　紫駝の羹〔ラクダの肉のスープ〕
暮に聴く　秦の箏曲
卿《きみ》の家は　歌舞多きも
富貴は欲する所に非ず
手を携えて丘園〔郷里〕に還り
殷勤　耕し且つ読まんとす
老姑は汝の来る自《よ》り
歓喜して饘粥を加う
笑いて隣姥に言う
「新人〔新婦〕は顔《かんばせ》　玉の似し」と
定省〔朝晩の母へのご機嫌伺い〕は幾んど晨昏
孝声は戚属に聞こゆ

凶變在須臾　凶変は須臾に在りて
人理一何促　人理　一に何ぞ促なる
哀叫天不聞　哀しみて叫ぶも天は聞かず
有身寧可贖　身の寧《いずく》んぞ贖《あがな》うべき有らんや　（其一）

異郷の地でひとりぼっちだった私のところへ嫁いで来て、まるで私の血をわけた家族になったような妻。三年間幕客として滞在していた代州では、朝に夕に仲睦まじく暮らしていたが、二人で郷里に帰ると、老母は喜び近所に自慢した。しかし、天はその彼女を奪うという酷い仕打ちをした。

其二と其三では、王華姜の死が、住み慣れた北方を離れて広東に来たためのものだったと嘆く。紙幅の関係上、其二と其三の一部のみを引用する。

自返南州來　南州に返り来たりし自り
中懷少鬱結　中懐　鬱結少なし
汝亦樂土風　汝　亦た土風を楽しむも
所愁獨炎熱　愁うる所は独だ炎熱のみ
海氛多毒淫　海氛　毒淫多く
腹痛成夭折　腹痛　夭折を成す
倉皇醫未來　倉皇に医は未だ来らず
瞥已電光滅　瞥《み》れば已に電光滅す　（其二）

汝生既柔脆　　汝は生れながらに既に柔脆たりて
汝病復不已　　汝の病 復た已まず
水土不相宜　　水土 相い宜しからず
卑濕損年紀　　卑湿に年紀を損なう
家貧藥餌少　　家貧しく薬餌少《か》き
夭枉非天理　　夭枉は天理に非ず　（其三）

其四は、殯祭の際、王華姜の魂に代わって詠じた内容である。

皇天何不仁　　皇天 何ぞ不仁なる
不念鞠子哀　　鞠子〔幼子〕の哀を念わず〔『周書』康誥の語〕
不念我君姑　　我が君姑の
白髮方摧頽　　白髪 方《まさ》に摧頽するを念《おも》わず
魂魄今越散　　魂魄 今 越えて散じ
逢祭時一來　　祭〔殯祭〕に逢いて時に一来す
我魂在姑前　　我が魂は姑の前に在りて
朝見姑涙漣　　朝に姑の涙漣《つら》なるを見る

我魂在夫側　我が魂は夫の側に在りて
暮聞夫嘆息　暮に夫の嘆息を聞く
稚女未成人　稚女は未だ成人ならず
殯宮日匍匐　殯宮に日び匍匐《ほふく》す
我欲乳遺孤　我は遺孤に乳せんと欲するも
鬼伯相摧逼　鬼伯〔えんまの家来〕は相い摧逼す
兒寒姑與衣　児寒ければ 姑 衣を与え
兒飢姑與食　児飢うれば 姑 食を与う
勞苦今惟姑　労苦は 今 惟だ姑にありて
姑將無氣力　姑は将に気力無からんとす
誰割我孝慈　誰か我が孝慈を割き
皇天不與直　皇天 直を与えざる　（其四）

亡妻の魂は、嘆息する夫と、老いた身に鞭打って遺された幼児の世話をしている姑を眺め、孝行がかなわなくなったことを恨む。

其五ではこれに応答する形で王華姜の魂があの世で目にするであろう、楡林を守って国に殉じた父と兄の壮絶な最期の雄姿を描く。

汝魂毋飛揚　汝が魂 飛揚する毋かれ

萬里隨悲風
汝父爲國殤
精爽在楡中
汝兄亦殉死
黃口爲鬼雄
遊魂尙未變
白骨可相從
汝生不識父
死後見形容
桓桓大將軍
苦戰黑山戎
左手挽人頭
右手持秦弓
須髯怒盡磔
流血被體紅
……
父子驚相持

万里 悲風に随う
汝の父は国の為に殤し
精爽として楡中に在り
汝の兄も亦た殉死し
黄口〔年若いこと〕にして鬼雄と為る
遊魂 尚お未だ変ぜず
白骨 相い従うべし
汝は生きては父を識《し》らず
死後に形容を見ん
桓桓たる大将軍
苦戦す 黒山の戎
左手に人頭を挽《ひ》き
右手に秦弓を持つ
須髯 怒りて尽く磔《は》り
流血 被りて体は紅ならん
父子驚き相い持し

慟哭何時終　　慟哭 何れの時か終らん（其五）

其六は、まだ赤子だった王華姜を抱いて侯の家に身を寄せ、貞節を全うして亡くなった母の任氏とのあの世での再会を詠う。

汝魂復何之　　汝の魂 復た何くにか之《ゆ》かん
汝母在朝那　　汝の母は朝那《つな》〔涼州安定郡の地名〕に在り
生時命奇薄　　生くる時 命は奇薄にして
夫死矢靡他　　夫死して他靡《な》き〔二夫に見《まみ》えず〕を矢《ちか》う
孤女藐始孩　　孤女 藐《かお》始めて孩《わら》うに
提抱出干戈　　提抱して干戈〔戦場〕を出づ
伶俜未亡人　　伶俜たる 未亡人
被髪奔風沙　　被髪して風沙に奔る
汝小既偏孤　　汝小《おさな》くして既に偏孤にして
汝大又無家　　汝大なるも又た家無し
自汝失天只　　汝 天《ちち》を失いし自り〔只は語気助詞〕
骨肉成土苴　　骨肉は土苴と成る
泉下今相遭　　泉下 今 相い遭い
煩冤訴無涯　　煩冤 訴うること涯《はて》無し

……

母子魂來歸　　母子の魂 来帰し
歸我羅浮阿　　我が羅浮〔広東の羅浮山〕の阿《くま》に帰れ　（其六）

ここでは夫と息子が国に殉じた後、親類に身を寄せ再婚せずに王華姜を育て上げた母の苦難の生涯を歌い上げる。こうしてみれば、「哭内子王華姜十三首」という組詩は、単に亡妻を悼むだけでなく、自らの家族と亡妻の家族の歴史を読み込んだ叙事詩的な構成になっていることがわかる。

この後、屈大均はさらに「哭華姜一百首」という七言絶句の組詩を作る。その第一首はおもむろに王華姜という知音を亡くした哀しみから始まる。

頻年失志臥林丘　　頻年 志を失い林丘に臥すも
正頼佳人慰四愁　　正に佳人に頼《よ》りて 四愁を慰む
欲寫三閭哀怨曲　　三閭の哀怨の曲に写さんと欲するも
今無麗玉引箜篌　　今は麗玉の箜篌を引く無し　（其一）

「ここ数年、志を失いかけて隠遁暮らしだったが、幸いにもあなたが私の憂いを慰めてくれた。三閭大夫屈原のように哀怨曲を吐き出そうと思うが（陶淵明「感士不遇賦」をふまえる）、箜篌の名手の麗玉はもういないのだ」。

其五では王華姜が住み慣れた土地を離れ、はるばる代州にいた屈大均に嫁いできたこと、そのころ詩人は復明のための志を抱いていたことを詠う。

頻辭板屋從君子　頻りに板屋を辞し君子に従う
自是秦風愛德音　是れ自り秦風 徳音を愛づ
我有西戎征戰志　我に西戎に征戦の志有り
小戎日夕爲君吟　小戎 日夕 君が為に吟ず（其五）

「板屋」は土や石ではなく板で作った住居で、甘粛あたりの住まい。ここでは王華姜がいた固原を指す。「徳音」は『詩経』秦風の「小戎」（出征中の夫を思う歌）に「言《ここ》に君子を念い、載《すなわち》ち寝ね載ち興く、厭厭たる良人、秩秩たる徳音（言念君子、載寢載興、厭厭良人、秩秩德音）」とあるのをふまえる。「甘粛を去り、私のところにやってきてからは、私の言を大事にしてくれた。私にはいつでも夷狄との戦いに身を投じる覚悟があり、「小戎」の篇を日夕吟じたものだ」。この後、詩は古今の悼亡に関する典故をふまえて韻を連ねる。

屈大均はこの十三首と百首の悼亡詩を詠じた後、跋文「哀華姜詩百首跋」（『翁山文外』巻九）を著わしている。(22)

ああ、私はお前の死を哀しんで、五言古詩を十三首、七言絶句一百首を作った。古来、悼亡の詩で、潘岳・江淹・元稹といえどもこれほどの多作はない。お前の生前、私は「贈内」二首、「詠葛稚川贈内」一首、「従塞北至江南道中贈内」四十首を贈った。お前はそれを婉麗にして諷喩に富み、情は温にして則《のり》に沿い、古の詩人の精神があるとして愛し、何度も朗誦し、「将来、私の学問が成就したあかつきには、一つ一つ唱和詩を返しましょう」と言った。また私は毎年人日（正月七日）には、必ず詩を一首作って君の誕生日を祝い、それを百年続けて「人日寿内子詩百首」として、世に伝えようとしていた。古えよりそのようなことをした詩人はおらず、さすればそれは詩文の盛事ではないか。それなのにどうしたことか、天は私が人日の詩百首を作るのを快く思わず、ただ私に「哀華姜」の百首を作ることだけを良しとした。天は私の詩を妬まずに私が詩を贈る相手の人を妬んだのだろうか。ああ、天はどうして私の詩を妬まずに、私の詩を贈る相手を妬んだのだろうか。（嗚呼、吾之哀汝也、爲五言古詩十三章、七言絶句一百章。自古悼亡之詩、雖潘岳・江淹・元稹、未有如此之多也。汝生時吾有「贈內」二章、「詠葛稚川贈內」一章。「從塞北至江南道中贈內」四十章。汝愛其婉麗多風、情溫以則、有古詩人之遺意、熟而誦之曰、「他日學成、當一一酬汝也」。且也歲之人日、吾必爲一詩以壽子、謂自此至於百年、將必有「人日壽內子詩百章」傳之天下、爲從古詩人所未有、豈非風雅之盛事乎哉。乃今奈何、天之不樂予爲人日之百章、顧樂予爲「哀華姜」之百章也。豈天不妒予之詩而妒予所贈詩之人耶。嗚呼、天胡不妒予之詩而顧妒所贈詩之人耶。）

「古来、悼亡の詩で、潘岳・江淹・元稹といえどもこれほどの多作はない」と豪語する屈大均は、相当の自信があったようで、これを知友に呈覧する。王華姜への悼亡詩は遺民詩人の間で評判になり、各地から多くの唱酬詩が贈られてきた(23)。後述するようにそれらを輯めた『悼儷集』はすでにないが、同じ広東の陳恭尹や安徽歙《しょう》県の黃生、浙江嘉興の周篔《しゅううん》、紹興蕭山の毛奇齡（のちに清の博学鴻辞科に応じる）の文集には、この時の唱酬詩が見える。

たとえば嶺南の三大家の一人陳恭尹の「王華姜哀詞」（『独漉堂詩集』巻二）は、王華姜の生涯を彼女に仮託して一人称で語る長篇詩である。その冒頭には、「大風は鳥巣を覆し、雛有りて東南に飛ぶ、妾《わらわ》は生まれて始めて三朝、将軍は重囲に陥つ、臣は忠 子は孝に死し、父兄同日に糜《な》くす、城中数万の人、斬掠され一遺も無く、男は刀下の肉と為り、女は爨下の泥と為る、阿母の任夫人、貌を毀《こぼ》ちて僮奚と為り、妾を中懐に納れ、天に祝《いの》る児啼《な》く勿れと。（大風覆鳥巣、有雛東南飛、妾生始三朝、將軍陷重圍、臣忠子孝死、父兄同日糜、城中數萬人、斬掠無一遺、男爲刀下肉、女爲爨下泥、阿母任夫人、毀貌爲僮奚、納妾於中懷、祝天兒勿啼。）」と、王華姜の父兄の殉死と、母任氏の赤子を抱えての苦闘を讃え、王氏が遺民の妻として相応しい女性であったことが語られる。この返礼であろうか、屈大均もまた後年、陳恭尹の妻のために哭詩を制作している(24)。

筆者は先に屈大均は「華岳百韻」によって西北の士大夫の間で遺民詩人としての詩名を確立したと述べたが、それと同様に「哭華姜一百首」によって南方でその名を広く知られることになった。そのことは彼がのちに娶った黎氏の行状（「継室黎氏孺人行略」）で、「予　華姜を喪い、悼亡詩数十章、莞中（広東莞）の人の伝誦するところと為る（予喪華姜、悼亡詩數十章、爲莞中人傳誦）」と述べていることからもわかる。悼亡詩のほか、屈大均は王華姜への哀悼文も多く執筆しており、康熙九年（一六七〇）初夏には、時節柄彼女が生前食する機会がなかった茘子を霊前に備えるために「以茘子薦華姜文」を作り、冬十一月に彼女を葬るための「葬華姜文」と「継室王氏孺人行略」を執筆している。翌年康熙十年には一月七日の王華姜の誕生日に「辛亥人日祭王華文」を作った。

さらに二月には訃報を聞いた友人たちから寄せられた悼亡の唱酬詩や序・伝・疏・誄・墓誌銘などを集めて『悼儷集』（佚）を編纂し、墓前に捧げるために「焚悼儷集古文」を書している。

辛亥の年二月、わたし屈子大均は『悼儷集』を編んだ。それが完成したので、謹んで一冊を王華妻の霊前で焚き、御霊に申し上げる。「ああ、『悼儷』の一書は、これまでに無いもので、これは今、私が始め

屈大均の墓（左）

右上は屈大均の父屈宜遇、右は母黄氏。王華姜は媵の陳氏や再継妻の黎氏とともに同じ丘に葬られたが、現在、隣家の果樹園となっており、見学できなかった。
（広東省広州市番禺区新造鎮思賢村宝珠崗にて、2024年８月14日撮影）

て作ったのだ。（ここに収録したのは、）みな海内の賢人才士がお前を哀悼した文辞である。詩は楽府・古今体、文は序・伝・疏・誄・墓誌銘・墓表の類で、あらゆる文体が揃っている。吾が兄の兵部君屈士煌は「迪功郎十八世孫婦王孺人伝」を作り、それは家譜の中に収載した。吾が宗族の士大夫はみな論賛を作り、それらは伝の末に書してある。ああ、お前は一婦女子であるにも関わらず、今これほど多くの文辞を得た。これは泉下の栄誉であり、これで早世のうらみも帳消しにできよう。（歳辛亥二月、屈子大均編『悼儷集』。既成、謹以一冊焚於孟王華妻之前、而告之曰、嗚呼、『悼儷』一書、自古以來無之、有之今自予始。皆海內之賢人才士所爲哀汝之文辭者也。詩

則樂府・古今體、文則序・傳・疏・誄・墓誌銘・墓表之屬、無不有焉。吾兄兵部君士煌則有「迪功郎十八世孫婦王孺人傳」、載於家譜之中、而吾宗之士大夫咸爲論贊、書之於傳末。嗚呼、汝一婦人女子也、今得此文辭之富、以爲泉下光榮、其亦可以無憾於蚤喪也。）

『悼儷集』[25]は、後に清代に広まった悼亡唱和集の嚆矢であり、以後、尤侗（一六一八～一七〇四）の『哀絃集』、舒夢蘭（一七五九～一八三五）の『花仙小志』（第六章で詳述）が現れるのである。

屈大均は王氏悼亡の最後の仕上げとして、康熙十年（一六七一）九月に「華姜衣笄冢誌銘」を執筆し、これを彼女の玉笄や鏡などの遺品とともに華岳の玉女峰に埋めるように華陰の王宜輔（字は伯佐）に送り、宜輔の父王弘撰に「有明処士屈華夫先生之配王華姜孺人衣笄冢」という墓碣の題字を依頼した。[26]

屈大均にとって明の忠臣で殉国の士の遺児である王華姜との婚姻は、遺民としての立場を旗幟鮮明にするものであったといえる。殉国の遺児で、はるばる北方から嫁いできた屈大均の妻王華姜の存在は、広東においては南北の遺民の間の精神的な紐帯を意味したことは想像に難くない。ゆえに王華姜の死は、まるで北方を失い、南方でも敗色が強まりつつあった復明勢力の減退の象徴とも映っただろう。大量に詠じられた王華姜への悼亡詩には、屈大均がそれによって新王朝に屈しない覚悟や遺民として生き続けることを再確認する意味もあった。それを知友に公にし、唱和の作を求めることによって、彼は遺民詩人としての自己像を確立したのである。

三、呉嘉紀の悼亡詩

（一）　遺民呉嘉紀

王夫之も屈大均も明王朝への忠節のために一旦は自ら抗清に身を投じた人物であるが、最後にこの節で取り上げるのは、そうした経歴をもたない呉嘉紀である。呉嘉紀は屈大均と面識はあったらしいが[27]、抗清の兵に加わった形跡はない[28]。

呉嘉紀（一六一八〜一六八四）[29]は字を賓賢、号を野人といい、揚州の北にある泰州安豊場（古名は東淘、現在の泰台市）の人である。場とは塩場すなわち海水を煮て塩を生産するところをいう。安豊場は「淮南十塩場」の一つで、有数の塩の生産地である。祖父の呉鳳儀は泰州の庠生《しょうせい》であり、同じく安豊場出身の学者心斎先生王艮《おうごん》（一四八三〜一五四一）の門下生であった。王艮は王陽明の高弟で、泰州学派の開祖である。父は王一輔といい、五人の子がいて、呉嘉紀はその第五子である。彼は明の滅亡時は泰州の庠生であり、明清鼎革後は出仕せず、自ら野人と号し、布衣で終わった。その詩集を『陋軒集』というのは、友人が彼の居宅を陋軒と呼んだのに因む。泰州には呉嘉紀のような遺民詩人が複数いて、淘上詩社を形成しており、東淘遺民群として知られる[30]。

呉嘉紀は、永暦の政権に身を置いた王夫之や遠游して抗清活動を続けた屈大均とは異なり、生涯、揚州と泰州の域を出ることはなかった。交友も広くはなく、揚州の汪楫（一六二六〜一六九九、字は舟次、号は悔斎）、明滅亡後に揚州に逃れていた孫枝蔚（一六二〇～一六八七、字は豹人、号は漑堂）、泰州にいた鄧漢儀（一六一七～一六八九、字は孝威、号は旧山）、汪懋麟（一六四〇～一六八八）など、友人は揚州と泰州の間の詩人に限られていた。汪楫は「陋軒詩序」において汪中（字は虚中）の言として、「呉野人は冷ややかで近寄りがたい性質で、貧しさや飢えに甘んじ、当世幅を利かせている人とは付き合わなかった。彼の詩は痩せてごつごつしており、まるで彼の性格のようだった。東淘はこの地からたった三十里しか離れていないのに、年に一、二回来ればいい方だ。呉野人に会うのは簡単ではない。もし野人に会えても意気投合するのは難しいだろう。（野人性嚴冷、窮餓自甘、不與得意人往還。所爲詩古瘦蒼峻、如其性情。東淘距此地僅三十里、歳不一二至、野人固不易見。卽見野人、野人亦不易合(31)）」と伝えている。

遺民呉嘉紀の名が世に知られたきっかけは、皮肉なことに新王朝に出仕した士大夫に見出されたことだった。汪楫が呉嘉紀の詩を清の戸部侍郎の周亮工（一六一二～一六七二）に教え、周は呉の『陋軒集』に感動しそれを刊行した。康熙二年（一六六三）年春、周亮工は揚州に立ち寄った際に、それを若くして進士となり揚州に推官として赴任していた王士禛（一六三四～一七一一）に贈った。王はそれを読むなり序文「陋軒詩序」を書き、その詩を「古淡高寒にして、声の金石より出づるの楽有りて、殆ど（孟）郊・（賈）島の流なり（古澹高寒、有聲出金石之樂、殆郊・島者流。）」と評し、「私は揚州に三年いたが、海陵の呉君の存在を知らず、今ようやく司農（周亮工）を通じて彼の詩を読んだのだ。恥じ入るばかりだ。（余在揚三年、不知海陵有吳君、今乃従司農讀其詩、余愧矣愧矣）」と絶賛した(32)。当時、若くして「秋柳四首」で詩名をあげていた王士禛が推戴したとあって、彼の周辺で呉嘉紀との面会を希望する詩人が一気に増えたのである(33)。

しかし、呉嘉紀は人におもねることができない性格であった。「後七歌」其七に、

垂老無端學干謁　老いに垂《なんな》んとして端無くも干謁〔貴顕に取り入ること〕を学《なら》う
東家借僕西借褐　東家に僕《しもべ》を借り西に褐を借る
朝來得與顯者遇　朝来　顕者と遇うを得るも
賓客笑我言辭拙　賓客は我が言辞の拙なるを笑う
男兒各自有鬚眉　男児は各自　鬚眉有り
何用低顏取人悅　何ぞ低顔して人の悦を取るを用いんや（「後七歌」其七）(34)

とうそぶく。また、詩名を聞きつけ訪ねてきて送別詩をねだる客人を痛烈に批判した詩もある。

曉寒送貴客　暁寒く　貴客を送る
命我賦離別　我に離別を賦するを命ず
髭上生冰霜　髭上　氷霜生じ
歌聲不得熱　歌声　熱を得ず（「送貴客」）

歌声が熱を帯びないのは、必ずしも空気が冷たいからばかりではない。貴顕の求めに応じて美辞麗句で追従することをよしとしないため、送別詩にも熱がこもらないからである。

呉嘉紀の出自については諸説あるが、『道光泰州志』巻二十六隠逸伝には「其先世灶戸也」と見えており、これによれば先祖は竈戸（専売物である塩を生産する民の戸籍）であったらしい。(35)明代、人民の戸籍には民籍、軍籍、竈籍、匠籍の四つがあり、竈戸にはほかの差役を免除される代わりに、一定の塩の生産額の割り当て

があった。しかし、竈戸は塩の生産の労働が過酷なことに加えて官による不正や度重なる災害などによって没落の一途をたどり、明から清にかけて豪商による貧竈の兼併が進み、官と結託した塩商に富が集中するようになる(36)。

呉嘉紀の家も祖父の代には学問に没頭することが可能な程度の富を有していたようだが、彼の世代ではすでに没落していた。仲兄は貧に迫られて田畑を売り(37)、竈戸の業を継いだ三兄は人に殺され、四兄は樵牧として四十から五十まで廃屋同然の住まいで一人で暮らしていた。呉嘉紀は塾で教えて得た金を兄に渡していたという(38)。

呉嘉紀が塩業に関与していたかどうかは不明だが、塩の生産労働が身近であったことは確かである。「安豊場絶句四首」の其三に、安豊場の炎天下での過酷な塩焚き風景を詠じている。「場東　卑狭にして海氓の房、六月の煎塩は湯に在るが如し、走りて門前に出づ　炎日の裏《うち》、偸間の一刻是れ涼に乗ず（場東卑狭海氓房、六月煎鹽如在湯、走出門前炎日裏、偸閒一刻是乘涼）」。また、其四には、「煙火蕭条たりて　戸口　残《そこな》われ、半ば客債に遇い半ば官に遭う、当年　駿馬　軽裘子、夜を徹して西風　破屋寒し（煙火蕭條戸口殘、半遭客債半遭官、當年駿馬輕裘子、徹夜西風破屋寒）」とあり、これは官と商からの苛烈な取り立てによって、かつては駿馬にまたがり上等なかわごろもを羽織っていた者が、今は没落していることを詠じたものである。

（二）糟糠の妻王睿

呉嘉紀が妻王睿、字は智長を娶ったのは、崇禎十一年（一六三八）のことである。父は泰興の士人王三重である。彼女自身も詞人でもあり、『陋軒詞』があったという。王睿もまた貧士の娘だった。「哭妻父王三重先生」其二には、「十年力田するも九たび穫《え》られず、晩歳 甥《むこ》の廬に偃息す（十年力田九不穫、晩歳偃息甥之廬）」、「甥也《ま》た此を捨てて遠く廡を賃《か》り、行くに臨みて婦《つま》に中厨を司どらんことを嘱す（甥也捨此遠賃廡、臨行囑婦司中廚）」とあり、義父は晩年呉嘉紀が引き取らねばならぬほど困窮していたらしい。

呉嘉紀の貧しさは、泰州という土地柄にも起因する。明の海岸線は今より西に在り、泰州は海浜に臨み、海潮が襲来する。北宋の范仲淹の建議で建設された防潮のための范公堤があることで知られており、土壌は塩分を多く含むため、農耕には適さない。また土地が低いことから大雨に見舞われたら洪水になりやすい。蝗も飛来する。特に、明末から清初にかけて江淮は旱魃や蝗害に苦しんだ。

それに追い打ちをかけたのが、清の鉄騎の襲来である。「過兵行」は、順治二年（乙酉、一六四五）四月、史可法の防御空しく揚州が蹂躙され屠城と化した様を詠じた詩である。「揚州城外 遺民哭す、遺民一半手足無し（揚州城外遺民哭、遺民一半無手足）」で始まるその詩には、兵が突如襲来し、子どもが殺され娘が連れ去られ、十軒のうち九軒は焼かれた惨状が詠われている。彼がいた海浜の町泰州ももちろん兵火に見舞われた。「傷哉行」は両親を葬った時の詩であるが、其三の冒頭には、「緬懐す 乙酉の歳、里閭は戦場と為る（緬懷乙酉歲、里閭爲戰場）」、「小児は哀猿の如く、饑えて臥し爺娘《ちちはは》を喚ぶ、生死の際に俯仰し、夜夜 涙は千行《ちすじ》（小兒如哀猿、饑臥喚爺娘、俯仰生死際、夜夜淚千行）」で始まる。

泰州は清代になってからもたびたび洪水や高潮の被害を受けた。呉嘉紀が詩にした自然災害は、順治十八年（一六六一）七月十六日夜に押し寄せた三丈もの高潮（「風潮行」）、康熙四年（一六六五）の高潮（「海潮嘆」）、康熙十一年（一六七二）六月の蝗の襲来（「鷲来詞」）[39]、康熙十五年（一六七六）六月十四日には大雨のために運河の堤防が決壊し、家はぽっかり水に浮いたようになり、彼の蔵書も流されてしまう（「六月十四日水中作」）。さらに康熙十九年（一六八〇）七月十四日には、今度は西の堤防が決壊し、「門巷の水深きこと三尺、渡らんと欲するに船無く、室を徙《うつ》さんと欲するも居無く、家人二十三口、波濤の中に坐立すること五日夜（庚申七月十四日、淘之西隄決。俄頃、門巷水深三尺、欲渡無船、欲徙室無居、家人二十三口、坐立波濤中五日夜）」（「隄決詩」自序）という事態に陥っている。まるで杜甫の詩史の再現のごとき有様だった[40]。

次の七言律詩「内人生日」は妻が嫁いできて二十年目、妻の誕生日に詠じた作である。

潦倒丘園二十秋　　丘園に潦倒して二十秋
親炊葵藿慰余愁　　親《みずか》ら葵藿を炊き余の愁いを慰む
絶無暇日臨青鏡　　絶えて暇日の青鏡に臨む無く
頻過凶年到白頭　　頻りに凶年を過ごし白頭に到る
海氣荒凉門有燕　　海気　荒涼として門に燕有り
谿光搖蕩屋如舟　　谿光　揺蕩として屋は舟の如し
不能沽酒持相祝　　酒を沽《か》い持して相い祝う能わず
依舊歸來向爾謀　　依旧　帰り来りて爾《なんじ》に向かいて謀る

凶作続きで実入りがなく、二十年間苦労をかけた妻の誕生日に一杯の祝い酒すら用意することができない呉嘉紀は、自責の念にかられる。

（三）　王睿への悼亡

康熙二十二年（一六八三）十一月一日、王睿は六十三歳で没する。四十五年間、彼に連れ添い、戦乱と自然災害の時代をともに生きた糟糠の妻王氏を喪った彼は、彼女のために「哭妻王氏」十二首を詠んだ。悼亡詩といえば、一般に若くして逝った妻を詠じたものというイメージが強く、とりわけ幼子を遺して旅立った妻の悼亡詩に名篇が多いことはよく知られている。呉嘉紀のそれは「老妻」を詩に詠じている点で、他の悼亡詩とは性格を異にする。「哭妻王氏」の自序にいう。

王氏は名を睿、字を智長という。私に嫁いで四十五年、いつも私より先に死ぬのを願っていた。彼女に問うたところ、「あなたに挽詩を作って欲しいからです」という。今、あなたが逝き、私は君を哭する詩を作った。涙がとまらず、巧く作れないのが申し訳ないが、君の願いには報いた。ああ、君の願いはかなったが、私の悲しみは到底言葉では言い尽くせない。（王氏名睿、字智長。歸余四十五年、嘗願先余死、問之、曰、「冀得君挽詩耳」。今子死、余哭子有詩。涕泗之時、詩愧不工、然子願酬矣。嗚呼、子願獲酬、余悲可勝言哉。）

これによれば、王氏自身が呉嘉紀の悼亡詩を欲していたことになる。呉嘉紀が亡妻のために墓誌銘を執筆したのかどうかはわからない。あるいは亡妻を殯葬するのが精一杯で、新墓を造営し、亡妻墓誌銘を執筆するような経済状態ではなかったのかもしれない。なぜならば、晩年の呉嘉紀は甚だしく困窮し、その子らは次の年にあとを追うように亡くなった呉嘉紀の墓葬すらできないほどだったからである。

「哭妻王氏」其一は、妻の急逝の驚きを詠うことから始まる。

昨日餔糜熟　　昨日　餔糜熟《に》え
共食情何怡　　共に食せば　情の何ぞ怡《たの》しき
神清若無病　　神清くして　病無きが若く
夜話雞鳴時　　夜話　鶏鳴の時
如何東方明　　如何せん　東方の明るきに
咽喉息已微　　咽喉　息の已に微《かす》かなるを
俄頃異生死　　俄頃《にわか》に生死を異にし
念之發狂癡　　之を念えば狂痴を発す　（其一）

水害や蝗害によって凶作つづきの日々をともに生き延びた妻、前夕には一緒に粥をすすり、晩くまで話をしていた彼女の容態は明け方に一変し、帰らぬ人になってしまった。

其二では、妻の姿を求めて高丘に登り、古い墳墓の中をうろつく狗を見つけ、妻が生前狗を怖がっていたことを詠う。戦乱によって荒廃した土地に野犬が住みつき、おそらくは人肉を食むこともあったのだろう。

其三は、貧しい暮らしの中、苦吟する詩人と、彼の詩に聴き入り涙していたかつての妻を詠う。

傷心今爲誰　　傷心　今　誰が為に
東海商歌者　　東海に商歌する者ならんや
哀怨五内滿　　哀怨　五内に満ち

時藉音聲瀉
栖禽中夜醒
惻愴集梧櫝
山妻披衣起
傾耳殘燈下
秋花爲我落
林雨爲我灑
孤調何酸凄
猿啼蛩咽野
蘊結我方吐
妻涙已盈把
相對攄性情
詎云慕騷雅
閨房有賞識
不歎知音寡

時に音声に藉《か》りて瀉《そそ》ぐ
栖禽 中夜に醒め
惻愴 梧櫝に集《つど》う
山妻は衣を披《はお》りて起き
耳を傾く 残灯の下
秋花 我が為に落ち
林雨 我が為に灑ぐ
孤調 何ぞ酸凄たる
猿啼き 蛩《こおろぎ》は野に咽《むせ》ぶ
蘊結 我 方《まさ》に吐けば
妻の涙 已に把に盈《み》つ
相い対して性情を攄《の》ぶれば
詎《いずく》んぞ云わん 騒・雅を慕うと
閨房に賞識有れば
知音の寡《すくな》きを歎かず （其三）

「東海」は東の海浜、すなわち詩人のいる泰州。「商歌」は悲歌のことだが、春秋時代の衛の人甯戚（甯越とも）が商歌によって斉の桓公という知己を得て、官に取り立てられたことから、後世官禄を求める自薦の歌とされた。陶淵明「辛丑歳七月赴仮還江陵夜行塗口」の「商歌は吾が事に非ず、依依として耦耕に在り（商歌非吾事、依依在耦耕）」を意識する。「騒・雅」は『楚辞』の「離騒」と『詩経』の「大雅」「小雅」の伝統を継承する風格のこと。呉嘉紀が胸の中の鬱屈を叙した詩歌は、生前の妻の涙を誘っていた。騒・雅とまではいかずとも、己の心情を叙した詩にはかつて妻という閨房の知己がいた。誰からも認められず、布衣でありつづける彼にとっては、妻だけが知音であったのだ。

其四は、国が滅び、戦乱に遭いながら夫婦ともに年老いてきたことを詠う。

結縭無幾時
家國丁喪亂
夫婦是鴛鴦
蘆花爲侶伴
兵燹同閱歷
容顏各凋換
願言惡衣食
暮齒足昏旦
誰知淮南田
歲歲水漫漶
射雉蕭蓬墟

結縭して幾時も無く
家国 喪乱に丁《あ》う
夫婦は是れ鴛鴦
蘆花は侶伴為り
兵燹《へいせん》 同《とも》に閲歴し
容顔 各おの凋換す
願《おも》う 言《ここ》に 悪しき衣食も
暮歯 昏旦に足れりと
誰か知らん淮南の田
歳歳 水漫漶するを
雉を射る 蕭蓬の墟

懸鶉斥鹵岸
猶恐我志遷
固窮爲我言
高義歸夫子
飢寒死不怨

懸鶉　斥鹵《せきろ》の岸
猶お我が志の遷《うつ》るを恐れ
固窮するも我が為に言う
「高義　夫子に帰せば
飢寒して死しても怨みず」と（其四）

「結縭」は結婚。「蘆花」は蘆花衣。冬着に綿入れの代わりに蘆の穂わたを用いたもので、貧しさの象徴である。「射雉」とは、『左伝』にある、賈大夫には娶って三年間笑わない妻がいたが、ある時雉を射たのを見て口を利いてくれたという話。貧しい暮らしの中でも妻を大切にしたことをいうのだろう。「懸鶉」はぼろぼろの衣。「斥鹵」は塩気のある土。「固窮」は『論語』衛霊公篇の「子曰く、君子固《もと》より窮す」に基づき、困窮しても天命に安んじること。詩人はこの地味の薄い土地でのつつましい暮らしに甘んじて夫婦ともに老いを養おうとしていたが、度重なる水害に見舞われ、それすらかなわなくなったこと、それでもなお妻は「あなたさまが高義を貫くためならば、飢え死にしてもよい」と言ってくれた（貧しい梁鴻の妻であった孟光の故事）。この妻王氏の言葉は、おそらく呉嘉紀と親交の深かった汪楫、鄧漢儀、孫枝蔚がそろって博学鴻儒科に推挙されて北京に赴き、康熙十八年（一六七九）に汪楫が翰林院検討を、鄧漢儀と孫枝蔚が中書舎人を授けられたことを意識したものだろう。前年の康熙十七年に三藩の乱を平定した康熙帝は、翌年一月、文辞に卓越した人材を推挙するよう命を下した。この時、これに応じた遺老が朱彝尊、汪琬、尤侗、施閏章、毛奇齢らであり、のちに清の文壇で名を馳せた人々である。応じなかったのが、顧炎武、黄宗羲、傅山らである。呉嘉紀が推挙を拒んだかどうかは定かではない。おそらくは彼を推挙してくれる者がいなかったというのが真相であろうが、いずれにせよ彼はこの時北京での試には赴いていない。この詩の末句には、己の節を曲げず、高義を貫いてほしいという亡妻の夫に対する願いを詠うと同時に、呉嘉紀の遺民としての矜持と、布衣のまま生きる覚悟とが吐露されている。

　其五は亡妻の人となりを詠じた段である。

西舎景欲晏　　西舎　景《ひ》　晏《たか》くならんと欲して
貧家天始晨　　貧家　天　始めて晨なり
蠢僕徐徐起　　蠢僕は徐徐に起き
怒視甑上塵　　怒りて視る　甑上の塵
掃除頗不煩　　掃除　頗る煩ならざれば
門巷苔蘚新　　門巷　苔蘚新たなり
詩書出篋笥　　詩書　篋笥より出だし
質米復貿薪　　米に質《しち》して復た薪を貿《か》う
雲煙動楊樹　　雲煙　楊樹に動き
烏鵲飛水濱　　烏鵲　水浜に飛ぶ
炊熟鄰媼來　　炊熟せば　隣媼来り
令我老婢嗔　　我が老婢をして嗔《いか》らしむ

妻也入廚下　妻も也《ま》た廚下に入り
箪豆給最均　箪豆に給すること最も均し
釜餘己所餐　釜余は己の餐する所なるも
舉手授鄰人　手を挙げて隣人に授く
借問何爲爾　借問す 何為れぞ爾《しか》るか
人飽甚於己　人飽くこと己より甚だし
阡陌慘無色　阡陌 惨として色無く
漁樵行徙倚　漁樵 行きて徙倚す
請看謝世日　看んことを請う 世を謝《さ》りし日
哭聲滿桑梓　哭声 桑梓に満つるを　（其五）

冒頭の「西舎」は貧家の喩え。白居易「効陶潜体詩十六首」の其十五「西舎に貧者有り、匹婦に匹夫配す、布帬 賃舂を行い、裋褐 傭書に坐す、此れを以て口食を求め、一飽すれば欣び余り有り（西舎有貧者、匹婦配匹夫、布帬行賃舂、裋褐坐傭書、以此求口食、一飽欣有餘）」をふまえる。貧しい我が家では早く起きると腹が空くので、朝は奴僕もゆっくり起きるが、甑《こしき》の米は空っぽで薄埃さえ積もっている。仕方がないので私の書物を質にして米や薪を買う。米が炊き上がったころ、厚かましくやってくる隣の媼。妻は家の皆の者によそった残りすら口にせず、隣の貧家に分けてやっていた。その妻の仁徳をみな知っているので、君が亡くなった日は村中が声をあげて泣いていた。

次の其六は、夫の客人をもてなすために装身具を売ってもてなすという、元稹「三遣悲懐」以来、悼亡詩や亡妻哀悼散文によく用いられるモチーフだが、呉嘉紀の悼亡詩では冒頭、遠来の客の訪問を素直に喜ぶことができない己の家の窮状が詠われる。

儉室鮮宿儲　　倹室は宿儲〔蓄え〕鮮《すくな》く
驚聞客遠顧　　驚いて聞く　客の遠くより顧みらるるを
黽勉一倒屣　　黽勉《びんべん》　一に屣《げき》を倒さんとするも
低顔澀言語　　低顔　渋言もて語る
車轉腸中輪　　車は転ず　腸中の輪
牛鳴門外路　　牛は鳴く　門外の路
回睇竹木影　　竹木の影を回睇すれば
廚烟已煦煦　　厨烟　已に煦煦たり
槃罌出意外　　槃罌《ばんおう》〔食器類〕意外に出で
精食兼清酟　　精食兼ねて清酟
周旋成主賓　　周旋して主賓を成し
霑被及僕御　　霑被は僕御に及ぶ
男兒徒作人　　男児　徒《た》だ人と作るは
氣色縁內助　　気色　内助に縁《よ》る

團團月入幃　　団団たる月 幃に入り
開箱鼠馳去　　箱を開ければ鼠 馳去す
平生衣與珥　　平生の衣と珥《みみだま》
半作留賓具　　半ば賓を留むるの具と作れり（其六）

「黽勉」は努めて。「倒屣」は客人を出迎えるのに慌てて履物を逆さにはくことから、客を熱烈に歓迎すること。本来であれば遠来の客を歓待したいのはやまやまだが、家の経済状況をよく知る身では、客の来訪を妻に告げる言葉も湿りがちになる。客人の乗った牛車が近づいてくるのにもびくびくする。ところがなんと厨房からは煮炊きの煙が上がっているではないか。客の前には主人として恥ずかしくない程度のごちそうが並び、客の御者にまで食事が振る舞われる。こうしたことを回顧しつつ、今、詩人が主を喪った彼女の部屋に入ってその衣装箱を開いてみたところ、それは空っぽで、ネズミが飛び出してくる始末。彼女の衣装や装身具はすべて夫の客をもてなすために売り払われていたのだ。

其七は「始めて悔ゆ 盛年の時、糊口に日び奔逐するを、人生に歓娯有るに、乃ち以て饘粥に易《か》う（始悔盛年時、糊口日奔逐、人生有歡娯、乃以易饘粥）」と、若い時には生活のために、あくせくと家を空けて旅を続けていたことを悔いる内容。其八では田舎の暮らしと、大雪の夜、酒が無くなり、妻が茶を淹れてくれた思い出を語る。

次の其九は、雨の重陽の節句の思い出を詠じたもの。陶淵明の「飲酒」を意識する。

居處絶車馬　　居処 車馬絶え

籬菊爲我客
生長相因依
歳晏趣彌適
栽種有同心
泣下思疇昔
花開重陽日
風雨移入宅
參差雜琴尊
淋灑霑几席
秋氣涼夫妻
毛髮滿頭白
相與坐花中
從朝至暮夕
深夜更秉燭
寒影散四壁

籬菊 我が客と為す
生長 相い因依し
歳晏《おそ》く 趣 弥《いよ》いよ適《かな》う
栽種せしとき同心有り
泣下り 疇昔《ちゆうせき》を思う
花開く 重陽の日
風雨ありて 移して宅に入る
参差《しんし》として琴尊に雑《まじ》り
淋灑《りんり》として几席を霑《うるお》す
秋気 夫妻に涼たりて
毛髪 満頭 白し
相い与《とも》に花中に坐し
朝《あした》従《よ》り暮夕に至る
深夜 更に燭を秉《と》れば
寒影 四壁に散ず　（其九）

妻と一緒に植えた菊の花、重陽の節句に開いたが、雨風が強まったので、家の中に取りこんだ。雨に打たれた菊の鉢は私の机や敷物をぐっしょり濡らしたが、あの時はまるで二人で一日中花の中に座しているかのようだった。今、その夜を思いつつ、深夜に燭を秉ると、妻のいないがらんとした部屋に物寂しい光が揺れるばかり。

其十は、毎年、家の梁に巣を作っていたつがいの燕が狸に襲われ雌が死に、雄燕の嘆きを自らに重ね合わせて歌ったものである。呉嘉紀の自注に次のようにある。

わが書斎に巣くった燕は、秋に去り春に来て、十四年になる。妻はかつて私に詩を作るように頼んだので、「双燕来二首[41]」を賦した。第二首の結句は「檐際春梅又た花を発《ひら》き、主人今歳未だ家を離れず。匹偶但だ長《とこし》えに爾《かく》の如きを得れば、相い対して鬢毛の華《しろ》きを妨げず」だった。つまり私は数年間ずっと生活のためにあちこち駆けずり回っていたので、二羽の燕が寄り添うように、我々二人で晩年を終えることを願ったのだ。今春、狸が雌の燕を齧り殺し、雄は空梁に悲しく鳴いており、私はこれがために涙をしとど流した。未だ幾くもならずして、妻が突然この世を去った。私は一人寂しく部屋に出入りし、一人で語り一人で悲しむ。あの雄の燕のようだ。（齋中巣燕、秋去春來、十有四年。內人曾乞余作詩、爲賦「雙燕來」二首。其二首結句云、「檐際春梅又發花　主人今歳未離家。匹偶但得長如爾、不妨相對鬢毛華」。蓋以余頻年飢驅道路、終願如燕之不相離、以卒余兩人暮齒也。今春狸齧雌燕死、其雄悲語空梁、余爲涕零如雨。未幾、內人奄然棄世。余栖栖出入、自語自悲、又一雄燕矣。）

雄燕朝銜泥　　雄燕　朝に泥を銜《ふく》み
雌燕暮銜泥　　雌燕　暮に泥を銜む
顚毛稍稍禿　　顚毛　稍稍として禿げ

雙影依依偕　双影 依依として偕たり
恩勤久不勧　恩勤 久しく勧《う》まず
類我老夫妻　我が老夫妻の類《ごと》し
題詩思昨日　詩を題せしは 思えば昨日のごとく
夫東婦坐西　夫は東 婦は西に坐す
不厭生計苦　生計の苦しきを厭わず
但求耄年諧　但だ求む 耄年 諧なるを
風光猶似昨　風光は猶お昨の似《ごと》きも
梁上倏孤栖　梁上 倏《たちま》ち孤栖なり
門庭人迹稀　門庭 人迹 稀にして
錦瑟聊自攜　錦瑟 聊か自ら携う
故雄語未了　故雄 語未だ了《おわ》らざるに
故夫亦已啼　故夫 亦た已に啼く（其十）

この後の其十一は「生きては一日の娯しみ無きに、死別は忽ち匆匆たり（生無一日娯、死別忽匆匆）」と、亡妻の幸薄い生涯に思いを馳せ、「帷を褰《かか》げて徐ろに房に入れば、彷彿として形容に擬す、疾風 埃を吹き尽くせば、何れの処か 遺蹤を尋ねん（褰帷徐入房、彷彿擬形容、疾風吹埃盡、何處尋遺蹤）」と、潘岳「悼亡三首」の引く漢武帝が帷幄の向こうに李夫人の姿をみたという故事で結ぶ。

最後の其十二は、この先の深い絶望で締めくくられる。

念子如杖藜
衰老不能離
飲食及寒暑
時時蒙察伺
只今臥一室
饔飧方告匱
凛冽冰雪中
誰更來相視
我年近七十
幾日在人世
此別雖不久
獨活懶作計
檕火隨悲翁
蔴巾盡血淚
高天碧無情
孤雁空嚮唳

子《きみ》を念わば杖藜の如く
衰老　離す能わず
飲食及び寒暑
時時　察伺を蒙《こうむ》れり
只今　一室に臥し
饔飧　方《まさ》に匱《とぼ》しきを告げらる
凛冽たり　氷雪の中
誰か更に来たりて相い視ん
我が年　七十に近く
幾日か人世に在らん
此の別　久しからずと雖も
独活　計を作すに懶《ものう》し
檕火は悲翁に随い
蔴巾に血涙尽く
高天　碧《あお》くして無情
孤雁　空しく嚮《む》かいて唳《な》く　（其十二）

呉嘉紀は亡妻が老いた自分にとっては杖のような存在だったと吐露するのである。

妻を見送ってから半年後、呉嘉紀は貧窮の中で没した。子らは不学のままで、墓葬を取り仕切ったのは、琉球冊封正史としての職務を終えて帰国した友人の汪楫である。その墓碣には「東淘布衣呉野人先生之墓」と刻されたという[42]。

同時期の悼亡詩の名篇といえば、王士禛が康熙十五年に没した張氏のために詠じた七言絶句の「悼亡三十六首（現存三十五）」がよく知られている[43]。この詩は友人の間でも評判になったことから[44]、呉嘉紀もあるいは人づてに王士禛の悼亡詩篇を聞いていたかもしれない。今ここで王士禛の悼亡詩を紹介するには紙幅が足りぬが、両者の詩風は全く異なる。王士禛の悼亡詩が、王が得意とする七言絶句という詩形の組詩なのに対して、呉嘉紀のそれは五言古詩という伝統的な悼亡詩の形式をとる。王士禛の悼亡詩は亡妻が嫁いできた時から始まり、二十六年間の夫婦の婚姻史として読むことが可能である[45]。呉嘉紀のそれは四十五年と長い。しかも一介の布衣として辛酸を嘗めつくした夫婦の生活史である。悼亡詩を詠じる対象として、おそらく呉嘉紀の妻の六十三歳というのは中国ではあるいは最高齢かもしれない[46]。

おわりに

本章では、最期の時まで布衣でありつづけた三人の遺民の悼亡詩を取り上げて論じてきた。右の三者は居住地も遺民としてのありようも、その詩風も全く異なる。王夫之の詩は詰屈でごつごつしていて難解な表現が多い。屈大均の詩は気宇壮大という点で李白の詩風に似る。呉嘉紀の詩の寒冷は孟郊や賈島を連想させる。

王夫之は清軍の南下によって郷里が戦場と化し、山に隠れていた時に最初の妻を喪い、その後、一旦は永暦政権に出仕したものの、政権の内部分裂に絶望し、継妻とともに命からがら衡陽に帰り、南岳にこもって学問に没頭した。彼の悼亡詩、特に継妻への悼亡詩は流離の中、ともに死線を越えた同志への追悼であり、描かれるのは一組の夫婦がたどってきた苦難の歴史である。

屈大均にとって王華姜との結婚は、一度は抗清に挫折した彼を遺民として再生させるものであった。遺民の夫婦が幾多の艱難を乗り越え、最後にたどり着いたのは屈大均の故郷広東であった。屈大均は、広東という慣れぬ土地に嫁いできて夭折した妻の非業の死を、西北の殉国の士である妻の父や兄の最期とオーバーラップさせることによって、悼亡詩を時空を超えた壮大な歴史叙事詩にした。

呉嘉紀は、前の二人と異なり、抗清活動や復明運動のために自ら従軍したわけではないが、困難の中、己が節を守って生きた遺民の一種の典型ともいうべき人物である。その悼亡詩は下級詩人の生活実態を反映している。度重なる災害に見舞われた呉嘉紀夫婦の日常は、元稹「三遣悲懐」の誇張表現としての貧窮とは次元が全く異なる本物の困窮生活である。

忠誠を尽すべき国を突如失い流離する遺民詩人にとって、妻は王夫之のいうように「家」であり、呉嘉紀のいうように「杖」であった。明清鼎革という大きな歴史のうねりは、個人の平穏な日常やささやかな家庭生活を破壊した。妻を喪う哀しみは亡国のそれとオーバーラップする。この時期の詩人にとって亡妻とは亡国の象徴であったろう。

悼亡詩はこれまで妻在りし日の日常とそれを恋うる「私」の感情を詠じる、どちらかというと「私」領域に属する文学として考えられてきた。しかし、遺民という政治的な立場に立つ彼らの悼亡詩は、「公」の領域の歴史体験や歴史記述と切り離して論じることはできない。

一般に詩による歴史叙述は詩史と呼ばれ、狭義の意味では杜甫の「兵車行」「前出塞」「後出塞」「苦戦行」「天辺行」や三吏三別などのように、虐げられた民の苦しみを諷喩的に詠じたものを指す。もちろん明の遺民たちにも世の実情を歌行体（新楽府体、擬楽府体）によって叙した作品群はある。しかし、歴史とは畢竟、個人の歴史体験、歴史記憶の集合体に過ぎない。ならば明清鼎革という激動の時期、自らの家庭生活の歴史を叙した遺民の悼亡詩を詩史とみなすこともできるのではないか。

そもそも史とは果たして「公」の歴史のみを意味するのであろうか。個人の家庭生活の経験も、また一つの「史」ではなかろうか。そうだとすると、悼亡詩が詩史としての意義をもつことは、もっと注目されていいはずだ。

注

（1）明清鼎革期の悼亡詩をテーマとする先行研究としては、周月亮・李新梅「略論明清之際文人悼亡情緒的文化史内涵」（『学術界』二〇〇二年第四期、総九十五期）、林祐伊「山河変色 人事已非——従悼亡詩看明清鼎革之際的悼亡現象」（『史匯』十二号、二〇〇八）、董灝「論清初悼亡詩的新特徴」（『蘇州科技大学学報（社会科学版）』第三七巻第一期、二〇二〇）がある。

（2）胡旭『悼亡詩史』（東方出版中心、二〇一〇）は通史的な研究書であり、本章で取り上げる王夫之と呉嘉紀の悼亡詩については第八章第二節「呉嘉紀：麻巾尽血涙」、第三節「王夫之：同心双骨埋荒草」に取り上げられているが、屈大均については言及がない。

（3）日本における王夫之研究としては、顧嘉晨「王夫之の遺民像について」（『中国―社会と文化』第三十七号、二〇二二）、同「孤臣――もう一つの王夫之像を読み解く」（『中国哲学研究』第三十二号、二〇二一）などがあり、『船山遺書』の版本については、顧嘉晨「『船山遺書』の版本目録についての再考察――日本所蔵資料を手掛かりに」（『人文×社会』第四号、二〇二一）を参照されたい。また、王夫之の雑劇作品から彼の異民族支配への敵愾心を論じたものとして、黄暐「王夫之の雑劇『龍舟曽烈女報冤』をめぐって――唐代伝奇『謝小娥伝』から清雑劇まで――」（『神奈川大学大学院言語と文化論集』十三号、二〇〇七）がある。清末の王夫之への再評価については、高田淳「清末における王船山」（『学習院大学研究年報』第三十号、一九八四）参照。

（4）王夫之の詩論に関する代表的な日本の研究としては、青木正児『清代文学評論史』（岩波書店、一九五〇）、船津富彦「王船山の文学思想について」（『日本中国学会報』第二十一集、一九六九）、本間次彦「王船山の詩論をめぐって」（『日本中国学会報』第三十九集、一九八七）などがある。

（5）遺民詩人としての王夫之を論じたものとしては、厳迪昌『清詩史』（浙江古籍出版社、二〇〇二）第一編第五章一節「鵑泣猿啼不勝悲的王夫之」がある。

（6）王之春『船山公年譜』康煕八年の条に『家譜』を引いて「三配張孺人、生没失記。葬金蘭郷姚家塘」という。劉毓崧の『王船山先生年譜』は側室某氏とする。

（7）清代に編纂された王夫之の年譜には劉毓崧の『王船山先生年譜』と王之春の『船山公年譜』がある。後者は「家譜」を引用しており、「家譜」には他に見えない夫人の墓誌銘などもあることから、ここでは王之春の『船山公年譜』を用いる。これは一九八九年に汪茂和点校『王夫之年譜』として中華書局から出版されている。なお『船山全書』第十六冊（岳麓書社、一九九六）は両種の年譜をともに収録している。
（8）なお、王夫之には悼亡詞もあり、黄水平「王船山悼亡詞浅析」（『衡陽師範学院学報』巻三十六巻第一期、二〇一五）によれば、元配陶氏への悼亡詞が四首、継妻鄭氏への悼亡詞が十五首あるという。
（9）注（7）の王之春『船山公年譜』引『家譜』による。
（10）以下、王夫之の詩文はすべて船山全書編輯委員会点校『船山全書』第十五冊（岳麓書社、一九九五）に拠った。
（11）『憶得』は王夫之が六十八歳の時に、十九から二十九歳までの詩で記憶しているものを書き留めたものである。
（12）高田淳『王船山詩文集——修羅の夢』（平凡社東洋文庫、一九八一初版）は五四～五五頁でこの句を「父に哭して死し」と訓じ、「わが父に先立ち奉養を尽くせぬことを哭しつつ死んだ」と解釈するが、先に挙げた「陶孺人墓誌銘」から判断するに、ここは戦乱の中で実父を喪ったことをいうのであろう。「陶孺人像賛」（『薑斎文集』巻九）にも「孝にして殉ぜしは、国人の聞する所なり（孝而殉、國人所聞）」とみえる。
（13）王夫之はさらに陶氏の肖像画を準備したようで、その賛文も執筆している。「陶孺人像賛」『薑斎文集』巻九に「静かで優しいお前の声は、ずっと私の心の中にある。今後は誰が私の言を誠としてくれようか。ともに隠遁しようという志はついに消え去ったのだ。今さら何を言えばいいのか（靜好爾音、函之予心、有言孰諶。偕隱之思、已而已而、焉用文之）」と嘆いている。
（14）「初度口占六首」（『憶得』）其三もこの逃避行を詠じたものである。「十一年前 一死遅る、臣忠 婦節 両つながら参差たり、北枝 落ち尽くし 南枝老い、辜負す 催帰に子規有り（十一年前一死遲、臣忠婦節兩參差、北枝落盡南枝老、辜負催歸有子規）」。
（15）屈大均の著作『翁山文外』『翁山詩外』『翁山文鈔』は、彼の没後、雍正年間に「悖逆之詞」として禁書となり、さらに乾隆年間にはその反清的態度が乾隆帝の不興を買い、徹底的に取り締まられた。清の禁書政策については岡本さえ『清代禁書の研究』（東京大学出版会、一九九六）を参照されたい。本稿では詩の引用は、陳永正等校箋『屈大均詩詞編年校箋』全五冊（上海古籍出版社、二〇一七）に基づき、散文については欧初・王貴忱主編『屈大均全集』全八冊（人民文学出版社、一九九六）、年譜については『全集』所収の汪宗衍『屈大均年譜』（初版時『屈翁山先生年譜』一九七〇年香港）と、鄔慶時『屈大均年譜』（広東人民出版社、二〇〇六）を参照した。

(16) 注(15)の『年譜』に従う。ただし、屈大均「帰儒説」には「予二十有二にして禅を学び、既に又た玄を学び、年三十にして始めて其の非を知る（予二十有二而學禪、既又學玄、年三十而始知其非）」（『翁山文外』巻五）とあり、仏教から心が離れたのは三十の時とする。

(17) 先行研究は、劉氏は不落家（広東の風習で、女子が婚姻の儀式を終え実家に戻り、必要な時だけ夫の家に行き、三年後、同居に同意すれば夫家に入り、不同意であれば夫家に入らないこと）であったという。屈大均がほかの妻妾や子女のことを忌憚なく詩文に著わしているにもかかわらず、劉氏について一切語っていないのは奇妙であり、次注の劉正剛とWeijing Lu論文は、劉氏はかなり年嵩の、しかも元僧侶に嫁ぐことを恥じたため不落家となったのだとする。詳細な事情は不明であるが、後述するように屈大均は二番目の妻王氏を「継室」と呼んでいることから、劉氏とは最終的に離婚となったものと思われる。

(18) 屈大均の家庭に関する先行研究としては、劉正剛「屈大均的女性観：基于其家庭生活考察」（『広東社会科学』二〇一三年第六期）、Weijing Lu（盧葦菁）、Qu Dajun and His Polygynous Relationships、『明代研究』第三十一期、二〇一八）がある。

(19) 王華姜に関する先行研究としては、劉威志「屈大均的華姜情縁与自我建構」（『清華中文学報』第三期、二〇〇九）、汪徳方「明清易代之際女遺民形象的書写建構」第四章「悼儷——屈大均筆下華姜女遺民形象的書写建構」（台湾大

学中国文学研究所碩士論文、二〇一五）がある。

(20) 一般に遺民の間では、暴政の国で、周からすれば夷の諸国に過ぎない秦は、清になぞらえられることが多いが、屈大均は「宗周游記」（『翁山文外』巻一）で秦を「宗周」と呼んで周への服属を強調する。王学玲「苦行歴険与厳弁華夷——清初屈大均之秦晋「宗周」游」（『清華中文学報』第十二期、二〇一四）参照。

(21) 注（19）参照。

(22) これ以外に、「女冠子・人日有憶」「女冠子・望月」「生査子」「望遠行」「人月圓」などの悼亡詞もある。

(23) そのうちの数篇は『屈大均全集』全八冊（人民文学出版社、一九九六）の第八冊の附録二「投贈集」に収められている。

(24) 屈大均「哀陳恭人詩序」（『翁山文外』巻二）に「予嘗て詩を為りて華姜を哭し、世の詞人之を見て、流涕せざるもの鮮《すくな》し。而して元孝（陳恭尹）も亦た其の華姜を哭するを以てするや、詩八百余言を為り、焦仲卿の体に倣い、長篇の聖に幾し。（予嘗爲詩哭華姜、世之詞人見之、鮮不流涕。而元孝（陳恭尹）亦以其哭華姜也、爲詩八百餘言、倣焦仲卿體、幾於長篇之聖。）」とある。

(25) 康熙十七年（一六七八）六月、尤侗は博学鴻儒に推挙されて北京の試験に赴き、十月に妻曹淑真の逝去の訃報に接する。休暇を得られず、彼は息子を郷里に派遣して妻を葬った。尤侗は北京にて彼女のために「哭亡婦曹孺人詩六十首」をはじめ多くの悼亡詩や悼亡詞を詠じた。彼の友人も多くの祭文や哀悼詩を寄せ、尤侗はそれをまとめて『哀弦集』前・後集とした。なお、後集には子や兄への悼亡詩も含まれる。

(26) 屈大均の王華姜への哀悼はこの康熙十年九月の「華姜衣笄冢誌銘」を以て一つの区切りとなるが、その後屈大均は王華姜が代州から伴ってきた媵《よう》（結婚の際に伴う婢女）を側室として納れており、彼女が亡くなった際には「亡媵陳氏墓誌銘」を執筆し、王華姜と同じ墓穴に葬っている。さらにまた彼は後年、王氏華姜、再継妻の黎氏緑眉、側妾の梁氏文姑と劉氏武姑の四人の肖像を一幅の画とし、「四一画像賦」を賦すなど、折に触れて王華姜を顕彰する。

（27） 楊積慶箋校『呉嘉紀詩箋校』（上海古籍出版社、一九八〇）巻九の「送友人之白門」の詩題の下に「友、廣東人也」とあり、其一「呉雲與粤梅、相見有何因、復問離居日、庭草二十年、庭草綠又黃、我耄君齒強」の句がある。また、屈大均『翁山詩外』の「読呉野人東淘集」其二に「江南與江北、秋總在君家、一片蕭條意、含陰作海霞、何須雲際雁、不必雨中花、已自堪腸絶、聲聲入暮笳」と見える。

（28） 汪国璠「愛国詩人呉嘉紀」（『文学遺産増刊』七輯、一九五九）は、呉嘉紀が屈大均に送った「送友人之白門」をもとに、呉嘉紀は反清活動に参加していたというが、確かな証拠があるわけではない。

（29） 呉嘉紀の卒年については、毛文鰲による一六八五年説（「清初遺民詩人呉嘉紀卒年新考」、『江海学刊』二〇一三年第四期）もあるが、今、邵春駒の一六八四年五月説（「呉嘉紀卒年再探」、『江海学刊』二〇二三年第一期）に従う。

（30） 呉嘉紀についての専著には、黄桂蘭『呉嘉紀《陋軒詩》之研究』（文史哲出版社、一九九五、のち古典詩歌研究彙刊第十二冊第二十二冊、花木蘭文化出版社、二〇一二）があり、亡妻については第一章「呉嘉紀的家世与生平」の第一節「四、妻子」に紹介がある。また、遺民としての呉嘉紀を論じたものとしては、厳迪昌『清詩史』（浙江古籍出版社、二〇〇二）第一編第一章三節「呉嘉紀与維揚・京口遺民群、兼論〝布衣詩〟」がある。また、論文には、黄雅歆「清初遺民詩人呉嘉紀的山水詩」（『中国文哲研究通訊』第十三巻第三期、二〇〇三）、楽進「清初東淘詩群的形成及詩歌創作」（『大衆文芸』二〇一九年第二十一期）、銭成「略論明末清初泰州東淘遺民詩群之成因」（『長沙大学学報』二〇一〇年第三期）、銭成「清初泰州〝淘上詩社〟遺民詩群考論」（『常州大学学報（社会科学版）』二〇一一年第一期）などがある。

(31) 楊積慶箋校『呉嘉紀詩箋校』(上海古籍出版社、一九八〇) 附録四所収。
(32) 楊積慶箋校『呉嘉紀詩箋校』(上海古籍出版社、一九八〇) 附録四所収。
(33) ただし、王士禛は晩年、『分甘余話』巻四において呉嘉紀の詩を手厳しく評している。陳美朱「論明清之際「布衣詩人第一」之争」(『高雄師大学報 人文与芸術類』十七号、二〇〇四)、蔣寅「王士禛与江南遺民詩人群」(『北京大学学報(哲学社会科学版)』二〇〇五年第五期) を参照。
(34) 以下、引用詩は楊積慶箋校『呉嘉紀詩箋校』(上海古籍出版社、一九八〇) に拠った。
(35) 呉嘉紀の出身については、諸説あるが、竈丁の人数には定数があり、彼自身が竈丁だったわけではないだろう。
(36) こうした塩商は清の学術文芸の庇護者でもあり、またすぐれた学者を輩出した。詳細は佐伯富「塩と支那社会」(『東亜人学報』第三巻第一号、一九四三)、のち「塩と中国社会」と改題して『中国史研究』巻一 (東洋史研究叢刊二十一、一九六九) に収載された論考を参照されたい。
(37) 「後七歌」其三「六十の老兄 天を仰ぎて泣く、田は他人に羈《ひき》ぐも名は籍に在り、吏胥呼びて徭役に応ぜ去《ゆ》かしめ、長く跪きて免を告すも免かるを得ず (六十老兄仰天泣、田羈他人名在籍、吏胥呼去應徭役、長跪告免免不得)」。
(38) 呉徳旋『初月楼聞見録』による。楊積慶箋校『呉嘉紀詩箋校』(上海古籍出版社、一九八〇) 附録五所収。
(39) 鶩は蝗を食する者として田家にとっては有難い存在であった。
(40) これに関する研究として、楊沢琴「清初揚州詩歌〝詩史〟呈現――以孫枝蔚・呉嘉紀・汪懋麟」(『蘭州交通大学学報』二〇一五年第五期) がある。
(41) 「双燕来」の正式な詩題は「燕子 陋軒に巣づくりして十年、今春 余適たま家に在りて、双燕来るに値う、内人之を顧みて色喜び、余に詩を賦さんことを乞う (燕子巣陋軒十年矣、今春余適在家、値雙燕來、内人顧之色喜、乞余賦詩)」である。

（42）汪懋麟「呉処士墓誌」による。楊積慶箋校『呉嘉紀詩箋校』（上海古籍出版社、一九八〇）附録五所収。

（43）王士禛の悼亡詩に関する研究には、三枝茂人「王漁洋の〈悼亡三十五首〉について」（『名古屋外国語大学紀要』第四号、一九九一）、王利民『王士禛詩歌研究』（中華書局、二〇〇七）第四章第一節「王士禛的悼亡弔挽詩」、荒井礼「王漁洋の「悼亡三十五首」について」（『国士舘大学漢学紀要』第十号、二〇〇七）、胡旭『悼亡詩史』（東方出版中心、二〇一〇）第八章第四節「王士禛：断腸方羨雉朝飛」、蔣寅「論王漁洋悼亡詩」（『蘇州大学報（哲学社会科学版）』二〇一〇年第四期）がある。

（44）尤侗「題王阮亭侍読悼亡詩後」三首（『于京集』巻二）参照。

（45）注（43）の三枝論文によれば、第一首が総述、第二～十一首が生前の妻についての回顧、第十二～十六首が身内の者を追悼、第十七～二十九首が季節の移ろい、第三十～三十五首が仏教的な内容となっているという。

（46）日本では菅茶山（一七四八～一八二七）が七十九歳の時、七十歳で没した後妻の宣のために詠んだ「悼亡」三首（『黄葉夕陽村舎詩』遺編巻六）がある。

第六章　清における聘妻への哀悼——舒夢蘭『花仙小志』を例に

はじめに

ここまで明清の亡妻および亡妾のための哀傷文学がどのように展開してきたかを見てきたが、本章では、清の詞人舒夢蘭[1]（一七五九～一八三五）の『花仙小志』を例に、その悼亡の対象が聘妻（婚約者）へと拡大したことを論じたい。

花仙とは舒夢蘭の聘妻郎玉娟（一七六四～一七八六）の異名である。なお、聘妻とは聘室ともいい、元来は嫡妻を娶ることをいうが、のちに婚約はしているが未だ嫁いでいない状態の女性を指す言葉として用いられるようになった。

『花仙小志』は舒夢蘭の『天香全集』十二種の一つではあるが、厳密にいえばこの書物は舒夢蘭の作品集というわけではない。舒夢蘭が郎玉娟と婚約するに至った経緯と、病のため結ばれることなく世を去った郎玉娟への悼亡をテーマとする士大夫たちの詩文を輯めたものである。舒夢蘭自身の作品も含まれるものの、舒夢蘭の悼亡に唱和した知友の作、舒夢蘭を慰める書簡、婚約から死別に至る経緯を記した伝奇など、収録作品の大半は知友の手になる。編者は銭塘の許元淮（乾隆五十四年の進士）である。[2]

なぜ彼らは自らの妻でもない女性、しかも友人のまだ正式に嫁いでいない聘妻の悼亡に唱和し、舒夢蘭を慰める書簡を寄せたのか、またなぜそれらをまとめた文集が刊行されるに至ったのか。

本章では、『花仙小志』に収録された舒夢蘭とその周辺士大夫の悼亡の作品を紹介しつつ、友人の婚約佳話とそれに続く友人の聘妻の死が仙女崇拝と相俟って才子佳人の物語となる過程を追いつつ、清代士大夫の聘妻の悼亡に対する心性と文学のありようを考察する。[3]

一、詞人舒夢蘭

舒夢蘭の祖籍は江西靖安である。字を香叔または白香といい、晩年に天香居士と号した。生まれてすぐ父の舒采願（一七二九〜一七七九）が甘粛中衛県渠寧司巡検（のち烏魯木斉呼図壁巡司）として赴任するのに随って西域に行き、十七歳までそこで育った。父が新疆に流謫されていた宋昱《そういく》と交遊があったことから彼を師として学び、父の帰朝後は北京の国子館に入った。二十歳のときに父を亡くし、その後は温州府同知や衢州府の知府を歴任した長兄の舒慶雲（一七五一～一八二九）を庇護者として、北京や南昌、南京で郷試を受験するが、ことごとく落第する。のち三十五歳を過ぎて再び上京した際に怡恭親王訥斎（一七四六～一七九九）の知遇を得て、王府の上客として遇されたが、郷試での下第は続き、怡恭親王が逝去した後に科挙の道を断念し南昌に帰隠した。一時期、王府で知り合った王子京の幕客として杭州に招かれたことがあるが、王子京の没後は再び南昌の天香館に帰り、教学と著述の日々を送りつつ、道光十七年（一八三七）、自宅で七十九歳の天寿を全うした。著作には『游山日記』十二巻、『古南余話』五巻、『婺舲余稿』一巻、『南征集』一巻、『湘舟漫録』三巻、『駿鸞集』三巻などがある。このほか、怡恭親王の王府に居た時に編纂した『白香詞譜』がある。

今日、舒夢蘭の名は専ら『白香詞譜』の編者として知られているといっても過言ではない。清代には頼以邠『塡詞図譜』、万樹『詞律』、王奕清等『欽定詞譜』、葉申薌『天籟軒詞譜』といった七百から八百首の詞を収める大型の詞譜が刊行されたが、『白香詞譜』が収録するのは唐から清初までの五十九家の一百首にすぎない。しかし、この簡便さがかえって詞の初学者を引きつけ、嘉慶年間以後、『白香詞譜』は実質的に詞の入門書ともいうべき役割を担ってきた。

舒夢蘭は早くに科挙の道を棄てて南昌に帰ったため、清の中央詞壇において屈指の地位にあったというわけではない。しかし、南昌ではこの地に赴任していた惲敬《うんけい》（一七五七～一八一七）や彭淑（一七七〇～一八〇八）とも交わり、またかつて王府の客であったという経歴も相俟って、当地では名の知られた詞人で、弟子も多かった。そのことは、嘉慶年間に著作を輯めた『天香全集』が刊行されていることからも知られる。

さて、乾隆四十九年（一七八四）、南京の郷試に下第した二十五歳の舒夢蘭は、帰郷の際に通りかかった句容の駅舎で、たまたま耳にした秋風に鳴る風鈴の音色に触発されて楽府「鉄馬辞」七解を詠じた。これが士大夫の間で評判となり、翌年、銭塘の許元淮が仲人となり、許元淮の姉婿にあたる杭州の郎賡（号は蠡湖）の五妹である郎玉娟と婚約することになる。しかし、舒夢蘭が母の看病のために杭州を離れている間に郎氏は病に斃れ、乾隆五十一年（一七八六）正月六日、ついに帰らぬ人となった。舒夢蘭はこの聘妻のために複数の悼亡詞を創作し、その死を悼んだ。二人の婚約から郎氏の死に至るまでの話は、当時の事情を知る士大夫たちの同情を集め、彼らの創作意欲を掻き立てたのであり、それらの作品を輯めたのが『花仙小志』である。

二、二つの『花仙小志』

『花仙小志』の具体的な内容は後述することとして、まず版本を整理しながら、この書物の成り立ちを確認しておこう。

現在、『花仙小志』には、二種類の版本があることがわかっている。一つは舒夢蘭『天香全集』所収本、もう一つは天津図書館に舒夢蘭『悼亡詞』という名で蔵されている本である。後者は天下の稀覯本であるが、十年前に影印本が『天津図書館珍蔵清人別集善本叢刊』第十七冊に『香郎悼亡詞』(4)という名で収録されたことで、日本に居ながらにして目睹することが可能になった。

『天香全集』所収本の『花仙小志』の巻首には、「嘉慶十二年春月都昌黄有華敬書」と署された序文が冠されている。ただし、題箋には「桐柏山房残版　我軒増刻」とあり、嘉慶年間に増刻された本の原版は「桐柏山房版」であったことが知られる。桐柏山房とは前掲の許元淮の書室名である。(5)

一方、天津図書館蔵本『天津図書館珍蔵清人別集善本叢刊』所収本を確認すると、題箋こそ失われているものの、巻首には次のような許元淮の序文がある。なお、〔　〕内は筆者による注である。

舒君香郎はわが友である。□□□□、去年　わが杭州の郎氏の妹の花仙と「鉄馬の辞〔風鈴を詠じた詞〕」がきっかけで縁組することになった。僕は方藕堂別駕とともに婚姻の盟約の証人となり、当時この佳話を聞いた者は競ってこれを記した。誰が思っただろう、その赤い糸が切れてしまうとは。都の人士はみな呆然とした。奉倩〔三国魏の荀粲。妻を亡い傷心のあまり亡くなった〕のごとき舒君を傷ましく思っただけではない。嫁がずして逝ってしまうのは、女性ではあり得ることだが、この中の知遇の雅趣や因果の奇譚は、記録して残す価値があり、ゆえにその□□贈慰、悼亡の各篇や思いを記したものを梓行する。さすれば西湖のほとりの花仙の魂も慰められるだろう。時に乾隆五十一年、年は丙午、端午の日、銭塘の許元淮、三衢の定陽講舎に書す。（舒君香郎吾友也。□□□□、去年與吾杭郎氏女弟花仙、以鐵馬新辭成蹇修佳話。僕與方藕堂別駕、同主婣盟、一時聞之者、競爲之記。不謂赤繩中斷。都人士咸爲惘然、不第傷奉倩也、夫未歸而殞、亦閨閣所時有、特此中知遇之雅、因果之奇、眞堪傳誌、故梓其□□贈慰悼亡各篇・志感也。夫而後西子湖頭、花魂或亦無憾矣。時乾隆五十一年、歳次丙午、端陽日、錢塘許元淮、書於三衢之定陽講舍。）

ここからは、二人の仲を積極的にとりもったのは、許元淮と方藕堂であること、花仙が嫁がないまま亡くなったことを嘆き、舒夢蘭を慰める書や悼亡の各篇を輯めた伝誌を上梓することを思い立ったのが許元淮であることがわかる。花仙の死は正月六日、序文は端陽すなわち五月五日の日付なので、かなり迅速に事が進められたらしい。

ただし、右の序文には書名が記されていない。そこで嘉慶増刻本の黄有華による序文を確認してみる。

わが師天香先生は、若い時から文才を有し、かつて「鉄馬の辞」によって仙女のごとき女性の知遇を得、許進士・方別駕が喜んでその媒酌人となった。まさに婚礼をあげようとするとき、たまたま天香先生のご母堂が病気になり、先生は婚儀を進めるのを中断して急いで帰郷した。婚約した女性は姑の病気を憂い、それで自身も病気になった。翌年、ご母堂は病が癒えたが、嫁御は夭折した。ただその肖像画が先生の天香館に残っているだけだ。その才は匹敵するものなく、その天賦の美は世に並ぶものなく、ふさわしい婿を選び続けて十年、一たび婚約するや否や夭折し、宗廟で婚儀を行った妻として、夫とともに祀られることにならなかったのは、なんと数奇な運命であろう。呉越の多くの才子たちは声を同じくして切歯扼腕し、一時、悼亡の佳篇が多く寄せられ、それに酬答が行われた。許進士がそれを編輯して上梓し、『花仙小志』と名づけた。美人と名士の佳和の究極のものだ。二十数年経ち、その事を知る者はだんだん少なくなった。昨日、劉恕堂が馬梅亭にむかっていうには、「さきごろ浙人の文選で蔡太史の「花仙伝」というのを見た。その出来事は甚だ雅趣に富み、人の情を悲しませるものだった」。……嘉慶十二年、春月、都昌の黄有華敬んで書す。（吾師天香先生、少負其才、曾以鐵馬辭受知仙媛、是故許進士方別駕、樂爲之媒。將成禮矣、會太夫人病、先生卽輟吉遄歸、而所聘則憂姑之憂、因而亦病。明年太君愈、而嫁娘殤矣、惟玉照

尚存香館。其才其匹、其天質之美、絕世獨立、十年相攸、一字而夭、至不得與廟見之婦、祔主而祀、何數之奇也。呉越多才、同聲扼腕、一時慶輓佳篇、後先酬答。許進士輯而梓之、名花仙小志、志美人名士之窮也。事隔廿餘年、漸無知者、一昨劉丈恕堂謂馬丈梅亭言、比見浙人文選有蔡太史花仙一傳、事甚雅而情可悲、且作合之禮成於詩、而衍期之疾本於孝、詩禮孝淑於義可風。……嘉慶十二年、春月、都昌黄有華敬書。）

右の序文からは、書名は許元准が上梓した当初から『花仙小志』であったこと、それから二十年後に劉恕堂（本名未詳）と馬梅亭（名は廷燮、嘉慶元年の進士）が蔡太史（名は綬）の「花仙伝」（第三節参照）を見たことがきっかけで、舒夢蘭の弟子にあたる黄有華が嘉慶増刻本の上梓を思い立ったことがわかる。天津図書館が『悼亡詞』という名で著録し、『天津図書館珍蔵清人別集善本叢刊』が『香郎悼亡詞』と命名したのは、この本の題簽が失われていて、『天香全集』所収本『花仙小志』の原本であることに気が付かなかったためと思われる(6)。

そこでここでは、天津図書館蔵本（すなわち『天津図書館珍蔵清人別集善本叢刊』本）を乾隆刻本『花仙小志』、『天香全集』所収本を嘉慶増刻本『花仙小志』と呼ぶことにする。

さて、乾隆五十一年（一七八六）刻本と嘉慶十二年（一八〇七）増刻本の間には、二十年ほどの開きがある。嘉慶増刻本は基本的に乾隆刻本に依拠しているが、収録詩文には出入がある。また依拠した本が残版であったためであろう、乾隆刻本に収録されていながら嘉慶増刻本には見当たらない作品もある。そのため、全体像を知るにはやはり両者を見比べることが必要になる。

表二は、両者を対照させた一覧である。行論の都合上、上段を嘉慶増刻本、下段を乾隆刻本としている(7)。

表二

	嘉慶十二年（一八〇七）増刻本『花仙小志』				乾隆五十一年（一七八六）刻本『花仙小志』			
1	闕佚				「序」	錢塘	許元淮	
2	「序」	都昌	黄有華					
3	「怡恭親王題花仙遺像」		怡恭親王					
4	附「香師報謝之作」		舒夢蘭					
5	附「香師自題花仙照四首」		舒夢蘭					
6	附「黄有華題詞五首」		黄有華					
7	「題詞用香師自題花照韻」		龔　鉽	漚舸				
8	「題詞」	武林	費　淳	筠浦				
9	「題詞」	南康	謝啓昆	蘊山				
10	「題詞」	鉛山	熊　枚	存甫				
11	「題詞」	南昌	戈　模	莊谿				
12	「題詞」	鉛山	蔣知節	秋竹				
13	「題詞」	新城	魯邦詹	雲巖				
14	「題詞」	東鄉	吳嵩梁	蘭雪				
15	「題詞」		涂槐先	西橋				
16	「花仙傳」	南州	蔡　綬		「花仙傳」	南州	蔡　綬	
17	「（鐵馬辭）原序」	北平	方維翰	藕堂	「（鐵馬辭）原序」	北平	方維翰	藕堂
18	「（鐵馬辭）原序」	泰州	宮履基	坦菴	「（鐵馬辭）原序」	泰州	宮履基	坦菴
19	前半闕佚「（鐵馬辭）原序」		（繆　湘	沁岩）	「（鐵馬辭）原序」		繆　湘	沁岩
20	闕佚				「（鐵馬辭）原序」		方　塘	蒸砂
21	「（鐵馬辭）原序」	莪洲	李三晉		「（鐵馬辭）原序」	莪洲	李三晉	
22	「胡秋官與香郎書」		胡克家		「胡秋官與香郎書」		胡克家	

23	「黄太史與香郎書」		黄壽齡		「黄太史與香郎書」		黄壽齡	
24	「鐵馬辭幷序」	靖安	舒夢蘭	香郎	「鐵馬辭幷序」	靖安	舒夢蘭	香郎
25	「和鐵馬辭韻」		許元淮	桐栢	「和鐵馬辭韻」		許元淮	桐栢
26	「湘雲歌幷序」		舒夢蘭		「湘雲歌幷序」		舒夢蘭	
27	「祭花仙墓」		舒夢蘭	香郎	「祭花仙墓」		舒夢蘭	香郎
28	「痁語悼亡幷序」十首		舒夢蘭		「痁語悼亡幷序」九首	香郎	舒夢蘭	
29	「月樓感事」		舒夢蘭		「月樓感事」		舒夢蘭	
30	「聞花仙歸殯湖上」		舒夢蘭		「聞內郎歸殯湖ト」		舒夢蘭	
31	「花忌日有感」		舒夢蘭					
32	「餞春歌」		舒夢蘭		「餞春歌」		舒夢蘭	
33	「和餞春原韻」	山陰	陳　漭	芳洲	「和餞春原韻」	山陰	陳　漭	芳洲
34	闕佚				「和餞春原韻」	豫章	弋〔戈〕模	莊谿
35	闕佚				「長恨歌幷序」	山陰	陳　漭	芳洲
36	「花燈辭有引」		舒夢蘭		「花燈辭有引」		舒夢蘭	
37	「迎春曲」		舒夢蘭		「迎春曲」		舒夢蘭	
38	「藕堂與香郎書」		方維翰		「藕堂與香郎書」		方維翰	
39	「蠡湖復香郎書」		郎　賡		「蠡湖復香郎書」		郎　賡	
40	「慰書」	亞廷	葉封介		「慰香郎論」	亞廷	葉封介	
41	「西橋與藕堂桐栢書」		涂槐先		「西橋與藕堂桐栢書」		涂槐先	
42	「花生日病中懷舊」		舒夢蘭					
43	「清明日舟次爲花仙作」		舒夢蘭					
44	「花仙降乩詩」二首		郎玉娟		「花仙降乩詩」二首		郎玉娟	
45	「坦菴慰香郎書」		宮履基					
46	「花忌記附俗謠」	香臨女史	李玳月					
47	「跋」		舒　春		「跋」		舒　春	

まず、乾隆刻本に冠されていた表中の1「序」（許元淮作）は、嘉慶増刻本では闕佚しており、代わりに2の黄有華「序」に取って代わっている。このほかの闕佚は19「（鉄馬辞）原序」（繆湘作）の前半と、20「（鉄馬辞）原序」（方塘作）の全文、34「和餞春原韻」（戈模作）、35「長恨歌並序」（陳滂作）であり、計五篇が嘉慶増刻本で闕佚していることになる。これらは意図的な削除とは考えにくいので、基づいた原本に残闕があったものと思われる。

しかし、中には両方に収録されていながら、内容が一部異なっているものもある。25「鉄馬辞並序」六解が嘉慶増刻本では改作され、28「痁語悼亡並序」（舒夢蘭作）は乾隆刻本で九首だったものが、嘉慶増刻本では十首となっており、第六首、第八首が改作され、詩順も並び替えられている。また嘉慶増刻本の30「聞花仙帰殯湖上」（舒夢蘭作）は、乾隆刻本のもとの詩題は「聞内郎帰殯湖卜」である。また40「慰香郎論」（葉封介作）は増刻本では「慰書」に変更になっている。このほか16「花仙伝」（蔡綬作）にも、文字の異同が認められる。

嘉慶増刻本で新たに増補されたのは、黄有華の「序」のほか、舒夢蘭の5「自題花仙照四首」と怡恭親王の3「題花仙遺像」、舒夢蘭による4「報謝之作」、黄有華が舒夢蘭と怡恭親王の唱和に触発されて詠じた6「題詩五首」、さらに舒夢蘭の「自題花仙照四首」に唱和した7～15すなわち龔鉽、費淳、謝啓昆、熊枚、戈模、蔣知節、魯邦詹、呉嵩梁、涂槐先《とかいせん》らの作である。これらは、舒夢蘭が怡恭親王訥斎の王府に滞在していた時期の、怡恭親王とその周辺人物を中心とする文学サークルでの作品群である。

さらに舒夢蘭が後日詠んだ悼亡の作である31「花忌日有感三首」、42「花生日病中懐旧」、43「清明日舟次為花仙作（満江紅）」も収録されており、このほか宮履基による45「慰香郎書」、舒夢蘭の妻である香臨女史こと李玳月（一作戴月）による44「花忌記附俗民謡」も増補されている。なお、先の怡恭親王の3「題花仙遺像」の親王の跋によれば、花仙遺像の端にはこの李氏による小記があったという。

三、蔡綬「花仙伝」と仙女崇拝

『花仙小志』中の白眉は、何と言っても16「花仙伝」である。舒夢蘭と花仙の婚約から花仙の死までの事のあらましを述べたもので、「伝」というが、内容や構成はほとんど伝奇小説に近く、二人の前世は天界の仙人（または仏神）という設定になっている。(8) 作者は南州（南昌）の蔡綬であるが、蔡綬については経歴未詳である。

序にあたる部分と末尾の伝賛にあたる部分を省略し、左に現代語訳をあげておく。

花仙の姓は郎、名は玉娟、小字は国香、五女である。その祖は清朝樹立に勲功があった者の末裔である。防禦という軍官名で浙江に赴任し、それを代々世襲していたが、父が進士甲科に及第して江蘇で官を歴任したことで、八旗の軍籍を離れる勅許を得、それで杭州に家を構えた。彼女の母の于夫人は観音菩薩の敬虔な信者であった。ある日、天竺寺に詣で、西湖の畔の花神廟（西湖の孤山にあった花神廟を指す。雍正九年に総督李敏達が建設。湖山の神のほか十二カ月の花の女神を祀っていた）に至った。美しい女神像が並ぶ中で、西廊の紅粧で蘭を手にした仙女の艶やかさはとりわけ際立っていた。于夫人はこれをじっとみつめ立ち去り難く思い、戯れに「こんな女の子に恵まれたいものね、そしたら当代一の立派な婿さんにめあわせてあげなくてはね」と言った。夫人は帰った後、身ごもった。この時夫人にはすでに四男四女がいた。次男の蠡湖《れいこ》〔名は賡《こう》〕は孝行者で、母親が高齢で身ごもったことを心配し、観音菩薩に祈り、安産のために喜捨して橋を建てた。甲申の年の中秋に橋が完成した。夫人はたいそう喜び、月の下で座っているといつの間にか夜が更け、気が付けば月の宮殿にいて、かの紅蘭仙子に再会した。それは夢とも思えなかった。次の日の真夜中に、花仙が生まれた。

彼女は生まれつき賢く、幼い時から女家庭教師に就いて学び、数年すると読んでいない本はない程になった。とりわけ『昭明文選』を熟読していて、そのため文芸は何でもござれだった。小楷は唐の鍾紹京の「霊飛経」や顔真卿の「麻姑仙壇記」を学んで、端秀にして工麗であった。花卉を描くのがうまく、絵筆を刺繡針にもちかえてもその出来栄えは本物の花のようだった。兄たちはみな音楽が得意で、花仙は母を楽しませるため笛で和し、あるいは琴瑟や紅牙板〔拍子木〕を手にしても、調子が合うというだけでなく、どれも二度と再現できぬほどのすばらしさであった。

鉄馬〔風鈴〕の音は、人を哀切な気分にさせるものだが、花仙は小さいころからこれが好きだった。父や兄が江淮で任官していた間は、あちこちで暮らしていたが、必ず楼にのぼり、雨や風に鳴る風鈴の音に、横笛や琴で応和した。そのために彩雲や明月はみな様相を変え、花仙もまたもの悲しい思いにとらわれるのであった。

まだ婚約する前のこと、母親が観音様のお参りに行く際に花神廟を通りかかると、西湖に遊んだ女たちが、「紅蘭仙は郎のお嬢様にそっくりですが、活き活きした感じがありません。漢武帝の妃の尹夫人が邢夫人の美しさを見て羞ずかしく感じたようなものですわ、ましてや私なぞは」と言った。こうして彼女は花仙と号されるようになった。

西湖は揚州の平山や蘇州の虎丘とともに江南の名勝地である。呉の習俗はピクニックが好きで、毎年春と秋の佳日には着飾った女性が雲集した。普段から美しいと評判のあった者は、花仙を見るとみな茫然とし、あちこちで噂しあい、妬ましく思う所をあれこれいう者もいるなど、それほどまでに彼女は美しかった。性格はおしとやかで、おしゃべりを好まず、普段から大声をあげたり慌てて走ったりせず、奴婢たちも神様のように崇めていた。

長じて父を喪った後は、母の兄が沛県の知県として赴任するのに随った。折しも徐水や淮水で水が出て、巨万の救援をすることになり、花仙は母に代わってそれを統括したのだが、少しの間違いもなかった。徳あり知恵もありの多能ぶりは、天から授かったもののようだった。そのため江南の顕族で求婚する者がたくさんいたのだが、夫人はすべて塵芥のようにこれを斥けた。ほどなくして夫人が病み、危篤の際、息子たちに諭して、「五女はこの世の人ではないので、婿選びは慎重にすべきです。才ある壻が得られるのなら、死んでも憾みはありません。そうでなければ孝子とはいえません」と言った。蠡湖は涙ながらにこれを拝命し、三年の服喪期間が終わると、母を葬るため揚州から帰郷し、西湖のほとりで法事を執り行った。弔問に訪れた銭塘の親族は、薄化粧で哀しみをたたえた花仙の様子がまるで蓮華を手にして現れた白衣の観音のようで、あえて近づいて視ようとしなかった。許桐柏孝廉の妻もその場に居り、帰宅して桐柏に言った。「舟の中で詩を作ってその美しさを表現しようとしましたが、趙飛燕では痩せすぎ、楊玉環では肥えすぎのように感じ、どちらに擬えることもできませんでした。ただ『坐立図画を成す〔座った姿も立った姿も絵になる〕』の五文字ができただけです」と。桐栢は喜び勇んで、「衢州の太守の弟の舒香郎という者は、歳は若いが非凡な才能のもち主で、相手がなかなか決まらない。私はたまたま彼が書いた詩文を目にし、驚歎して交りを結んでいる。風采もとりわけ立派で、玉山の宝剣のようで、花仙と並ぶとお似合いではないか」といった。そこで行李の中を探し、香郎直筆の「鉄馬辞」の軸をみつけ、これに仲人役をさせることにした。蠡湖はこれを読んで喜び、花仙には偽って昔の才人の作だと言った。花仙は嘆息して、「李太白や董其昌〔号は思白〕のようで、詩書ともにすばらしく、漢武帝が司馬相如を気に入ったみたいに好きになりました」と言ったので、蠡湖はますます喜んだ。

天台の別駕である方藕堂〔名は維翰〕は名士である。蠡湖の近い親戚で、これを聞いて面白がり、桐栢とともに香郎の兄の靉《あい》亭《てい》太守〔舒慶運〕に書を送った。太守は事情を太恭人〔舒夢蘭の母親〕に申し述べると、太恭人は大いに喜び、香郎に命じて舟で杭州に行かせた。香郎は蠡湖や藕堂と桐栢山房で会飲し、かくて婚約の盟が結ばれることになった。当時の名の通った士人は争ってそれを記した。鉄馬の音が二人の仲をとりもったというのは、かつて簫史が笙の音で秦の穆公の娘を引きつけた故事と同じである。

舒太恭人は呉氏といい、賢母である。代々姑に仕えて、観音様を敬虔に拝んでいた。香郎誕生の夕べ、観音から蘭を授けられる夢を見た。この時、香郎の父の中憲公〔舒采願〕は僧舎で幽静な生活を送っていたのだが、彼も香華の行列が厳めしく戎装した一神を先導して家にやってくる夢を見た。この日、香郎が生まれ、それで夢蘭と名づけた。父母はとくにこれを可愛がった。ほどなくして西夏〔甘粛〕に赴任した。ある悪漢が赤子の彼をだまして、身に着けていた金の腕輪を持ち去り、そのことに誰も気づかなかった。後になって群衆の間にあの盗人を見つけた彼は、すぐに手で合図した。周りの者は不思議に思ったが、それを捕らえてみたところ腕輪が見つかった。時に香郎は生後八カ月で、衆人はみな神のようだと驚いた。

香郎の師は宋曜寰〔名は昱〕といい、玉田出身の著名な進士である。中憲公〔舒夢蘭の父〕と詩文の交わりがあり、香郎を自分の子のように可愛がった。中憲公が官を辞めて南昌で没すると、香郎は殯室に寝起きし、礼の規定どおりに三年の喪に服した。乾隆四十六年辛丑の年、元宵節の夜に、舒は父からの使いに呼び出される夢をみた。路が河に行きあたったところで舟に乗り、ゆっくり水の間を進んでいくと、しばらくして清渓の竹塢の中から鉄馬の音色が聞こえてきた。心が動き、舟を下りてそれを辿ったところ、なんと観音さまのお寺に一人の薄化粧の美しい女性がいて、香郎を招き入れ、身に着けていた腕釧を外し、彼の両肘につけてくれた。まさに情を通じようとしたその時、突然先払いの声がした。貴顕の家からお参りに来たようだったので、がっかりしてそこを辞した。父の所に行くと、師もまたその場に居て、彼の多情を叱り、鋭利な刀で十本の指の爪を切り、そこで痛くて目が覚めた。ほどなくして都の友人がきて、宋師の訃報を聞いた。亡くなったのは夢の前とのことで、それで香郎は涙を流して震えあがり、しばしば同学の者に向かってこのことを話したが、その意味を言い当てることができるものはいなかった。

乾隆甲辰〔四十九年〕、試験に赴く際に西湖の花神廟を通りかかり、紅蘭仙子を見た。夢の中で腕釧をくれた人にひどく似ていたため、不思議に感じかつ心奪われ、詩を贈った。「夢中先に到る 苧蘿の村〔西施の古里〕、西子の湖辺 粉黛尊し、小袖の紅粧 蛺蝶の如く、錦亭常に貯う 落花の魂、一様の花神 別様に看る、同心方《まさ》に覚ゆ 臭《にお》い蘭の如し、曲池暗かに引く 西湖の水、応《まさ》に芳魂の夜 闌に倚るを照らすべし」。

この年落第して帰郷するのに秣陵の駅中で秋風に鳴る鉄馬の音を聞き、古楽府七解を作った。父や師の訓えと条脱〔らせん状の腕輪〕の音とに触発されて序を作った。夢の中と廟の中のことは何かの予兆だとは感じてはいたが、この楽府によって花仙女史に名が知られ、婚約することになり、さらに花仙は最初から蘭仙の化身で、容貌もそっくりだとは思いもしなかった。これが因果でなくて何であろう。そのため再び花神廟に行き、長い間熟視していると、とたんに感慨がこみあげ、立ち去りがたくなった。そして雨に阻まれて、廟に泊まることになった。

時に蠡湖は西湖の断橋残雪の楼に避暑にきており、香郎の向こう岸に居た。舒夢蘭のことを聞き、使いをやって衣服や食べものを贈って、湖浜を頻繁に行き来した。そして花仙に戯れて言った。「妹が壻さんを繋ぎ留めているけどどうしたものかね」と。この夏、暑気あたりをした花仙は小さい咳をしていた。その後、花仙は姉妹で湖のほとりに遊びにきても、花神廟に入ろうとしなくなり、みんなは「花神に嫉妬しているの？　それとも舒さまの魂がそこにあるのが怖いの？」とからかった。

まさに結婚という時になって、香郎の母が急病で重篤になり、手紙で戻るように言ってきた。舒は天竺寺に飛んで行き、数百回も額づいて、身代わりになることを乞うた。こうして彼は母のもとに帰って看病することになった。花仙はひそかにこれを憂い、嗽がますますひどくなった。蠡湖はもともと妹思いで、たびたび香郎の美点を挙げて彼女に説明し、それはまるで彼の肖像を描写するかのようだった。さらに彼は、「これほど才長けた壻さんを得たのだから、いつまでも病気ではいけないよ」と言った。誰が思うだろう、病人が病を畏れ、それで別の病気が重くなるとは。やむをえず医者に診せに蘇州に行くことになり、舒がいる衢州からますます遠くなった。舒太恭人は彼女の孝心に感動し、香郎に手紙で病状を問うように命じた。花仙はすでに再び起き上がれないのではないかと思い、涙で擦った墨で評書〔長篇の語り物〕を写し、棺に入れる副葬品として準備した。その年の暮れ、一番下の兄の謝庭も病気になり臨終を迎えた。花仙は急ぎ見舞いに行った。謝庭が言うには、「妹は後世に伝わる人だよ、近頃『千年芳草　玉娟の墳』という七文字ができたよ、これを妹に贈ってお別れとしよう」と。花仙は眉を顰めて、「どうして『杜鵑の魂』にして下さらないの」と言った。謝庭が亡くなったことが、花仙にはますます不吉に思われて、懸命に薬を飲んだ。香郎からの見舞いの手紙が何度も届き、手紙が届けば小康状態になり、またすぐに病状が悪化し、医者たちも手を束ねた。

元旦にきれいに化粧し、助けを借りながら祝いの詞をいい、家族に向かって「昨夜から菩薩に附き従って仙界に向かっていましたところ、元妙観の隅にさとうきびを見かけました。それでさとうきびの汁が飲みたくなりました」と言った。行ってみると、その通りだった。三日経って、死期を悟り、姉たちと涙の別れをした。部屋中の者はみなすすり泣き、仰ぎ見ることができなかった。花仙が書いた手蹟や詩および琴や本、愛用の品はすべて前もって焚き、花嫁衣裳や何万もする宝石も灰になった。これは満洲八旗の習俗である。五日、立春の日、「恨む莫かれ 春帰して花始めて発《ひら》くを、憐む可し 花落つるは春の前に在り〔春がめぐってきて花が開くのを恨んだりしないでください、春の前に花が散ってしまうのを憐れにお思いください〕」という句を作った。翌日、絵描きを読んで病気の姿を描かせ、兄や嫂にそれを進呈して、涙をぽろぽろこぼしながら「名残は尽きません」と言った。言葉の終わらぬうちに突然「菩薩が参りました」といい、息を引き取った。姉たちが取り囲んで泣くと、二時間して蘇生したが、話すことはできず、ただ自ら両腕の腕輪を外して次兄の蠡湖に渡して、目で意を伝えた。蠡湖は大声で哭き、「わたしが絵や腕輪などを手ずから香郎に渡すよ」と言った。花仙は丙午の春、正月六日申の時刻に仙去した。享年二十三であった。

この日香郎は衢州に寓居していて、千里離れていた。夕べに六年前に竹林で腕輪を贈った人がきらびやかに盛装し蘭を佩びている夢を見た。その人は「あなたは韋陀なのです、むかし天竺寺に観音のお参りに行った時、あなたといちゃついたため、仏の教えを破ったとされ、両方ともこの世に落とされ、そのためこの苦しみがあるのです。あなたの孝義に感じて先に誤りを諭しにきました」というのだった。香郎は急いで事情を問うたが、相手は、「来月の今日、知ることになるでしょう」というのだった。そこで目が覚めた。覚めてから歎き、訝しく思い人に話したが、みな幻でも見たのだろうというばかりだった。ほどなくして花仙の訃報が届いた。衢州の役所の者は大変驚き、その報せを秘匿し、彼に報せなかった。しかし香郎の魂は夢の中で感通していて、しばしば不思議な徴があった。この時、蠡湖と藕堂と桐栢は心を痛め、友人に不測の事態が起こることを心配し、偽の手紙を作って彼を欺いていた。
二月六日、ついにその死を知ることになった。遺贈の品が届き、絵をひらいて花仙の病身の姿を見てみると、夢の中と廟の中で会った人と寸分違わず、始めて苦海の情塵は前世に原因があり、父と師が爪を切って諭してくれたのは、実は仏の慈悲であったことを悟った。そして大声で泣いてその絵を蠟燭で燃やそうとした。幸い部屋にいた人がそれを救ったので免れた。

絵の中の楼には風鈴が十数個掛かっていて、彫刻のある欄干と石のテーブルの間で花仙は蘭の一枝を捧げ持ち、詞〔鉄馬辞〕をひらいてじっと見ており、そこに心を集中させているようだった。そのほか匣の中には手製の刺繡入りの詩嚢——これは病中の未完の作——、金牙杖の香り袋のハンカチ一枚、玉墜香の扇子が一つ、金の腕輪が二つ、かつて身に着けていた刺繡入りの靴一そろいが入っていた。花仙の没後、親戚全員および閨秀の花仙を知る者は、みなその異変を聞いて涙をこぼし、花神廟や花仙の殯室にお参りにいく者もいた(9)。

右の「花仙伝」は才子佳人の伝奇小説仕立てとなっているが、先述したとおり二人の前世は仙人とされている。すなわち郎玉娟が西湖の花神廟に祀られていた紅蘭仙女の生まれ変わりであり、舒夢蘭がもとは韋駄であるという設定や、二人は恋情を抱いたがため罰せられて人間界に降世し、前世の因縁で再び引き裂かれるというプロットは、明らかに明末清初に流行した仙女降下譚の影響を受けたものといえる。そしてその底流にあるのは、「薄命の佳人」＝「降世した仙女」という共通認識であり、文学上の見立てである。

合山究は、明清時代には出自や経歴がはっきりしている実在の佳人の中にも、薄命の佳人であるがゆえに、死後、仙女になったとみなされて、同時代の人々から宗教的な尊崇を受けた女性が何人も現れたとし、具体例として明の王曇陽（王錫爵の娘）、明末の屠湘霊（屠隆の娘）、馮小青、葉小鸞（葉紹袁の娘）、陶楚生（茅元儀の妾）、董鄂妃（順治帝の妃）、郎玉娟などを挙げている(10)。

このうち陶楚生の話は花仙と共通する点が多い。『列朝詩集』閏集第六陶楚生小伝によれば、陶楚生はもと明末の金陵の名妓で、茅元儀の妾となり、嫁いで三年で亡くなった。臨終の際に羽幢（旗をもった儀仗隊）の迎えがきたのを見て、「私は西玄洞の主である」と言った。当時の詞人たちは悼亡の作を寄せ哀悼の文を作り、それらをまとめたものは『西玄洞志』と名づけられたという。彼女はさらにのちに降霊して自伝を述べ、自分は瑶池西玄洞八主の一人であり、名は倩英、茅元儀は東朝大元宮の二品才官であったが、彼を思い詩に次韻したため、二人とも謫仙されたのだと語った。

『西玄洞志』は今日、伝存が確認できないが、乾隆年間に成立した『花仙小志』がこれを襲った書物であり、「花仙伝」は陶楚生の話を下敷きにして書かれた可能性は高い。ただ異なるのは、陶楚生が妓女であり、花仙が聘妻だということである。

明末の妓女は士大夫と対等にわたりあえる素養を有し、士大夫と妓女が文芸を含めて誰憚ることなく密接な関係を結ぶことができた時代であった。それに比べて清代は雍正帝の時に楽戸の廃止令が出て以降、士大夫と妓女の交遊は明末清初ほど自由闊達なものではなくなっていく。乾隆年間の文人が妓女ではなく聘妻を仙女に見立てて詠じたことの背景には、こうしたことも関係していたと考えられる。

四、悼亡と唱和

「花仙伝」以外の、『花仙小志』に収録されている作品を簡単に紹介しておこう。これらの作品は当時の社会と士大夫たちの悼亡に対する心性をよく物語っている。

まず、24「鉄馬辞並序」は舒夢蘭が世に知られ、花仙と婚約するきっかけとなった作である。25「和鉄馬辞韻」は許元淮が二人の婚約を言祝いで詠じたものである。21「(鉄馬辞)原序」は、許元淮から和韻詩を呈示された李三晋が、原作の「鉄馬辞」を読んで書いた序文である。22「胡秋官与香郎書」と23「黄太史与香郎書」は、許元淮を通じて二人の婚約を知った胡克家と黄寿齢が舒夢蘭にあててそれを祝った賀書であるが、許元淮の跋文によれば、胡と黄は舒夢蘭と直接面識があったわけではないようだ。しかも実際にこの書簡が舒夢蘭のもとに届いたのは花仙が没した後である。

26「湘雲歌」の作者は舒夢蘭であるが、これは天台の別駕である方藕堂が郎氏との仲立ちをしてくれたことに対する返礼として制作されたものである。舒夢蘭の序によれば、花仙が病気だと聞き、憂いのあまり「湘雲歌」を作る約束を失念していたが、方藕堂から某処士の合格のお祝いにしたいという手紙が来たので、一夜で書き上げたという。

28「痁語悼亡並序」、29「月楼感事」、30「聞花仙帰殯湖上(乾隆本作「聞内郎帰殯湖卜」)」、の三篇は、舒夢蘭が花仙の訃報に接した直後に詠んだ作である。32「餞春歌」は、その年の浴仏日(四月八日)になって衢州の兄の官舎の楼閣に登って詠じたもので、34と35の「和餞春原韻」は陳滂と戈模による唱和である。27「祭花仙墓」は、しばらく経ってから舒夢蘭が西湖の桃源嶺に詣でたときの作である。35「長恨歌並序」は陳滂が舒夢蘭の悼亡の諸篇を読んだ後に、彼の心情をおもんばかって創作したものである。

36「花灯辞有引」は、乾隆五十一年元宵節（正月十五日）に、37「迎春曲」は小年の日（十二月二十四日）に舒夢蘭が詠んだもので、一見、悼亡とは無縁であるが、許元淮の注によれば、花仙の死後に舒夢蘭がこの二章の詩語に不吉な兆しが表れていたと涙ながらに語ったため、ここに収録したという。(11)

『花仙小志』は友人たちから寄せられた書簡も多く収めている。38「藕堂与香郎書」は上巳の前一日（三月二日）に方藕堂（維翰）が舒夢蘭を慰めるために送った書簡で、39「蠡湖復香郎書」は花仙の兄の蠡湖（郎賡）が花仙の遺贈の品を舒夢蘭に送った時の書簡である。40「慰書（乾隆本作「慰香郎論」）」は葉封介が老荘の立場で舒を慰めたものだが、47「跋」によれば、舒夢蘭のおいの舒春が口述筆記したものらしい。41「西橋与藕堂桐栢書」は涂槐先（号は西橋）が花仙の死により憔悴している舒夢蘭を慰めるために作った詩文集を方維翰と許元淮に送った時のものである。

44「花仙降乩詩」は、扶乩によって花仙の霊を降ろし、霊媒が乩盤の上に自動筆記した文字を写した詩である。扶乩は民間の信仰ではあるが、明清の文人の間では広く行われていた。(12)

嘉慶増刻本で新たに収録された31「花忌日有感」、42「花生日病中懐旧」、43「清明日舟次為花仙作」の三篇は、乾隆刻本が上梓された後に舒夢蘭が詠じたものであろう。45「坦菴慰香郎書」と46「花忌記附俗謡」も嘉慶増刻本のみに見える作品で、前者は友人の宮履基（号は坦菴）からの書簡、後者には香臨女史こと李玳月（一作戴月）すなわち舒夢蘭の嫡妻となった女性の署名がある。45「坦菴慰香郎書」は七月二十一日の日付があり、宮履基は舒夢蘭の兄からの書状で舒夢蘭が新たに臨川の李尚書の孫女玳月と婚約したことを知り、これが舒夢蘭の慰めとなるように願っている。引用された舒夢蘭の兄からの書状によれば、以前李氏との間で縁談がもちあがっていたものの、話がまとまる前に花仙との婚約に至ったのでこの話は立ち消えになったこと、このたび花仙の辞世の句（「花仙伝」に既出）を思い、改めて戈模（号は荘谿）と渁槐先（号は西橋）の仲介で李氏を娶ることになったという[13]。

収録作品のうち、特に目を引くのは46「花忌記附俗謡」である。作者は舒夢蘭の嫡妻李玳月であり、花仙の命日を記念して書かれたものである。花仙の死後、花神祠にて女道士が始めた縁結びのまじないの盛況ぶりを紹介し、さらに当地の女子が歌っていた俗謡が書き留められている。全四首のうち其三と其四の二首のみを挙げる。

玉娟珍重報東皇　　玉娟珍重せられて東皇に封ず
十色臙脂染作粧　　十色の臙脂　染めて粧を作す
臙脂易淡情難淡　　臙脂は淡くなり易きも　情は淡くなり難し
散花天女探花郎　　散花の天女　花郎を探ず　（其三）

蘇堤十里楊緜飛　　蘇堤十里　楊綿飛び

聖水三春錦鴨肥
一騎香塵千日醉
舒郎何處踏花歸

聖水三春　錦鴨肥ゆ
一騎の香塵　千日酔い
舒郎　何処《いずく》にか花を踏みて帰る　（其四）

右の俗謡は、本来は悲話であるはずの花仙と舒夢蘭の物語が、時が経つにつれてその悲劇性が淡化して民間に流布し、ついに花神廟での恋占いや縁結びの願掛けの習俗が生まれたことを示している。

五、清代における聘妻の地位

冒頭で述べたように、聘妻とは結納を交わしたとはいえ正式な婚儀を終えていない女性である。そのため礼法上は婚家の婦とはみなされないはずである。しかし、清の人々の生活上の意識は違っていた。舒夢蘭のおいの舒春は、巻末の47「跋」で、この書の成り立ちについて次のように記している。

わが叔父〔舒夢蘭〕と許桐栢先生は文学上の知己である。二人は唱和のたびにわたくし春に命じて記録してそれを仕舞わせていた。それで愚鈍な私もだんだん向学心が芽生えてきたように思う。この冊子は叔母の仙蹟である。許先生はこれを合わせて上梓し、それで叔父を慰め、永遠にそれを伝えようとした。人を大切にするに徳をもってするとはこのことである。（家叔父與許桐栢先生爲文章知己、每有唱和、輒命春錄而藏之。自念魯穉亦漸有向學之志〔「向學之志」乾隆刻本作「好名之想」〕。此册乃叔母仙蹟、先生合梓之、以慰叔父而傳無窮、可謂愛人以德矣。)

この跋で舒春がいうところの「叔母」が舒夢蘭の聘妻の郎氏花仙を指し、「叔母の仙蹟」が郎氏を仙女に見立てての謂いであることは明らかである。未だ婚儀を終えずとも、当時の人々の意識では郎氏はすでに舒の家の婦《つま》であり、舒春の叔母であった。

次にあげる27舒夢蘭「祭花仙墓」は、彼が花仙の墓に詣でた時の作であるが、当時の士大夫の聘妻に対する意識がよく表れている。なお、「祭花仙墓」の題下の注には「聘妻郎玉娟の墓なり、西湖の桃源嶺下に在り」とある。

颷風窸窣鳴深夜
蟾蜍漏咽釭花謝
是時仙子已魂來
鰥郎夢見常娥寡
嗚呼莫恨身未嫁
焦桐璞玉尤無價
嗚呼莫恨身無嗣
姬人所生皆君兒
會當同穴湖之湄

颷風窸窣　深夜に鳴き
蟾蜍　漏咽し　釭花謝す
是の時　仙子已に魂来り
鰥郎〔やも男〕夢に見る　常娥の寡なるを
嗚呼　身は未だ嫁がざるを恨む莫れ
焦桐　璞玉　尤も価無し〔焦げた桐や磨かれていない玉こそ無価の宝〕
嗚呼　恨む莫れ　身は嗣無きを
姬人の生む所は皆な君の児なり
会《かなら》ず当に湖湄に同穴すべし

百年旦暮寧愆期
爾時合沓花神祠
群花艶羨儂與汝
反欲未嫁先別離
（中略）
吾曾寓書蠡湖舅
葬汝西湖高敞處
以吾之名、題汝之墓
庶幾魂魄有所附
（中略）
汝兄與吾皆至親
誓當愛敬終吾身
幷令汝子與兄子
他年更約爲昏姻
聊代汝報兄嫂恩
魂兮有知毋悲辛
（中略）

百年　旦暮　寧ぞ期を愆《あやま》たん
爾の時　花神の祠に合沓し
群花は儂《われ》と汝とを艶羨し
反って未だ嫁がせずして先に別離させんと欲す
吾　曽て書を蠡湖の舅に寓し
汝を西湖の高敞の処に葬り
吾の名を以て、汝の墓に題せしむ
庶幾くは　魂魄の附する所有らんことを
汝の兄は吾と皆な至親たり
誓う　当に愛敬もて吾が身を終うるべしと
並びに汝の子と兄の子をして
他年　更に約して昏姻を爲し
聊か汝に代わりて兄嫂の恩に報いしめん
魂よ　知る有らば悲辛する毋かれ

魂兮魂兮歸來歸來　魂よ魂よ 帰り来たれ帰り来たれ
吾當貯以黄金臺　吾 当に貯うるに黄金の台を以てすべし

末尾の自注には「花仙はいまわの際に、柩を舒夢蘭の郷里である靖安に帰してほしいと頼んだ。私はそれを承知したので、そのこともここに記しておく。(花神彌留時、有歸柩靖安之隱、已許之矣。幷記於此)」とある。

これによれば、花仙は舒夢蘭の先祖代々の墓に帰葬されることを望んだが、靖安までの道のりは遠く、この時は柩を運ぶ算段がつかなかったためか、花仙の柩は療養先の蘇州から杭州に戻され、西湖の桃源嶺に葬られることになった。舒夢蘭は墓前で側室が生んだ子はみな花仙の子だといい、自分の死後は同じ穴に入ることを誓う。また花仙の兄を舅と呼び、将来は自分たちの子と兄の子を結婚させようともいう。

よく知られているように、『周礼』「地官」には「禁遷葬者与嫁殤者」とあり、古礼は明確に遷葬と嫁殤を禁じている。遷葬とは生前夫婦でなかった男女を合葬すること、嫁殤は成人することなく夭折した女性と結婚することである。儒家の立場ではともに否定されるが、実際にはこれらは冥婚合葬と呼ばれ、未婚の死者の魂を慰めるためと称して中国社会で広く行われてきた。第二節で挙げた黄有華の「序」には、劉恕堂が馬梅亭に語った言葉が紹介されており、ここには当時の社会習慣と士大夫の意識がよく表れている。

昨日、劉恕堂が馬梅亭にむかっていうには「さきごろ浙人の文選で蔡太史の「花仙伝」というのを見た。その出来事は甚だ雅趣に富み、人の情を悲しませるものだった。婚姻の誓いは詩歌がきっかけで、婚礼を延期せざるを得なくなった花仙の病は孝心から出たものであり、詩礼や孝淑の義という点で模範とすべきものである。花仙にはかねてより婚約者の郷里に帰葬してほしいとの希望があったとか。君はどうして双渓〔舒の郷里靖安を指す〕の浄土に花仙の墓を築造しないのだ。隠れた徳を表彰し、儀表を広く推奨することこそ賢侯の事業である。『周礼』が遷葬と嫁殤を禁じているのは、周の時代の礼にすぎない。今、遷葬はいたるところで行われており、嫁殤に何の問題があろうか」。（一昨劉丈恕堂謂馬丈梅亭言、「比見浙人文選有蔡太史花仙一傳、事甚雅而情可悲、且作合之禮成於詩、而衍期之疾本於孝、詩禮孝淑於義可風。其志既曾有歸柩之請、公盍以雙溪淨土、築花仙之墓、表彰潛德、宏奬風流、正賢侯事也。周禮禁遷葬與嫁殤者、殆周時禮耳、今遷葬在在行之、於嫁殤何有」。）

花仙の墓を舒夢蘭の故郷に遷してはという劉恕堂の提案からは、『周礼』が禁じるところの遷葬の習俗が、清の士大夫の間で奇異とはみなされていなかったことが知られる(14)。

早くに婚約することが当然だった時代、一方が正式な結婚を待たずして夭折することはしばしばあった。女性婚約者が亡くなった場合、士大夫は別の女性を妻として迎えることができた。むしろ、家を存続させるために妻妾を迎えて嗣子を儲けることは義務でもあった。そのため舒夢蘭がすぐに李氏を妻に迎えたことは特段奇異なことではない。一方、逆の場合、一旦結納を交わした女性が男性婚約者の死を理由にそれを解消して他に嫁ぐのは貞節を失うこととされた。それどころか遺された女性が婚約者の死に殉じたり、未婚のまま婚家に入って舅姑に仕え、舅姑を見送った後で自経するのは、清代では貞女あるいは孝婦として讃えられた。『清史稿』列女伝には、こうした聘妻の貞や孝を讃えた女性が多く収められている。

では婚儀を終えずに亡くなった女性婚約者はどのように葬られたのかというと、二通りのパターンがあった。一つは在室の女《むすめ》としてその家で葬られる場合、もう一つは元聘もしくは故聘と呼ばれ、婚家において元配に準ずる扱いを受け、帰祔すなわち婚家の墓に合葬され、その祭祀も婚家で行われる場合である。花仙が柩を舒夢蘭の祖籍である靖安に帰してほしいと遺言したのは、舒夢蘭の妻として遷葬されることを望んだことを意味する。これが果たして劉恕堂の提案どおり二十年後に叶ったかどうかは不明だが、少なくとも、舒の家では、李氏が嫁いだ後も花仙の命日には「花忌日」として祭祀あるいは墓参が続けられていたことは、舒夢蘭に31「花忌日有感」、李玳月に46「花忌記附俗謡」があることからも推測できる。

以上のことから、清代の士大夫層では、聘妻が亡くなった場合、正妻同様に遇することは相当広まっていたと考えられる。ただし、士大夫が自らの聘妻に捧げた哀傷文学となると、作例は極めて少ない。四千余種の清人別集を収録する『清代詩文集彙編』の中でも、管見の及ぶところ、聘妻への悼亡作品は、舒夢蘭以外では楊名時（一六六一～一七三七）の「元聘夫人趙氏墓碣」（『楊氏文集』巻二十三）と顧寿楨（一八三六～一八六四）「故聘室万氏哀誄」（『孟晋斎文集』巻四））の二例があるに過ぎない。

楊名時「元聘夫人趙氏墓碣」によれば、楊は十四の時に一つ下の趙氏と婚約したが、婚儀を済ませないうちに趙氏は二十歳で急逝した。彼は葬儀に赴き、その後四十年間ずっと彼女への祭祀を続けた。「元聘夫人趙氏墓碣」は帰郷した際、彼女の墓が傷んでいるのを見て、改葬を行い、妻とともに元聘趙氏の霊を祭った際のものである。顧寿楨「故聘室万氏哀誄」は、咸豊九年の夏、秋に挙式の予定であった聘妻の万氏が突然亡くなり、それを哀悼した作品である。

聘妻はほとんどの場合、幼いころに親が決めた相手である。両者は互いの顔を見知っているわけでもなく、ましてや人となりを詳しく知る機会もない。長年苦楽をともにした妻や妾のための悼亡詩とは異なり、生前顔を合わせたこともない聘妻への悼亡は、対象についての具体的な描写に欠け、哀悼の文辞もややもすれば観念的抽象的なものになりがちである。舒夢蘭にしても、兄の郎賡とは親しく往来しても、花仙と直接顔を合わせたことは一度もなく、舒夢蘭は遺贈の肖像画をみて、ようやく彼女こそ夢で逢った女性だと気づくのである。

互いに対面したこともない舒夢蘭と花仙の話は、夫婦恩愛の物語としては成立し得ない。そのためこの世で結ばれなかった二人の運命は、蔡綬の「花仙伝」のように、二人を謫仙に見立てる才子佳人の因果話として回収されるほかなかったともいえる。

おわりに

最後に、清の乾隆期に『花仙小志』のような作品集が誕生した背景として、清代士大夫の聘妻悼亡と文学のありようを三つの側面から指摘しておきたい。

まず、大前提としてあるのが、清代における亡妻哀傷文学の隆盛である。第一章で述べたように、清代は明代を引き継いで悼亡をテーマにした作品が多く作られるようになり、そのジャンルも悼亡詩、悼亡詞、亡妻墓誌銘、祭亡妻文、亡妻行状へと拡大してきた。舒夢蘭より前の顧炎武（一六一三～一六八二）、尤侗（一六一八～一七〇四）、屈大均（一六三〇～一六九六）、王士禛（一六三四～一七一一）といった著名な士大夫にはみな悼亡の作があり、彼らは亡妻の人となりを細やかに描写した。乾隆年間になると、沈復（一七六三～一八三二？）『浮生六記』のように、家庭内の女性のことを憚りなく語る文学も登場するようになった。乾隆や嘉慶は礼学研究が盛んな時代と言われるが、その反面、文学、少なくとも亡妻哀傷文学は「内言は閫を出でず」という礼の規範の枠外に在ったと言ってよい。礼の規範に厳格であるはずの儒者であっても悼亡は清の士大夫にとってすでに重要な文学テーマとなっていた。そして、悼亡の念は亡妻や亡妾のみにとどまらず、いまだ嫁がずして亡くなった聘妻にも及んだと考えられる。

妻妾の死や悼念は極めて個人的な事柄である。ところが、本来個人的なものであったはずの悼亡の心性が士大夫の間で共有されて、悼亡が唱和や応酬の詩詞のテーマとして成立するようになったこともこの時期の特徴として再度指摘しておきたい。

第四章と第五章で論じたように、友人の悼亡の作を見た士大夫が、唱和詩や祭文を寄せ、書簡を送って妻を喪った友を慰めるということは、明清では広く行われたが、『花仙小志』においてはその文学的営為が広範囲に及んでいる。『花仙小志』に収録された四十七首のうち舒夢蘭の作品は十四篇であり、嘉慶増刻本全体の三分の一程度にとどまる。『花仙小志』の収録作品の大半は唱和詩詞や書簡であり、そこには舒夢蘭や花仙とは一面識もない士大夫の作も含まれている。また、花仙が没して十年後、舒夢蘭が詞客として滞在していた北京の怡恭親王訥斎の文学サークルの中で、再び花仙の遺像に題した唱和が行われ、それらが嘉慶増刻本に収められていることは先述したとおりである。

こうした唱和や題詠を可能にしたのが、薄命の佳人を仙女に見立てるという仕掛けであった。特に花仙のように面識のない聘妻への悼亡を詠じるとき、この見立ては有効に作用した。士大夫が描いたのは生身の郎玉娟なのではない。彼らはまだ見ぬ仙女を観念的に詠じたのである。

ただし、こうした作品は多くの場合、士大夫の日常の応酬の作とみなされて別集編纂の折には収録されず、後世に伝わらないのが普通である。『花仙小志』は一人の聘妻の死を契機として生まれた悼亡詩やそれにまつわる作品を広く集めた詩文集としては他に類例がなく、清代士大夫の聘妻悼亡の心性と文学のありようを具体的に示す極めて稀有な存在といえよう。

注

（1）舒夢蘭は『清史稿』に伝がない。『同治靖安県志』巻十の人物 文苑の伝は、享年のみ書し、生卒は記されていない。そのため生卒についての研究者の見解は、諸説紛々として定まっていない。ここでは劉治平「『白香詞譜』的編者舒夢蘭」（『文学遺産』一九八三年第一期）の説に拠った。

（2）嘉慶十八年（一八一三）刊『天香全集』（影印『清代詩文集彙編』第四五一冊）の中表紙には「統計十二種 蓮根詩社蔵版」とあり、『遊山日記』『和陶詩』『南征集』『香詞百選』『花仙小志』『緱山集』『湘舟漫録』『驂鸞集』『古南余話』『婺舲余稿』『秋心集』『聯璧詩鈔』の十二種を収める。ただし、『聯璧詩鈔』は舒夢蘭の祖父と伯祖父の詩文の合集である。

（3）舒夢蘭の研究は、『白香詞譜』に関するものが中心であり、『花仙小志』を主題とする先行研究はほとんどない。唯一、劉穎「舒夢蘭詞学与詞研究」（台湾：東呉大学中国文学系碩士論文、二〇一八）第四節「著述論述」、五「『香郎悼亡詞』・『花仙小志』」でその梗概に触れているにすぎない。

（4）『天津図書館珍蔵清人別集善本叢刊（全二十冊）』第十七冊（天津古籍出版社、二〇〇九）所収。

（5）『花仙小志』の巻末には舒夢蘭のおいにあたる舒春の跋があり、そこには「家叔父（舒夢蘭）與許桐柏先生爲文章知己」とみえる。許元淮の号が桐柏であったことは明らかである。

（6）注（4）に引いた劉穎『舒夢蘭詞学与詞研究』（私立東呉大学碩士論文、二〇一八）も、注一五二においてこの旨を指摘している。

（7）前注の劉穎論文も第四節「著述論述」の五「『香郎悼亡詞』・『花仙小志』」で対照表を挙げているが、一部の作品に遺漏がある。

（8）「花仙伝」は『香艶叢書』の第十集巻二に「清 闕名」の作として収録されているが、実は『花仙小志』所収「花仙伝」の花仙に関わる部分のみを抜粋したにすぎず、分量も全体の三分の一に節略されている。

（9）原文は以下のとおりである。

花仙姓郎、名玉娟、小字國香、行五。其祖本國朝勳閥之裔、以防禦出鎭浙江、世襲、至乃父、由甲科歴官江左、奉詔出旗籍、遂家杭州。其母于夫人、佞大士虔甚。一日謁天竺、至湖上花神之祠、羣花玉立、唯西廊一紅粧仙子、執蘭者、娟艶無匹。夫人凝視不忍去、因戲曰、「何修得如是女郎、當偶以絶代才壻」。既歸、遂孕。是時夫人已四子四女矣、仲子蠡湖、性至孝、慮母晩育、禱大士、爲建橋利濟保産。甲申中秋日橋成、夫人喜甚。坐月下、不覺漏深、恍惚於嬋娟玉闕之中、復見紅蘭仙子、而不知夢也。次日子夜、花仙生。有宿慧、弱齡就女傅、數年、書無不覽、尤熟昭明選、故文事罔弗能之。小楷學靈飛麻姑、端秀工麗、善花卉、或以鍼代穎、亦如天成。諸兄悉雅善歌吹、花仙娛母和以笛、或朱絲紅牙、不唯合拍皆絶響。鐵馬之聲、哀怨感人、而花仙自幼喜聞之。父兄繼宦江淮閒、居不一處、然必樓。而雨鈴風鐸、與横竹焦桐相應答、故所在彩雲明月、皆爲變容、花仙亦凄絶也。未笄、隨母謁大士、過花神祠、西湖游女相謂曰、「紅蘭仙、酷似郎小姐、惜無生氣、亦尚不免邢尹羞、矧吾儕乎」、於是有花仙之號。西湖與平山虎邱、爲東南名勝、吳俗好遊、毎當春秋佳日、珠翠雲屯。素有美名者、見花仙、輒皆自失、或轉相告語、傲其所妬、其姸妙如此。性端淑、寡言笑、居恆無疾聲遽步、而奴婢敬憚如神明。既長、失怙、隨母兄出知沛縣。時徐淮小水、日賑鉅萬、花仙代母總會事、絲粟不爽、德慧多能、亦殆天授。職是江南諸顯族、多求聘者、夫人皆揮麈却之。無何夫人病彌留時、諭諸子曰、「五妹非人間人、相攸宜愼、得才壻、雖死何憾、否則非孝子也」。蠡湖泣受命、三年服闋、奉母喪、歸自揚州、設奠西湖之上。錢江內戚相弔者、見花仙素粧哀艷、如白衣大士、拈出浴新蓮、莫敢廹視。許桐柏孝廉之配、亦在座中、歸而謂桐栢曰、「適舟中欲爲小詩、狀其美、覺飛燕瘦而玉環肥、皆不足比、僅得坐立成圖畫五字而已」。桐栢躍然曰、「衢州太守之弟、舒香郎者、少負異才、難其偶。予曾見所著文辭、驚歎納交、儀表尤復俊偉、如玉山寶劍、與花仙殆雙絶乎」。遂撿行篋、得香郎自書「鐵馬辭」一軸、爲之媒。蠡湖讀之喜、因僞紿花仙爲往昔才人之作。花仙喟然曰、「太白思白、詩書兩絶、令人有漢武相如之想」。蠡湖喜愈篤。天台別駕方藕堂、名士也。爲蠡湖至戚、聞而異之、偕桐栢寓書於香郎之兄醆亭太守。太守陳其故於太恭人、悉大喜慰。命香郎泛舟如杭、與蠡湖藕堂會飲於桐栢山房、遂盟姻好。一時名下士、競爲之記。而鐵馬蹇修之聲、不翅秦樓簫管矣。舒太恭人吳氏、賢母也。世世奉姑、命虔禮大士。香郎初度之夕、夢大士授之蘭。是時中憲公習靜僧舍、亦夢香花鹵簿、導一神、戎裝偉異、至其家。是日香郎生、故名夢蘭。父母尤鍾愛之。未幾、客西夏、黠者欺其孩、竊所佩金釧去、無知者。異日衆中見前竊、急以手語、衆心異、執而索之、釧宛然在。時香郎生始八月、衆驚爲神。香郎之師曰宋曜寰、玉田名進士也。與中憲爲詩文交、愛香郎、不啻所出。中憲既請告、歿於章門、香郎寢殯室、三年如禮。辛丑元夜、夢乃父遣役召之去、路窮於河、登一舟、延緣水間良久、於淸溪竹塢之中、聞鐵馬聲、心動、舍舟迹之、乃大士蘭若、一女郎淡粧殊絶、招之前、解所佩腕釧、約其兩臂、方欲通欵、忽聞呼導聲、若貴宅來謁神者、遂怏怏別去。至父所、師亦在座、怒其多情、出利剪斷十指爪、忽痛而覺。無何都中故人至、得宋師凶問、卒在夢前。香郎始涕零大駭、往往爲同學言之、莫測其理。甲辰赴試、過西湖花神之祠、見紅蘭仙子、酷肖其夢中與釧之人、心異且愛、贈詩曰、「夢中先到苧蘿村、西子湖邊粉黛尊、小袖紅粧如蛺蝶、錦亭常貯落花魂。一樣花神別樣看、同心方覺臭如蘭、曲池暗引西湖水、應照芳魂夜倚闌」。是年落第歸、秣陵驛中聞秋風鐵馬之聲、作古樂府七解、以父師之訓、條脫之聲、引起作序。實感其夢中祠中讖徵之異、而不意竟以此辭受知於花仙女史、訂爲婚媾。且花仙之始、又卽蘭仙化身、貌亦酷似、豈非因果。用是重至花神祠、熟視移晷、忽生感慨、不忍去、遂阻雨、止宿祠中。時蠡湖避暑於斷橋殘雪之樓、相隔一水、聞之、遣使送衣被飲食、絡繹湖濵、且戲謂花仙曰、「妹累壻奈何」。是夏傷暑、花仙卽小嗽、此後與姊妹隨喜湖上、不復肯入花神祠、咸謔之曰、「妬花神耶、抑畏舒郎魂在耶」。時將迨吉、香郎之母、忽病瘧甚篤、遺書召之。倉皇謁天竺、稽首數百、乞身代、遂歸侍疾。花仙竊憂之、嗽愈篤矣。蠡湖素友愛、時時狀香郎好處、如繪小照、且曰、「得才壻如此、何可久病」。不知病者畏病、乃適增病、不得已就醫姑蘇、去衢益遠。舒太恭人感其孝、命香郎遣使寓書、問病狀。花仙已自恐不起、和淚墨評書、藏之爲齎殮計。歲將暮、其季兄謝庭復病且易簀矣。花仙力疾往視之、謝庭曰、「妹傳人、頃爲千年芳草玉娟墳七字、聊與妹別」。花仙顰蹙還語曰、「盍改作杜鵑魂也」。謝庭旣殂、花仙益自疑不祥、強服藥。香郎探疾書、凡數至、至則小愈、旋復劇、諸醫束手。元旦猶艷粧、倩扶相賀。語家人曰、「夜來隨侍菩薩、朝三清、見元妙觀、隅多蔗、因思飲蔗漿」。試往驗之、驗之信。閱三日、已知化期、迓諸姊垂涕作別、擧室皆欷歔、不能仰視。凡所製詩字、及琴書玩好之物、皆預焚。自隨嫁衣珠翠、値累萬、亦歸祝融、旗俗也。五日立春、得句云、「莫恨春歸花始發、可憐花落在春前」。翌日命畫師圖其病容、拜兄嫂而進之。淚涔涔曰、「恨寧有極」。言次忽曰「菩薩來」。遂歿。諸姊環哭之、約兩時許復蘇、不復能言語、但自解兩臂金釧交仲兄蠡湖、以目示意。蠡湖大哭曰、「吾當以圖釧諸物、手付香郎也」。丙午春、正月六日申時仙去、距生年二十有三。是日香郎客衢州、相去千里、卽夕夢前六年竹林貽釧之人、錦粧蘭佩相語曰、「君韋陀也、曩年如天竺謁觀音大士、與君涉溱洧、嫌壞浮屠法、彼此墜落、故罹此苦。感君孝義、業經先事指迷矣」。香郎急問故、答曰、「來月今日、當自知」。遂覺。覺而歎、咄咄爲人語之、皆謂其幻想所致。無何、花訃至。郡署大驚、匿其報、祕不與聞。

而香郎魂夢感通、屢有奇驗。當是時、蠡湖與藕堂桐栢、心傷氣阻、且復慮良友之不可測也、作僞書相紿。二月六日、果知之。迨遺驂至、披圖驗病影、與夢中祠中所見人、毫髮不爽、始大悟苦海情塵、孽根夙世、而父師剪爪之訓、實慈航也、遂大哭而燃之以燭、同室往救、幸而免。圖中一樓、懸鐵馬十數、花闌石几間、供蕙蘭一枝、展詞凝睇、意注有在、外一匣（「圖中」以下之文、乾隆刻本「但焚數鐵馬玉墀一角、花闌石几閒盟詞尙在。拈蘭握卷、意注所天。圖一匣」）藏所製紅繡詩囊一片、乃病中未竟之作。金牙杖香囊繡帕一、玉墜香扇一、金腕釧二、曾著體繡舃一雙。花仙既歿、凡郎氏姻婭、及閨秀之識花仙者、聞其異、無不涕零、或祭拜於花祠殯室焉」。

（10）合山究『明清時代の女性と文学』（汲古書院、二〇〇六）第四章「仙女崇拝小説としての『紅楼夢』」。

（11）「是詩與迎春曲二章、花仙仙去後、香郎泣下謂語讖已兆於此。故并梓之、以證因果。桐栢注」。

（12）合山究『明清時代の女性と文学』（汲古書院、二〇〇六）第二章「明清の文人とオカルト趣味」参照。

（13）この舒夢蘭の嫡妻は同郷臨川の李孝汾の娘である。舒夢蘭の『秋心集』にはこの李氏が五十八で没した後で、彼が執筆した「李安人輓辞録」とそれに附した悼亡三首が収録されている。

（14）計東の子準は結婚前に夭折し、その時十三歳だった婚約者の宋氏の女は守節を貫いて亡くなってしまう。計東はその遺骸を引き取り、準とともに合葬している。遷葬嫁殤である。計東『改亭集』巻十五「祭冢息孝貞宋女文」および汪琬『堯峰文鈔』巻十九「孝貞女墓誌銘」参照。

第七章　明清における出嫁の亡女への哀悼――非業の死をめぐって

はじめに

第六章までは、明清の士大夫が婦《つま》への哀悼をテーマに、悼亡詩のみならず、自ら亡妻（妾）墓誌銘、亡妻

（妾）行状の筆を執ったことを論じてきた。一方で、明清の士大夫は、他家へ嫁いだ女《むすめ》や姉妹を哀悼するために筆を執ることもあった。その中に、数は少ないものの、嫁ぎ先で非業の死を遂げた出嫁の女のために制作された作品がある。ここでいう非業の死とは婚家での暴力や虐待によって死地においやられたことを指す。女性への暴力や虐待が、男性の社会的地位や学歴・職業に関係なく起こりうるものであることは、今日では広く知られている。儒教の訓えを体現すべき士大夫の家が、実際には「父子・兄弟・夫婦相い和順す」といった理想的なものではなかったにしろ、これまで暴力や虐待は庶民あるいは小説の世界のことと見なされ、士大夫層のそれが明るみに出ることはほとんどなかった。巧妙に隠蔽されてきたともいえる。(1)

本章では、非業の死をテーマとした作品を中心に検討し、ややもすれば家門の恥とみなされる出嫁の女の虐待死に対して、あえて筆を執った父、あるいは兄の思いに焦点を絞って論じたい。そこには、時に儒教規範を体現すべき士大夫として、時に一人の父親として、兄として、その狭間で苦悩する詩人の実像がある。そしてそれは士大夫の家の深奥に潜む暴力の闇を覗くことでもある。(2)

一、女性に対する暴力

『旧唐書』音楽志は、隋末に流行した「踏揺娘」について、次のように説明している。

隋末、河内に容貌が醜く酒好きで、いつも自分のことを旦那様と称して、酔っぱらって帰るときまって妻を殴っていた男がいた。その妻は見目麗しく歌が上手で、怨みつらみを述べる詞を作った。河朔の辺りではそれを歌芝居にし、琴や笛を奏で、妻の様子を真似てみせた。妻は悲しみを訴えるのに、身体をゆらゆらさせた。それで「踏揺娘」と呼ばれた。（隋末河内有人貌悪而嗜酒、常自號郎中、酔歸必毆其妻。其妻美色善歌、爲怨苦之辭。河朔演其曲而被之絃管、因寫其妻之容。妻悲訴、毎搖頓其身、故號「踏搖娘」。）「踏揺娘」とは、おそらく女性が足踏みする舞踊曲であろうが、右の説明によると、もとは夫に殴られてふらふらになった妻の姿を模したものということになろう。悲しい由来をもつ歌芝居である。

さて、明清時代における女性への暴力は、盗賊による女性への暴力と、嫁ぎ先の親族による女性への暴力の二つに分けられる。前者は明の嘉靖年間に東南地方の沿岸に跋扈した倭寇、あるいは明清鼎革期における清軍や流賊による虐殺を伴う性暴力を指す。倭寇にとっては、経済的にも文化的にも豊かな江南の都市は格好の標的であり、纏足のため自由に走って逃げられない女性たちは、しばしば盗賊や兵士による陵辱の犠牲になった。倭寇の侵略と虐殺をともなう暴力は、集団の暴力であり、戦争の暴力であった。したがって、このような悲惨な残虐行為を書きとめることはそれ自体が一種の抵抗であり、士大夫には抵抗の中で斃れた女性を「烈女伝」として記録することにためらいはなかった。むしろ、墓誌銘や烈女伝を通じて積極的に彼女を称揚したともいえる。しかし、一方で士大夫が、家という閉ざされた空間で虐待や暴力に遭った同じ階級に属する女性の死を記録した例は少ない(3)。

前近代の中国士大夫には儒教規範にもとづく「内言は閫を出でず（女部屋でのことは外へは持ち出さない）」（『礼記』）という暗黙の了解があり、家族への思いを表出するのにも、哀悼という文学形式をとらざるを得なかったという事情がある。父親が女《むすめ》を描く詩文も同様であった。もちろん眼前の女の愛くるしいしぐさを描写した左思（二五〇頃～三〇五頃）の「嬌女詩」（『玉台新詠』巻二）や杜甫（七一二～七七〇）の「北征」（『杜詩詳註』巻五）などの例外はあるものの、大多数の作品はむすめの死に触発されたものである。ただ、亡女といっても、未婚である場合と、すでに他家へ嫁いでいる場合――ここでは「出嫁の亡女」と称する――の二種類がある。そして、後者すなわち詩人が出嫁の亡女の死について語った詩文に、婚家での虐待に言及したものがあることは、看過ごされがちである。

二、嫁ぐ女《むすめ》と父親

男親にとってむすめが可愛いのは、いずれは他家に嫁ぐ存在だからであるかも知れない。むすめの父親になるということは、嫁入りという避けては通れぬ俗事を抱え込むことでもあった。中唐の白居易（七七二～八四六）に、女児金鑾の晬日すなわち満一歳の誕生日に作った「金鑾子晬日」（朱金城『白居易集箋校』巻九）という詩がある。一人息子を亡くした白居易にとって、三十八歳のときに誕生した金鑾は、掌中の珠である。詩には、むすめの父となった喜びと、むすめを嫁がせるまで官に留まろうとする思いが吐露されている。

　暫非達者懐　　暫《は》ず　達者の懐に非ずして
　未免俗情憐　　未だ俗情の憐を免かれざるを
　……中略……
　若無夭折患　　若し夭折の患い無くんば

則有婚嫁牽　則ち婚嫁の牽有らん
使我歸山計　我が帰山の計をして
應遲十五年　応に十五年遅からしむべし

「俗事から超越した者となるには程遠く、俗世の肉親への愛を断ち切れない。（中略）もしも、夭折せずに大きくなったとしたら、嫁入りの面倒はあろう。私の引退の計画は十五年先延ばしにせざるを得まいよ」。ちなみに唐代の女性の平均結婚年齢は十五、六歳である。

白居易が「婚嫁の牽」と称したように、むすめの結婚には、壻選び、嫁入り支度、婚家との交際など、面倒なことが多い。前近代の中国では婚姻は家同士の契約であり、家柄や身分がつりあっている所謂「門当戸対」が重視された。また、「父母の命《めい》、媒酌の言」といわれるように、その決定権は家長や父親にあった。しかし、女のために良縁をという親の気持ちは古今東西同じである。特に、むすめが婚家先でうまくやっていけるかどうかは最大の気がかりだった。

唐詩には、むすめの嫁入りに際して、この父親の気持ちを詠んだ詩が二首ある。中唐の韋応物（七三六〜七九二）の「送楊氏女（楊氏の女を送る）」（『韋蘇州集』巻四）、同じく中唐の劉長卿（生没未詳、七三三年の進士）の「別李氏女子（李氏の女子に別る）」（『劉随州集』巻四）である。

まず、韋応物の「送楊氏女」を取り上げる。楊家に嫁ぐむすめなので韋応物は「楊氏女」と称するのだが、楊家ではこの女性は韋氏と呼ばれることになる。第一章で紹介したように、韋応物には二十年連れ添った妻の死を悼んだ詩が十九首あり、家庭人としてのきめ細やかな感情を詠うことに秀でた詩人である。このむすめは韋応物の長女で、五年前に妻が死んでからは下のむすめの母親代わりでもあった。むすめの夫となるのは楊凌。名門の出身で、科挙に合格した俊才だ。六朝以来の名門とはいえ、今ではいささか没落した感のある韋応物の家にとっては良縁である。気がかりなのは、母を早くに失ったむすめが向こうの姑に気に入られるかどうかだ。

自小闕内訓　　小自り内訓を闕き
事姑貽我憂　　姑に事うるに我に憂いを貽《のこ》す
頼茲託令門　　茲《ここ》に頼りて令門に託す
仁恤庶無尤　　仁恤　庶《ねが》わくは尤《とが》無からんことを

「内訓」は女性が守るべき規範。「小さいころに母を亡くしたため、女としてのしつけが十分でなく、お姑さまのお気に召すように仕えることができるかどうかが気がかりだ。あちらの家に託するので、どうか憐みの心でお導きいただき、あやまちがありませんように」。

貧倹誠所尚　　貧倹は誠に尚ぶ所にして
資従豈待周　　資従〔嫁入り支度〕豈に周《あまね》きを待たんや
孝恭遵婦道　　孝恭は婦道に遵じ
容止順其猷　　容止〔立ち居ふるまい〕は其の猷《みち》に順え

「質素な暮らしを大切にしてきたわが家、お前の嫁入り支度も十分とはいえぬ。舅や姑に尽くし、夫に従うことこそ婦人の道だ。立ち居ふるまいはすべてのりに従うこと」。むすめが嫁ぎ先でかわいがられるよう、父はあれこれ言い聞かせるのである。

次にあげる劉長卿の「別李氏女子」は、李穆に嫁ぐ次女を見送った詩である。この詩にも嫁入り支度を十分にしてやれぬ父が、むすめに婚家先での心構えを諭す場面がある。

臨岐方教誨　岐に臨みて　方《まさ》に教誨す
所貴和六姻　貴ぶ所は　六姻〔家族親戚〕に和することなりと
俛首戴荊釵　首を俛《た》れて　荊釵を戴き
欲拝凄且嚬　拝さんと欲して凄且つ嚬
本來儒家子　本来　儒家の子
莫恥梁鴻貧　梁鴻の貧を恥づる莫かれ

「荊釵」はいばらのかんざし。質素な身づくろいをさす。後句の梁鴻の妻、孟光は、いばらのかんざしで木綿の裳で夫に仕えた。「梁鴻」とは『後漢書』逸民伝に見える人物。家が貧しかったが学問があり、節を守った。同郷に容貌が醜く力持ちの女性孟光がおり、三十になっても未婚だった。心配した父母が尋ねたところ、梁鴻のような人のところに嫁ぎたいという。これを聞いた梁鴻は彼女を娶り、孟光は彼に「挙案斉眉」でつかえ、ともに貧しい暮らしに安んじ自適の生活をおくったという。

「別れに臨んであれこれと教え諭しておく。大切なのはあちらのご家族・親戚と仲良くすることだよ。うなだれて聞くお前の頭には質素なかんざし。父に向かって挨拶するが別れがつらそうで顔をゆがめる。儒家の女子たるもの、梁鴻のような清貧な暮らしを厭うなよ」。

右の二首が作られた唐代には、婚姻に際して新郎が自ら新婦を迎えに行く「親迎」(4)という儀礼が存在した。むすめは今まさに新郎あるいは夫の家からの迎えの者と一緒に旅立とうとしており、これらの詩は壻と婚家を意識して詠まれたものである。新婦の父は、むすめの出立を送る詩に事寄せて、婚家に対する切なる願いを語っていたのである。

三、蘇洵「自尤詩」

良縁を択び、できうる限りの嫁入り支度をして送り出した大切なむすめが、婚家先で虐待を受けたと聞けば、父親としては心穏やかではいられない。北宋の蘇洵(一〇〇九〜一〇六六)が、妻の実家でもある程の家と絶交したのは、ここに嫁いだ末女八娘への虐待が原因であったことはよく知られている。両家の不和は、八娘の死から四十二年後、広東へ左遷された蘇軾・蘇轍兄弟が八娘の夫であり従兄でもあった程之才と和解するまで続いた。

蘇洵は八娘が非業の死に至った顛末を「自尤詩(自ら尤《とが》する詩)」という長篇詩にしている。「自ら尤する」という題には、むすめを死地に追いやった咎は、そのような婚を択んだ自分にこそあるという意味が込められている。詩は南宋の周密の『斉東野語』巻十三が「老泉(蘇洵)に自ら尤する詩有り、その女《むすめ》の外家に事え、志を得ずして以て死するを述ぶ。其の辞は甚だ哀し、則ち其の怨隙の不平なるや久し」と評したものだが、後世の通行本『嘉祐集』中には見えず、近年の評点本の公刊によってようやくその全貌が明らかになっ

た。(5)

八娘は十六で嫁ぎ、亡くなった時は十八であった。女子にはお針しか教えなかった時代、蘇洵の家ではむすめに文字を教え、八娘は着飾るよりも学問が好きな少女に成長した。嫁ぎ先の程家は妻の実家であり、夫は母の兄である程濬の子、つまり従兄にあたる。しかし程の家は裕福で、その家風も蘇洵の家とは大違いだった。舅の程濬は進士に合格した父をもつ士大夫であるにもかかわらず、ばくちとおんなが好き。姑や小姑たちも万事派手好みで、彼らに意見した八娘は嫌われて嫁いびりにあう。夫との間に一児をもうけたものの、産後の肥立ちが悪く床に臥し、婚家では看病してもらえない。実家で療養していたが、婚家の悪巧みで赤ん坊は取り上げられ、そのせいで八娘の病は再び悪化し、ついに亡くなってしまう。詩は九十八句におよぶ長篇であるため全てを挙げることはできず、ここではその一部分を引く。

五月之日茲何辰　　五月の之の日　茲《こ》れ何の辰《とき》ぞ
有女強死無由伸　　女《むすめ》の強死する有りて　伸ぶるに由無し
嗟余爲父亦不武　　嗟《ああ》　余は父為りて亦た武ならず
使汝孤塚埋冤魂　　汝をして　孤塚に冤魂を埋《うず》めしむ

「五月のこの日は何の日か、むすめが非業の死を遂げた日で、この怨みは晴れない。ああ、私は父親として不甲斐なく、お前の無辜の魂を一人ぼっちの墓に埋めることになった」。

汝母之兄汝叔舅　　汝の母の兄　汝の叔舅
求以厥子來結姻　　求むるに厥《そ》の子を以て来りて姻を結ぶ

郷人婚皆重母族
雖我不肯將安云
生年十六亦已嫁
日負憂責無歡欣

郷人 皆な嫁するに母族を重んず
我 肯んぜずと雖も 将《は》た安んぞ云わんや
生年 十六にして 亦た已に嫁し
日《ひ》び憂責を負いて歡欣無し

「お前の母の兄で、お前のおじになる人が、息子の嫁にと結婚を申し込んできた。わが地元では母方の親戚との婚姻を重んじる。私が不承知だとしても、何が言えただろう。お前は十六歳で嫁に行き、毎日つらい目に遭って、たのしいことはなかった」。

歸寧見我拜且泣
告我家事不可陳
舅姑叔妹不知道
棄禮自快紛如紜
人多我寡勢不勝
祇欲強學非天眞
昨朝告以此太甚
捩耳不聽生怒嗔

帰寧して 我に見《まみ》え拝して且つ泣き
我に告ぐ「家事は陳ぶるべからざるも
舅姑 叔妹 道を知らずして
礼を棄てて自ら快とすること紛として紜の如し
人 多く 我は寡にして 勢い勝たず
祇《た》だ強いて天真に非ざるを学ばせんと欲す
昨朝 告ぐるに 此の太甚《はなはだ》しきを以てするも
耳を捩《よ》じり聴かずして 怒嗔を生ぜしむ」と

「里帰りして私を見て挨拶しながら泣きだし、私に家の中の言うに言われぬ実情を告げた。「舅姑や叔妹は道をわきまえず、礼を棄ててやりたい放題。あちらは多勢で、こちらは一人。私に人の道に外れたことを真似させようと強います。先日、これはあんまりだと申しあげましたが、耳をふさいで聴き入れず、向こうを怒らせてしまいました」と」。

余言如此非乃事　余は言う「此くの如きは乃ち事とするに非ず
爲婦何不善一身　婦為りて何ぞ一身を善《お》しまざる
嗟哉爾夫任此責　嗟《かな》しい哉　爾《なんじ》の夫　此の責を任うも
可奈狂狼如癡麏　狂狼なること痴麏の如きをいかんすべき
忠臣汝不見泄冶　忠臣　汝は見ずや　泄冶の
諫死世不非陳君　諫死するも　世は陳の君を非《そし》らず」と

「私は言い聞かせた。「このようなことはたいしたことではあるまい。人の妻たる者、どうしてわが身を大切にしないのか。嘆かわしいことよ。この問題はお前の夫に責任があるというのに、軽狂でものを知らぬのろ鹿のような輩をどうすることもできない。あの泄冶《せつや》を見よ。死をもって君主の淫乱を諫めたが、だれも君主である陳の霊公をそしったりしなかったではないか」と」。泄冶は陳の大夫。『春秋左氏伝』によれば、陳の霊公が孔寧や儀行父とともに夏御叔の妻である夏姫に密通し、朝廷で夏姫の肌着を身につけてふざけていたのを諫めたことにより、憎まれて殺された。ただし、孔子の泄冶に対する評価は手厳しく、泄冶が乱朝に仕えてそこを去らず、区区たる一身をもって一国の淫乱を正そうとして殺されたことは結局のところ無駄死にすぎないという（『孔子家語』）。蘇洵がここで泄冶の故事を持ち出したのは、程家の非道とはすなわち淫乱の行いであったことを暗示している。

誰知余言果不妄　　誰か知らん 余の言 果して妄ならず
明年會汝初生孫　　明年 会《たま》たま 汝 初めて孫を生み
一朝有疾莫肯覩　　一朝 疾有るも 肯えて視るもの莫し
此意豈尚求爾存　　此の意 豈に尚お爾が存するを求めんや
憂怛百計惟汝母　　憂怛 百計するは 惟だ汝の母
復有汝父驚且奔　　復た汝の父 驚き且つ奔る有り

「まさか私の言ったとおりになろうとは。翌年、お前は初孫を生んだが、ある日病気になると、看病してくれる者さえいなかった。むこうにお前の命を助ける気が果たしてあったのだろうか。心配していろいろ手立てを講じて駆けずりまわったのはお前の母とお前の父だった」。

此時汝舅擁愛妾　　此の時 汝が舅 愛妾を擁し
呼盧握槊如隔鄰　　呼盧《ころ》 握槊《あくさく》 隔隣の如し
狂言發病若有怪　　狂言す 発病は怪有るが若しと
里有老婦能降神　　里に老婦有りて 能く神を降《おろ》す
呼來問訊豈得已　　呼び来りて問訊するは豈に已むを得ざるに
汝舅責我學不純　　汝が舅 我の学の純ならざるを責む

「このとき、お前の舅は愛妾を腕に抱いてばくちに夢中、近所には発病は物の怪がついたようだと触れ回った。村によく神おろしをするという老婆がいて、呼んできてそれに問うたのはやむを得ないことだったのに、お前の舅は私の学問が不純だと責めたのだ」。儒学者は神降ろしを呪術や迷信として退けるが、蘇洵は藁にもすがる思いでこれを試してみたのであろう。その結果、蘇洵は程濬から邪神に頼るとは学が不純だと批判されることになった。

導其女妻使爲孽　　其の女妻を導きて　孽《つみ》を為さしむ
就病索汝襦與裙　　病に就くに　汝が襦と裙とを索《もと》め
衣之出看又汝告　　之れを衣《き》て出でて看て又た汝に告ぐ
謬爲與汝增愍懃　　謬《いつわ》りて汝と愍懃を増すを為すと
多多擾亂莫勝記　　多多の擾乱は勝《あ》げて記する莫し
咎汝不肯同其塵　　汝の其の塵を同じうするを肯んぜざるを咎す

「舅は自分のむすめや妻にも非道な仕打ちをさせた。お前の病気をいいことにお前のブラウスやスカートをひっぱりだし、それを着てみせ、おまけにお前に向かってもっと仲良くしましょうなどと出鱈目をいう。お前を苦しめた虐待は一々書くこともできぬほど。あの者たちと同列になることを拒んだお前を責め立てたのだ」。

經旬乳藥漸有喜　　旬を経て　乳薬漸く喜有り
移病余舍未絕根　　病を余が舎に移すも　未だ根を絶たず
喉中喘息氣才屬　　喉中　喘息して　気は才《わず》かに属《つづ》き
日使勉強飡肥珍　　日び勉強して肥珍を飡せしむ

「十日ほどして薬が効いてきて、私の家で養生することになったが、根治したわけではない。ゼイゼイと苦しそうで、息をするのもやっと。毎日、無理やり栄養のあるものを食べさせた」。

舅姑不許再生活　　舅姑は再び生活するを許さず
巧計竊發何不仁　　巧計　竊《ひそ》かに発するは何ぞ仁ならざる
嬰兒盈尺未能語　　嬰児は尺に盈つるも　未だ能く語らず
忽然奪去詞紛紛　　忽然として奪い去り　詞　紛紛
傳言姑怒不歸覲　　伝言す　姑は帰覲せざるを怒ると
急抱疾走何暇詢　　急ぎ抱きて疾走し　何ぞ詢《たず》ぬるに暇あらんや

「しかし舅姑はこれ以上生かさぬつもりか、ひそかに人の道からはずれた悪巧みをめぐらした。一尺ばかりの大きさに成長した赤子はまだおしゃべりはできない。それを突然、奪い去ってしまったのだ。あれやこれやと言い立て、お姑さんが嫁の帰ってこないのを怒っておられるからと、うむを言わせず赤子を抱いていったのだ」。

病中憂恐莫能測　　病中の憂恐は能く測る莫し
起坐無語涕滿巾　　起坐に語無く　涕　巾に満つ
須臾病作狀如故　　須臾にして病作《おこ》りて　状は故《もと》の如し
三日不救誰緣因　　三日　救われざるは　誰にか縁因す
此惟汝甥汝兒婦　　此れ惟だ汝の甥　汝の児婦にして
何用負汝漫無恩　　何を用てか汝に負うに漫りに恩無からん

「病の身に与えた衝撃は計り知れず、むすめは言葉も発せず泣いてばかり。あっと言う間に発作が起こり病気がぶりかえした。三日ともたず亡くなったのは、誰のせいか。このむすめはお前の姪で、お前の息子の嫁ではないか。どうしてこんなむごい仕打ちを受けねばならぬのか」。

　嗟予生女苟不義　　嗟《ああ》 予の生みし女《むすめ》苟しくも義ならずんば
　雖汝手刃我何言　　汝 手づから刃《やいば》すと雖も 我れ何をか言わんや
　儼然正直好禮讓　　儼然として正直にして礼譲を好み
　才敏明辨超無倫　　才敏 明弁 超として倫《たぐ》い無し
　正應以此獲尤譴　　正に応《まさ》に此を以て尤譴を獲《う》べし
　汝可以手心自捫　　汝 手を以て心に自ら捫《な》づべし

「ああ、私のむすめが不義なふるまいをしたというのなら、お前の手にかかって死んだとて文句はいうまい。しかし、まっすぐで礼にあつく謙譲を好む私のむすめは、よく気がついてこのうえなく賢い子だった。ところがなんとそのためにお前らからとがめを受けたのだ。きさまよ、心に手をあててよく考えてみろ」。

　此雖法律所無奈　　此れ法律のいかんともする無き所と雖も
　尚可仰首披蒼旻　　尚お仰首して蒼旻に披《ひら》くべし
　天高鬼神不可信　　天高く 鬼神は信ずべからざるも
　後世有耳尤或聞　　後世 耳有りて 尤或いは聞かん
　只今聞者已不服　　只今聞く者 已に服せざるも

恨我無勇不復冤　　恨むらくは我に勇無く復た冤せざるを

「このことは法律ではどうにもならないことだとしても、天を仰いでこの思いを語ることはできる。天は高く、鬼神を信ずることはできないまでも、後世お前の咎を耳にする者もいよう。今これを聞いた者が納得せずとも、私に冤罪を晴らす勇気がないとは思われるのが悔しいのだ」。

この後、蘇洵は友人から、これは相手方を責めるよりも、大事な珠をどぶに置いた自分の責任だと言われる。「自尤詩」の末句は、次のように締めくくられる。

嗟哉此事余有罪　　嗟《かな》しい哉 此の事 余に罪有り

當使天下重結婚　　当に天下をして結婚を重んぜしむべし

「悲しいかな、このことは私にこそ罪があるのだ。世の中の人は婚姻を結ぶことに慎重であるべきだ」。

この詩は、八娘が亡くなってから八年後、つまり妻程氏の喪が明けたあとに作られている。蘇洵の妻程氏は、蘇洵自身が「祭亡妻程氏文（亡妻程氏を祭る文）」（『嘉祐集』巻十五）で語る通り、夫を遊蕩生活から引き戻し、これを励まして勉学に向かわせた賢夫人であった。そのため妻の生前は、その実家を実名で告発することは躊躇われたのかも知れない。蘇洵はこの詩を書いた後、息子二人を連れて都に行き、亡くなるまで二度と故郷眉山に足を踏み入れることはなかった。蘇軾・蘇轍もまた、蘇洵を葬ったとき以外、帰郷していない。このことは、八娘が程家で受けた虐待が、嫁いびりの次元を超えた、苛烈なものであったことを暗示する。

四、王樵「祭女文」

この節で取りあげる「祭女文（女を祭る文）」（『方麓集』巻十二）は、明の王樵（一五二一～一五九九）が婚家先で自ら命を断った亡女のために筆を執ったものである。

王樵の字は明逸、号は方麓、金壇（鎮江府）の人。嘉靖二十六年（一五四七）の進士で、南京都察院右都御史に至り、卒して太子少保を贈られた。謚は恭簡。経学に関する著述も多く、詩文集として『方麓集』十六巻が伝わる。亡女の名前は明らかにされていないが、焦竑が撰した王樵の行状「南京都察院右都御史方麓王公行状」（『澹園集』巻三十三）には、「女は一、馬震器に嫁し、早に卒す」とあり、おそらくこの亡女であろう。

王樵は、友人で姻戚でもある姜宝（一五一四～一五九三）にあてた「与姜鳳阿書（姜鳳阿に与うる書）」（『方麓集』巻八）で、この時の気持ちを次のように吐露している。

わがむすめは幼いときから、極めて素直な性格でした。七歳のときに曹昭（曹大家、班昭）の『女誡』七篇を教えましたが、すぐにその大義に通暁しました。時に母親にそれを説き、説き終わると、しょんぼりして、「ここにいう女の務めとは、確かにそうあるべきものです。しかし、なんと哀しいものなのでしょう」といい、またつらそうに涙をこぼしていました。馬氏に嫁いでからは、悪い舅に悪い壻、人でなしによるさまざまな虐待。ひたすら孝烈を思い、辱めが父母に及ばないようにすることを義としていました。哀しいことです、哀しいことです。これは私に善行が欠け、皇天が鑑みてくださらず、それでこのようなことになったのでしょうか。いったいどうしたらいいのでしょうか、どうしたら。……少し前には、中年になったら家の諸事を他の者に任せ、自分は著述に専念して余生を終えようと思っていました。今、むすめの変事に遭い、肉体はあっても魂が抜けたようです。（小女自幼、性極婉順、七歳授以曹昭『女誡』七篇、輒能通曉大義、時爲其母說之。語畢愀然曰、「此所言女職、當然耳。然其言之何其哀也」。復凄然泣下。自適馬氏、舅惡婿惡、百凡慘毒、非復人理、一念孝烈、義不辱及父母、哀哉哀哉。及弟之無善狀、不爲皇天所鑒、而有此也。奈之何哉、奈之何哉。……向者有誓、中年棄家事、惟專心簡冊、以畢餘生、今遭小女之變、形留神去。）

王樵は右の書簡で、むすめの死をはっきりと「小女の変」と表現している。

舅にあたる馬応図は平湖（嘉興府）の人。万暦五年（一五七七）の進士で、礼部郎中に至った(6)。王樵の長子で、むすめの兄である王啓疆はかつて平湖県儒学訓導をつとめており、その縁から、平湖の馬氏との縁談が持ち上がったと思われる。王樵は乗り気ではなかったものの、縁談を断りがたく馬応図の息子馬震器に嫁がせることに決めた。なお、左の祭文では馬震器は駱子、あるいは駱と呼ばれている(7)。

祭文は、舅である馬応図に対する批判から始まる。

お前の兄は馬応図の家との通婚をはかり、馬の意を受けた王煉という者が、馬の息子のために媒酌人としてやってきた。私は乗り気ではなかったのだが断りがたく、王と馬の両家は姻戚となることになった。私は馬応図のためにお前を死地に追いやったのだ。痛ましいことよ。（汝兄議婚、於馬應圖、有王煉者、馬氏之孚、爲有駱子、來爲媒妁、我心不願、彼辭難卻、篤言王馬、婚姻往來、我爲應圖、致汝淪埋、嗚呼痛哉。）

王樵は、四十一歳のとき、病のため山東提刑按察使の職を退いて郷里に帰り、それから再び浙江按察司僉事として起用されるまでの十三年間、郷里で著述に専心していた。

私が山東から帰郷した時、お前は十一だった。あの壻には訴訟のごたごたがあって、私に熱心に頼んできたのだが、私が言うとおりにしてやれなかったので、そのときから私のことを恨みに思っていたのだ。馬応図が手紙を寄越して、しつこく結婚を迫ってきたので、あの男を女婿として一年家に置き、十分に礼を尽くしたうえで、むすめの嫁入りを求め嫁に行くことになったのだが、むこうはこれが気にいらない。婿は酔って怒り狂い、使用人を鞭打ち、私を罵り、その侮辱は耐え難いほど。お前は女部屋に居て、まだ直接これを耳にすることはなかったが、家の者は歯ぎしりして、うちの主人は何という人だろう、うす汚い犬豚を引き込むとは、この侮辱にはいつか報いがあろうと言っていた。私は、いや、相手にするほどのことはないと言ったのだ。（山東之歸、汝年十一、駱有官事、懇予甚切、予不能從、彼始讐予、求婚勉允、應圖有書、舘甥一年、亦已盡禮、求歸得歸、彼終不喜、駱醉發怒、鞭笞滕僕、斥名罵我、不勝其辱、汝在閨房、猶未親聞、家人切齒、予主何人、納汚犬豕、此侮必報、予曰不然、此何足校。）

夫からの虐待が始まった。

その後、お前を呼びつけて面と向かって虐待をほしいままにするようになり、それでお前は神経性の病気になった。ついで乳癌を患い、産後ということもあって貧血で毒が全身に回り、膿が溜まった。通常、お前の里帰りは難しいというのに、ある日、突然お前を乗せた船が南関に着いた。家中大喜びで、お前も病を忘れ、輿に乗って部屋に入るとき、身体はしゃんとしていた。しかしベッドに横になった途端、また倒れこんでしまい、いろいろ薬を飲ませても、ちっとも良くならない。お前の母は骨身をけずって、お前の床から離れず、膿を拭いて薬を飲ませ、夜も眠らない。一カ所が良くなったかと思うと他が悪くなり、胸骨も透けて見えるほど。お前が二度と起き上がれないのではと憂い、祈禱したが何の効果も無い。最後にお前の兄が脈を視て処方したところ、病が消え失せたかのようにお前の体は健やかになった。扶け起こして歩くと、まるで天から急に降りてきたようで、弟の嫁たちにも会い、親族はみなお祝いを述べた。一家が集い、きれいにしつらえた部屋でお祝いをしたが、私だけはお前を見て、ひそかに心を傷めていた。馬氏が迎えに来たら、この状態が保たれるわけがないと。父母兄嫂が、この日歓笑する中で、お前もこのことが判っていたのか、毎日泣いていた。お前を実家に留めおくことができず、このような結果になったことが悔やまれる。嗚呼、痛ましいことよ。（繼而呼汝、而肆侵淩、汝始感疾、如痼如驚、繼患乳癰、加以產後、血虛毒盛、膿血如漏、平日迎汝、千阻萬艱、一日扁舟、忽到南關、舉家歡喜、汝亦忘病、登輿入房、身體猶硬、牀偃臥、乃復顚連、衆藥偹嘗、卒未能痊、汝母辛苦、不離牀前、拭膿進藥、夜分不眠、一收一潰、胸骨已見、憂汝不起、祈禱無驗、晩得汝兄、察脈處方、汝疾如失、汝體斯康、扶起而行、若自天墮、看迎弟婦、親戚交賀、一家相聚、錦綺煇煌、惟我見汝、心獨隱傷、馬氏來迎、不能常保、父母兄嫂、此日歡笑、汝亦知之、頻日涕泣、悔不能留、成此蹉跌、嗚呼痛哉。）

実家で療養したむすめは、健康が恢復すると再び夫のもとに帰らねばならない。嫁として耐え忍ぶ生活に逆戻りである。

婿は不良どもを集め、酒盛りは夜明けまで続く。明るくなってから寝て、日が高くなるまで起きない。これがいつものことで、家の内外は乱れきっていた。お前はよく礼にのっとりよく勤め、婦道を尽くしてその心に訴えようとした。それが叶わないなら死んで、親を辱めることはすまいと。嗚呼、痛ましいことよ。（駱聚羣小、夜飲達旦、曉則昏睡、至於日旰、以是爲常、內外瀆亂、汝能執禮、汝能服勤、務盡婦道、以感其心、不可則死、義不辱親、嗚呼痛哉。）

父はこのむすめの嫁入りに際しては、十分な支度をしてやったが、それは無駄になってしまった。

お前の出嫁に際しては、田畑や持参金をもたせ、財産分与は息子でも女子でも差をつけていない。死地から蘇生したのだから、舅や姑はお前を見たら、きっと歓迎してくれるに違いないと思っていた。まさか誰が想像しただろう。あのひどい舅がまたも怒鳴り散らし、極まりない性悪に、どんな奉仕も無駄だとは。壻はこれに乗じて、いや増す仕打ちで、お前の心は晴れず、連日びくびくする(8)ばかりで、しきりに私からの手紙をみて、涙をさめざめと流す。そして、死こそ栄誉だと決めたのだ。嗚呼、痛ましいことよ。（裝資田產、送汝此行、貨財兒女、孰爲重輕、念汝前日、死而復生、翁姑見汝、必且歡迎、孰意惡翁、仍復吼怒、毒心無涯、百奉難副、惡壻乘之、無減有增、汝情難解、連日誁讟、頻覗我書、涙眼泠泠、感慨一決、以死爲榮、嗚呼痛哉。）

結局、むすめがこの虐待から逃れるには自殺という方法しかなかった。

私のお前を傷む気持ちは、一生消えることはない。お前の聡明さは死んでもほろびはしない。お前の魂が私の堂に降りここに留まってほしい。お前が安んずるのは父母のそば。いつまでも私を見守り、私の彷徨を慰めておくれ。（予之痛汝、終天難盡、汝性聰明、死亦不泯、迎汝之魂、來駐我堂、汝之所安、父母之旁、百凡鑒我、慰我徬徨。）

この婚を択んだのはほかならぬ自分であるという自責、婿の非行と虐待を知りながら助けてやれなかったという後悔は、生涯にわたって父を苦しめるのである。実際は、夫の暴力や不義ぐらいでは、女家のほうから離縁は言い出せぬし、実家に連れ戻したからといってむすめが幸せになるわけでもなく、むしろ離別された女という烙印は生涯消えない。宋代あたりまでは、女性の離婚や再婚はさほど問題にならないが、儒教規範と女性の貞節観念が強まった明清時代では、士大夫階級の女性の離婚や再婚などはもってのほかで、女性が虐待から逃れるには自殺しか道はなかった。

出嫁の女が自殺した場合でも、葬儀は婚家先が司る。実父は祭文によってその魂を慰めるしか術がない。祭文は本来、墓前で朗誦されるものだが、王樵の祭文は父による個人的な哀悼である。先述したとおり、明代に通行していた蘇洵の詩文集には、「自尤詩」は収録されておらず、王樵が蘇洵の詩を読んでいたはずはない。にもかかわらず、むすめを永久に喪った父親の哀哭表現の不思議な暗合には、驚かざるを得ない。論者は、現在のところ、宋の「自尤詩」から明の「祭女文」の間に、出嫁の女の虐待死に言及した作品を見出し得ていないが、それは士大夫層で女性への暴力が皆無だったということを意味しない。

五、駱問礼「章門駱氏行状」

明の駱問礼（一五二七～一六〇八）の手になる「章門駱氏行状」（『万一楼外集』巻四）は、章家に嫁いだむすめが夫から虐待を受けて殺されるに至った経緯を述べた文章である。

事件は万暦八年（一五八〇）の十二月四日の夜に起こった。駱問礼は諸曁（浙江）の人。嘉靖四十四年（一五六五）の進士。南京刑科給事中として穆宗が陳皇后を別宮に移そうとしたことに反対の立場を貫き、穆宗に嫌われて左遷された経歴をもつ硬骨漢である（『明史』巻二百十五）。『万一楼集』五十六巻『続集』六巻『別集』十巻が伝わる。むすめは駱復といい、会稽（浙江）の章其美に嫁いだ。舅にあたる章如鈺は、隆慶五年（一五七一）の進士で、潮州府推官を経て、事件発生当時は黄安（湖北）の知県として赴任中であった。(9)

「章門駱氏行状」は次の衝撃的な一文から始まる。

万暦八年十二月四日夜、紹興府会稽県道墟の章門の駱氏及び小僕の阿二・使女の小女、倶に殺さる。（萬曆八年十二月四日夜、紹興府會稽縣道墟章門駱氏及小僕阿二、使女小女倶被殺。）

二千五百字を超える長文であるため、ここにすべてを引用することはできない。そこで、まず「行状」をもとに、事件発生までの経緯を記しておく。

駱問礼のむすめである駱復は章其美に嫁いで十年余り、夫との間に三男一女がいる。嫁いで一、二年の間は、夫に変わったところは無かったが、長兄の其蘊ばかりが父親にえこひいきされていると感じていた夫は兄の殺害を計画。幸い駱復が姑の王氏に知らせたので事なきを得たが、このころから妻に暴力を振るうようになった。駱復は自殺しようとするが、舅の章如鈺に「私たち夫婦がお前の父に顔向けできなくなる」と泣かれ、思いとどまる。夫の方はある人妻を強姦して自殺に追いやるなど、どんどん悪行がエスカレートする。実家の母と弟が噂を耳にして、彼女に尋ねるが本当のことは言わない。実は里帰りのたびに実家の父に金を無心するように言われていたのだが、これも黙っていた。息子の三才にも父親の悪行を言い触らさないようにと口止めしていた。事件の九カ月前の三月、駱復は三男一女と二人の使用人の女を連れて、里帰りしてきた。金を貰うまで帰ってくるなと言われていたらしい。夫の所には小僕の阿二を残してきたが、これが十三歳と幼いことをいいことに、夫は流れ者の妻である陳氏を家に連れ込み、同居をはじめる。母と争って母に食事も出さない始末。困り果てた母は言葉巧みに息子を父の任地に行かせ、自分もひそかに後を追った。しかし、其美の横暴には父もお手上げで、母が着いて三日もしないうちに、弟の其善と一緒に帰ることになった。十月、会稽の家に戻ったが兄弟仲は悪くなる一方で、怖くなった其蘊は父のところに行ってしまった。

そこで章其美は妻子を引き取って家に連れ帰った。

十二月二日、妾の陳氏と弟の其善の仲を疑った章其美が、刃物をもって陳氏を追いかけるという騒動が起こった。そして陳氏を逃がした駱復に対して、弟と密通しているから陳氏を庇うのだろうといい、棍棒や鉄尺で妻の体中を殴った。死を覚悟した駱復は息子三才を呼んであれこれ言い聞かせるが、三才は泣くばかり。桂花と小女という二人の召使いは、危険だから逃げるようにとすすめる。しかし、駱復はいつもの発作だから一、二日したらもとに戻ると言って、これにとりあわなかった。

そして十二月四日、ついに惨劇が起こる。それは妻に姦通という罪を着せて殺害するという計画殺人であった。ちなみに駱問礼はこの文で婿のことを「兇人」と呼んでいる。

四日になって、傷が悪化した駱復は、兇人に「私が死んだら、私の父はあなたを許さないわ」といったところ、兇人は「お前にだけ父親がいると思うな」と罵った。そして一族の章亮五のところへ行き、「明日朝早く、地代を取り立てに行こう。うちの家に泊まったら、一緒に出発できる」と言った。思いを晴らそうというわけだ。亮五は承知したものの、結局行かなかった。夜になって、今度は其善の所の傭人の丁四という者を呼んだが、丁四は普段から彼を怖れていたので、隠れて応じなかった。家に戻って、晩飯が終り、阿二が柄杓で米を量り朝飯の準備をしていたところ、兇人は「もうやめろ。明日早朝、私は別の用事ができた。お前は厨房で寝て、戸口にカギをかけるな。私が朝起きたらすぐ火を取ることができるように」といった。そして駱復とは寝ずに、三姐を母のベッドに寝させた。三姐というのは彼の九歳の女である。そして自分は駱復の寝ている傍らに床をとった。二更になったころ、兇人は起き上がって厨房に行き、突然阿二を呼んだ。阿二は服を着ますと返事したが、兇人は「すぐすむことだ。服なんぞ着なくともよい」と叱った。阿二があわてて起きると、兇人はその髪をつかんで部屋に引き入れ、そのまま刀で刺した。阿二はククーとふた声を発して死んだ。寝床にいた駱は驚いて、「あなた、何をしたの」というと、兇人は「何をしたかって？　お前の間男を殺したのさ、これからお前を殺すのさ」と罵る。そして寝床に入って髪をつかんで刀でメッタ刺しにしたのだ。駱は、「三才助けて」と叫び、また「お天道さま、助けて」と叫んで死んだのである。この時、駱は赤ん坊を抱いて哺乳したままだった。三姐はびっくりして目が醒め、母の脚にとりすがった。まだ母が死んだことがわからなかったのだ。三才は驚いて地に倒れ、これを視ることもできなかった。兇人は捕まるのではと懼れ、小女に偽証するよう迫った。小女が「殺せばいいわ、偽証なんてできない」というと、刀で小女を刺し殺した。また刀を桂花の頸に突きつけて、さっきのように迫った。この時、桂花は灯を吹き消して、わざと「ご主人様のおっしゃるとおりにします」と言い、やっと解放されたのだ。それから祖母の沈氏や叔父の章如錦のところに奔って行き、阿二を殺しましたとだけ告げた。如錦に其善を呼び起こすように仕向け、鬱憤ばらしをしてスカッとするつもりだったが、其善は起きようとしない。再び家にとって返し、別の薄手のナイフで二つの首を切り、町に入ってお上に姦通だと報告したのである。（至四日、駱病傷。謂兇人曰、「我死、我父寧貸汝」。兇人詈曰、「獨爾有父」。遂往呼其族人章亮五曰、「明早出索租。爾宿我家、可同往也」。將甘心焉。亮五諾之而不果往。及夜、又往呼其善傭工人名丁四者。丁四素畏之匿不應。回、夜飯罷。阿二持量器取米爲晨炊備。兇人應曰、「且罷。明早我有別話。汝臥廚房毋拴門。我欲早起便取火也」。遂不與駱同寢、促三姐隨母而臥其床。三姐者渠九歲女也。床在駱寢側。至二更忽躍起至廚房、急呼阿二。阿二應以穿衣。兇人叱曰、「一語爾。胡必衣」。阿二忙起。兇人遂把其髪入戶、卽以刀刺之。阿二叫屈屈二聲死。駱在床驚曰、「汝作何狀」。兇人罵曰、「作何狀。已殺爾私、且及汝」。卽入床把髪以刀亂刺。駱叫三才還可救、再叫天地救我一聲死。而三才驚仆地不敢視。兇人懼不免、詰小女令爲誣證。小女曰、「是可殺、不可誣也」。卽以刀刺小女。復以刀加桂花頸詰如前。時桂花方吹燈、詭應曰、「相公言是」。始釋之。遂奔告祖母沈及叔父章如錦、只言已殺阿二、促如錦呼其善、欲甘心焉。其善固不起。復回家、另用薄刀砍二首、入城告以姦。）

駱問礼「章門駱氏行状」は、駱復が殺されるまでの経緯を微に入り細をうがって描写しており、とりわけ殺人の場面は、血の匂いが漂ってくるかのようである。殺人の場面のみを取り上げるならば、小説『三言二拍』のグロテスク・リアリズム[10]に近いし、この後の会稽県令劉公が部下とともに密かに調査を開始し、真相を見抜く話も公案話（裁判もの、刑事もの）のようでもある。劉公は差し出された阿二の首を検分し、まだ子どもであることから姦通説に疑問を抱き、家の者を質したところ、章其美の普段の悪行が暴露され、彼が小女の遺体を埋めて証拠隠滅を図ろうとしていたことも発覚した。駱復にかけられた姦通の疑いは、劉公のおかげで無事に晴れる。

しかし、晴れないのは父の気持ちである。

駱の父はいう。「嗚呼、痛ましいことよ。自分の妻を大切にせずして殺すに至る者がどこにいよう。自分のむすめを大切にせず、よくないところに嫁がせ、ついには殺されてしまう者がどこにいよう。逢蒙は羿《げい》を殺したが、孟子は羿にも咎があると言っている。さらに仁義礼智へとつながる四端を拡充できないのなら、妻子を保つことすらできぬとも言っているが[11]、これは私のことである。鳥すら危害を被らない止まるべき所を知ったうえで止まり、葵だって足もとを庇うという[12]。ただ天下には悪人がいるのだ。これに近づくのは間違いなのに、そのうえ私は最も大切なものを差し出してしまったのだ。つまり私の大切なむすめを殺したのは兇人ではない、私なのだ。罪は免れたとしても、この痛みはどうして堪えられようか。思うに、人が死すべきところでない所で死ぬのには、必ず死ぬべき道理があってはじめて凶事に出くわすのである。それなのに我がむすめは死道すらない。もし私の不善の報いだというのなら、近きはわが身が被るべきで、遠きは或いは子孫に及ぶこともあろうが、なんと嫁に行ったむすめに降りかかるとは。章氏は父子兄弟たくさんおり、その積み重なった罪に対して罰が下ったのだとしても、はじめに我がむすめに及ぶとは。天よ、いったいこれはどういうことか」。（駱之父曰、「嗚呼痛哉。人孰不愛其妻而至於殺。人孰不愛其子女嫁之不得所、而至於被殺。逢蒙殺羿。孟子謂羿亦有罪。又謂苟不充其四端不足以保妻子、我之謂矣。夫鳥且知止、葵能庇足。顧天下寧少悪人、比之非矣、而又以所甚愛者畀之。是殺我愛女者、非兇人、

我也。罪可逭而痛可忍哉。顧人之死非其所、必有可死之道、然後悪物遭焉。而我女無死道。若予不善之報、則近當在身、遠或子孫、而及出嫁之女。章氏父子兄弟非一、其或稔悪降罰、宜有所當、而首及我女。天乎謂之何哉」。）

むすめを死地に追いやったのは、このような婚を択んだ自分にあるという自責の念は、前章にあげた蘇洵「自尤詩」や王樵「祭女文」と同じである。しかし、前者の直接の死因が病死と自害であったのに比べて、駱問礼「章門駱氏行状」の場合は殺人である。しかも、幸いに汚名は雪がれたとはいえ、一時は姦通したと誣告され、首まで切られたのだ。これが自らの不善の報い、または章家の積悪に対する罰だとしたら、なぜ真っ先にむすめが犠牲になるのかと天に問いかけるのである。

士大夫といえども妻を殺すことは法に抵触する行為である。そのため、章其美の父親は、息子の不孝を理由として縁切りを宣告した。勘当である。

むすめがこの変に遭って十日も経たぬうち、かの舅は任地から長子其蘊を通じてあいつを不孝者と宣告する文書を出してきた。もしこの書状がもっと早くに届いていたら、むすめは助かっていたかも知れぬ。しかし、すでにおそく臍を噬むばかりだ。玉ががらくたの石に倚り、蘭が臭い草むらの中にある、蘭玉がその所を得ていないのは当然で、これは誰がこうしたのか。だからこそ私の悔恨は已むことがないのだ。むすめはその死地を得ず、子はまだ幼く、舅は任地にいて遠い。誰がお前の葬式を出してやれるのか。さらに百年後、誰がお前の死が非業の死であったことを知ろうか。もし知ったとしても、誰がお前は賢く才ある者であったと知ろうか。今を逃して、お前の行いを述べてお前の子に授けておかなければ、たとえ有名人に名文を書いてもらおうとしても、拠るべき材料がないではないか。そこで私は涙をこら

えてこの行状を書いたのだ。（女遭變不十日、伊舅自任印狀付長子其蘊、告兇人不孝。使是狀早至、女或免乎。而業已噬臍。玉倚石、蘭叢薌、蘭玉之不得其所宜矣。而誰則爲之。然則予之悔痛能自已哉。而女既不得其死、子且幼、舅在任遠。誰能擧爾喪、而後有百年誰能知爾之死非其所。卽知之、又誰能知爾之賢且才者。失今不述爾之行以授爾子、卽有名公欲辱名筆、將何據乎。乃含涙而爲之狀。）

この事件では幸い章家の皆が駱復の冤罪を証言したため、駱復の名誉は回復されたが、この名は再び汚されるかも知れない。『明律』巻二十五刑律・犯姦に「凡そ奴及び雇工人、家長の妻女を姦する者は、各おの斬」とあるように、使用人による主人の妻女への犯姦は死罪である一方、夫が姦通した二人を殺してもお咎めなしになるのが普通である。しかも明代、裁判では買収による偽証が横行していた。たとえば、帰有光が「書張貞女死事」「張貞女獄事」「貞婦弁」（ともに『震川先生集』巻四）を記したことで有名になり、『明史』列女伝にも収載された張貞女の事件が、好例である(13)。これは、安亭の汪家の嫁であった張氏が姑とその情人の姦計によって強姦殺人に遭った嘉靖二十三年（一五四四）の事件であるが、裁判では姑と情人に買収された証人たちが口裏を合わせ、張氏は使用人と密通して自殺したことにされてしまう。帰有光の「張貞女獄事」は、張氏のこの冤を雪ぐために書かれた文であり、そこには張氏の父の張耀をはじめとする実家が金を受け取って口を噤んだこと、また、母方の祖父金炳は、その父の楷が成化年間の進士科を第二位の成績で登第したような立派な士大夫の家であり、張氏の惨殺屍体を真っ先に確認しているにも関わらず、金を受け取って見て見ぬふりをしたことを糾弾している。

小説の世界では、夫殺しや妻殺しがしばしば描かれるが、実際に士大夫階級でこのような殺人がどれだけあったかはわからない。ただ、明の文人徐渭が、精神に異常を来たし妻と隣家の男との密通を疑って二人を殺害し、獄に下されたが、彼の知友が奔走したことで減刑釈放されたことは有名である。また、『明史』には馬森という人物が江西按察使だったころ、情婦におぼれた土地の進士が妻殺しを行ったこと、巡撫使や巡按使がその罪を目こぼししようとしたのに対し、馬森が厳然と法を行ったという記事が見える。(14) おそらくは、士大夫の家の醜聞は、当地の有力者の働きかけにより、地方官によってもみ消されるのが常態化していたと想像される。一旦は決着がついたこの事件も、しばらく経てば、章家一族によって覆い隠され、駱復には姦婦の汚名だけが残るかも知れない。駱問礼の「章門駱氏行状」は、女の死を哀悼するとともに、この虐殺を告発し、後世に至るまで女の名誉を守ろうとする意図のもとに書かれたのだろう。

駱問礼の「行状」の最後は悲痛である。

男の子が三人、一番上の三才、その下の阿七・阿八、それに女の子の三姐、彼らは私の外孫か、それとも仇敵の子か。私にはわからない。道を知る君子に教えてもらいたいものだ。(子三、長三才、次阿七、阿八、女三姐。此我外孫乎、仇之子乎。愚不能辨。統俟知道君子敎之。)

六、袁枚「哭三妹」五十韻

ここまで、女《むすめ》の非業の死を哀悼する父の姿を見てきたが、この節では、実家の兄が、婚家で虐待に遭った妹の死を哀悼した作品を見ていこう。

清代を代表する詩人袁枚（一七一六～一七九七）には、妹の袁機、字は素文のことを語った三篇の作品がある。「女弟素文伝」（『小倉山房文集』巻七）、「祭妹文（妹を祭る文）」（『同』巻四）、そして「哭三妹（三妹を哭す）」五十韻（『小倉山房詩集』巻十五）である。いずれも妹の死への哀悼をテーマとする。袁枚が妹のことをこれほど繰り返し語るのは、彼にとって一番親しく、その詩才を愛していたからというにとどまらない特別の事情があった。婚家で夫から虐待を受けて、出戻った女性だったのである。

「女弟素文伝」と「祭妹文」によると、袁機は赤ん坊のころ、高という家の、やはり生まれたばかりの男児と婚約した。高の家からのたっての頼みを父が承諾したのだ。ところが、年頃になったある日、高の家から使者がきて、婚約者が病気なので婚約を解消したいとの申し出があった。妹は泣いてばかりで食事もとらない。相手が病気であっても嫁ぐと言い出した。婚約者の従兄にあたる人物がやってきて説明した。病気というのは口実で、本当は婚約者に禽獣の行いがあったのだと。「禽獣の行い」とはおそらく一族の妻妾と関係をもつようなことをいうのだろう。夫となる人の悪行を知ったにもかかわらず、妹は決心を変えなかった。(15)

しかし、結婚生活は不幸というより、地獄そのものだった。

袁枚の記すところによれば、夫となった男は短軀で背も曲がり、斜視だった。学問嫌いで、妻が本を読んだり詩を作ったりするのが気にくわない。そのうえ陰険なたちで、かんしゃくもちだった。遊興のために妹の嫁入り道具を持ち出し、殴る蹴るの乱暴を働く。姑が見かねて仲裁に入ったが、息子に殴られて歯を折った。それでも袁機はずっと実家には隠していた。しかし、博打の借金のかたに妻の自分を売り飛ばそうとするに及んで、ついに父親に実情を打ち明けた。激怒した父がお上に訴えてようやく離婚が成立。聴覚障害の女を連れて実家に戻った袁機は、母の世話をしながらひっそりと暮らし、四十歳で亡くなった。

次にあげる「哭三妹」五十韻は、袁枚が彼女を追悼した詩である。百句から成る長篇であり、ここではその一部をあげる。

左は、幼いころの彼女との思い出を回想した部分である。

金籠擒蟋蟀　　金籠　蟋蟀《こうろぎ》を擒《とら》え
竹馬逐鄰兒　　竹馬　隣児を逐う

「蟋蟀をつかまえて籠に入れ、竹馬にまたがって近所の子供と追いかけっこをした」。

妹は勉強好きだったが、男女が同席して学ぶことは許されない。そこで妹は工夫した。

書燈裁紙照　　書灯　紙を裁りて照らし
學舍隔簾窺　　学舎　簾を隔てて窺う

「お前は灯火を紙で囲って明るくし、家塾の授業を簾のむこうで聴いていた」。

ところが、嫁いだ彼女を待っていたのは、夫の暴力だった。

一聞婚早定　　一たび婚の早《つと》に定まるを聞くや
萬死誓相隨　　万死も相い随うを誓う
采鳳從鴉逐　　采鳳　鴉に従いて逐い
紅蘭受雪欺　　紅蘭　雪を受けて欺かる
踏搖囚素髪　　踏揺　素髪に囚われ

　　衇摘損凝脂　　脈摘 凝脂を損なう

「踏揺」は第一節にあげた「踏揺娘」という唐代の歌芝居で、酔った夫に暴力を振るわれること。「脈摘」は欠点をあげつらうこと。「お前は婚約を知った以上、死んでも嫁ぐ気だった。その結婚は、美しい鳳がカラスとつがいになり、赤い蘭が冷たい雪に傷めつけられるようなもの。夫の暴力に白髪が増え、いじめぬかれてきめ細やかだった肌も荒れた」。

　実家に戻った彼女に、かつての明るさは消えていた。

　　避人常獨坐　　人を避けて常に独り坐し

　　對影輒漣洏　　影に対して輒ち漣洏す

「いつも人を避けて一人で居て、鏡の中の自分を看てはさめざめと涙を流していた」。

　離縁となった女は、実家に戻っても肩身が狭く、遠慮しながら生きざるを得ない。袁枚の「女弟素文伝」は、実家に戻ってからの妹が生臭を食べず、地味な服装をして、音楽も聞かず、ひっそりと四十年の生涯を終えたことを伝える。

　貞女たるもの二夫にまみえてはならないとされた時代、そして、一旦婚約が成れば嫁いだも同然とされた時代、教養のある女性ほど貞節についての自己規制は強い。婚約解消を恥とし高の家に嫁いだ袁機は、結局夫の暴力に遭い、花を散らしてしまった。

　袁枚の一連の作品からは、士大夫階級の教養ある女性であっても夫からのドメスティック・バイオレンスの被害者にもなり得たこと、否、士大夫階級であるがゆえにこそその陥穽から抜け出しにくかったということがわかる。

七、出嫁の亡女を哀悼する文体

さて、ここまで出嫁の女の虐待死をテーマとする作品群を紹介してきたが、本節では、こうした作品が、どのような文体で語られたかに着目して論じてみたい。

士大夫階級に属する女性が亡くなった場合、哀悼の文として用意されるのは、棺とともに墓に埋められる墓誌銘と墓前に捧げられる祭文の二種であった。墓誌銘は、遺族からの執筆依頼によって作成されるもので、出嫁した女性の場合、婚家から依頼された実父がこれを執筆することもある。たとえば、出嫁の亡女のために墓誌銘の筆を執った例としては、唐の権徳輿「独孤氏亡女墓誌銘」、南宋の周南「長女壙誌」、元の戴良「亡女張孺人戴氏墓誌銘」、明の王鏊「亡女翰林院侍読徐子容妻墓誌銘」、明の許相卿「長女沈婦壙誌」「中女朱婦墓誌銘」「徐中年妻許氏墓誌銘」(16) などがある。ただし、葬儀を司るのは婚家であって、すでに他家の婦となったむすめの墓誌銘を書くためには、婚家からの依頼があることが前提であり、しかも、これらはむすめが病死、自然死である場合に限定される。もし、死因が婚家での虐待ということになれば、墓誌銘は嫁の実家の父に依頼されることはない。棺とともに未来永劫土中に置かれる墓誌銘は、故人の徳と家門の栄誉を顕彰するのが目的であるから、依頼を受けた第三者が虐待のような醜聞を記すはずはない。

一方、祭文は墓前で朗読されることを前提としつつも、後世では必ずしも墓前に捧げるのではなく、哀悼文の一形式として発展したという事情がある。そのため、第三節でとりあげた王樵「祭女文」のように、非業の死を遂げた出嫁の亡女の霊を招魂するものが出てきたのである。

しかし、祭文は韻をふむ文章であり、事の詳細を語るには不向きな文体であることも確かである。駱問礼の「章門駱氏行状」のリアルな描写は、まさに行状という文体にしてはじめて表現しえたものである。

女性の行状は古えには存在しなかった文体である。本書第二章で述べたように、行状は、元来は官僚が亡くなった際、諡を審議する際の参考資料として、また官僚の生平の政績を記して史館に報告し、将来の史書編纂に備えるために作られるものであった。後世、遺族が墓誌銘の執筆を他者に依頼する際にこれを添えるようになり、その性格は変化したが、女性の行状は本来の趣旨から外れる。早くには宋代に亡母を語る文体として女性行状の例があるものの、個人の文集に収録されることは極めて稀だった。これが一般的になったのは明代で、特に万暦以降は亡母を語る先妣行状が大いに流行する。(17)明の士大夫たちは、自らの亡母を語るのにこの文体を用いた。さらに次の清代になると、亡妻行状が流行し、かくして行状の対象は男性に限られるものではなくなる。行状という文体は文学のテーマを女性に拡げたといえるのだ。出嫁の亡女について行状という文体を用いるのは、あまり他例を見ないが、むすめが死に至った経緯を詳述しようとする駱問礼には、もとより墓誌銘という選択肢はありえなかった。

八、義と情の狭間で

明清時代の女性に対する暴力は、姻族による虐待や夫による家庭内暴力にとどまらなかった。明清時代の女性に対する最大の「暴力」は、実は夫の死後、貞淑な女性の名と引き換えに死ぬことを期待される殉死への社会的期待であった。これは明清時代の女性にとっての最大の「暴力」であり、まさにこの時代の「社会的暴力」である。

しかし、出嫁の女が自らの死をもって烈婦や節婦という栄誉を得た場合、父は果たして家門を輝かせる存在として、その死を喜んだであろうか。

明の茅坤（一五一二〜一六〇一）の季女は、万暦二十七年（一五九九）の三月、夫が亡くなって三年後、清明節の墓前の祭りを終えたあと、首をくくって夫の後を追った。二十四歳だった。郷里の士大夫はこれを烈婦とし、一族の者は役所に貞烈と認定してもらえるよう申請書を提出した。この時茅坤は八十八歳、周囲がむすめの殉死を烈と称えて熱狂する中で、彼だけはそれに戸惑い、むすめが老父の自分を残して先立ったことを嘆くのである。茅坤は「与県令汪公書（県令汪公に与うる書）」（『耄年録』巻九）に次のようにいう。

ああ、これは不肖の不幸であり、そもそもまた天道の苛烈がここに至らせたのか。僕は不肖の身で、悼みもするし、恨みもする。悼むとは、お前が夫に殉じたその貞烈を悼むのだ。恨むとは、父と母の苦しみを顧慮しなかったことを恨むのだ。（噫、茲固不肖之不幸、而抑亦天道之苛烈、以至於此。僕不肖、且傷且恨。

傷者、傷殉其夫之烈也。恨者、恨其不恤父　與母之痛苦也。)

たとえ烈婦としてその死が称えられても、父の慰めにはならない。茅坤には、このむすめについて「哭亡女」(『茅鹿門先生文集』巻三十二)、「湖上撫亡女之慘　自題一首(湖上にて亡女の惨を撫し自ら題す一首)」(『耄年録』巻九)「亡女像贊」(同上)などの作品もあり、繰り返しその死を悼んでいる。

呉敬梓『儒林外史』の第四十八回には、徽州の貧士王玉輝の三女が夫に殉じて死に、徽州の衙門から烈婦として表彰される話が載っている。

三女が絶食して亡くなると、母親は声を放って泣いたが、王玉輝は「立派な最期」だと大笑いし、三女が烈婦として青史に名を留めたことを喜ぶ。二カ月後、三女の位牌が当地の節孝祠に入祠し、王の門口に節孝牌坊が建てられることになり、王玉輝がその儀式の後の宴会に烈婦の父として招かれると、この時になって無性に悲しくなり、結局王玉輝は行かなかった。家にいても妻が嘆いているのを見るのはたまらないとして、王は船旅に出るのだが、船上で山河の素晴らしい光景を見ても、三女のことを思い心が晴れない。また、船上の若くて白い服を着ている女性を見ては、わが三女のことを思い出し、こみ上げる哀しみに熱い涙を流した。

『明史』列女伝には二百六十名に及ぶ烈婦や節婦の伝がある。地方志の列女伝を含めると、その数は桁違いに跳ね上がろう。しかし、こうした女たちには、これを撫養した父母がいるはずである。壮絶な死を遂げた節婦にも、虐待の中で死んでいった女性にも、その背後には女の死に涙する多くの親たちがいたのである。

おわりに

前近代の中国の女性、とくに生涯を家の中で暮らした士大夫階級の女性にとって、家とは社会そのものであった。結婚は、実家の女部屋を出て、婚家の女部屋に入ることであった。しかも、そこは入ったら最後、どんなことがあっても逃げ出すことのできない場所でもあった。「一に従いて終わる（一人の夫にかしずいて一生を終える）」（『易』恒卦六五の象伝）の規範が、女性を家に縛りつけていたのだ。舅姑からの虐待や夫からの暴力があっても、離縁は実家の恥であり、忍んで添い遂げるしかない。ここから逃げるには死、つまり自殺か殺されるしかなかった[18]。さらに、夫に殉じた女や貞操を守るため自殺した女は節婦や貞女と呼ばれて朝廷より顕彰されるのに対し、嫁ぎ先での虐待によって亡くなった女性にはそのような栄誉は与えられない[19]。むしろ家門の恥として忌み嫌われる。彼女らには死に場所が与えられないのだ。その無念を知るのは実家の父母である。本章で紹介した出嫁の女の虐待死を語る作品は、父親の無念の思いが成させたものである。

注

（1）合山究は『明清時代の女性と文学』（汲古書院、二〇〇六）第三章「節婦烈女の異相」で、悪辣な舅姑や夫が主導して死に至らしめた女性の伝記には、士大夫階級に属するような上層の女性がいないことについて、「嫁に姦淫を強制する姑も、上流階級には実際に少なかったであろうが、万一いたとしてもそれを暴露することのできる者もいないだろうし、また、その家でも体面上から、それをひた隠しにしただろうから、表沙汰になることはなかった」（二五二頁）と指摘する。

（2）家庭内暴力の一つに、舅の女性（嫁）に対する性暴力の問題がある。前近代の中国の家では孝を最上の徳目とし、舅姑に事えることが求められる。しかし「孝」が女性の貞節観と対立するとき、女性の悲劇が起こる。庶民層ではともかく、士大夫の家では姑からの姦淫の強要は考えにくいが、舅からの性暴力は隠然と存在した。鮑家麟は、「徐志摩の結婚と離婚」（関西中国女性史研究会編『ジェンダーからみた中国の家と女』所収、東方書店、二〇〇四）において、徐志摩と張幼儀の離婚の背後には、舅による張幼儀への姦淫の問題があったことを指摘する。これらはこれまで明るみにされてこなかった士大夫の家の一断面で、より大きな問題を孕んではいるが、如何せん資料に乏しく、本章ではこれをおく。

（3）後述するように、明の帰有光には、姑から虐待され姑の情夫に殺害された崑山の張氏の非業の死を告発した「書張貞女死事」など一連の作があるが、張氏は民婦である。

（4）『礼記』などには六礼と呼ばれる結婚にいたるまでにふむべき六つの手順が定められている。その最終段階が「親迎」であり、新郎が女の家に新婦を迎えに行くことをいう。ただし、後世は新郎が自宅で花嫁轎の到着を待つ形が多くなる。

（5）曽棗荘・金成礼箋註『嘉祐集箋注』（上海古籍出版社、一九九三）佚詩五五一頁所収。「自尤詩」は、現在北京図書館に蔵されている残宋本『類編増広老蘇先生大全集』中にのみ見える作品である。

（6）文淵閣本四庫全書『浙江通志』巻二百九十　介節伝参照。

（7）駱はたてがみと尾が黒い白馬のこと。『詩』小雅四牡に「四牡騑騑、嘽嘽駱馬（四匹のおす馬が進む、ぜいぜいと苦しげな駱馬）」とある。王樵が婿の馬震器を「駱子」または「駱」と呼ぶのは、外貌によるものか、あるいは本名を呼ぶことすら嫌ったのかもしれない。待考。

（8）原文の「譋讉」は音義ともに不詳。ただし屛営は恐れ慄くさまなので、うわごとのような言葉を吐くことをいうか。待考。

（9）『広東通志』巻二十七職官志にも「章門駱氏行状」が収載されている。

（10）井波律子『中国のグロテスク・リアリズム』（平凡社、一九九二、中公文庫、一九九九）参照。

（11）上文は『孟子』離婁篇下、下文は公孫丑篇上の言。ただし、原文は後半「以て父母に事うるに足らず」に作る。

（12）上文は『礼記』大学の「『詩』に云く、緡蛮たる黄鳥は丘隅に止まると。子曰く、止まるに於いて其の止まる所を知れり、人を以てして鳥に如かざるべけんやと」に基づく。下文は『左伝』成公十七年、斉の霊公が鮑牽を足切りの刑にしたとき、孔子が「鮑荘子の知は葵に如かず、葵すら猶お能く其の足を衛る」と言ったことを指す。

（13）野村鮎子『帰有光文学の位相』（汲古書院、二〇〇九）第Ⅱ部第四章「帰有光と貞女」参照。

（14）『明史』巻二百十四馬森伝に「再遷江西按察使。有進士、嬖外婦而殺妻。撫按欲緩其獄。森卒抵之法」と見える。

（15）袁枚には、この妹が嫁ぐのを見送った詩がある。『小倉山房詩集』巻四「送三妹于帰如皐」。

（16）『文苑英華』巻九百六十七「独孤氏亡女墓誌銘」、文淵閣本四庫全書『山房集』巻五「長女壙誌」、文淵閣本四庫全書『九霊山房集』巻二十三「亡女張孺人戴氏墓誌銘」、文淵閣本四庫全書『震沢集』巻三十一「亡女翰林院侍読徐子容妻墓誌銘」、文淵閣本四庫全書『雲村集』巻十四「長女沈婦壙誌」「中女朱婦墓誌銘」「徐中年妻許氏墓誌銘」。

（17）野村鮎子「帰有光「先妣行状」の系譜――母を語る古文体の生成と発展」（『日本中国学会報』第五十五集二〇〇三）、注（13）の『帰有光文学の位相』（汲古書院、二〇〇九）に第Ⅱ部第一章「先妣行状」の系譜」として所収。

（18）注（1）の合山究『明清時代の女性と文学』第三章「節婦烈女の異相」第二節「人倫の異常によって死に至った

烈婦が、明清時代に顕在化した理由」は最もコンパクトにまとまっている。

(19) 帰有光は嘉靖年間に書いた「書張貞女死事」で、姑とその情夫に殺された張氏を「貞女」と呼んだが、当時はこれに反撥する向きが多かった。自殺して貞操を守らぬ限り厳密な意味での「貞女」とはいえないというのが主な理由である。帰有光以後、特に清になると、このような女性も節婦烈婦と呼ばれて盛んに伝が書かれるようになるのだが、原則的には朝廷の旌表の対象ではなかった。注(1)合山前掲書第四章「節婦烈女の多様化と節婦観の変容」参照。

附論　前近代中国における女性同性愛／女性情誼

はじめに
一、同性愛をめぐるジェンダー非対称性
（一）　中国同性愛研究史における女性同性愛の位置づけ
（二）　名称にみるジェンダー非対称性
二、前近代中国における女性同性愛のエクリチュール
（一）　後宮の女性同性愛行為
（二）　通俗小説と女性同性愛行為
（三）　女性同性愛を肯定的に描く作品
三、前近代中国における女性情誼のエクリチュール
（一）　心中事件と女性情誼
（二）　女性同性愛に対する嫌悪の芽生え
おわりに

はじめに

近年、中華圏におけるＬＧＢＴＱ＋運動が注目され、文学研究でもこれまでの作品に、女性同性愛や女性同士の親密な関係を読み解こうとする試みがなされている。ただし、取り上げられるのはほとんどが近現代文学の作品であり、前近代の女性同性愛や親密な関係を描いた作品に言及したものは少ない。

他方で、前近代の中国は同性愛に寛容であったという言説が広く流布している。多くの場合は男色がイメージされていよう。たしかに中国では紀元前から清代に至るまで男色にまつわる文献は多く、また、清朝に鶏姦罪が明文化[1]されるまでこれを取り締まるような明確な法律もなかった。そのことはキリスト教の禁忌であった西洋との比較や、あるいは近代以降の中国がそれを異常とみなし「同性愛者」として括り出したことに比べると寛容に見える。しかし、男色は父系原理の家制度の中で家を存続させるための再生産に影響しない範囲で、それが強姦や殺人などのほかの犯罪を構成しない、もしくは社会秩序を揺るがさない範囲で許容されていたに過ぎない。

しかも、前近代の男色がすなわち今日でいうところの「異性愛の対立項としての同性愛」といえるのかどうかについては留保が必要である。伊藤氏貴が『同性愛文学の系譜』[2]において、「日本の文学において、同性愛はその帰属やアイデンティティを決定するものでは必ずしもなかった」（二頁）とし、近代以降に生まれた「同性愛者」／「異性愛者」という枠組みを拒否したように、中国においても前近代の男色と近代以降の同性愛は同質ではない。前近代中国の性愛に異性愛／同性愛という対立項があったわけではないのだ。なぜならば前近代中国における男色は、女色とともに男性の色欲の一つとして認識されていたにすぎないからだ。男色であれ女色であれ、これらは男性主体の性愛を指す言葉であって、女性主体の性愛を示すものではない。少なくとも前近代においては女性を主体とする欲望や女性が能動者となる性愛は、一律に「淫」とみなされてきた歴史がある。

文字をもつのは士人つまり男性であり、生存空間も男女で異なっていた前近代中国では、奥深い女部屋の中の女性同士の性愛や情誼は外から窺い知ることのできない性質のものであり、それを記録した資料は限られる。本章では限られた資料をもとに、前近代中国の女性同士の情愛に関するエクリチュールについて初歩的な考察を行うものである。なお、女性同士の場合、男色に相当するような適当な言葉がないため、便宜的に「女性同性愛」という言葉を用いるが、そこには女性同士の性愛だけでなく、「女性情誼」つまり女性同士の親密な関係も含まれる(3)。

一、同性愛をめぐるジェンダー非対称性

（一）　中国同性愛研究史における女性同性愛の位置づけ

同性愛に関する歴史を概観した書物で、八十年代の香港や台湾でよく読まれたのは、小明雄の『中国同性愛史録』（香港：粉紅三角出版社、一九八四、増訂本は一九九七）である。その後、矛鋒『同性恋文学史』（台北：

漢忠文化出版社、一九九六）およびそれを改題した『人類情感的一面鏡子——同性恋文学』（台北：笙易出版、二〇〇〇）が出たが、扱っている同性愛の歴史はほぼ男性同性愛についてであり、前近代の女性同性愛に関する記述はごくわずかである。中国の性学者劉達臨による『性与中国文化』[4]（北京：人民出版社、一九九九）はわずかながら女性同性愛についての記録にも触れているが、この書で同性愛は、第九章の「異常性行為」に分類されている。呉存存『明清社会性愛風気』[5]（北京：人民出版社、二〇〇〇）は女性同性愛について、「明清代には女性同性愛の事例がなかったわけではないが、社会の風気を形成するまでにはいたらなかった」（注（5）翻訳書二〇頁）として特段の紹介はしておらず、丁峰山『明清性愛小説論稿』（台北：大安出版社、二〇〇七）も、また、女性の同性愛とは「性抑圧を受けての暫時の行為に過ぎない」[6]（二七八頁）という。スーザン・マン（Susan Mann）の *Gender and Sexuality in Modern Chinese History* (Cambridge University Press, 2011) は Part III-7 "Same-sex relationships and transgendered performance" で同性愛を扱うものの、女性同性愛についての記述は少ない。

同性愛の研究書で女性同性愛についてまとまった考察をしているのは、張在舟『曖昧的歴程——中国古代同性恋史』（鄭州：中州古籍出版社、二〇〇一）である。張在舟は第三章第四節で女性同性愛に関する資料を「非自発的情形」「自発的情形」「自梳女与不落家」に分類して紹介している。Tze-lan D. Sang（桑梓蘭）*The Emerging Lesbian Female Same Sex Desire in Modern China* (Worlds of Desire: The Chicago Series on Sexuality, Gender, and Culture 2003) は、その名のとおり近現代の女性同性愛を中心にした研究だが、第一部において前近代を振り返り、まず欧米の前近代中国の女性同性愛研究史を概述した後で、清の蒲松齢『聊斎志異』の「封

三娘」のために章を立てて論じている。(7)

近年、中華圏では前近代文学における女性同性愛についての研究成果も出ており、許剣橋「女女出発、女男女抵達――李漁《憐香伴》中女同性愛的完成」（中壢：中央大学「第九届全国中文所研究生論文研討会」発表論文、二〇〇二・一二）、白華「嫁与不嫁的抉択――「香憐伴」与「封三娘」的比較研究」（南京：『東南大学学報』第九巻増刊、二〇〇七）、黄淑祺「李漁戯曲《憐香伴》中的女性情誼」（台北：『世新中文研究集刊』第五期、二〇〇九）、張杰「中国古代的女性同性恋」（高雄：『樹徳人文社会電子学報』、第六巻第一期、二〇一〇）などの論文がある。

日本の研究は大半が近現代文学を対象に分析したもので、(8)前近代文学では蕭涵珍「李漁の小説における同性愛――真情と礼教の角度から」（『日本中国学会報』六十一号、二〇〇九）が『憐香伴』を通して李漁の女性同性愛観を論じているぐらいである。筆者はかつて「ともに嫁ぐか、ともに死ぬか？――前近代中国の女性同性愛」という小文を書いたが、コラムであったため紙幅に余裕がなく、前近代の女性同性愛に関する記録を数点紹介するにとどまった。(9)

（二）　名称にみるジェンダー非対称性

中国では、「抱背」、「分桃」または「余桃」、「安陵」「龍陽」、「断袖」、「南風」など、男色を指す言葉は多い。

「抱背」は斉で長く宰相をつとめた晏嬰に関する言行録『晏子春秋』外篇巻八に見える話である。斉の景公は美男子であった。彼はある羽人の官にいる者に見つめられていることに気づき、そば仕えの者を通じて理由を聞いたところ、羽人は景公の美しさにみとれていたという。景公は「私に欲情を抱くとは！　殺せ」と怒ったが、そこに晏子が入ってきて、「わたくし嬰は、欲を拒むのは道に外れ、愛を憎むのは不祥だと聞いています。君主に欲情したとしても、法としては殺すべきではありません」といったので、景公は「ならば私が沐浴している時に、私の背中を流させてやろう」と応じたという。これは「抱背の歓」という名で知られる故事であり、斉の景公は臣下による君主への男色の思慕を罰しないどころか、背中に触れることを許すという粋な計らいをした人物だと解されている。

「分桃」または「余桃」は『韓非子』説難《ぜいなん》篇にみえる衛の霊公と弥子瑕《びしか》の故事である。衛の霊公に寵愛を受けていた弥子瑕はある日、霊公とともに果樹園に遊び、桃を食べて、おいしいので全部食べず、食べ残しの半分を霊公に渡した。霊公は「私を愛するあまり、桃のうまさを忘れて、私に食べさせてくれたのだな」と言ったが、やがて弥子瑕の色香が衰え寵愛を失うと、弥子瑕は霊公から罪を言い立てられる。「こやつはわしの名を騙ってわしの車に乗り、また食いかけの桃を食らわせた」と。説難篇は君主に進言することの難しさを説いた篇であり、右のくだりももともとは、同じ行為であっても寵愛がある間は好ましいことと受けとられ、寵愛を失うと非難されてしまう例として挙げられているものだ。しかし、後に説話の本来の寓意は忘却され、「分桃」または「余桃」は男色の異名となった。

「安陵」は『戦国策』楚策にみえる楚の宣王の寵愛を受けて安陵君に封ぜられた壇を指す。土地もなく王の親族でもなく、ただ容色ゆえに寵愛を受けていた壇は、あるとき弁論家の江乙に「色を以て交わる者は、色香が衰えれば愛が移る」と忠告される。そこで壇は後日、楚王が狩猟に興じ、壇に向って「なんと楽しいことか、今日の狩りは。私が亡くなった後に、おまえは誰とこの遊びをするのかい」と言った機会をとらえ、涙を流しながら「わたくしは内に入りては王と敷物を連ね、外に出るときは車に同乗しています。王がもし亡くなられた後は、あの世の黄泉を身をもって毒見し、王のために褥となり螻蟻を防ぎましょう」と答えて楚王を喜ばせ、安陵君に封ぜられたという。

「龍陽」は『戦国策』魏策に見える魏の安釐《あんき》王の男寵である龍陽君を指す。彼もまた容色をもって寵愛を受ける身で、王への諂いを忘れなかった。魏王と龍陽君がともに船で釣りをした時のことである。龍陽君は十数匹釣れたところで涙を流し、「最初に魚が釣れたときうれしかったのですが、後でもっと大きいものが釣れると、今では前の魚は捨てられます。私は寵愛を受けていますが世に美人はとても多く、寵愛を求めて王のところに奔るでしょう。さすれば私は前の魚と同じで棄てられるでしょう」と言ってみせた。この言葉に感激した魏王は、今後、私に美人の献上を申し出る者を処刑するというお触れを出したという。

『逸周書』(汲冢周書)武称解篇には「美男は老を破り、美女は舌を破る(美男は長く仕えた臣下との信頼関係を毀損し、美女は君主に諫言する忠臣の言を聞こえなくする)」とあり、敵方に美男を送って籠絡することは古来戦法の一つとして見なされていたようである。「美女の計」ならぬ「美男の計」である。実際に『戦国策』秦策には、虞を討とうとした晋の献公が敵方の宮之奇が邪魔で、荀息が提案したこの策を納れて宮之奇を虞から追い出すことに成功した話がある。これらは相手方が美男を好むことを承知した上での戦略であり、男色が春秋戦国時代の王の間で普遍的な嗜好であったことを示している。

時代が下って漢の時代になっても皇帝が男寵を侍らせることはよくあることで、『史記』佞幸伝には高祖劉邦の籍孺《せきじゅ》、恵帝の閎孺《こうじゅ》、武帝の韓嫣《かんえん》といった男寵についての記録がある。彼らは皇帝専用の車に同乗し、皇帝と寝台をともにした。その中でもとりわけ有名なのは、哀帝と董賢《とうけん》の故事である。『漢書』佞幸伝によれば、董賢は常に皇帝と起臥をともにし、ある昼寝のときに皇帝の袖を下に敷いて寝たことがあった。皇帝が起きようとし、賢を動かしたくなかった皇帝は自らの袖を断ち切って起きたという。この逸話は前漢の宮廷の糜爛と王朝の末期的状況を示すものとしても語られるが、「断袖」または「断袖の契り」は後世、男色の雅名になる。

こうした男色の恋情、美童への憧憬は詩にも詠じられており、たとえば晋の阮籍（二一〇～二六三）「詠懐詩」其十六首（『文選』巻二十三）は、「昔日 繁華の子、安陵と龍陽と、夭夭たり桃李の花、灼灼として輝光有り」で歌い起こされている。安陵君と龍陽君はゆかしき故事として詩に登場するのである。梁の簡文帝（五〇三～五五一）の「孌童《れんどう》」（『玉台新詠』巻七）は美少年を詠じた詩だが、冒頭句の「孌童 麗質 嬌たり、董を践み復た瑕を超ゆ（孌童嬌麗質、踐董復超瑕）」の董とは董賢、瑕とは弥子瑕である。また「猜を懐く 後釣に非ざるかと、愛を密にするは前車に似る（懷猜非後釣、密愛似前車）」の句は龍陽の故事と弥子瑕の故事を用いたものだ。(10)

もちろん、こうした男色を風俗の乱れだと批判する向きもあり、たとえば『晋書』五行志 人痾では、両性具有者（いわゆるふたなり）の存在についての記録があり、その理由を「咸寧（二七五～二八〇）・太康（二八〇～二八九）以降、男寵の風潮が大いに興り、女色よりも甚だしかった。士大夫でこれをありがたがらないものはなく、天下はそれを真似し、或いは夫婦別れになる者もおり、怨みが多く起こった。ゆえに男女の気が乱れて妖形の者が生まれたのだ」と男色流行のせいにしている。

原初は王の男寵という形で史書に記録された男色は、時代が下るにしたがい、士大夫と男色専門の男娼という形で一般社会に定着する。北宋の陶穀『清異録』人事門は、汴京に男娼専門の小路があったことを伝えており、朱彧『萍州可談』巻三によれば、あまりの風紀紊乱に北宋末徽宗の時、これを禁じる令が出たという。なお、男色のことを「南風」ということがあるが、それは中国南方の習俗だと見なす向きがあったためである。南宋の周密『癸辛雑識』後集は、呉の地には組織だった男妓のギルドがあり、リーダーも存在していたことを伝えている。上記の北宋末の禁止令も南宋になるとうやむやになっていたらしい。

明の謝肇淛『五雑俎』は巻十六で、明代では官妓が士大夫の酒席に侍ることが禁じられたため小唱とよばれる男妓が隆盛していたこと、男色に夢中になる士大夫が多かったことを伝えている。また、明末の沈徳符『万暦野獲編』補遺巻三には、閩（福建）に「契兄弟」という男性同士が義兄弟として婚姻に似た関係を結ぶ習俗があったことが記録されている。一旦「契兄弟」となると、弟の家では兄を婿のようにもてなし、後日、弟が妻を娶る際には兄がその経費を用立てたという。明清の通俗小説では男色の人物は閩人として設定されていることが多いが、その裏には男色を中原とは異なる南蛮、つまり周縁の文化とする意識が働いていたといわれる(11)。

明から清にかけてはとりわけ思想的にも情慾が肯定された時代であり、男色を中心テーマとする小説も多く生まれた。『弁而釵』『宜春香質』『龍陽逸史』などが良く知られている。これらは通俗小説ではあるが、一方で著名な詩人による美童や男妓を詠じた詩も多く残っている。たとえば明末清初の詩人呉偉業（一六〇九〜

一六七二）には男優として当時一世を風靡していた王紫稼を詠じた「王郎曲」があり、清の趙翼（一七二七〜一八一四）の「李郎曲」、袁枚（一七一六〜一七九七）の「李郎歌」は、彼らの友人であった畢沅（一七三〇〜一七九七）の「状元夫人」つまり男優李桂官のことを詠じた詩である。さらに書家・画家としても著名な鄭板橋（一六九三〜一七六六）は、自ら孌童好きであることを公言しており、彼の「県中の小皂隷に故僕王鳳に似たる者有り、之を見る毎に黯然たり（縣中小皂隸有似故僕王鳳者、毎見之黯然）」という詩は、県の役所で亡き孌童王鳳によく似た少年を見かけて作った作である。

つまり、男色は故事とともに多様な異名をもち、小説のネタになるだけでなく、詩歌という中国古典文学のカノンにおいても詠じて憚らぬテーマであった。

一方、女性同性愛はどうであろうか。女性同性愛は現在、中華圏では一般に「女同性恋」もしくはレズビアンの音訳の「蕾糸辺」、または「拉拉《ララ》」と呼ばれる。「拉拉」は、台湾のレズビアン文学の記念碑的作品である邱妙津の『ある鰐の手記[12]』（原題『鰐魚手記』）（一九九四年初版）の主人公の名拉子《ラーズ》に因んだ呼び名といわれる。ところがそれより前となると、「対食」または「磨鏡（摩鏡とも）」という言葉ぐらいしか見当たらない。「対食」は宮女同士がカップルになることだが、後には宮女と宦官の組み合わせも指すようになり、必ずしも女性同性愛の異名とはいえない。

「磨鏡」の原義は鏡を磨くことである。昔の銅などの鏡は一定の間隔でくもりを磨く必要があり、それ専門の職人もいた。女性同士を「磨鏡」と呼ぶのは、女性同士が同型の下半身をこすり合わせることを、鏡を磨くことに例えた隠語であろう。この語がいつ生まれたのかその来歴は不明であるが、筆者が現在のところ文献上で確認し得た最も早い例は、清の丁耀亢『西湖扇』第三十齣の冒頭、老宮女が登場して独白する場面である。老宮女は後宮に入ってからは慾望に苛まれ、夜中に「磨鏡」するのだと語る。さらに陳森『品花宝鑑』[13]の第八回には、魏聘才が酒席で拳に負けて話す艶話を披露する場面があり、その艶話とは兄嫁が夫の留守中、義妹を呼んでひとつの寝床で事に及び、この行為に名前を付けようという義妹に兄嫁が「磨鏡子」という言葉を教えるという内容の小話である。「磨鏡」という言葉は明代の文献には見当たらず、あるいは十八～十九世紀に誕生した案外新しい言葉なのかもしれない。ただ、「対食」はまだしも、「磨鏡」は完全に隠語である。当然のことながら詩語にはなり得ない。このことは前近代の男性同性愛（男色）が、故事来歴を伴ったものとして詩にも詠じられたことと対照的である。ここにジェンダー非対称性が存在する。

二、前近代中国における女性同性愛のエクリチュール

（一）後宮の女性同性愛行為

前近代の女性同性愛は、後宮を舞台とした話として登場することが多い。明確な記録としては、『漢書』外戚伝下　孝成趙皇后（趙飛燕）伝に引用されている司隷の解光が趙飛燕の罪を断罪するよう奏上した文に、「〔道〕房与〔曹〕宮対食（道房と曹宮と対食す）」と見えるのが最初である。顔師古の注は応劭の説を引いて「宮人自ら相い与に夫婦と為るを対食と名づく、甚だ相い妒忌するなり」と説明しており、「対食」は宮女同士でカップルになることを指す。趙飛燕は、もとは卑賤の生まれだが姉妹で漢の成帝の寵愛を独占し、前皇后を

廃して皇后となった女性で、成帝の死後には哀帝を擁立して皇太后となるものの、のちに孝成皇后そして庶人に降され、最後には自殺する。解光の上奏文は、成帝が許美人や宮婢の曹宮に産ませた子が行方不明になっている事件に趙飛燕姉妹が関与していることを告発したものであり、そこでは曹宮妊娠の証拠として曹宮が「対食」関係にあった道房にこっそりと「皇帝のお手がついた」ことを告げていたことが挙げられている。正確にいえば、曹宮は妃嬪ではなく後宮の婢であるが、これによれば曹宮は皇帝のお手がつく前から同じく宮婢の道房と同性愛関係にあったことになる。

宮女や宮婢はまれに褒賞として臣下に賜与されたり、兵士に嫁がされたり、あるいは宮廷の経費削減のために解放されることはあっても、通常生涯を後宮で暮らす。後宮は一人の皇帝と去勢された男性である宦官のほかは、すべて女性だけで成る世界であり、こうした空間で発生する同性愛関係は男性からの愛を得られない代償行為とみなされ、しばしば「機会的同性愛（中国語は「境遇性同性恋」）」という言葉に回収されがちである。ただし、「対食」という言葉自体は後世、宮女と宦官の関係にも用いられるようになり、たとえば『明史』宦官伝は熹宗の乳母客氏が宦官の魏朝や魏仲賢と「対食」関係にあったと伝えている。

史書に見える女性同性愛の正式な記録としては、右の孝成趙皇后（趙飛燕）伝が最初だが、それより前の漢武帝の時代、武帝の寵愛をうしなった陳皇后が、男装させた女を宮中に引き入れて罰せられたという話が『漢武故事』（『古今逸史』本）に見えている。

［陳］皇后はかくて寵愛が薄れ、ますます驕慢で嫉妬深くなった。女の巫術師の楚服は、術を使えば皇帝を振り向かせることができると言い、昼夜祭祀を行い、薬を調合してそれを飲ませた。巫術師は男子の

服装をし、ふだんから皇后と起居をともにし、たがいに慈しむこと夫婦のようだった。皇帝はこれを聞いて側仕えの者を処断した。巫術師と皇后は妖術を使って呪詛し、女でありながら男になって淫らな行為をしたが、それらはみな罪に伏した。皇后は廃されて、長門宮に移された。（皇后寵送衰、驕妒滋甚。女巫楚服、自言有術能令上意回。晝夜祭祀、合藥服之。巫著男子衣冠幘帶、素與皇后寢居、相愛若夫婦。上聞、窮治侍御、巫與后諸妖蠱咒咀、女而男淫、皆伏事。廢皇后、處長門宮。）

『漢武故事』は漢武帝の逸話を集めたもので、後漢の班固の作ということになっているが、六朝の頃の偽作というのがすでに定説になっている。正史『漢書』外戚伝の陳皇后伝では、媚道すなわち皇帝を籠絡しようと怪しげな呪詛を行ったことが問題となり、楚服らが処刑され、陳皇后が廃されたと述べるにすぎない。『漢武故事』は『漢書』のこの話をふくらませて陳皇后と巫術師の楚服に性関係があったことにしている。皇帝の寵愛を失い性的に満たされなくなったった女性が異性の代替として同性と関係をもつに至るというこうした叙述のされ方は、後世、女性同性愛のエクリチュールの典型となる。

史書にみえる後宮の女性同性愛では金の廃帝海陵王の昭妃阿里虎《ありこ》の話が有名である。『金史』后妃伝上には海陵王の昭妃阿里虎が、後宮の男装した宮女と同性愛関係になったことが記されている。

海陵王の諸妃たちはみな侍女に男の格好をさせ、それを「仮厮児（女ボーイ）」と呼んでいた。勝哥なる者がいて、阿里虎はこれと起臥をともにし、まるで夫婦のようだった。厨房の婢の三娘がこのことを海陵王に告げ、海陵はそれを咎め立てせず、ただ阿里虎に三娘を鞭打たないようにと戒めた。しかし阿里虎は板打ちして三娘を殺してしまった。（凡諸妃位皆以侍女服男子衣冠、號「假厮兒」。有勝哥者、阿里虎與之同

臥起、如夫婦。廚婢三娘以告海陵、海陵不以爲過、惟戒阿里虎勿笞箠三娘。阿里虎榜殺之。）

宮女や宮婢による男装は、前掲の楚服のように早くから例があり、特段珍しいことでもない。厨房の婢が皇帝に告げ口したのは、男装ゆえではなくおそらく起臥を共にする二人の様子が尋常と異なっていたからに違いない。

ここで注目したいのは、その話を聞いた海陵王が勝哥との関係を咎め立てしなかったことである。海陵王は中国の皇帝の中でも荒淫の人として知られ、その本紀の賛に「人の妻を欲すれば則ちその夫を殺し」、「宗族を屠滅し、忠良を翦刈し、婦姑姉妹尽く嫁御に入らしむ」と言われる人物である。昭妃阿里虎の最初の夫阿里迭との間に設けた娘である阿里重節とも関係をもち、『金史』后妃伝はこれを知った阿里虎が「重節を怒り、其の頬を批し、頗る詬訾の言有り」と伝えている。海陵王は死後、廃帝となり庶人に降格されているためか、正史である『金史』はことさらにその悪行を書す傾向にある。海陵王が阿里虎と勝哥の仲を大目に見たのは、自らの好色ゆえに孤閨をかこつことになった妃嬪たちがその愛慾のはけ口として同性と関係することを致し方ないことと考えたためだろう。

『漢書』の陳皇后と楚服の巫術が『漢武故事』で小説化されたように、『金史』の阿里虎と勝哥の話は、海陵王の好色物語として宋の話本となり[14]、やがて明末の馮夢龍《ふうぼうりゅう》（一五七四～一六四六）編『醒世恒言』第二十三巻の「金海陵縦欲亡身」で広く知られるようになる。以下は阿里虎が勝哥と関係をもつ場面である。

海陵の定めた制度では、妃たちはみんな、侍女に男子の服に冠を着けさせ、これを仮廝児と呼んでいました。それらの中に勝哥というのがいて、体格が立派で男子のようでした。これが阿里虎づきで、阿里虎がふさぎ込んで病気になってしまい、夜もろくろく眠れないでいるのを見て、これは情慾のはけ口がないせいだと考え、宦官にたのんで角先生（男根を模した張形）を入手してもらい献上しました。阿里虎がそれを勝哥につけて使わせてみますと、心情的にはもう一つですが肉体的にはまあ充分満足というので、それからというもの寝起きを共にし、朝から晩まで片時も離れられなくなりました。厨房の婢の三娘なるものが実情を知らず海陵に告げ口をしました。「勝哥というのは実は男子が女に化けているだけで、昭妃にお仕えするのによからぬことをしています」。海陵はかつて勝哥に手を出したことがあり彼女が男でないことは知っていたので、別に気にもとめません。ただ三娘を鞭で打つようなことはしないようにと、人をやって阿里虎に注意しました。すると阿里虎の方は三娘が内緒のことを洩らしたことを怒り、鞭で打ちつづけてとうとう殺してしまいました。海陵は昭妃閣で死んだ者があるという噂を耳にすると、「きっと三娘に違いあるまい。もしそうだったら阿里虎を殺してやる」と考え、こっそり調べさせるとその通りでした。（海陵制、幾諸妃位、皆以侍女服男子衣冠、號假廝兒。有勝哥者、身體雄壯若男子、給侍阿里虎本位、見阿里虎憂愁抱病、夜不成眠、知其欲心熾也、乃托宮豎市角先生一具以進。阿里虎使勝哥試之、情若不足、興更有餘。蹋是、與止同臥起、日夕不須臾離。廚婢三娘者不知其詳、密以告海陵道、「勝哥實是男子、扮作女耳、給侍昭妃非禮」。海陵曾幸勝哥、知其非男子、不以爲嫌、惟使人誡阿里虎勿箠三娘。阿里虎怒三娘之洩其隱也、搒殺之。海陵聞昭妃閤有死者、想道、「必三娘也。若果爾、吾必殺阿里虎」。偵之、果然。[15]）

『醒世恒言』では『金史』后妃伝にはない「角先生」使用のことが書き加えられ、海陵王が阿里虎と勝哥を処罰しなかったのは、勝哥が海陵王のお手付きで、女であることを知っていたためということになっている。

史実は不明だが、この小説の語り手は、海陵王が怒った理由を、阿里虎が情慾を満たすために女同士で性行為をしたためではなく、告げ口した婢を打ち殺したからだとしている。ここからは情慾を満たすための女同士の性行為が、女子の貞操に関わるものとは認識されていなかったことがわかる。それは自慰の一種とみなされていたのである。

（二）　通俗小説と女性同性愛行為

明清の通俗小説において描かれる女同士の性行為は、男性の覗き見的な欲望を掻き立てるものとして描写されることが多い。同じく『醒世恒言』の第十五巻「赫大卿《かくだいけい》遺恨鴛鴦縧」は、赫大卿が尼寺に入り込んで二人の尼や尼見習いの女童たちと情交を重ね、そのあげくに尼寺で死んで死体を埋められた事件と、それが露見して尼たちが処断される物語である。二人の尼との性交はもちろんこの小説の最大の濡れ場であるが、この物語にはもう一つ、読者を覗き見へと誘導する女同士の性行為の場面がある。

赫大卿の妻の陸氏はある日、家の工事に来た職人の蒯三《かいさん》が行方不明の夫の腰縧《ひも》を身に着けているのに気づき、蒯三にそれを拾った尼寺に尋ねるように頼む。次は蒯三が尼寺の東院をこっそり探る場面である。

蒯三は……そこで台所の前まで来ると中から笑い声がしたので、足を止めて、窓の中をのぞいてみますと、二人の女童がひとかたまりになってふざけています。やがて小さい方が床に倒れると、大きい方が両足をもって馬乗りになって男のすることを真似ながら口を吸います。小さい子の方が大声をたてると、大きい子の方が「アソコも大きくされちゃったくせに、今更大声をあげてさ！」といいます。蒯三は面白がってみているうちに、ふいにくしゃみが出てしまい、驚いたのは二人の女童で、あわてて跳ね起きると……。（蒯三……卻走到廚房門首、只聽得裡邊笑聲、便立定了腳、把眼向窗中一覰、見兩個女童攪做一團頑耍。須臾間、小的跌倒在地、大的便扛起雙足、跨上身去、學男人行事、捧著親嘴。小的便喊。大的道：「孔兒也被人弄大了、還要叫喊」。蒯三正看得得意、忽地一個噴嚏、驚得那兩個女童連忙跳起、……）(16)

二人の女童は尼見習いの少女であるが、すでに赫大卿の手がつき、赫大卿の死後は性的に満たされない状態になっているという設定である。蒯三はこの後、二人の行為の際の「アソコも大きくされちゃったくせに」というせりふを反芻し、この尼寺はうさんくさいと睨むのである。

淩濛初《りょうもうしょ》（一五八〇～一六四四）編『二刻拍案驚奇』第三十四巻「任君用恣楽深閨 楊太尉戯宮館客」には、楊太尉の留守中、孤閨をかこつ夫人が侍婢を寝床に上げて事におよぶシーンがある。

築玉夫人は夜寂しくてならず、最も心安い如霞という侍婢を寝床に上げて一緒に寝て、淫らなことを話して暇つぶししようとします。話しているうちに興が高ぶり、あれをする道具を取り出して侍婢の腰のところに縛らせ男のようにさせます。如霞が言われたとおりにすると、夫人もよがり声をあげて腰を上へ上へとすくめます。絶頂に達したところで如霞は夫人に「男のあれに比べてどうか」と尋ねますと、夫人は「渇きを癒しているだけで、本物とはいかない。もし、男のあれならもっといいけど」と言います。（築玉夫人晩間寂守不過、有個最知心的侍婢叫做如霞、喚來牀上做一頭睡著、與他說些淫欲之事、消遣悶懷。說得高興、取出行淫的假具、教他縛在腰間權當男子行事。如霞依言而做、夫人也自哼哼卿卿、將腰往上亂聳亂顛、如霞弄到興頭上、問夫人道、「可比得男子滋味麼」。夫人道、「只好略取解饞、成得什麼正經。若是眞男子滋味、豈止如此」。）

この後、築玉夫人と如霞は本物の男が欲しくなり、楊太尉の男寵である任君用に目をつけ、ともに彼を誘惑する。

馮夢龍の俗曲集『掛枝児』巻三想部にも「叫梅香」という婢女を呼んで寝床に上げる歌が出てくる。欲求不満の患いに、魂抜けてゆらりゆらり。夜中に起き出し、梅香呼んで、こっちに上がって、わたしの脚の間に、わたしのいい人みたいにしてちょうだい。梅香はいいます、「お姉さん、なんてお馬鹿さん、アレもないのに、お姉さん、どうして抑えられよう、あなたのむずむず」。（相思病、害得我魂飄蕩、半夜裏坐起來叫梅香、（你）上床來掮起腿、（學我）乖親様。梅香道、姐姐、你也是糊塗（的）娘、沒有那件東西也、娘、怎殺得你的癢。）

明末の風月軒入玄子（本名未詳）の『浪史奇観』（別名『巧姻縁』『梅夢縁』）は、浪子こと梅素先とその義理の妹王俊卿にまつわる艶情小説であるが、その中では梅素先の妻李文妃と妾の安哥、王俊卿とその侍婢紅葉の女性同性愛行為が描かれる。次は第二巻第十一回の「狂童児書堂生春意　小梅香錦帳説雲情」、場面は前日に紅葉と一緒に見た春画に刺激された王俊卿が、腹心の梅香を寝床に上げ、男役をさせる場面である。

「紅葉、枕元に来て」と小声でいうと、紅葉は言われたとおり枕元に横になります。……二人はぺちゃくちゃと本音を話しているうちに、俊卿は春心が興って止められなくなりました。紅葉が「お嬢様、わたしたちあの画のようにしてみるというのはどうでしょう」というと、俊卿が「あんたが男になって上になって」というので、紅葉は承知して俊卿の下穿きを脱がせ自分も脱ぎ捨て、上に覆いかぶさり男のように……。（低聲道、「紅葉、你枕邊來睡。」紅葉依著便去枕邊睡了。……兩個言言語語、無非說些眞情、惹得俊卿心

癢難熬、不能禁止。紅葉道、「小姐、吾兩個就依畫兒上的模樣耍一回、何如?」俊卿道、「你就做男子、可上身來。」紅葉應允、使與俊卿脫了褲兒、自家也脫褲兒。撲蓋上去、如男子一般的……。)

『金瓶梅』の潘金蓮とその婢女龐春梅の例を持ち出すまでもなく、女主人は自分づきの婢という同性の身体やセクシュアリティを管理する権利を有する。若い婢女は女主人の房事に協力する一方で、時には女主人によって夫や情夫の相手として差し出される。妻妾同居の家制度の中で、自分づきの婢女、特に実家から伴った媵《よう》とよばれる婢は女主人にとってもっとも心安い存在であり、自らの媵や婢女を夫の妾にすることには他の妻妾を牽制する意味もあった。婢にとっても主家の家族の一員である妾となるのは一種の出世であり、あわよくば妾への転身をという打算も働いていただろう。そのことは『西廂記』のヒロイン崔鶯鶯の婢女で、張珙との仲を積極的にとりもつ紅娘の態度からも窺うことができる。(17) 婢女は女主人に性行為を強要されても拒否できない立場にあり、こうした現実を反映して、艶情小説に描かれる女性同性愛行為は女主人と妾や婢という組み合わせが圧倒的に多い。(18)

そうした小説の中でも清の丁耀亢（一五九九～一六六九）の『続金瓶梅』（改編後の名は『隔簾花影』）は、やや特異な性格をもつ。この小説は明の『金瓶梅』の登場人物の生まれ変わりによる因果応報譚で、当時禁書になったほど性描写が過激なことで知られている。小説全体の中心軸は西門慶の正夫人呉月娘とその息子孝哥の受難物語だが、第二十八回から第四十九回に登場する黎金桂と孔梅玉の二人の女性の性愛は、物語のもうひとつの重要な要素を構成している。黎金桂と孔梅玉は隣同士なのだが、黎金桂の前身は『金瓶梅』の稀代の淫婦である潘金蓮、孔梅玉はその侍女春梅の生まれ変わりという設定であり、そのため二人は男を知らぬうちから同性との愛欲に溺れる者として描かれる。

左は第四十一回「同床美二女炙香瘢　隔牆花三生争密約」、孔梅玉が金二官に妾として嫁ぐことが決まり、別れを惜しむ黎金桂と孔梅玉が行為におよぶ場面である。

時節は七月で暑い。小窓を開けると月の光が射し込み、二人は素っ裸なので四本の脚は月明りを反射して白く光り、雪のように白いレンコンか白銀の棒のよう。慣れている二人は首を抱き寄せ、かわるがわる接吻をして舌を絡ませ音を立てます。一方が「ああ、わたしの兄様、いとしの君！」と叫べば、こちらも「いとしい姉様！」と応じて、あちこち撫でまわします。乳首をなで、花心をいじくり、上になったり下になったり一塊になっています。……やり疲れて寝てしまい、四更に目が覚めました。金桂は淫心が首をもたげ、梅玉を抱えて両脚を開くと、淫水が出ています。梅玉は起き上がって手でもてあそび、さらに寝台を下りて、まるで男のように互いにこすり揺らしあい、溢れる津液を絡ませたので、寝床はびしょびしょ、この上ないいい気持ち。だけど隔靴掻痒の感は免れず、もっとイクにはどうしたらいいかと……。（那時七月、天氣正熱、把小窗開了、放進月色來、兩人脫得赤條條的、四條腿兒白光光的、映著月明如雪藕銀條一樣。兩人原是耍慣了的、摟著脖子、一遞一口、親嘴咂舌、一片聲響。這個叫聲、「我的親哥哥、親羔子」。那個也答應、叫道、「我的心肝姐姐」。沒般不耍到。摸奶頭、捏花心、一翻一覆、玩成一塊。……耍得困了、睡到四更、金桂姐淫心大動、摟著梅玉、把兩腿一盤、只見淫水直流、梅玉起來用手摩弄、又下得床來、如男人交接、相摩相蕩、餘津相送、床下淋漓、甚覺有趣。未免隔靴撓癢、不知深入一層。）

感極まった金桂はこの後、愛を誓うため互いの秘所にお灸をすえて痕を残すことを提案する。[19]その翌日の夜である。

約束どおり二人はそれぞれお灸をすえます。梅玉は気が小さく、線香を持った手が震えます。金桂は自分で脚を持ち上げ、梅玉が火を点けられないのを見ますと、自分で点けて撫でさすり、白く光るところ、紅いところ、高く突き出た頂上の三カ所にお灸をすえ、「お兄さん」といい、両眼朦朧、まるで眠っているよう。慌てた梅玉は口で息を吹きかけ、手で払い続けます。梅玉の番で、紅い紗の胸当てを脱ぐと、二つの固く尖ったまあるいものに、まるで蒸しあがった饅頭のようなものがあらわれます。金桂が低い声で「いとしい妹！　私の名を呼び、目を閉じていとしい人を想っていたら痛くないからね」といいますと、梅玉はいつも彼女にお任せで、彼女のいうのに頷きます。金桂はもぐさを両方の乳首の下に置き火を点けました。痛がる梅玉は声を押し殺してあなたと叫び続けます。二人はこうして昼も夜もくっついて離れず、上になったり下になったりして……。（果然後來二人各燒香一炷、梅玉膽小、點著香手裡亂顫、金桂自己把腿擎起、見梅玉不敢點、自使手兒點著、摸弄一番、向白光光、紅馥馥、高突突頂上燒了三炷、口裡叫「哥哥」、兩眼朦朧、倒似睡著一般。慌得個梅玉、用口吹、手摸不迭。梅玉只得脱下紅紗抹胸兒、露出兩朵緊淨尖圓、如面蒸的點心一樣。金桂低聲叫道、「心肝妹妹。你叫著我、閉閉眼、想想情人、自是不疼了」。梅玉果然件件依她、一一聽她播弄。金桂用香兩炷灸在乳下、疼得梅玉口口叫心肝不絕。二人從此晝夜不離、輪番上下、……。）

黎金桂と孔梅玉が互いの秘所に灸をすえるというこのサディスティックな場面は『金瓶梅』の「葡萄棚」のエロティシズムに匹敵する名場面である。

梅玉はこの後嫁いだ家の正夫人から徹底的に苛められるが、それは前世の龐春梅が西門慶の死後に周守備に嫁いだ後、もと西門慶の第四夫人だった孫雪娥を買い取って虐待し、さらに娼家に売り飛ばして自縊させたことの報いだとされている。黎金桂はといえば、潘金蓮の生まれ変わりゆえに色魔に取りつかれて病気になり、しかも早漏の男と結婚するはめになる。二人は互いを想いながらも結局、それぞれ仏門に帰依して尼となる。

物語の表面的な構成からいえば、女性同士の情欲は前世で犯した淫乱の罪に対する今生の罰ということになるのだが、『続金瓶梅』における女性同士の性交の意味は、他の通俗小説とはかなり異なる。まず、二人は隣同士の同じ身分の女性であり、女主人と婢女でもなければ、妻妾関係でもない。また、他の通俗小説が男女の性交シーンの合間に女主人と婢女の性行為を一時的で、偶発的な、あるいは間に合わせの自慰として覗き見的に挿入するのに対し、『続金瓶梅』では物語の中盤から後半にかけて、二人が置かれた境遇や二人が互いを求める思いを丁寧に描くのである。性交の描写は一見過激だが、ここには代償行為ではない、女同士の本物の性愛がある。

（三）　女性同性愛を肯定的に描く作品

明の一般的な通俗小説の多くが男性読者を意識して女性同士の性交を淫猥に描写するのに対して、清初になると李漁《りぎょ》（一六一一～一六八〇）の長篇戯曲『憐香伴』のように、女性同士の精神的な結びつき、すなわち女性情誼を中心に描く作品が登場する。

李漁は名を仙侶、字を笠鴻、号は笠翁・覚世稗官・笠道人などといい、蘭渓（浙江省）の人で、江蘇の如皋に生まれた。明では科挙に合格せず、清になってからは出仕せず、生涯、無位無官を通し、自ら劇団を有し戯曲の世界に耽溺した。色事にも通じており、男色を扱った短編小説「男孟母教合三遷」（『無声戯小説』第一集）や「萃雅楼」（『十二楼』巻六）などもある。(20)

戯曲『憐香伴』は別名『美人香』ともいい、物語はある既婚女性が、寺で進香した際に風に漂う香に誘われ、庵に寄寓していた美しい女性と出会い、彼女に一目ぼれすることから始まる。あらすじは次のようなものである。

今は范の家の養子となっている范石は友人張仲友の表妹崔箋雲を娶り、揚州の雨花庵の一室で新婚生活を送っている。ある日、科挙を受験する予定の父に連れられて尼寺に来ていた美少女曹語花と出会う。二人は「美人香」の詩を唱和して心を通わせ、膠漆の思いを抱く。語花の父は厳格で二人は思うように会えなかったが、尼の計らいでようやく再会する。互いの胸の内を知った崔箋雲と曹語花は、姉妹ではなくいっそのこと来世で夫婦になろうと結婚式をとり行う。ともに暮らすことを夢見る崔箋雲は、夫の范石に彼女を娶るようにすすめ、范石はその頼みを容れて張仲友を介して曹語花の父に婚姻を申し込もうとする。しかし、そこに曹語花に意のある狡猾な周公夢が、張と范は語花を妾にしようとしていると語花の父に告げ口する。語花の父はこの縁談話に腹を立て、范石は不行状を言い立てられ、秀才の身分を失ってしまう。数年後、曹語花の父は科挙合格後に都で出世して高官となったが、語花は崔箋雲を想うあまり病の床に臥していた。心配した父は娘のために詩友を募集し、箋雲は未婚と偽ってこれに応募、箋雲は曹語花の家で生活することになる。一方、范石の方は元の姓に復して石堅として受験した科挙に合格し、石堅が范石だと気づかぬ語花の父は半ば強引に彼を娘婿にすることを決める。そこへ今は曹の養女となっていた箋雲にも縁談が舞い込む。ここに至って語花が父に事情を打ち明けたところ、父は怒り、二人は尼になると言い出す。困った父は皇帝の裁定を仰ぐ。皇帝の命により二女はともに夫人に封ぜられ、対等の立場で石堅に嫁ぐことになった。

『憐香伴』は戯曲ということもあって性描写はなく、崔箋雲と曹語花という二人の女性情誼を綿々と歌い上げることに力点が置かれる。

次は第六齣「香詠」で箋雲が、語花に初めて出会った時の内心の動きである。

旦（箋雲）……この娘はお化粧もしないのに自然なあでやかさで、ほんとの絶世の美女だわ。男はもちろん女のわたしだって欲情するわ。（旦背介……你看他不假喬妝、自然嫵媚、眞是絶代佳人。莫説男子、我婦人家見了也動起好色的心來。）

詩を唱和して意気投合した二人は、二回目の逢瀬で離れがたく思い、結婚式を挙げることにする（第十齣「盟誰」）。

小旦（語花）「お姉さま、わたしはあなたと偶然出会いましたが、こうして莫逆の友になりました。わたしはお姉さまと姉妹になりたいの、いいかしら？」

旦（箋雲）「わたしもそう思っていたの。ただわたしたちの誓いは普通とは違う誓いをしましょうよ。普通の誓いはただ今生だけ、わたしたちは来世も結ばれましょうよ。」

小旦「じゃあ、今生は異姓の姉妹だけど、来世はほんとの姉妹になるっていうのはどう？」

旦「だめよ。まさか二人とも来世も女になるっていうの？」

小旦「じゃあ、今生は姉妹で来世は兄弟っていうのはどう？」
旦「それもだめよ。仲が悪い兄弟も多いわ、どんなに仲のいい兄弟でも夫婦のべったりにはかなわないわ。わたしとあなた、来世は夫婦になりましょうよ！」
（（小旦）「大娘、我和你偶爾班荊、遂成莫逆。奴家願與大娘結爲姉妹、不知可肯俯従」。（旦）「奴家正有此意。只是我們結盟、要與尋常結盟的不同、尋常結盟只結得今生、我們要把來世都結在裡面」。（小旦）「這等、今生爲異性姉妹、來世爲同胞姉妹何如」。（旦）「不好、難道我兩個世世做女子不成」。（小旦）「這等、今生爲姉妹、來世爲兄弟何如」。（旦）「也不好。人家兄弟不和氣的多、就是極和氣的兄弟、不如不和氣的夫妻親熱。我和你來生做了夫妻罷」。）

この後、箋雲は夫の書斎から衣巾を持ち出して新郎の格好をし、神前で結婚式をする。それを妻から聞いた范石（生）が友人張仲友（小生）と周公夢（浄）に話したところ、二人は大笑（ト書きに「小生・浄大笑」とある）する。さらに范石が妻の頼みを聴いて語花を妾として迎えること承知したと聞くと、張仲友は周公夢に向かって、「こりゃあ女たちの傑作な話だな。義兄さんが芝居というんだから、私と君は芝居として見ないとな。真に受けることもあるまい？（這是女兒家取笑的話。家姉丈原說作戲、我和你只當看戲、怎麼就認起眞來。）」（第十四齣「倩媒」）と受け流す。彼女たちの情愛は男たちには理解されないのである。

この二人の女性は既婚と未婚という差こそあれ同じ士大夫階級に属する女性であり、女主人と婢女という身分に縛られる関係でもない。また、崔箋雲は新婚の女性であり、夫に顧みられず孤閨をかこっているわけでもない。劇中、范石は箋雲の夫として登場するが、曹語花と会ったこともなく、両者の間に感情が生じたりするわけでもない。「憐香伴」の二女の同性愛は、他の艶情小説が描く構図とは大いに異なっているのだ。

しかしながら中国の古典戯曲は大団円で終わるようになっている。二女の情誼を大団円にもちこもうとすると、崔箋雲が企図したように、二女がともに同じ夫に嫁ぐほか方途はない。これはある意味、家父長制度下の妻妾同居というシステムを逆手にとった女の策略ともいえるが、ここで唯一障壁となるのが一夫一妻の大原則と妻と妾との間に存在するヒエラルキーである。妻として嫁ぐのと妾として嫁ぐのでは雲泥の差であり、語花の父が縁談話に激怒したのも、妾では家門の面子に関わるからである。そのため古典戯曲が伝家の宝刀として用いるのが、皇帝の命という超法規的な力である。『憐香伴』の最後の場面は、夫が右に箋雲、左に語花というういわゆる「双嬌斉獲」の状態で新婚の床入りをするところで終わっている。二女が対等な立場で一人の夫に嫁ぐという結末は李漁の『憐香伴』の発明というわけではないが[21]、強制的異性愛の社会規範の中での女性情誼は結局のところ異性との性交を受け入れる形でしか完結しない[22]。

これを体現する曹語花は自分が范石改め石堅に嫁ぐことが決まると、顔を曇らせる。（第三十一齣「賜婚」）

旦（箋雲）「どうしたの？　このうれしい便りを得るために、私はとても苦労したのよ。あなたは聞いても嬉しそうではないし、どうしてそんなに悲しい顔で恨めしそうなの？（怎麼、我費了多少心機、才博得這一聲喜信。你聽了不見歡喜、反做這等愁眉怨態、所爲何來）」。

小旦（語花）「わたしはあなたに嫁ぐとは言っていたけど、彼に嫁ぐなんて言っていないわ。彼に嫁いでもそれはあなたのためよ。（娘我當初原說嫁你、不曾說嫁他、就是嫁他、也是爲你）」。

曹語花は最初から異性との性交を受け入れることを強要されているのであり、同性愛物語としての『憐香伴』は結果として家父長制下の異性愛中心主義に絡めとられてしまっているともいえる。しかし、こうした作品が清初に登場したことは、女性同士の情愛が存在することがある程度認識され始めていたされていたことを意味していよう。

この作品はそれまで公には語られてこなかった女性同士の情愛を戯曲という形で示したことで、その後の清代文学に影響を及ぼした。たとえば、清の沈復（一七六三〜？）の『浮生六記』は愛妻陳芸《ちんうん》との生前の暮しを追憶した作品であるが、妻の陳芸が一目ぼれした妓女と姉妹の契りを結び、ぜひ夫の妾にと執心するのを、沈復が「李漁の『憐香伴』を地でいくのかい？」と揶揄い、妻が「そうよ」と答える場面がある（巻一「閨房記楽」）。結局、その妓女は有力者に奪われ、陳芸は裏切りに憤怒し、それがもとで病を発して亡くなる。『憐香伴』以後、女性が女性を慕わしく思うことは、清人にとってすでにありうる感情だと理解されていたのである。

『憐香伴』よりやや後の、蒲松齢（一六四〇〜一七一五）『聊斎志異』「封三娘」に登場する封三娘と范十一娘の話も女二人の情愛を描いた作品である。正月十五日、范十一娘は盂蘭盆会に行き、封三娘（狐の精）と出会い、互いの釵と簪を取り交わす。封三娘に恋した范十一娘は彼女を思うあまり病気になり、そこへ人目を忍んで会いに来た封三娘と同じ寝台で寝るようになる。しかし、封三娘は范十一娘に対して今は貧乏だが将来出世する運勢の孟安仁と結婚するようにいう。話を持ちかけられた孟は最初乗り気でなかったが、封三娘から范十一娘の証拠の釵を見せられ范の家に結婚を申し込む。しかし、父は拒絶し、他家に嫁ぐことを強いられた范十一娘は絶望のあまり縊死する。封三娘と孟が墓を掘り起こして范十一娘を生き返らせ、孟の家で暮らすことになる。封三娘と別れがたい范十一娘はともに孟に嫁ごうと、わざと封三娘に酒を飲ませ孟に封三娘を汚させた。封三娘は自分が狐であることを明かし、もしも色戒を破らなかったら第一天に上ったはずだといい、二人の幸せを願いつつ姿を消した。

この小説では、人目を忍んで会いにきた封三娘と別れる時の范十一娘は、「寝台で泣き伏し、まるで夫を失った人のようであった（伏牀悲惋、如失伉儷）」と描写される。范十一娘は封三娘と一緒に暮らすため一人の男に嫁ごうとするが、その計略がうまくいかなかったのは封三娘が狐の精であったためである。封三娘は狐の精として造型された女性だが、范十一娘と封三娘の間に流れる感情はまぎれもなく同性への強い執着である。

また、曹雪斤（一七一五～一七六三）の『紅楼夢』第五十八回には劇中で夫婦役を演じる藕官と薬官という若い女役者が実際にも夫婦のようになり、薬官の死後、清明節に藕官が紙銭を焼いて薬官の死を悲しむ場面が登場する。清代の文言小説でこうした女性情誼が描かれるのは、李漁の『憐香伴』がその先河を拓いたということもあろう。そして、それは次章で述べるように実際の女性の精神生活にも影響を及ぼしたと考えられる。

三、前近代中国における女性情誼のエクリチュール

（一）　心中事件と女性情誼

女部屋の出来事は外から窺い難いが、心中のようなスキャンダラスな事件で女性同性愛／女性情誼が明るみになることもあった。清の諸聯（一七六五～?）は、『明斎小識』巻中に「二女同死（二女同に死す）」として

ある心中事件を書き留めている。

海塩の祝公は上海書院の教官となり、赴任するのに愛妾を伴った。家の近所に未婚の女がいて、なよなよと麗しく、詩も作ることができ刺繍も上手く、二人は親しくなった。ほどなく女は嫁いだが、夫婦仲がうまくいかず、孤閨をかこち、女訓を謹厳に守り、潔斎して仏を拝んでいた。暇があればたびたび祝の妾のもとを訪れては、灯を前に親密に話をし、眠らずに夜通し語り合っていた。九月のある晩、皆が寝静まった後、二人はそっと家を抜け出した。小者をやって探させたが行方は杳として知れず、明け方、河に二女の死体が浮いていた。二女は固く抱き合ったままだったという。（海鹽祝公、掌教上海書院、挈愛妾偕至。居相近、有待字之女、弱態盈盈、能詩善綉、爲芳閨良友。未幾女適人、倡隨不篤、願空房伴孤帳、謹守女箴、持齋禮佛。暇或詣祝、挑灯款語、恆至丙夜、綿綿不寐。九月中、忽於人定後、啓戸齊出。驅口冥搜無迹、凌晨浮于河、兩女尤緊相偎抱。）

夭折した清の女性詩人李媞《りだい》（一八〇五～一八二九）の死因も従姉への後追い心中だったようである[23]。彼女の作品集『猶得住楼詩稿』（上海図書館・南京図書館蔵）の巻首には彼女の弟の李尚暲による「先姉吏香伝」が載っており、それによれば彼女の夫は「性　極めて暴戻にして、伉儷を視ること仇讎の若し」で、夫婦仲は初めからうまくいかなかったらしい。そんな中、心の支えとなったのが従姉黄香崖の存在だった。「先姉吏香伝」は続ける。

話は戻るが従母姉の黄香崖女史は、名を巽英といい、十三歳になると、呉の獅子林に住み、生涯親元に侍り、結婚しない誓いを立てた。辛未（一八一一）の年、亡き父上が服喪のため南に帰郷した際、一見するや二人は昔からの友人に出会ったかのようだった。香崖が来ると、朝から晩まで一緒で、その親密さは膠や漆のようで、生死の交りを誓った。彼女が帰ると詩詞を送って思いを寄せ、手紙のやりとりをしない日はなかった。その後、呉から彼女が来ると、窃かにその互いに常に一緒にいられることを喜び、ともに死ぬという思いを固くした。翌年、香崖はわが姉をつれて呉に行き、獅林に居して、避暑をする計画を立てた。ほどなくして、香崖は母ともめて池に身を投じて死に、姉も入水した。時に己丑（一八二九）五月二十七日亥時であった。享年二十五。（初、從母姊黃香崖女史、名巽英、長十有三歲、家吳獅子林、矢志侍親不字。辛未、先府君奉諱南歸、姊一見若逢夙契。香崖來、得共晨夕、密若膠漆、誓爲生死交。歸則詩詞寄懷、郵筒無虛日。至是自吳挈與俱來、竊喜形影之常可相隨、而同死之心益堅矣。越明年、香崖偕姊游吳、遂居獅林、爲避暑計。無何、香崖不得於母、投池死。姊亦自沈。時己丑五月二十七日亥時也。年二十五歲。）

右の伝記が語る二女入水の経緯は曖昧ではあるが、二人は朝から晩まで膠の如くぴったりと離れず、生死を共にすることを誓った仲だったという。結婚後は一旦離ればなれになったものの、結局は未婚を通していた従姉とともに死を選んだ。李媞は繁華で自由な気風があった上海から貞節や長幼の序を重視する桐城の地に嫁ぎ、慣れぬ環境と夫との不和に悩んでいたのであろう。感受性豊かな女性詩人が心のよりどころにしたのは、詩文を互いに唱和し合うことができる才女であった。実際に彼女が黃香崖に寄せた詩篇には彼女への思いが横溢している。一般に女性は他者への共感性が高いとされる。ましてや前近代の中国では、女は婚姻という名のもとに家と家の間で交換されるモノに過ぎず、女性が互いにその運命を嘆き、情誼によって心中を選択することは十分理解できる。

より明確な女性同性愛の資料も存在する。清代の逸事を書き記した徐可編『清稗類鈔』の情感類には、ある士大夫階級の娘が隣家の女性を好きになり、恋わずらいで死んでしまう話「甄素瓊恋紫霞而死」が書き留められている。

湘女甄素瓊《しんそけい》の父は諸生である。瓊は幼いときから学問を教わり、十三、四で小詞や短い手紙が書けるようになり、字にも秀で、とりわけ絵が上手だった。十八になり、父母が結婚話を持ち出したところ承知せず、部屋に閉じこもって秘密の手紙を書いていた。あるときたまたまそれが父母に見つかったが、急いで覆って見せようとしなかった。（父母は）誰かいるのではと探ったが、ほどなく素瓊は病気になり寝ついてしまった。死んでから文箱を調べると手紙が一束出てきたので、怒りにまかせて火に投じ、そのことを秘匿した。翌日、隣家の名は紫霞という娘が、素瓊が死んだのを聞いて、泣き続けて戸を閉ざしてずっと横たわり出てこなかった。家族が呼んでも返事がないので、扉を破って入ってみたところ死んでいた。衣をあらためると一束の手紙が出てきて、みな素瓊の手跡であった。その一つにこうあった。「父母は私の気持ちを解せず、お姉さまと同居させてくれず、むりやり汚らわしい男子に嫁がせようとします。なんてひどいことでしょう。私はお姉さまと別れてから想いが日々深くなり、病も日々ひどくなり、気息奄々として明日をもしれぬ状態です。紙窓の夜はひんやりし、月の弱い光が部屋に入り、香炉の煙がたゆたい、灯火は寒く花は落ちる。去年の春の夜、緑のカーテンの掛かった窓辺でお姉さまと肩を並べて、灯心を掻き立てながら李漁の『憐香伴』の戯曲を読んだことを思い出せば、お姉さまがまるで私の周りにまだいらっしゃるようです。振り返ってもお姉さまは見えず、また自分でも驚き、急いで布団を被って臥しますが、両目は開いたままで眠れません。灯火を掻き立てこの手紙をしたため、お姉さまに送ります。どうかこれを書くとき私は断腸の思いでいることをご承知ください。紫霞姉さまへ。妹素瓊より」。紫霞の家族があやしく思い、これを素瓊の父母に見せた。ああ！　この二女は広東の順徳の十姉妹のようなものだろうか？（湘女甄素瓊之父爲諸生、瓊幼、卽教之讀、十三四能作小詞短札、字娟秀、尤工繪事。年十八、父母爲議婚、不可、恆閉門作密書。或偶爲父母見、急掩之、不與觀。疑其有他、密偵之。未幾、瓊病、遂不起。既死、檢其篋、得函一束、怒而投之火、祕其事。明日、鄰女有名紫霞者、聞瓊死、泣不可仰、卽扃戸臥、久不出。家人呼之不應、破扉入視之、僵矣。檢其衣、亦得函一束、皆素瓊手筆也。其一曰、「父母不解妹意、不令與姉同居、強欲與濁男子爲偶、不亦冤耶。妹自別姉、思與日深、病與日積、奄奄一息、在旦暮間耳。紙窗夜涼、殘月入室、藥爐煙裊、燈冷花落、回憶去年春夜、與姉竝肩坐碧紗窗下、挑燈讀李笠翁『憐香伴』之劇、則恍惚姉猶徘徊吾左右。回顧不見姉、又自驚卻、急掩幃臥、雙眸苦不得合、挑燈作此、以達吾姉。須知草此時、腸已斷也。紫霞吾姉青鑑。妹素瓊上」。霞家人怪之、以示瓊父母。噫！此二女也、其殆廣東順德十姉妹之流亞歟。）

この遺書を書きとめた者は二人の情誼から「広東の順徳の十姉妹（グループ）」を連想している。広東の十姉妹とは、次で述べるいわゆる自梳女のことである。

（二）　女性同性愛に対する嫌悪の芽生え

自梳女とは生涯嫁がずに自分自身で髪上げする女性のことで、姑婆ともいう。広東の順徳では女同士が結拝して義姉妹となり、その集団は金蘭会と呼ばれたという(24)。

清末の光緒年間に成った張心泰の『粤游小誌』は広東の民俗を記した書物だが、その中に次のようなくだりがある。

広州の女子は、義姉妹の誓いを立てる者が多く、金蘭会という。……ここ十数年でこの風潮はいっそう甚だしくなり、競って姉妹で連理の枝（カップル）になる。女二人で同居し、かならず一方の女は夫役となる……またこれを「拜相知」という。女子は誓いの後は仲むつまじく、それは男女の仲にも勝り、生涯、男に嫁ぐことはない。（廣州女子、多以拜盟結姊妹、名金蘭會……近十餘年風氣又復一變、則竟以姊妹花爲連理枝矣。且二女同居、必有一女儼若藁砧者……又謂之拜相知、凡婦女定交後情好綢繆、逾於琴瑟、竟可終身不嫁。）

結拜自体は唐の崔令欽の『教坊記』にあるように、古来妓院の女性たちの風習として存在していたが、清末、広東に結拜姉妹の文化が広まった背景には、年頃になれば「父母の命、媒酌の言」によって意に染まぬ男性に嫁がされることへの恐怖と、清末から当地で盛んになった養蚕業や軽工業に従事することによって女性が経済的に自立可能な環境にあったことの二つがあろう。しかし、官に在る者や士大夫達はそれを決して良しとはしない。なんとかその風習を「改め」させようと躍起である。

清の梁紹壬（一七九三〜一八三四）は『両般秋雨盦随筆』巻四で、当時の広東順徳の長官の奮闘について次のように記している。

広州順徳の村の女子は、義姉妹の誓いを立てるものが多く、それを金蘭という。女は嫁に行った後の里帰りで、夫の家に戻らない。夫婦の礼をしていなければ、必ず盟約した姉妹が嫁ぎおわるのをまってから、そのあとで夫の家に戻る。もしもむりに催促すると、多くの姉妹同士が示し合わせて自死する。このような悪習は、立派な役人でも阻止できない。李鉄橋廉使名は澐が順徳の長官だった時はもともとこの風習を知っていたので、夫の家に戻らない女がいると、硃をその家の父兄に塗り、金物を鳴らして皆に報せ、自らその女を捕まえて辱めた。自死するものがいてもほったらかしにしたので、その風習はやや下火になった。（廣州順徳村落女子、多以拜盟結姉妹、名金蘭。女出嫁後歸寧、恆不返夫家、至有未成夫婦禮、必俟同盟姉妹嫁畢、然後各返夫家。若促之過甚、則衆姉妹相約自盡。此等弊習、雖賢有司不弗能禁也。）

女が嫁に行った後の最初の里帰りで、夫の家に戻らないこと、もしくは名目だけ結婚して夫の家に嫁入らないことは、厳密に言えば「自梳女」ではなく、「不落家」である。しかし、異性との婚姻の拒否という点では共通する。『両般秋雨盦随筆』や『粤游小志』の記述のされ方からは、女性同士の情誼に対してというよりも、非婚の姉妹同盟に対する嫌悪が感じられる。

『清稗類鈔』第三十八巻娼妓類の「洪奶奶与婦女暱」は、清末、上海の租界にいた妓女の洪奶奶を中心とする姉妹同盟に関する記録である。

上海の妓女で洪奶奶と呼ばれている者がいて、その名は伏せるが、共同租界の恩慶里に住み、上海八怪の一といわれていた。……これをなじみにする男は極めて少ないが、女は喜んでなじみとなる。俗にいう磨鏡党というやつである。洪がその魁首で、女二人の相愛は、男女の仲よりも熱烈だ。嫉妬による争いごともあり、命がけの殴り合いもあった。ただし、洪の処断には党員たちは唯々諾々と従い、命令には背かなかった。……洪とわりない仲になったのは、最初は妓女だけだったのだが、そのうち大家の婦人や金持ちの妾も次々と磨鏡党に入った。ひとたびこの党に入ると、天下の男を憎むべき汚物とみなす

ようになるのだ。（滬妓有洪奶奶者、佚其名、居公共租界之恩慶里、爲海上八怪之一。……所狎之男子絶少、而婦女喜與之暱、俗所謂磨鏡黨者是也、洪爲之魁。兩女相愛、較男女之狎媟爲甚、因妒而爭之事時有之、且或以性命相搏、乃由洪爲之判斷、黨員唯唯從命、不敢違。……與洪暱者、初僅爲北里中人、久之而巨室之妾女亦紛紛入其黨、自是而卽視男子爲厭物矣。）

前近代の中国では女性同性愛／女性情誼は、それが男性支配下の家の女部屋内にとどまっている限りはさほど問題視されるものではなかった。しかし、それが一旦、非婚と結びつくと、父権の権威を脅かす挑戦とみなされるようになる。右はその典型例である。彼らが嫌悪し攻撃したのは、女性同性愛そのものというより、婚姻制度に反逆する女たちであった。

おわりに

一九九〇年代以降、中国学の分野でもセクシャリティの側面から文学作品を考察する研究が増え、それは前近代の同性愛文学にも向かった。しかし、そこに取り上げられるのは男性同性愛をテーマとする作品研究であり、女性同性愛は周縁化された存在だった。

男女隔離の生活空間の中での女部屋の密かな女同士の情誼は、常に曖昧で異性には理解されがたいものである。男性主体の情慾の下、男色が故事来歴のある文雅な別称をもったのに対し、女性同性愛／女性情誼は「対食」や「磨鏡」といった卑俗な隠語しかもたず、女性主体の情慾は無視されるか、または「淫」とされてきた。そのため、前近代中国における女性同性愛は、欲求不満の女による代償としての性行為のみがクローズアップされて描かれることが多かった。しかも、後宮の妃嬪と宮女、妻と妾、女主人と婢女というように、そこにはヒエラルキーが存在し、一方は他方の為の自慰の道具でしかなかった。

『続金瓶梅』の黎金桂と孔梅玉、『憐香伴』の崔箋雲と曹語花、『聊斎志異』の封三娘と范十一娘のように、同じ階層に属する女性が偶然に出会い、親密な仲になるといった話は、女性同性愛のエクリチュールとしては比較的新しいものである。ただし、そこには二女が一人の男に嫁ぐ、つまり二女が異性との性交を受け入れるという男性側の都合のいい欲望も透けて見える。

清末には女性同性愛／女性情誼は非婚と結びつけて語られ、嫌悪や攻撃の対象となるが、それは西洋との接触で中国が近代化に向けて歩み出し、伝統的婚姻制度が揺らぎ始めたことへの男性の焦燥の表れだったのかもしれない。

依拠した版本は以下のとおりである。

○脱脱等撰『金史』、中華書局修訂本、二〇二〇
○伝班固撰『漢武故事』、明・呉琯編『古今逸史』所収本
○馮夢龍編『醒世恒言』（内閣文庫蔵葉敬池本）ゆまに書房影印、一九八五
○凌濛初編『二刻拍案驚奇』（内閣文庫蔵明崇禎五年　尚友堂）ゆまに書房影印、一九八五
○馮夢龍編「掛枝児」、魏同賢主編『馮夢龍全集』第二十三冊、浙江古籍出版社、一九九二

○風月軒入玄子『浪史奇観』明清善本小説叢刊第十八輯艶情小説専輯景排印本
○丁耀亢撰『続金瓶梅』、清刊本
○李漁撰「憐香伴」、『李漁全集』笠翁伝奇十種、浙江古籍出版社、一九九二
○諸聯『明斎小識』、筆記小説大観、進歩書局
○李媞撰『猶得住楼詩稿』、上海図書館蔵
○徐珂撰『清稗類鈔』九十二巻、商務印書館、一九二〇
○梁紹壬撰『両般秋雨盦随筆』、上海古籍出版社、一九八二
○張心泰撰『粤遊小誌』、国学基本叢書己集、台湾商務印書館景排印本、一九六七

注

（1）『大清律例』巻三十三刑律・犯姦に鶏姦（肛門性交）を禁じる条文がある。乾隆五年の条例では、鶏姦を強姦と和姦に分け、強姦の場合は死刑（犯情によって執行猶予付き絞首刑から即刻の斬刑までさまざま）とし、和姦の場合、首枷一カ月と杖一百としている。なお薛允升の『読例存疑』は、この条文について「康熙十八年、四十六年先後議准、雍正十二年、又経刑部議准安徽巡撫徐本条奏、乾隆五年纂輯為例、嘉慶二十四年修改、咸豊二年改定」としており、清朝を通じて細かい修訂が行われていたことがわかる。清初期の鶏姦罪の変遷については、Matthew H. Sommer, *Sex, law, and society in late imperial China*, Stanford University Press, 2000 を参照されたい。

（2）伊藤氏貴『同性愛文学の系譜――日本近現代文学におけるＬＧＢＴ以後／以前』（勉誠出版、二〇二〇）。

（3）ここでいう「女性情誼」とは近年中華圏で用いられている言葉で、女性同士の親密な関係を意味する。なお、フ

ェミニズムにおいてはAdrienne Cecile Rich（アドリエンヌ・リッチ）のいう女同士の絆を表す「レズビアン連続体」という言葉も存在するが、女性同士の経験をレズビアン文化に連なるものしてとらえるこの用語が、前近代を考察する際に適切かどうか躊躇を覚えるため、本稿では用いない。

（4）日本語の翻訳書は鈴木博訳『中国性愛文化』（青土社、二〇〇二）。

（5）日本語の翻訳書は鈴木博訳『中国近世の性愛――耽美と逸楽の王国』（青土社、二〇〇五）。

（6）小浜正子・リンダ・グローブ監訳、秋山洋子・板橋暁子・大橋史恵訳『性からよむ中国史――男女隔離・纏足・同性愛』（平凡社、二〇一五）。

（7）濱田麻矢による書評がある。『中国文学報』七十二号、二〇〇六年十月。なお、Tze-lan D.Sang（桑梓蘭）の本の中国語版は、王晴鋒訳『浮現中的女同性恋――現代中国的女同性愛欲』（国立台湾大学出版中心、二〇一四）。

（8）主なものに、白水紀子「中国のセクシュアル・マイノリティー」（『東アジア比較文化研究』第三号、二〇〇四）、「中国の同性愛小説の作家とその周辺」（『南腔北調論集――中国文化の伝統と現代』東方書店、二〇〇七）、「セクシャリティのディスコース――同性愛をめぐる言説を中心に」（『アジア遊学――ジェンダーの中国史』百九十一号、二〇一五）や濱田麻矢「遥かなユートピア　王安憶「弟兄們」におけるレズビアン連続体」（『現代中国』八十七号、二〇一三）、「生育は女の絆をどう変えるか――王安憶の描くレズビアン連続体」（『中国女性史研究』二十二号、二〇一三）のほか最近では台湾のレズビアン映画に言及する赤松美和子の「台湾ＬＧＢＴＱ映画における子どもをめぐるポリティクス」（『台湾学会報』二十四号、二〇二二）もある。

（9）三成美保編『同性愛をめぐる歴史と法――尊厳としてのセクシュアリティ』（明石書店、二〇一五）二四七～二五二頁参照。

（10）皇帝の男色は、フランスのペリオが一九〇八年敦煌の莫高窟で発見した唐の白行簡「天地陰陽交歓大楽賦」でも性愛の一つとして詠じられている。原写本にもとづく訳注として、飯田吉郎『白行簡大楽賦』（汲古書院、一九九五）がある。

（11）崔允珠「明清同性恋故事的福建地区表現与文人認識」（『文学与文化』二〇一五年第四期）参照。

（12）日本語訳は、垂水千恵訳『ある鰐の手記』（台湾セクシュアル・マイノリティ文学1、作品社、二〇〇八）。

（13）『品花宝鑑』は清末の口語長編小説。全六十回。作者は陳森。梅子玉と相公（男優兼男娼）の杜琴言を中心に、京師の士人が相公たちと交際する物語である。

（14）民国八年に葉徳輝が『京本通俗小説』第二十一巻として「金虜海陵王荒淫一巻」を刊行している。ただし、長沢規矩也によればこれは宋人の作ではなく、後人による偽書であるという。長沢規矩也「京本通俗小説の真偽」（『長沢規矩也著作集』第一巻書誌学論考、汲古書院、一九八二）参照。

（15）『全訳中国文学大系』第一集第十二巻「醒世恒言（三）」（東洋文化協会、一九五八）に辛島驍による翻訳「肉慾の果――金海陵縦欲亡身――」があり、参考にした。

（16）『全訳中国文学大系』第一集第十一巻「醒世恒言（二）」（東洋文化協会、一九五八）に辛島驍による翻訳「証拠の腰紐――赫大卿遺恨鴛鴦縧――」があり、参考にした。

（17）周安邦「由媵妾心態試析《王西廂》中之紅娘」（『中正中文学術年刊』第二期、一九九九・三）参照。

（18）清の『杏花天』は封悦生という人物とのちに彼の妻妾となる十二人の女性の性生活を描写した艶情小説であるが、第八回には藍の家の三姉妹のうちの下二人、未婚の玉娘と瑶娘が姉の珍娘と封悦生の性交に刺激されて行為に及ぶという場面がある。こうした実の姉妹間での性行為の描写は珍しい。ただし、三姉妹はのちにいずれも封悦生に嫁ぐので妻妾関係にもなる。

（19）『金瓶梅』第六十一回には西門慶が王六児の「心口」「毬蓋子」「尾停骨」の三カ所に、第七十八回では林夫人の

「心口」と「陰戸」に香（灸）をすえる場面が登場する。小川陽一『明代の遊郭事情 風月機関』（汲古書院、二〇〇六）によれば、妓楼では客と妓女が腕や胸に、もぐさに見立てた香で灸をすえるように焼いて火傷の痕をつけることが行われていたという。同書「解題に代えて 日用類書と明清文学――『風月機関』をめぐって――」参照。なお、羅莞翎「『如意君伝』の内容と特徴――明代中期における艶情小説の出現」（『集刊東洋学』百十二号、二〇一五・一）によれば、明の正徳・嘉靖頃の作品である『如意君伝』に、則天武后と薛敖曹が民間の男女の風習を真似て互いの秘所に香疤を焼くという場面があるという。

(20) 蕭涵珍「李漁の小説における同性愛――真情と礼教の角度から」（『日本中国学会報』六十一号、二〇〇九）。

(21) 岡田由美「明代伝奇における才子と佳人――一夫両妻の趣向をてがかりに」（『中国詩文論叢』第十四集、一九九五）は、明末清初の才子佳人小説の中に一人の才子が二人の佳人を同時に妻とするいわゆる「双嬌斉獲」が多く含まれていることを指摘し、明の伝奇がかなり早くから妻妾の別のない「一夫両妻」の物語を醸成しはじめたとする。

(22) ただし、そもそも『憐香伴』は李漁が嫉妬のない妻妾関係を宣揚するために創作したと解釈する研究もある。黄麗貞『李漁研究』（国家出版社、一九九五）など。李漁は随筆『閑情偶記』巻一詞曲部「戒荒唐」で「近日妒悍之流」として嫉妬深い女を具体的な行為の例を挙げつつ、厳しく批判している。

(23) 詳細は喬玉鈺「清代女性詩人の非業の死にみる才女の内面世界と社会背景――上海の李媞を中心に」（『東方学』第百二十五輯、二〇一三年）参照。

(24) 成田靜香「自梳女の家――広東の婚姻文化」、関西中国女性史研究会編『ジェンダーからみた中国の家と女』（東方書店、二〇〇四年）、および成田靜香「礼か非礼か――珠江デルタの婚姻文化」（『関西学院大学史学』第三十二号、二〇〇五年）参照。

あとがき

『帰有光文学の位相』（汲古書院、二〇〇九）の「あとがき」にも書いたが、明清詩文および中国女性史との出会いは、帰有光が十九歳の若さで逝った侍妾を哀悼した「寒花葬志」に始まる。それは帰有光の文学研究につながり、私を明清の詩文へと誘った。明清の詩文の中でも、最も私の関心を惹きつけたのは、亡妻や亡妾を哀悼した詩文であり、そこに描かれた女性たちである。

前近代の中国では、士大夫が自らの婦《つま》のことを筆にのせるのには、ある種のタブーがあった。しかし、一旦、婦を喪うと、彼らは悼亡という名目で、在りし日の婦を存分に描くことが可能になる。明清では、亡妻や亡妾を喪った士大夫で、亡妻哀傷の作品がない者を探す方が難しい。しかも、彼らは妻在りし日の家庭内の日常の瑣事を、こと細かに情感を込めて描いた。

それらは決して、天下国家や大道を論じるような大げさなものではない。しかし、数百年の時を経て、現代の私たちに静かな感動と共感を呼びおこす。かつて黄宗羲は帰有光の文について、こう評した。

帰震川の婦女子のための文を読むと、情が一途に深まる心地がする。どれも一、二の細事を書すことでそれが表現されており、涙がこぼれそうになる。思うに古今には大事小事に関わりなく、ただ歌うべく涙すべき精神のみが、長く天地の間に留まるのだ。（「張節母葉孺人墓誌銘」）。

この本の校正をしながら、私は数百年前の伉儷の情を思い、何度も涙がこぼれそうになった。涙もろくなったのは老いゆえではないと信じたい。

大学の中文ゼミではここ数年、ずっと悼亡詩や哀悼文ばかりをとりあげてきた。講読しながら一人目を潤ませている私を、学生はさぞ訝しく思ったことだろう。長年、辛抱強くつきあってくれた歴代のゼミ生達にありがとうと言いたい。

奈良女子大学を定年退職するに当たり、亡妻哀傷文学に関する研究成果をこのような形でまとめることができたのは、ひとえに汲古書院の小林詔子氏の助言の賜物である。最初の『四庫提要北宋五十家研究』から数えて、四半世紀もの間お世話になった。心より感謝申し上げる。

二〇二四年十二月

錦秋の寧楽の学び舎にて、鹿鳴をききながら

野村鮎子

初出一覧

序　章……書き下ろし

第一章「亡妻哀傷文学の系譜」……書き下ろし

第二章「明清における亡妻哀悼文の展開――亡妻墓誌銘から亡妻行状へ」
「明清亡妻哀悼散文考――亡妻墓誌銘から亡妻行状へ」、奈良女子大学日本アジア言語文化学会『叙説』四十八号、六四～八八頁、二〇二一年三月。

第三章「明清における亡妾哀悼文」
「明清における妾婢をめぐる士大夫の心性――亡妾哀悼文を中心に」、『歴史学研究』一〇一七号、特集：ジェンダーの多様性の歴史Ⅱ、歴史学研究会、一～一三頁、二〇二一年十二月。

第四章「明中期における亡妻哀悼の心性――李開先『悼亡同情集』を中心に」……書き下ろし

第五章「明の遺民と悼亡詩――艱難の中の夫と妻」
「明の遺民と悼亡詩――もう一つの詩史」、『叙説』五十一号、奈良女子大学日本アジア言語文化学会、四四～八五頁、二〇二四年三月。

第六章「清における聘妻への哀悼――舒夢蘭『花仙小志』を例に」
「舒夢蘭『花仙小志』にみる清代士大夫の聘妻悼亡の心性」、『叙説』四十七号、奈良女子大学日本アジア言語文化学会、二〇二〇年三月、三一一〜三三六。

第七章「明清における出嫁の亡女への哀悼――非業の死をめぐって」

「中国士大夫のドメスティック・バイオレンス――出嫁の女の虐待死と父の哀哭」、『奈良女子大学文学部研究教育年報』三号、一〜一五頁、二〇〇七年三月および「明清散文中的女性与家庭暴力書写」、『近代中国婦女研究』十六期、台湾中央研究院近代史研究所、二〇〇八年十二月。

附　論「前近代中国における女性同性愛／女性情誼」

「前近代中国における女性同性愛／女性情誼のエクリチュール」、『奈良女子大学文学部研究教育年報』十九号、九〜二三頁、二〇二三年三月。

汲古選書　既刊82巻

1	一言語学者の随想	服部四郎著	4,854円
2	ことばと文学	二刷 田中謙二著	3,107円
3	魯迅研究の現在	同編集委員会編	2,913円
4	魯迅と同時代人	同編集委員会編	2,427円
5	江馬細香詩集「湘夢遺稿」上	二刷 入谷仙介監修 門玲子訳注	2,427円
6	江馬細香詩集「湘夢遺稿」下	二刷 入谷仙介監修 門玲子訳注	3,398円
7	詩の芸術性とはなにか	袁行霈著 佐竹保子訳	2,427円
8	明清文学論	船津富彦著	3,204円
9	中国近代政治思想史概説	大谷敏夫著	3,107円
10	中国語文論集　語学・元雑劇篇	太田辰夫著	4,854円
11	中国語文論集　文学篇	太田辰夫著	3,398円
12	中国文人論	村上哲見著	2,913円
13	真実と虚構—六朝文学	小尾郊一著	3,689円
14	朱子語類外任篇訳注	田中謙二著	2,233円
15	児戯生涯　一読書人の七十年	伊藤漱平著	3,883円
16	中国古代史の視点　私の中国史学（1）	堀敏一著	3,883円
17	律令制と東アジア世界　私の中国史学（2）	堀敏一著	3,689円
18	陶淵明の精神生活	長谷川滋成著	3,204円
19	岸田吟香—資料から見たその一生	杉浦正著	4,800円
20	グリーンティーとブラックティー　中英貿易史上の中国茶	矢沢利彦著	3,200円
21	中国茶文化と日本	布目潮渢著	品　切
22	中国史書論攷	澤谷昭次著	5,800円
23	中国史から世界史へ　谷川道雄論	奥崎裕司著	2,500円
24	華僑・華人史研究の現在	飯島渉編	品　切
25	近代中国の人物群像—パーソナリティー研究—	波多野善大著	5,800円
26	古代中国と皇帝祭祀	二刷 金子修一著	品　切
27	中国歴史小説研究	小松謙著	3,300円
28	中国のユートピアと「均の理念」	山田勝芳著	3,000円

29	陸賈『新語』の研究	福井重雅著	3,000円
30	中国革命と日本・アジア	寺廣映雄著	3,000円
31	老子の人と思想	楠山春樹著	2,500円
32	中国砲艦『中山艦』の生涯	横山宏章著	3,000円
33	中国のアルバ―系譜の詩学	川合康三著	3,000円
34	明治の碩学	三浦叶著	4,300円
35	明代長城の群像	川越泰博著	3,000円
36	宋代庶民の女たち	柳田節子著	3,000円
37	鄭氏台湾史―鄭成功三代の興亡実紀	林田芳雄著	3,800円
38	中国民主化運動の歩み―「党の指導」に抗して―	平野正著	3,000円
39	中国の文章―ジャンルによる文学史	褚斌杰著 福井佳夫訳	4,000円
40	図説中国印刷史	二刷 米山寅太郎著	品　切
41	東方文化事業の歴史―昭和前期における日中文化交流―	山根幸夫著	3,000円
42	竹簡が語る古代中国思想―上博楚簡研究―	浅野裕一編	3,500円
43	『老子』考索	澤田多喜男著	5,000円
44	わたしの中国―旅・人・書冊―	多田狷介著	4,000円
45	中国火薬史―黒色火薬の発明と爆竹の変遷―	岡田登著	2,500円
46	竹簡が語る古代中国思想（二）―上博楚簡研究―	浅野裕一編	4,500円
47	服部四郎　沖縄調査日記	服部旦編 上村幸雄解説	2,800円
48	出土文物からみた中国古代	宇都木章著	品　切
49	中国文学のチチェローネ―中国古典歌曲の世界―	高橋文治編	3,500円
50	山陜の民衆と水の暮らし―その歴史と民俗―	森田明著	3,000円
51	竹簡が語る古代中国思想（三）―上博楚簡研究―	浅野裕一編	5,500円
52	曹雪芹小伝	周汝昌著 小山澄夫訳	6,000円
53	李公子の謎―明の終末から現在まで―	佐藤文俊著	3,000円
54	癸卯旅行記訳註―銭稲孫の母の見た世界―	銭単士釐撰 鈴木智夫解説・訳註	2,800円
55	政論家施復亮の半生	平野正著	2,400円
56	蘭領台湾史―オランダ治下38年の実情	林田芳雄著	4,500円
57	春秋學用語集	岩本憲司著	3,000円

58 台湾拓殖株式会社の東台湾経営—国策会社と植民地の改造—

林玉茹著 森田明·朝元照雄訳 5,500円

59 荘綽『雞肋編』漫談 安野省三著 3,500円

60 中国の愛国と民主 水羽信男著 3,500円

61 春秋學用語集 續編 岩本憲司著 3,000円

62 佯狂—古代中国人の処世術 矢嶋美都子著 3,000円

63 中国改革開放の歴史と日中学術交流 川勝守著 4,500円

64 蘇東坡と『易』注 塘耕次著 3,200円

65 明代の倭寇 鄭樑生著 3,500円

66 日中比較神話学 王小林著 3,500円

67 荘綽『雞肋編』漫談 続篇 安野省三著 3,500円

68 中国逍遥—『中論』・『人物志』訳註他— 多田狷介著 4,000円

69 春秋學用語集 三編 岩本憲司著 3,000円

70 中国の「近代」を問う—歴史・記憶・アイデンティティ 孫 江著 4,500円

71 春秋學用語集 四編 岩本憲司著 3,500円

72 江戸期の道教崇拝者たち

—谷口一雲・大江文坡・大神貫道・中山城山・平田篤胤— 坂出祥伸著 4,500円

73 日中比較思想序論 王小林著 4,300円

74 春秋學用語集 五編 岩本憲司著 3,500円

75 東洋思想と日本 谷中信一著 品 切

76 春秋學用語集 補編 岩本憲司著 3,500円

77 中國古典飜譯の諸問題 岩本憲司著 4,500円

78 日中比較文学の小径—今昔逍遥— 堀 誠著 3,800円

79 「她」という字の文化史—中国語女性代名詞の誕生 黄興濤著 孫鹿訳 3,800円

80 中井履軒『周易逢原』と朱子『周易本義』 塘 耕次著 4,200円

81 塼画墓・壁画墓と河西地域社会 関尾史郎著 6,800円

82 婦を悼む—明清哀傷文学の女性像 野村鮎子著 6,500円

（表示価格は2025年 3 月現在の本体価格）

著者紹介

野村　鮎子（のむら　あゆこ）

1959年、熊本市生まれ。
立命館大学文学研究科博士課程後期課程東洋文学思想専攻修了。龍谷大学経済学部助教授を経て、2001年奈良女子大学文学部助教授、2006年より教授。

〔主な著書〕
『帰有光文学の位相』（単著、汲古書院、2009）、『『列朝詩集小伝』研究』（編著、汲古書院、2019）、『四庫提要北宋五十家研究』（共著、汲古書院、2000）、『四庫提要南宋五十家研究』（共著、汲古書院、2006）、『四庫提要宋代総集研究』（共著、汲古書院、2013）、『ジェンダーからみた中国の家と女』（共著、東方書店、2004）、『中国女性史入門』（共著、人文書院、2005、増補改訂版2014）、『台湾女性史入門』（共著、人文書院、2008）、『台湾女性研究の挑戦』（共編、人文書院、2010）、『奈良女子高等師範学校とアジアの留学生』（共著、敬文舎、2016）など。

汲古選書82

婦《つま》を悼む——明清哀傷文学の女性像

令和七年三月二十二日　発行

著　者　野村鮎子
発行者　三井久人
製版印刷　窮狸校正所
㈱デイグ
発行所　汲古書院
〒101-0065　東京都千代田区西神田二—四—三
電　話〇三（三二六五）九七六四
ＦＡＸ〇三（三二二二）一八四五

牧製本印刷㈱

ISBN978-4-7629-5082-7　C3398

Lament for Lost Wives:

Images of Women in Ming-Qing Literature of Grief

by NOMURA Ayuko

KYUKO-SHOIN

2025

人名索引

【凡　例】

＊婦《つま》や子女については、「韋叢（元稹元配）」のように文人との関係を明示した。
＊小説や戯曲中の人物名は、「潘金蓮『金瓶梅』」のように、作品名を明示した。

欧文名

ア行

ナ行

ハ行

マ行

ヤ行

ラ行